自殺互助會

La última Salida

by Federico Axat

謹將本書獻給我的父母
露茲・迪比羅（Luz L. Di Pirro）
勞烏・阿薩特（Raúl E. Axat）

手指上的鋼
沉重的手槍
他能感覺心臟在跳動
在跳動，吾愛

U2樂團，〈Exit〉

《好評推薦》

小說經過數重的轉折，由互助殺人會開始引發一連串的謎團，作者阿薩特使故事一直處於懸疑、發現、轉折、懸疑與再發現之中，然後帶給讀者驚訝與豁然而解的結局。好看的小說。——作家　張國立

宛如進入一座奪魂迷宮，每一條岔路都導向不同的命運、每一條解釋不全的線索都將展開另一段令人驚愕的情節。節奏明快、娛樂性十足，只能用「過癮」二字表達推薦之意！——推理評論人　冬陽

《媒體評論》

在阿根廷作家阿薩特這本令人驚豔的心理驚悚小說中，有一種奇特的對稱性。在令人著迷的劇情中，真相、幻覺和直白的欺騙不斷跨越不可見的界線……阿薩特具有催眠般的魔力，讀者在愛上他的同時，也勢必難以決定究竟要不要相信他。——《紐約時報》

在這本心理驚悚小說中，一切事物的表象都與事實大相逕庭，就連人心也是，情節鋪排堪比西洋棋賽。——《西班牙世界報》（*El Mundo*）

噩夢般的畫面、令人驚詫的情節轉折，加上豐富多彩的敘事風格，《自殺互助會》具有教人眼花繚亂的氣氛，但在極富文學性的核心之外，是一個精心製作、結構優雅，引人共鳴的神祕故事，在令人驚異、感到滿足的同時，也重重衝撞著讀者的心靈。——《出版人週刊》（*Publishers Weekly*）

《自殺互助會》有聰明萬分的結構，加上些許大膽迷人的元素……令人聯想到克里斯多福．諾蘭的《記憶拼圖》或《全面啟動》……書中有馬奎斯的憂鬱，還有羅貝托．博拉紐的瘋狂與幽默。——《南德日報》（*Süeddeutsche Zeitung*）

作者阿薩特如同史蒂芬．金的傳人，他的新作《自殺互助會》顛覆了心理懸疑類小說。……本書非常出色，是一場精心交錯著真相、幻覺、瘋狂與痛苦的遊戲。——西班牙《先鋒報》文學副刊（*La Vanguardia*）

令人身陷其中的心理懸疑小說，情節鋪排精巧縝密。細心的讀者定會忍不住屏氣凝神，一頁接一頁地翻下去，仔細注意阿薩特所設下的扭曲迷宮。——《西班牙ＡＢＣ報》（*ABC*）

作者阿薩特利用鏡像遊戲的手法，開創了一種全新——且令人大惑不解的懸疑小說類型，大大挑戰著讀者。……在這本心理驚悚小說中，除了埋藏龐大的謎團、緊湊且出乎意料的轉折之外，字裡行間更透露出獨特的原創性。一切事物的真相都與表象不同，故事中的許多支線，在最後交織成令人跌破眼鏡的大結局。讀這本書就像讀了一部電影。——《西班牙公共電視臺記者，賈西亞（Ana Belén García Flores, RTVE）

《自殺互助會》一如懸疑界的鏡像迷宮，從第一頁起便就深深抓住讀者的心。——《西班牙第三電視臺（Antena3）

在這場令人眼花繚亂的痴狂夢境中，沒有任何人值得信任……一翻開書頁就想一口氣讀到最後，就連結局都還有絕妙的轉折。——北德廣播公司（NDR）

令人驚詫的驚悚小說，充滿出乎意料的轉折。可說是實實在在的噩夢成真！——德國3sat頻道節目「文化日報」（Kulturzeit）

這本心理驚悚小說能帶你展開一場奇幻的旅程，情節轉折直叫人透不過氣……我敢保證你絕對想像不到結局是什麼！」——BookRiot 書評網站

書中角色活靈活現，邪惡誘人的劇情加上緊湊的敘事結構，使這個神祕故事具有撼動人心、令人緊張不安的張力……是出類拔萃的作品。——New York Journal of Books 書評網站

《自殺互助會》從一開頭就步調迅速，毫不拖泥帶水。光是這本小說前三分之一部分所堆疊出來的曲折情節，就遠比當代其他驚悚小說整本裡緊張的情節變化還要多。阿薩特在處理對話和敘事上很有一套，往往遊走在現實與虛幻之間……此外，本書中情節轉折的次數，遠比奈沙馬蘭所有電影的劇情轉折還要多。——LitReactor 文學論壇

令人心服口服……這是本絕妙、令人驚嘆的心理驚悚小說……阿薩特精心打造出重重疑雲，文中穿插著強烈的焦慮感。這故事令人打從心底發毛，然而，阿薩特在維持噩夢般的氛圍時，仍舊保留了絲絲人性。」——Shelf Awareness 出版觀察網站

《自殺互助會》是一本扣人心弦的驚悚小說，步調緊湊，兼有大量陰謀和緊張情緒。讀者就像踏入一場遊戲中，往往容易被自己的心靈所戲弄，在遊戲中，你設想的所有理念可能都會崩然瓦解——但別停下來，繼續讀下去，跟著線索走，跟著情節打開一扇扇大門，因為這可能是……你唯一的出路。——西班牙書評部落格「內心深處的讀者」（El lector que llevas dentro）

一部充滿問號與謎團的驚悚小說。情節步調緊湊，儘管書中角色不多，卻交織出極端複雜的情節，反映出人類心靈的複雜，而人類的心智又是如何將我們玩弄在股掌之間。——西班牙書評部落格「攤在陽光下的書」（Los libros al sol）

第一部

1

泰德．麥凱正準備往太陽穴開槍，這時門鈴聲不斷響起。

他等了一會兒。有人在門外他沒辦法扣扳機。

不管你是誰，快滾。

門鈴聲再度響起，一名男子吼著：「快開門，我知道你聽得到我的聲音！」

傳到書房的聲音驚人地清晰，令泰德瞬間懷疑自己是不是真的聽到了。

他環顧四周，彷彿想在獨處的書房裡找到有人在大吼大叫的證據。房裡放了幾本他的財經書、一幅莫內的複製畫、一張書桌……最後，他把目光轉向寫給荷莉來解釋一切的遺書。

「請開門！」

泰德開始覺得手痠了，布朗寧手槍還舉在離頭只有幾公分的地方。如果外面那人聽到槍聲報警的話，他的計畫就會付諸流水。荷莉帶著兩個女兒去迪士尼世界，不能讓她們在離家這麼遠的地方接到噩耗。天哪，絕對不行！

門鈴伴隨著連續不斷的敲門聲響起。

「開門吧！你不開門我就不走！」

他舉槍的手開始發抖，接著放下來把槍靠在右大腿上，左手爬梳過頭髮，再次咒罵起門外的陌生人。是推銷員嗎？這個富裕住宅區的居民向來不太歡迎推銷員，更別說這種不請自來的。

吼聲和敲門聲停了幾秒，泰德再次緩緩把槍舉到太陽穴旁。

正當他以為那人已經喊累了離開的時候，門口卻突然冒出一連串敲門聲和大吼，證明他想錯了。不過泰德不打算去開門，絕對不開……他等著。這無禮的傢伙總會放棄的，對吧？

此時書桌上有件東西吸引他的注意力：一張對折的紙片，跟他留在桌子中間給荷莉的遺書一模一樣，只是上面沒寫她的名字。難道是自己笨到忘了丟掉試寫的紙頭？門外的叫聲慢慢消停，他安慰自己，至少這段插曲帶來不錯的發現。

泰德翻開紙片，內文令他渾身發冷。那是他的筆跡，但卻想不起來自己曾寫過這兩句話。

開門

這是你最後的出路

難道是以前寫的，只是忘記了？可能是在跟辛蒂或娜汀玩的時候嗎？他一點印象也沒有……而且現在的情況實在太荒謬，外面還有個幾乎要把門敲破的瘋子。一定是有原因的，一定會有合理解釋。

你就儘管自己騙自己吧！

他手上的布朗寧彷彿有千斤重。

「泰德，立刻開門！」

他打了個冷戰，提高警戒。那人剛才叫了他的名字嗎？泰德跟鄰居的關係並不特別密切，但自認為還認得出鄰居的聲音，門外這人的聲音很陌生。他起身把槍放在書桌上。除了去看看究竟是誰之外別無他法。他想了想，這也算不上世界末日。不管在門外無理取鬧的是誰，泰德都準備快快打發，再回書房乾脆俐落地自我了斷。他已經計畫了好幾個星期，絕不能在最後一刻讓沒教養的推銷員破壞行動。

他起身，下定決心。書桌角落有個小罐子，放著幾枝原子筆、迴紋針、舊橡皮擦和其他瑣碎的小東西。泰德把罐子翻過來，找出不到兩分鐘前往裡頭放的鑰匙，拿起來詫異地細細檢視。他還以為這輩子再也不會看到這鑰匙了。泰德原本認為自己現在應該已倒在躺椅上，任由漂浮在光線中的火藥微粒沾染手指。

當你決定要自殺時，不管是否還有一絲猶豫，最後幾分鐘才是考驗決心的時刻。泰德才剛明瞭這一點，而且極度不願再經歷一次。

他很不甘願地走到書房門前用鑰匙開門。看到門另一邊比頭略高的地方貼著的紙條時，他再度感到熊熊怒火。這是他留下來提醒荷莉的。「親愛的，我在冰箱上留了一把備用鑰匙，別跟女兒一起進來。我愛妳。」留言看起來很殘酷，但卻是泰德謹慎思考過才寫下來的。他不願讓女兒看到他癱倒在書桌後，頭部開了個大洞的遺體。從另一方面來說，死在書房合情合理。他認真考慮過投河自盡或跑到離家很遠的地方臥軌，可他明白對妻女來說，生死不明的情況比自殺還糟。尤其是荷莉，她一定要親眼看到才能確定。她需要……衝擊。她還年輕貌美，可以重新過日子。她一定能走出來的。

大門的敲門聲不斷響起。

「來了！」泰德吼回去。

敲門聲停下來了。

開門。這是你最後的出路。

他可以從大門旁的小窗窺見來人側影。泰德帶著幾近挑釁的腳步慢慢穿過客廳，用剛才看書房鑰匙的眼光審視一切，他掃過大電視、足以招待十五個人的餐桌和幾個瓷花瓶。他本已用自己的方式告別這些塵世俗物了，但此刻他再度現身，彷彿鬼魂般在自家客廳遊蕩。

他停了下來。難道這是他死後的**白光**嗎？

他突然產生一種瘋狂的念頭，想回書房看看書桌後面是不是躺了自己四腳朝天的遺體。泰德伸出手臂，手指滑過沙發椅背，感受指尖傳來皮革冰涼的觸感。真實到不像是幻想，他暗暗想著。但他又怎能確定呢？

泰德開了門，一看到站在門外的年輕人，他就明白為什麼這麼無禮的人還能當上推銷員了。這人看來年約二十五歲，彩色橫條紋馬球衫配上潔白無瑕的白長褲，腰上繫著蛇紋皮帶。他的打扮不太像推銷員，反而比較像高爾夫球選手。

「不管你想推銷什麼，我都沒有興趣。」泰德劈頭就說。

對方反倒笑得更開心。

「噢，恐怕我不是來賣東西的。」他回話的語調彷彿聽到了世上最可笑的事一樣。

泰德朝陌生人身後瞥了一眼。附近沒有車子停在路邊，沿著蘇利文大道一路下去的人行道旁也沒有。雖然這天下午的天氣沒那麼熱，但如果眼前這名俊美得不像話的青年走了這麼遠的話，應該是會流汗的。而且他為什麼要把車子停那麼遠？

「你別慌，」年輕人彷彿看穿他的想法，開口安撫道，「是我同事載我到大門口的，免得你的鄰居起疑。」

泰德聽到對方還有同伴也不害怕。事實上，死於入室搶劫還比開槍自殺更有尊嚴呢！

「我很忙，必須請你離開。」

泰德說著就要把門關上，但男子伸出手臂阻止他。對方的態度看來不像有敵意，還用眼神懇求泰德別關門。

「我叫賈斯汀．林區，麥凱先生，如果你讓我……」

「你怎麼會知道我的名字？」

「如果你讓我進門的話，只要十分鐘我就能解釋一切。」

兩人僵持了一下。泰德沒打算讓對方進家門，當然不行。但他也承認這人喚起了他的好奇心。最後理智戰勝了衝動。

「不好意思。現在不太方便。」

「你錯了，現在是最……」

泰德關上門。林區沒說完的話從門外傳進來，聲音悶悶的，但還是能聽得一清二楚。「現在是最適合的時候。」泰德依然站在門後聽著，好像知道對方還有話沒說完一樣。

事實正是如此。林區提高音量好讓泰德能聽得見。

「我知道你打算拿書房裡的九毫米手槍做什麼。我保證不會說服你住手的。」

泰德開了門。

2

泰德事前非常謹慎地規劃了自殺這件事。這不是在最後一刻才衝動倉促做出的草率決定。他不想跟其他人一樣，為了吸引旁人注意而輕率行動。至少他是這麼認為的。他都已經這麼小心了，林區怎麼可能會知道？這名滿臉笑容的俊美訪客對泰德的手槍口徑和放槍地點瞭若指掌。林區猜中他要在書房自殺不算離譜，但也太湊巧了，何況還是毫不猶豫脫口而出的。

兩人分坐在桌子兩端。泰德體會到一種熟悉感：腎上腺素激增帶來的戰慄，以及面對敵手並發現自己占盡優勢後，感到思緒一片澄明。他好幾年沒下西洋棋了，但這種令人滿足的感覺是不會錯的。

「那麼是崔維斯要你來跟蹤我的。」他肯定地說道。

林區把皮製公事包放到桌上正準備打開，聽到這話停了下來，面帶驚訝。

「你的同事跟這事沒有任何關係，泰德。你介意我叫你泰德嗎？」

泰德聳了聳肩。

「我沒看到令嬡辛蒂和娜汀的照片。」林區盯著公事包裡面，看起來像在找什麼東西。

事實上，這裡的確沒有家人的合照。泰德已經先把客廳裡的照片統統收起來了。給個建議：如果你要自殺的話，先把家人照片收拾乾淨。少了親人審視般的目光看著，比較容易規劃自殺行動。

「不許再提到我女兒。」

林區擺出完美的笑容，舉起雙手。

「我只是想贏得你的信任，稍微聊一下而已。我看過她們的照片，也知道她們現在跟媽媽在一起，去佛羅里達探視外公、外婆，不是嗎？」

這話聽來像黑幫電影的對白。我們知道你的家人在哪裡，別耍小聰明。然而林區態度真誠，似乎是真心想表現出和藹可親的樣子。

「我准你進家門就算是有一定程度的信任了。」

「很高興聽你這麼說。」

「告訴我，關於我的家人你還知道什麼？」

林區抬起一隻原本撐在公事包上的手，漫不經心地揮了揮。

「恐怕不多。除非必要，不然我們不喜歡插手管太多。我知道她們星期五就要回來了，也就是說我們還有三天可以來處理我們的事。時間綽綽有餘。」

「我們的事？」

「當然！」

林區從公事包裡拿出兩個薄薄的文件夾放在一旁，把公事包推到一邊。

「泰德，你有沒有想過要謀殺誰？」

這人可還真是有話直說！

「你是警察？如果是的話，你早就該先表明身分。」

泰德站了起來。文件夾裡一定滿是不堪入目的照片。警方把他當成謀殺嫌犯跟監，認為意圖自殺就證明他有罪，所以林區才堅持要進到家裡來。難道他是ＦＢＩ探員？

「泰德，我不是警察。請你坐下。」

「請你現在就離開。」泰德一手指著大門，好像怕林區不知道該怎麼走出去一樣。

「你真的要我走，不想知道我們是怎麼發現你要自殺的嗎？」

這傢伙很厲害，因為泰德確實想知道。

「你有五分鐘的時間可以解釋。」

泰德依然沒坐下。

「這時間夠了，我現在就跟你說明。我服務的團體希望像你這樣的人，能認識一下我手邊的這些人。」林區把手放在文件夾上。「如果你不介意的話，我們就一起來看個文件夾。你是聰明人，很快就會懂的。」

林區把一個文件夾移到桌子中間翻開、轉向泰德。泰德依然兩手叉腰站著。

第一頁是一份警方文件的複印本。文件邊上有一名男子正面和側面的口卡照。照片中的人年約二十五歲，有著古銅色皮膚，頭髮用髮膠梳得整整齊齊，一臉挑釁地看著鏡頭，下巴微微向上揚，淺色眼睛睜得老大。他的名字是愛德華．布蘭。

「布蘭曾因為犯下情節較輕的偷竊和攻擊罪遭判刑，」林區邊翻頁邊說道，「這次檢警指控他謀殺女友。」

有件事情泰德沒搞錯，文件夾裡確實有好幾張不堪入目的照片。呈現在他眼前的是一張女子遭殘忍謀殺的照片，陳屍處位於床鋪和衣櫥間的狹小空間，赤裸的上半身至少有七處穿刺傷。

「她叫亞曼達．赫德曼，經常跟布蘭見面，不過他們的關係並不太正式。布蘭長期替她弄便宜的毒品來，他們也多次嘗試正經的談戀愛，不過兩人的共同朋友都說他們總是吵吵鬧鬧、分分合合。有人發現赫德曼陳屍在自家公寓後，警方直接找上布蘭。他承認曾經因為吃醋而與赫德曼發生爭執，但是絕對沒有拿刀殺她。你想知道故事結局嗎？檢警沒有任何證據，最後只好放了他。」

泰德聽著聽著坐了下來，眼睛盯著照片。林區翻過一頁。有幾張細部特寫照片：赫德曼浮腫的雙眼、胸部極深的傷口等，身上到處都是瘀傷。

「無罪開釋？」泰德問道，覺得大惑不解。

「這混帳很小心，沒有直接用拳頭打她，警方事後也沒有找到凶器。房子裡到處都是他的指紋，但是死者身上卻一個也沒有。」

「但是他承認曾與死者爭吵，這等於是認罪了。」

「辯方宣稱這是布蘭遭施壓後所做的自白，其實這麼說也不算錯，而且他們還提出了遭施壓的證據。不過真正讓他脫罪的，是法醫驗屍報告裡的死亡時間。檢方專家認定死亡時間在晚上七點到十點之間。好幾名證人都表示，在這段期間內，曾在低俗的『黑帽』酒吧看到布蘭。他似乎特別計畫過，要盡可能讓更多人看到他出現。有超過三十名可靠證人指稱曾看到他，甚至還有停車場的監視錄影畫面佐證。」

泰德翻到下一頁，出現更多赫德曼屍體的照片，還有一些文件的複印本，其中有幾個用螢光筆標註的段落。

「你已經全部都弄懂了，對吧，泰德？」

事實上，泰德確實開始懂了。

「你們怎麼知道是布蘭殺了她？」

「我們組織在司法體系裡有線人。我指的不是罪犯，我們不太喜歡跟罪犯打交道。我指的是當謀殺案情另有蹊蹺時，一定會接到消息的律師、法官或助理，而我們就負責……消除疑慮。布蘭這案子的原因實在是太簡單了，幾乎可以肯定那傢伙算是瞎貓碰上死耗子。我們聘請了一位專家，來釐清在什麼情況下，死亡時間的判定會出現重大錯誤。他說證據會受到發現屍體時的溫度所影響。法醫知道人體死亡後體溫下降的曲線而……」

「我知道那些程序。」泰德打斷他的話。「我也有看《CSI犯罪現場》。」

林區笑了。

「那麼我就直接說了。我們看過犯罪現場後就懂了。亞曼達·赫德曼的一樓公寓樓下，之前是一間洗衣工廠，現在已經搬空了。在她陳屍的地板下方，正好就是主要的散熱管。所以屍體的溫度才得以維持，使降溫的速度比正常的情況還慢。」

「也就是說那傢伙在更早之前就動手殺人了。」

「正是如此。比法醫推斷的時間還要早六到八小時。她的死亡時間不是晚上，是中午，在布蘭還沒有到酒吧的時候。」

「沒辦法重啟調查嗎？」

「已經提出上訴，法院也准了。我們不怪司法系統，而是認為，有時候那些混帳就是會鑽法律漏洞。可悲的是，有時候也會發生相反的情況。不過，冤案和鑽漏洞是不能相提並論的，你不認為嗎？」

泰德不需要再聽下去了。

「你要我去殺了布蘭，對嗎？」

林區笑得露出一口完美的白牙。

「我就說你是個聰明人。」

3

他停在冰箱前面。蘋果形狀的磁鐵把荷莉的照片吸在冰箱門上，他忘記拿下來了。兩個女兒在照片邊緣貼滿同心方形的亮片做裝飾。荷莉正從海裡跑出來，身穿一套泰德向來都很喜歡的紅色比基尼。她笑著把頭側向一邊，美麗的金色長髮如波浪般擺動。拍照的那一刻，她另一條腿剛好被膝蓋遮住，從畫面上看起來她只有一個支點，彷彿違反最基本的平衡原理還能站在那裡一樣。

這張照片已經在那裡很久了。泰德看著照片，想不起來當初把它帶到廚房的原因，他捻起照片一角將它扯下。他彷彿可以聽到荷莉的笑聲，緊接著是她從書房門口傳來的哭聲，中間還夾著尖銳刺耳的尖叫……他怎麼能對她做這種事？

泰德隨手拉開一個抽屜，把照片跟一些看來陌生的餐具放在一起。

冰箱裡還剩下兩瓶啤酒。他單手抓著瓶口，用腳把冰箱門踢回去關上，靠在流理臺邊站著。林區還在客廳裡等著，儘管是泰德突然想請他喝一杯的，不過現在卻後悔了。泰德需要自己一個人靜下來想一想，因為當這陌生人向他暗示該計畫後，他覺得身體竄出一股無可言喻的搔癢感。他本人對私自執法並沒有什麼特殊想法——嚴格來說他並不贊同，不過他確實認為，如果少了布蘭這樣的害蟲，世界會變得更加美好。他不鼓勵殺人，也一點都不支持死刑——至少在有人問他時，他都是這麼回答的。有時候，他在靶場上看著靶紙移動時，會努力瞄準頭部，想像自己是在剷奸除惡，消滅犯下令人髮指罪行的大惡人。泰德點了點頭。林區並非真的推銷員，不過他正好把話說到點上，令泰德認真考慮他的提議。

他眼神緊盯著蘋果形狀的磁鐵。現在已經看不到荷莉的照片，他能夠頭腦清晰地思考了。林區的點子很吸引人，但除此之外，還有更深層、更有說服力的原因。泰德深信如果下手殺掉惡人，荷莉和女兒就會認為他是捍衛正義的使者，而不是怯懦膽小的懦夫。

他走回客廳時，突然有一個瘋狂的想法，覺得客廳裡不會有人了。林區可能早已離開，或者更糟糕的是，他會發現兩人的談話只不過是自己想像出來的而已。

不過林區還在客廳裡，面前依舊擺著兩個文件夾。他站起身接過泰德遞來的啤酒瓶，歪了歪頭道謝，大大喝了一口。

「你們是怎麼知道的？」泰德再度坐下來。

「自殺的事嗎？」

泰德點了點頭。

「組織自有方法，泰德。這方面我不確定能不能跟你多說。」

「如果你要我去殺人的話，我認為至少我有權利知道。」

林區想了一下。

「這代表你已經接受我們的提案了嗎？」

「這不代表任何事，現在，我要你告訴我，你們是怎麼知道的。」

「這樣很公平。」林區又喝了一口酒，把瓶子放到桌上。「我們有兩種選擇候選人的方式。大部分的候選人都是透過第一種方式遴選出來的，不過這種也比較沒有效率。很可惜，不過這是一定的。我們和認同組織理念的心理學家合作，他們在遇到有潛力的個案時，就會通知我們。組織和配合的心理學家都瞭解，這麼做已經侵犯到一部分病患的隱私，然而我們從來不會強迫任何人。我們會到候選人家中拜訪，就像我今天來這裡一樣，然後提出我們的提案。如果候選人不接受的話，我們便會默默消失，不留痕跡。不過就你的例子而言，我必須承認我登門拜訪的時機比平常還更不是時候。我以為……我以為來太晚了。」

「你在監視我嗎？」

「嚴格來說並沒有。到了候選人家門口時，我習慣會稍微看一下房屋。不過在你的案子上，儘管我們已經知道你的妻女外出遠行，但總可能有意料之外的家人或朋友在現場……或者家裡養了條不喜歡外人打擾的狗。在我繞著房子外圍走動，確保一切都在掌控中的時候，從書房窗戶看到你準備下手做的事。」

「我懂了。所以你們確實在監視我。」

「很抱歉。我們盡可能不去打擾別人的生活。」

「另一種篩選方法是什麼？」

「噢，對。你瞧，泰德。很多人非常感激組織，覺得對我們有所虧欠。很多我剛剛跟你提到的專業人士也是組織成員，不過一般來說都是……」

「跟受害者有關的人。」泰德指著文件夾說道。

林區似乎比較習慣迂迴的暗示，不太喜歡把話挑明了說。他臉上飛快閃過一絲不悅的表情。

「正是如此。」林區承認，準備轉回正題。「現在讓我跟你說明另一個文件夾裡的內容。」

林區把布蘭的文件夾放到一邊，打開另一個薄薄的文件夾。第一頁有張彩色照片，有個身穿救生衣、年約四十的男子，拿著釣竿站在船的甲板上，手裡還抓著一條體型大得異常的魚。

「這又是誰？」

「他叫溫德爾，或許你曾聽人提過，他是極富盛名的企業家。」

「我不認識他。」

「這樣最好。」

泰德翻了一頁，這份文件夾裡只有幾張打印出來的文件，還有幾張標了地址的地圖。跟另一份相較之下，這份資料少得可憐。

「是誰打算殺了這名企業家？他太太？」

林區露出一抹微笑。

「他沒有老婆，也沒有人想要他的命。溫德爾跟布蘭不一樣，跟你比較像。」

泰德聽了挑起兩條眉毛。

「他一樣也打算要自殺，」林區說道，「他跟你一樣飽受痛苦，也知道身邊關愛他的人是無法理解的。泰德，以下是我的提議：你去殺布蘭，為亞曼達．赫德曼的家人討回公道，讓他們獲得心靈上的平靜，我們提供的報酬就是讓你加入我們的行動鏈，溫德爾是一個環節，你是接下來的那一個。」

泰德只想了一秒，立刻就懂了。

「我殺了布蘭之後，要再去殺溫德爾？」

「正是如此。他已經知道了，到時會等著你上門的。同樣的，你殺了溫德爾後，就能在家裡等行動鏈裡的下一個人上門。泰德，請你考慮一下。想想看對你的家人來說，兩者有什麼不同，是發現你遭陌生人入室槍殺比較難過，還是發現你自殺……」

「別說了。」

「我知道你都已經想過了，」林區不顧泰德阻止繼續說，「知道自殺總比默默消失要好。但眼下你有一個好到不能再好的機會，由別人來下手，讓你在後人的記憶裡，成為不幸的凶案被害者。想想看，對你兩個女兒來說，相較之下遭人殺害是多麼容易走出的傷痛。我不曉得你知不知道，但是很多子女，尤其是年幼子女，終其一生都無法克服……」

「夠了！我已經瞭解了。」

「那麼，你的答案是？」

「我想我應該多考慮一下。溫德爾是無辜的。」

「算了吧，泰德。這事我做過很多次，你心裡已經有答案了。這項協議不只對你好，也能夠幫助溫德爾，現在他正在湖邊別墅裡，等著有人幫他完成最後的心願。」

「你們為什麼不自己動手？」

林區不為所動。事實上他還笑得更開心。正如他剛剛所說，這第一步的說服行動他已經做過很多次了，知道如何回答各種問題。他的角色就像電話推銷員一樣，只要跟著教戰手冊裡的話術來講就行了。

「我們扮演的是故事裡的好人，泰德。我們深信殺人者必須受死。我們聯繫的人選僅限於那些嘲諷體制，並準備好為公義犧牲生命的人。現在我們選上了你，這是你的機會，我想恐怕還是你最後的出路。」

泰德垂下目光，盯著自己的膝蓋。他在書桌上發現的紙條從褲子口袋裡露了一角出來。他都不記得自己把紙條塞進口袋裡了。林區正用期望的眼神等著他答應，他小心避開林區的視線，把紙條抽出來攤平。

上頭寫著：開門。這是你最後的出路。

跟剛剛林區說的話幾乎一模一樣。

4

愛德華・布蘭獨自住在一處中產階級社區。鄰居都很討厭他。布蘭個性冷淡，神神祕祕的行事作風使得他與鄰居的關係更加惡劣，甚至惡化成極為緊繃尷尬的關係。布蘭是個人渣，更爛的是這混帳竟然還以此沾沾自喜。他向來戴著鏡面太陽眼鏡、臉上掛著自滿的假笑，遇到誰都一副挑釁的態度。曾經有人試著規勸他，但不管是求和或威脅統統都沒用。儘管他已經年過三十，仍像個叛逆的小孩，每次只要有人想接近他，或打算跟他協商的話，他就一定會騷擾得鄰居不得安寧。布蘭從不遵守任何社區公約，院子從來不整理，也從不管好他的狗。這隻凶猛的羅威那犬叫作馬格努斯，長期被鍊子拴著，只要有人走到附近，這隻可憐的狗就會放聲大吠。布蘭和朋友放肆飲酒的喧鬧聲、機車引擎的如雷噪音、開到最大聲的音樂等，都是家常便飯。他經常在喝得醉醺醺或嗑到茫時帶妓女回家，完事後立刻趕人出去，讓這些衣不蔽體的可憐女子只能在人行道上邊走邊等計程車。

檢警指控布蘭涉嫌謀殺案後，好多鄰居額手稱慶，甚至自願出庭作證，陳述這名惡鄰的種種不當行為。甚至還有好多人怨嘆布蘭選擇到女方家作案，而不是在自家殺人，要是這樣鄰居就能拿出鐵證，好把布蘭送進牢裡關個幾年。大家都相信布蘭就是謀殺女子的凶手，鄰居還提前慶祝，深信事態發展必定如他們所料：布蘭會遭檢警起訴，謀殺亞曼達・赫德曼的罪名會讓他遭法院判刑定讞，他們多年來驅逐惡鄰的美夢終將成真。

然而布蘭有堅若磐石的不在場證明，令檢方不得不釋放他。好幾名證人在案發時間看到布蘭出現在酒吧裡，此外還有數臺監視錄影機的畫面證明他不可能是凶手。他的鄰居當然有不同意見，他們不知道這混帳怎麼有能力戲弄司法體制，可能布蘭有雙胞胎兄弟還是什麼的，可他就是有辦法騙倒所有人。現在鄰居要面對的不只是爛人，還是殺人凶手。很多人慎重考慮是否要搬家。

泰德邊吃漢堡邊認真讀著林區給的資料，他坐在速食餐廳裡最角落的桌子。沒有人會懷念愛德華．布蘭，泰德想。他應該可以從大門直接進去，不用擔心被人看到，鄰居不會多話的。他記住所有的必要資訊，例如那傢伙在門外腳踏墊下面藏有備份鑰匙等等。那隻狗根本算不上問題。

他邊啃漢堡邊想出一個簡單的計畫。泰德驚訝地發現幾口可樂和幾根薯條下肚後，他就忘記自己的問題了。赫德曼的照片，還有布蘭從過去到現在的不堪瑣事，令泰德真的產生殺了他的欲望。最後，他終於理解林區跟他說的司法體系漏洞。能矯正錯誤的想法令人精神一振，泰德感受到了。

他躲在樓下客房的衣櫥裡，把一旁的箱子重新堆疊起來，給自己理出一個能舒服坐下來的空間。在他頭上層板的下緣，一張巴斯光年的貼紙在黑暗中發出亮光。他腦海中浮現一個小男孩把貼紙貼在那裡後，躲進衣櫥裡關門看貼紙發亮的畫面，就跟他小時候一樣。懷舊之情突然湧上心頭，現在巴斯光年的主人早就忘了他，只留他一人在黑暗中發亮。

四個小時後，布蘭才回到家。泰德在躲起來之前，已經繞了房子一圈，可以在腦海裡想像出布蘭的行蹤。他從車庫邊講電話邊進家門，談話的內容頗為滑稽，之後去沖澡。今晚布蘭很有可能打算出門玩，不過泰德並未因此感到不安……這正是他期待的。他已經在衣櫃等了好幾個小時，必要的話還可以再等下去。等待期間他小小打了個盹兒。

他在心裡把計畫重新複習一遍，好萊塢的製作人一定會很失望：沒有任何衝突、沒有復仇誓言，更沒有任何事前通知。布蘭回房睡著後，泰德會鑽出衣櫃，趁他在睡夢中迅速下手，讓他再也沒有醒過來的機會。這麼說來，泰德還挺慈悲的。

晚上九點半——幸虧泰德帶了手機，才能完美掌控時間——布蘭在客廳看電視，可能還邊看邊吃簡單的晚餐，不時咒罵著參加愚蠢問答遊戲的參賽者。接下來的事態發展充滿不確定，布蘭可能會出去喝酒，這樣的話恐怕要等到天荒地老了。可能會有朋友來家裡找他，也可能他會乖乖地早早上床睡覺。然而另一項不算小的細節，可能會令一切更複雜，泰德甚至比布蘭還要早發現，並立刻提高警覺。他在一片黑暗中努力伸長耳朵，仔細聆聽被罐頭掌聲和主持人尖銳嗓音掩蓋掉的聲音。馬格努斯在前院裡發出一連串痛苦的嚎叫。泰德苦著臉、搖了搖頭。他給狗下的鎮靜劑太少了。

電視突然切到靜音。在一段漫長的寂靜後，大門開了一會兒又關上。布蘭在講電話，但他講得很小聲，在衣櫃裡根本不可能聽清楚。他在客廳裡漫步，接著聲音越來越清晰，泰德從沒設想過的情節發生了：布蘭走進泰德藏身的客房裡。他把燈打開，關上房門。泰德在關上衣櫃門時，留了幾公分的缺口，現在已經來不及悄悄拉上。他們的距離只有幾公尺遠，布蘭正不耐地在床的另一側走來走去，專注聽電話那頭的人說話。

「就是我跟你說的，東尼，馬格努斯被人下藥了，牠幾乎一動也不動。有人做了手腳。如果是那些混帳鄰居幹的，我不會讓他們好過，我……欸？什麼？沒，我還沒動手。」布蘭停了下來，背對衣櫃坐在床邊低聲說道，「你說的對，東尼，我這就去檢查看看有沒有人動過家裡的東西。當然，我等等再打給你，再見。」

他離開房間時沒有關燈。

泰德看到布蘭悄悄地在廊上走著，在他第二次經過房門口時，泰德相信自己看到布蘭右手上有東西閃了一下。布蘭重新搜查客房只是遲早的問題。泰德從外套裡掏出刀子來，他本來打算趁布蘭睡著後，拿這把刀殺了他。以眼還眼，泰德想。

大約十分鐘後，布蘭出現在房門口，手上的確拿了把槍。有那麼一瞬間，泰德以為被發現了，以為布蘭剛剛曾直視衣櫃，發現門沒有關緊。但他走進房間後，再度背對著衣櫃坐下來，拿起放在床上的電話。

「嗨，東尼。一切都沒問題。對，我只是想讓你知道一下。明天我再來查查，到底是哪個鄰居對馬格努斯下藥。不過要明天了，我現在累得可以沾床就睡……不是，我兩天沒睡了。當然……就跟你說沒事了。你別擔心。再見，東尼。」

他說完又走了出去。這次他記得把燈關掉。

泰德還沒把刀收起來。這是陷阱嗎？布蘭為什麼沒有檢查衣櫃？他又等了三十分鐘，好確認屋主已經睡沉了。

泰德緩緩打開衣櫃門，離開客房後，穿過客廳往樓梯的方向走。室外透進來的光線很微弱。馬格努斯已經不再嚎叫了，這時沒有任何車輛經過這條街。只要絆了一下、發出一點聲響，不管聲音再小都可能驚醒布蘭。他小心翼翼地上樓，盡量踩在樓梯靠牆的那一端。他悄無聲息地爬上木製樓梯。最困難的關卡已經過了，他想著，整個二樓都鋪了地毯。

布蘭的房間在一道狹窄走廊的最底端。泰德探頭，看見白色床單下布蘭的身形。窗外透進來的光線足以讓他進房時，不用擔心會碰撞到任何東西。他抓起刀柄正準備抬手往下刺時……

「再動我就轟了你的頭。」

聲音從他背後傳來。槍口頂上後頸時，燈突然開了，亮得泰德睜不開眼。等他習慣燈光後，發現躺在床上的布蘭原來只是一顆枕頭。

這是你最後的機會，轉過身來朝他刺下去。如果他朝你開槍，正合你意，不是嗎？你的腦袋才不管是哪來的子彈穿過去……

他褲子口袋裡放著書桌上的那張紙條。*這是你最後的出路。*

「把刀子丟到地上。」布蘭說，「很好。不准轉過來，雙手舉高。」

看來終究逃不了一場好萊塢式的對話。

泰德不緊張，布蘭沒有開槍就已說明他心裡有很多疑問。他應該正自問到底是什麼人想殺他。他還知道現在最不需要的，就是他家裡再出現一具屍體，更別說槍聲會引來鄰居的注意。令泰德震驚的是，自己的腦袋竟能如此正常地閃過這麼多想法。他覺得自己就像超級英雄一樣。在一連串清醒的思維間，他發現自己並不想死在這人手中。死在布蘭手裡就是有那麼一點不名譽。在他被槍口指著，背對敵人無力還擊時，他終於懂了。接受林區的條件，死在陌生人手裡是一回事，這樣或許能稍微撫平家人的傷痛，但死在布蘭手裡？或許求生本能占了上風。或許。

「你看到我了，對吧？」泰德以沉穩的嗓音問道，「你進房間講電話的時候……就看到我了。」

「誰派你來的？」

「你為什麼覺得是有人派我來的？」

「如果不是的話你就直說，我會立刻殺了你。如果你說出是誰的話，就還能多活一陣子。但無論如何，我都不會讓你活著出去。」

「聽起來沒什麼說服力啊！」

泰德開始慢慢地轉身。

「我說了不准轉過來！」

泰德停了下來。

「對不起，但你必須看看我的臉。我們認識。」

對方遲疑了一下。

「你的聲音很陌生。」

「我知道。你一看到我的臉就會懂的。相信我。」

上鉤了。他就像咬住釣鉤的魚一樣，只差從水裡拉出來而已。泰德成功挑起他的好奇心，布蘭會把注意力放在泰德臉上，腦袋會專心處理這無解的問題。

「好吧，」布蘭說，「轉過來。動作放慢！兩手不准放下。」

泰德開始非常緩慢地轉身。他把雙手舉在胸前，小心盤算轉到什麼角度時，外側的手臂會完全遮住另一條手臂。這招很簡單。泰德的頭刻意轉得比身體更慢，吸引布蘭的視線緊盯他的頭部。泰德瞬間轉過頭露出臉來，同時放下被遮住的手臂，快速伸進外套裡掏出一把布朗寧。當泰德轉過身來，槍已舉到布蘭胸口準備開槍時，對方才注意到，整個動作毫不拖泥帶水。這一槍很難打，要屈起一條手臂從奇怪的高度扣扳機，儘管如此，他仍將一發子彈送進布蘭眉間。槍聲打破夜晚的寧靜。「這發子彈本來是我替自己準備的。」泰德看著布蘭如木偶般倒下的身體，自顧自地想著。

他口袋裡有一張亞曼達・赫德曼的照片，他把照片放在布蘭胸口上。

泰德站著，目光無法從屍體上移開。布蘭並未立刻死去，他扭動了幾秒才靜止下來。

客廳傳來的聲音令他重新提高警覺。他不是很確定究竟聽到了什麼，也許是椅子刮過地板的聲音。他把布朗寧收好，把刀子撿起來，沿著走廊走到欄杆旁，小心探出頭來俯視客廳。他所看到的景象，令他震驚到喪失躲藏的反射動作。客廳中央站了一名男子，黑皮膚、身材瘦削、穿著灰色長褲和實驗室長袍。他看著泰德的樣子，彷彿早就知道他會探出頭來一樣。男子露出令人毛骨悚然的微笑。

「你好，泰德。」他以低沉的嗓音說道，伸出一隻粉色的手掌來打招呼。

這人知道他的名字已經不奇怪了。最近遇到的陌生人好像都知道他的名字。

泰德牢牢盯著對方，一邊下樓。

「你為他們工作？」走下樓梯後，泰德問道。他靠著欄杆，布朗寧就在身側。這名男子散發出來的氣息不像是威脅。

外面沒有一絲動靜。就算有人報案，警察也無法那麼快抵達現場。馬格努斯一定是感覺到家裡有陌生人，又斷斷續續叫了起來。牠知道主人已經死了嗎？距離這麼遠，狗聞得到血腥味嗎？有可能。牠顯然努力想把哀嚎變成短促的吠叫。

「你到底是誰？」

男子微笑。

「我是羅傑啊，泰德。」

「哪個羅傑？就只叫羅傑？另一個人至少還告訴我他姓什麼。」泰德用沒有拿槍的手撫著額頭。「你聽好了，我不知道你來這裡幹嘛，但是警察隨時都會來。樓上有個死人，外面有一頭迷迷糊糊的羅威那犬。我要閃人了。」

羅傑露出幾乎像慈父般的微笑。

「你沒聽到我說的嗎？」泰德問道。

「我們何不到客廳聊一下呢？」

泰德困惑地看著他。這傢伙在那裡幹什麼？為什麼要用這種方式來控制他？

「我真不敢相信。你瘋了，沒聽到槍聲嗎？」

「是布蘭吧，對嗎？」羅傑以彷彿電腦程式般的音調說道。

「對。不是他還有誰？」

「你對他開槍了？」

這傢伙一定聽到槍聲了。泰德沒有回應。

「你身上有槍真是幸運。」羅傑評論道，「準備周全總是好的……以防萬一。」

這時，泰德已經不確定自己為什麼不乾脆一走了之。這名男子說話的方式很特別，帶有一種令人著迷的節奏。

「你也戴著手套，」羅傑指著泰德的雙手，用背誦般的語氣說，「身上有一把刀和緊急用的手槍。你把狗迷昏了?」

羅傑以讚賞肯定的態度,輕輕偏了偏頭。

「他們要我殺他的,不是嗎?」泰德惱怒地說。

「這次你有留一張照片在屍體上嗎?」

這次?

「有。」泰德放棄了。如果這個人已經暗中監視過他,或有顆水晶球能看透一切的話,那再問下去還有什麼意義?「羅傑先生,如果你不介意的話,我要離開了。你覺得怎麼樣?如果我是你的話,我也會走的。」

泰德朝門口走去,但事情不對勁。他從一扇小窗戶看到一個人影從前院出去,快速穿越街道往一輛車子跑過去。這時路燈清楚照出那人的身形,泰德看到他穿的條紋馬球衫。他是林區。

林區發動車子飛速離開。

他們為什麼要這樣控制他。

泰德回過身看羅傑,無聲地要求一個答案。黑人男子聳了聳肩。

5

負鼠選在庭院的桌子上吞食砍下來的肢體。牠甩了甩身體,彷彿要啟動門廊上的動作感應器,讓光束照過去，使屋裡的人可以看見這駭人的一幕。

泰德站在玻璃落地窗的另一側，不可置信地看著負鼠尖牙刺進死屍肉裡，沒有生氣的眼神往四下滴溜溜轉，幾乎是毫不在意地撕咬荷莉大腿粉色的皮膚。他就是知道那是妻子的腿。儘管圓圓小小的腳趾腫脹流血，膝蓋參差的切口下連著一串殘破的韌帶和碎骨，但他就是知道，不需要透過痣或胎記來辨認。他曾愛撫親吻過這條腿無數次，數不清曾替它套上襪子多少次，到哪裡他都認得出來，就算在夢裡也一樣。該死的負鼠竟然在啃荷莉的腿！泰德張開手掌拍玻璃。負鼠立刻轉過頭來，盯著玻璃後的人影，但看起來並未受到威脅。牠的上下顎染成一圈紫色，就像化了恐怖妝一樣。沒了好奇心後，牠回頭繼續啃著腿。泰德再度拍玻璃，然而這次負鼠不為所動。

這時他聽到了海洋的聲音。大西洋距離他家有好幾公里遠，但這也沒關係。他伸手按下外面的電燈開關，院子裡的燈光照亮戶外，就在那裡，在自家院子裡有一片海洋。那裡本來有一個種滿樹木的小坡，他喜歡每天早上到那裡看報紙的商業版，現在，一片揚起浪濤聲的海面取代了坡地。荷莉站在長滿天竺葵的沙灘上，如同蠟像般靜止不動。她的一大塊小腿肉已經被負鼠吃掉，露出骨骼光亮圓鈍的一端。她身穿泰德最喜歡的那套紅色比基尼，雙臂朝兩側伸展開來，身體微微向左傾。飛揚的頭髮彷彿有隱形的雙手捧在空中。儘管她有一條腿已經不見了，但臉上仍是一片歡欣的表情。

泰德打開落地窗。負鼠退到桌子最遠的一端，看來好像真的忌憚泰德的出現，但還沒擔心到寧願放棄牠的食物。牠停下來，蹲踞著露出牙齒，隨時準備逃走。泰德突然做出驅離的動作，但發現沒用後，就往身旁找可以趕走牠的東西。他立刻認出烤肉爐旁邊的一個木盒，可是他應該感到驚訝才對，因為他還是孩子的時候就沒再見過那木盒，卻在長大後的家裡自然而然地看到了。他走過去將它視若珍寶般拾起來——某種程度上它確實很珍貴。盒蓋和盒底各畫上半個棋盤，把盒子展開後，就能拼成一個完整的西洋棋盤。木盒有綠色天鵝絨內襯，每一枚棋子都放在各自的小格子裡。泰德用右手拿起一枚主教，快速地丟出去，但沒丟準。負鼠距離他不到兩公尺，怎麼可能打不中？他再拿起一枚棋子丟過去，這次用的力氣比實際上需要的更大，還是沒丟中。他每次丟棋子的時候，總感到有什麼事情令他不安。丟出去的拋物線總是難以預測，彷彿是故意在打中負鼠前一刻避開似的。但是泰德不放棄，繼續像被附身似的，拿著一枚接一枚的棋子丟牠。負鼠想必發現了扭曲的物理定律對牠有利，這惹人厭的東西回到桌子中間，繼續享用美食，厚重的白尾巴在毛茸茸的身後慵懶地甩著。泰德大概已經丟了上百次，但沒有一次丟中，他這才放棄，放手任由木盒落地。他看向掉在地上的盒子，發現所有棋子都還好好放在小格子裡。

他看著荷莉，想跟她說抱歉，他已經盡力想救回她的腿了。家人有需要時，他一點都幫不上忙，這算什麼丈夫？他覺得好糟糕，難過得快要哭出來，這時又發現的確還有一條出路。剛剛怎麼就沒想到呢！他覺得右臂越來越沉重，手裡能感覺到布朗寧的槍柄。他把手槍舉到眼前著迷地看著。用帶著詩意般的慢速，兩手握緊槍柄瞄準負鼠，享受開槍前一刻的快感。牠抬起頭，彷彿感到最後一刻已逼近了。子彈打在牠背後正中心，讓牠像裝滿鮮血和內臟的氣球一樣爆裂開來。泰德任由手槍落地，走到桌子前，眼睛牢牢盯著荷莉的腿。他像醫師捧著即將進行移植的內臟般，用雙手捧起腿來。這時他能仔細檢查了，發現腿的一端有一枚螺栓，跟他想的一模一樣。一切都會好起來的，他想著。只要到荷莉身邊把腿拴回去就好了。他能當個好丈夫的。

他走下門廊的兩級階梯抬眼望去。荷莉依然站在那裡，不過此時兩人之間漂浮著一個巨大的螢光黃框框。它的底部離地面約五十公分，泰德知道自己可以跨得過去，但即便如此，在跨出去之前他還是停頓了一下。荷莉身後約十公尺處的海面掀起波浪，他迫切需要把她的腿裝回去、抱抱她。他把她的腿舉起來越過黃框框。瞬間他有一種瘋狂的感覺，覺得自己過不去，可是他跨過去了。他知道只要不碰到框框都沒關係。跨過這個框後又碰上另一個，這次是綠色的，他跨過去後再抬眼看，發現荷莉維持同樣的姿勢，遠在十公尺外等著他，又一個框，再一個框，紅的、紫的，泰德已經不需要看著框框就能跨過去了，他幾乎無意識地跨著，眼神緊盯前方的荷莉，又是黃色，接著藍色。「我就要到了，親愛的，」十公尺，一個暗如黑夜的框，「荷莉……」泰德已經不是用走的了，他跑著跳過一個接一個、一再重複出現的框框，彷彿田徑選手不斷跨越欄架似的，不停地跨，荷莉，不停地跨，荷莉……

最後一個框框吞噬了他，隨著一聲叫喊把他帶回其他地方去。

6

他在沙發上。

泰德猛然起身，雙手急忙往腿上摸去。腿還在那裡。他是夢到自己少了一條腿嗎？他開始忘了。他仔細審視黑暗的房間，之後看了看自己身上發皺的上衣，還有穿起來不舒服的牛仔褲。泰德站起來，不知為何就走到屋子側面的落地窗前。他在那裡站了好久，審視消失在夜色中的山丘。他靠近玻璃時，啟動了室外的動作感應器，燈光照亮了戶外的桌椅。泰德突然看到一個奇怪的幻象，畫面裡有一條女人的腿。他夢到荷莉少了一條腿嗎？他默默微笑起來，心裡記下這些情節，好等到下午的時候告訴荷莉。他自問現在幾點了，想必應該還不到六點，因為天還沒有全亮，他想著。他下意識看向手腕，但錶不在上頭。

這時，一絲回憶如箭般，戳破他腦海裡覆蓋的遺忘面紗。泰德眼神銳利地看往烤肉爐底部。裝著西洋棋子的木盒已消失，但他的回憶太清晰了。儘管剛剛才做了荷莉缺一條腿的噩夢，但西洋棋這細節令他感到一陣惡寒。

如果他打算離開這個世界的話，最好還是繼續照著平常的習慣過日子，這也包括跟他的治療師蘿拉・希爾會面。有時候他感到很開心，因為兩人的關係隨著時間好轉了。起初他只是遵循醫囑，進行一系列治療，但到了後來，這療程幾乎成為一種愉悅的體驗。如果不是卡麥可醫師堅持的話，泰德絕對不願接受治療師治療的，但醫師對這點相當堅持，而且很有說服力。「泰德，必須面對這種消息的人，需要學會克制。」他當時是這麼說的。泰德把這句話理解為：長了無法開刀處理的腫瘤的人，遲早都會想轟掉自己的頭。就這方面而言，卡麥可醫師說的沒錯。

事實上這腫瘤並非無法開刀治療，但成功率就跟把球從三十公尺外投進籃框裡一樣。卡麥可醫師沒有用這個比喻來說明病情，而是想辦法透過話語，想為泰德點燃一絲希望之光，不過為人實際又擅長分析的泰德，很快就看透了背後的真相。當然，最終還是由他來做決定，他可以冒險動手術盼望奇蹟出現，或像現在這樣繼續下去。泰德不需要想太久。這種決定他早就做好了，早在頭痛之前，或卡麥可醫師以委婉的語氣揭露噩耗之前，他就已經在無意中下定決心。也許幾十年前，他在《飛越杜鵑窩》的結局裡，看到傑克像無主的木偶搖頭晃腦時，他就已經決定好了。也許他是在另一個時刻決定的，什麼時候其實不重要。泰德決定，到時候要有尊嚴地過完最後幾個月的人生。就算他第一次跟治療師希爾約診後沒有缺席，也只不過是為了讓卡麥可醫師相信，一切都照著事先規劃好的療程走。療程當然是特別替他規劃的，因為卡麥可是位好醫者，相信應該盡可能延長人類壽命到最後一刻。無論是要從三十公尺、一百公尺還是一千公尺外，把球投進籃框裡。

蘿拉・希爾看起來只有二十多歲。泰德第一次見到她的時候，對這名小女孩起了一股憐憫之心，認為這個戴著方框眼鏡、梳起包頭，以自制微笑和溫暖態度迎接自己的人，應該才剛開始行醫。好像是在玩家家酒，扮演治療師，泰德這麼想著。後來他才驚訝地發現，蘿拉・希爾已經三十多歲了。他不清楚她究竟幾歲，她從來沒說過。

這名女子在兩人第一次談話時，就用她青春貌美的外表和天真坦誠的態度，卸下泰德的心房。蘿拉會在每次約診時設些陷阱給泰德，用能否克服它們來吸引泰德的注意力，因為她和卡麥可醫師一樣，都不願意跟泰德談論在他心裡落地生根的自殺念頭。

「你好啊，泰德。」蘿拉說道，「你來了，也就是說跟合夥人的遊艇之旅最後還是取消囉？」

「就是這樣。謝謝妳願意接待我。」

「關於遊艇之旅，我很遺憾。」這天，蘿拉把紅銅色的頭髮梳成包頭。「你覺得怎麼樣？」

昨天我殺了一個人。我跑到他家裡，躲在衣櫃裡等著，然後把他給殺了。世界上不缺他那種人。

泰德仔細斟酌這段話。想像要是對蘿拉．希爾說這種話，她會如何變臉。事實上，他也還沒習慣自己已經殺過人的想法，更不知道該怎麼說他享受殺人的感覺。

「昨晚我又做噩夢了。」泰德說。他常常談到他做的噩夢，基本上他覺得這是件很荒謬的事，常常省略掉其中可能揭露更多心思的細節。

唯一的窗戶旁擺了一張辦公桌，蘿拉很少會在療程中坐到桌子後面去。這次她坐在泰德對面的扶手椅上。兩人之間有張低矮的小茶几，上面只有一個裝了水的塑膠杯。泰德從來都不喝。

「跟我說說你的夢境。」

「我在我家客廳落地窗前，朝外面門廊看過去。院子裡的桌上，有隻負鼠在吃荷莉的一條腿。荷莉人不在那裡，桌上只有她的一條腿，我知道那是她的腿。我馬上走出去，正在找東西想嚇跑負鼠時，看到地上有一個盒子，我一眼就認出來了。那是我的西洋棋盒。」

如果蘿拉跟其他治療師一樣，會邊聽病人陳述邊在小本子上記錄的話，聽到泰德嚴肅的嗓音一定會忍不住寫下來的。可是蘿拉從不做筆記。她有驚人的記憶力。

「我朝牠丟棋子，可是都沒有打中。」泰德繼續說，「牠用一種無法解釋的方法躲開了。棋子好像永遠也丟不完一樣。然後我發現荷莉在院子裡，我覺得院子外面還有海。人類的心智竟然能幻想出這些東西，這不是很好笑嗎？」

泰德沒說他拿布朗寧把負鼠打個稀爛。如果沒有林區介入的話，他本來也打算朝太陽穴開槍自殺的。他寧願把這種細節放在心裡。

「你沒有殺掉負鼠？」蘿拉善用她驚人的第六感問道，這已經不是她第一次這麼做了。

「沒有。」

蘿拉點點頭。

「你上次做過跟西洋棋有關的夢是什麼時候？」

「從來沒有。」

她停下來思考了一會兒，在腦海中搜索適當的字眼。

「泰德，我們必須談談那幾年發生的事情。你必須跟我說，為什麼當年棋藝超群的少年，會這麼突然地決定放棄西洋棋。後來你就沒有再碰過棋盤了嗎？」

「沒有認真下過棋了。我有教女兒下棋，有時候也會跟她們玩一下，但是現在都是她們兩個自己下。」

「告訴我，你為什麼不下棋了？」

蘿拉曾經想試著談這個問題。泰德過去表示不願意多說，她也沒有堅持，但是說說那幾年的事也不會令他感到不安。他調整了一下坐姿，開口說道：「是我父親教我下棋的，我七歲的時候就能輕易贏過他了。他帶我到溫莎洛克斯去見一個老人，那裡是老人的故鄉，他以前是位頗負盛名的棋藝家。」泰德停了下來，這名老人恐怕是他一生中唯一尊敬崇拜過的大人，回憶恩師令他感受到陣陣懷念和痛苦。「他的名字是米勒，我想我之前應該有提過。第一次看到他的時候，我覺得他好老，長到過耳的頭髮都已經灰白了，臉上滿是皺紋。那次我們沒說什麼話。我們在他的車庫裡，面對面坐在棋盤前，他就是在這裡教附近的孩子下棋。我們下了一盤棋，父親在一旁看著。我們走的棋步不多，還不到二十步，之後米勒就把我父親帶到旁邊說話。我留在原地等他們。我想著米勒一定是跟父親說我沒天分，要我跟父親回家去，別再想著下棋了。沒想到八年過去，直到滿十五歲的時候，我每星期都會到米勒家兩三趟。」

「你們兩人有一個馬蹄鐵的儀式，對嗎？」

泰德不記得曾跟她說過馬蹄鐵的事。這又證明了蘿拉的記憶力好得令人不安。

「是的，米勒成為我的教練。我們經常走車輪戰，在不同的棋盤上，練習不一樣的衍生變化走法。」

蘿拉歪了歪嘴。

「恐怕我對西洋棋的知識沒那麼深入。」

「西洋棋有好幾種開局法，其中很多都是以擅長該種開局法的棋手名字來命名，此外還有衍生變化棋法，也就是開局之後如何繼續走下去的各種方法。就像是一條主要大路兩旁還有其他道路一樣，每種走法都經過仔細研究，棋手在學習時都要學會。下棋比的不只是邏輯，還有記憶。我跟米勒一起重現經典棋戰，一步一步分析。別忘了我當時還小，就算很喜歡下棋，但我也一樣坐不住。米勒必須想辦法讓我維持專注力。他會跟我說著名棋手和經典棋賽的故事。也就是在這情況下，他跟我提到一九二七年的第三屆世界棋王爭霸賽，在布宜諾斯艾利斯，古巴棋王卡帕布蘭卡出戰俄羅斯的亞列亨。米勒對這幾場棋賽相當著迷，他的這份熱切也感染了我。卡帕布蘭卡是當年的世界棋王，外界一致認為他擁有不世之才，是能為西洋棋界帶來開創性革命的無敵棋手。挑戰者亞列亨棋風嚴謹，屬於研究型的棋手，很少人認為他有機會勝出。我說得太冗長了嗎？」

「完全不會。我很高興看到年輕時代的熱情讓你今天這麼有活力。請繼續，我想知道天才棋手和謹慎挑戰者的故事結局。我沒聽過這故事，會不會顯得我很無知啊？」

泰德笑了。

「不會，完全不會。我們說的可是一九二七年的西洋棋往事啊！重點是，當年挑戰世界棋王的規則還不太明確。他們決定，贏六局的人就能成為新一代世界棋王。但是在西洋棋裡，經常會出現和局，要贏得六局必須比好多局。最後，他們一共下了三十四局，連下三天哪！」

「誰勝出了？」

「亞列亨爆冷門贏了。兩位棋手的關係向來不好，賽後更加惡化。亞列亨從此不願意再跟卡帕布蘭卡在世界棋王爭霸賽中交手，十年之後他就過世了。棋賽結果出乎所有人意料，這時著名的馬蹄鐵出現了。據說是亞列亨抵達布宜諾斯艾利斯時，在街上發現一塊馬蹄鐵。他是很迷信的人，知道馬蹄鐵是個好兆頭。他跟陪同來參賽的妻子說了，決定把它留在身邊當成幸運符。亞列亨去買了一份報紙，小心把它包好，跟妻子說『這東西在等我找到它。』」

泰德眼眶含淚，放任自己沉浸在回憶中。這故事他聽米勒說過無數次，其中穿插著數不清的真實細節。老人家甚至還收集了一整本當年的剪報，其中有幾份他設法弄來的阿根廷報紙剪報，一旁有他親手用整齊小字寫上的翻譯。

「米勒在牆上掛了一塊馬蹄鐵，」泰德說著，眼睛失神地看向虛空，彷彿他能真的看到當年的景象。「他說那就是亞列亨在布宜諾斯艾利斯街頭撿到的那塊馬蹄鐵，是他在一場拍賣會裡買下的。後來我剛開始參加州裡的棋賽時，我們會把馬蹄鐵從牆上拿下來，用一張報紙包好帶在身上。通常都是我父親開車載我們去比賽，連他都不知道我們帶著馬蹄鐵出賽。這是我們的祕密，除了米勒和我以外，沒有人知道。我比賽的表現很不錯。賽後，我們會重新把馬蹄鐵掛回米勒家車庫的牆上，就像我們的儀式一樣。」

「你提到米勒的時候，非常引以為傲。對你來說，他一定是個很重要的人。」

「這是當然，那幾年間，父親會載我到米勒家，車程要花一個小時出頭。我每次會在那邊待三個小時，總覺得時間過得好快。我父親是推銷員，他會利用這段時間在附近跑生意。我們家裡的情況很複雜，母親的失智症病情惡化，我受不了父母間的爭執。溫莎洛克斯是一個我可以逃避現實的出口，在很多方面來說都是。」

「米勒後來怎麼了？」

「我認識米勒的時候，他應該已經有七十歲了，可能少個幾歲。八年過去，他也差不多年近八十。我當年十五歲，西洋棋是唯一能平撫我叛逆情緒的東西。出了米勒的車庫，我是衝動愛挑釁的青少年。我不知道當時那樣我還能撐多久，因為那時的我，已經變成兩個截然不同的人。我一方面是易怒又怨恨父母的少年，跟父親幾乎無話可說，在學校裡是喜歡挑戰權威的問題人物，但同時我也很享受與米勒共度的午後，喜歡聽他說故事、跟他一起分析棋局。」

泰德停了一下。就連跟荷莉，他也沒這麼深入地聊過米勒，更沒有提過他正打算說出口的事情。他吞了一口口水。

「米勒過世的那天，我在他身旁。我們每個月會一起下棋一兩次，後來我們的實力變得越來越不相上下。那時輪到他了。他在思考時都會擺出同樣的姿勢，兩手手肘撐在桌子上，手掌握拳撐著下巴。我習慣把兩手收在桌子底下，身體微微往前傾。當時，我們維持著這樣的姿勢，米勒突然倒在棋盤上，兩條手臂垂下來，頭像鋼球般重重往下掉，把棋子撒了一地。我嚇了一大跳。米勒是鰥夫，有一個兒子會不時過來探望他，但那時候他家裡只有我們兩個人。我嚇得根本沒想到要湊上前去搖他、看他的反應，確認到底發生什麼事。我知道這改變不了任何事，因為米勒那時候已經死於心臟病發。我愣了好一陣子，站在桌旁呼吸不過來……後來我衝出車庫求援。我可以到附近任何一個鄰居家求助，但不知道為了什麼荒謬的原因，我覺得應該去找父親幫忙。我知道他的野馬沒有停在車道上，我慌到隨便朝一個方向跑。跑到街角時決定右轉繼續不停地跑……幸運的是，我發現他的車停在約兩百公尺外的一戶人家前面。父親應該是在那裡賣百科全書或遠距課程，或隨便什麼其他東西。剩下的妳都可以想像得到了吧，蘿拉，是吧？」

「我想是的。」

「一進屋子，我就明白這幾年父親載我到米勒家的原因，不是為了讓我精進棋藝，也不是為了躲開母親，至少他的原因不只這些。住在那棟房子裡的女人，是我父親的初戀女友。後來他試著跟我解釋。」

「你在屋裡看到了什麼，泰德？」

「他們在房裡，我沒看到他們，但我聽到了他們的聲音。我靜靜待在客廳裡，面對關掉的電視機，坐在扶手椅上，聽著他們的笑聲。我想著倒臥在自家車庫的米勒，腦海裡出現一個很可怕的想法，我還記得一清二楚。我希望他死了，因為就算他沒有死的話，我也不願意再來這個小鎮。也因為這都是我父親的錯，當時我整個心裡只想要恨他。」

電話鈴聲嚇了他一大跳。蘿拉從來不會中斷療程去接電話的。

「很抱歉，泰德。我得接這通電話。」她起身走到辦公桌旁。

泰德點點頭。

蘿拉專心聽著電話。泰德注意到，她的表情一下子變得很緊張，之後又放鬆下來露出微笑。

「好，當然好。沒問題。我會准的。」

她掛上電話。

「我兒子是童子軍，」她對泰德說道，「他忘了讓我簽一張去遠足的同意書，童軍團的人很細心，特別打電話來問我。」

蘿拉再度坐下。

「泰德，不好意思，打斷了我們的療程。」她又一次道歉。

「別擔心。其實也沒有什麼好說的了。我後來再也沒有跟父親談到這件事。他繼續想辦法逃避家庭，我則留在家裡照顧母親，對他充滿了恨意。我父母後來離婚，而我再也不下棋了。」

7

泰德跪在灌木叢後。他剛剛在滿是蚊蟲的樹林中，走了超過一公里。他甩甩頭，把注意力放到另一邊。

他聽到口哨聲夾雜著鳥叫聲。看到湖上有艘船，上面只有一個人：溫德爾平靜地等著他盼望已久的結束。他不為所動地拿著釣竿。

泰德悄悄打死一隻蚊子，背對著湖坐下來審視附近一帶。這時候他看到了，在穿透松林灑下來的光點間，有一個馬蹄鐵閃閃發光，那形狀他絕對不會認錯的。就在幾公尺外，他甚至不需起身就可以碰到。他拖著身體伸長兩手去抓，這塊馬蹄鐵跟米勒掛在他家牆上的很像，令他暗暗吃驚（他心裡一直都知道那一塊是米勒的馬蹄鐵）。

它怎麼會出現在這裡？泰德繼續盯著馬蹄鐵好一會兒，之後放進褲子口袋。

溫德爾度週末的房子位在路的盡頭，一棟用現代化的混凝土和大片窗戶所堆疊出來的建築。房子一側是木頭鋪的親水步道，一路延伸到湖邊，變成僅有幾公尺長的碼頭。泰德考慮著他的選項。一旦溫德爾結束這天的釣魚活動，一定會從那個碼頭上岸，沿著步道走回屋裡。在裡面等他似乎是最合理的作法。至少在屋裡等不會被蚊子圍攻，多少會舒服一點。他快速往空中抓了一把，滿意地望著拳頭，張開後卻發現手裡什麼都沒有。

泰德肆無忌憚地沿著私人小徑走。隨著他越走越近，眼前的現代化建築似乎變得更大。他看見停在屋前的黑色跑車，一輛兩人座的藍寶堅尼敞篷車。泰德忍不住湊近仔細看了一眼。這是他夢寐以求的車款。他開始同情溫德爾了。當他傾身上前想檢視內裝時，外套被放在裡面的布朗寧重量給撐開了，提醒他等等該做的事至關緊要。泰德拉攏外套，不過沒有扣上扣子。氣溫熱得他受不了，可是帶著槍他覺得比較安全。他停下來的時候，注意到車窗上有一個倒影。一開始，他以為那是儀表板上的一顆小燈，然而稍微換個姿勢後，發現是玻璃上的倒影。他轉過身來，仔細檢視半邊讓樹木遮住的路燈燈桿，上面有一架監視錄影機正對著泰德所在之處。一顆紅色的小燈閃爍著。泰德打了一個冷戰。林區文件夾裡的房屋細部圖沒有提到這一點。這些細節他們不應該漏掉。

紅色燈光閃爍的同時，泰德自問攝影機另一頭是否有人監看，還是這是一套閉路系統。如果是後者的話，也許林區認為不需要告訴他。林區跟他的人當然會負責洗掉監視錄影畫面。他鬆了一口氣。眼神從監視錄影機上挪開。

他走向通往馬路的大門，門當然是開著的。地上鋪著一塊可能是印度進口的方形地毯，彷彿在邀請他走上前來。屋裡跟他想像的一模一樣：寬敞的空間有好幾個陽臺，還有架高的走道，主要的色調是白色，搭配上金屬欄杆和玻璃，看起來像是企業的接待處，而不是度週末用的別墅。屋裡有兩道樓梯，光亮的木製階梯看起來像飄浮在空中，此外還有好幾根細長的圓柱。泰德慢慢朝右邊一張看來從未用過的暗色玻璃桌走過去。他立刻發現一道應該是通往廚房的拱門，門的側邊就是等待溫德爾的最佳地點。

他朝拱門走過去時，突然驚覺有人在觀察他。泰德停下腳步朝四下張望。在屋裡沒看到攝影機，不過他認定應該還是有幾臺的。在客廳的另一端有部巨大的電視機和幾張皮製扶手椅，還有一座壁爐，上面放了幾張照片。泰德繼續懷疑地審視他所在的空間。等到有人觀察他的感覺過去後，才繼續往拱門前進，但他卻無法擺脫那種深刻的不適感。有點不對勁，但究竟是什麼？

準備好要動手殺人了？

是。

他搖頭。

是殺另一個人。

他一進廚房就從外套口袋裡掏出布朗寧，手中槍枝的重量令他稍微平靜了些。廚房裡有一扇正對著湖面的巨大落地窗，正好可以讓他評估溫德爾什麼時候會到家。他走到窗前，看著步道後的湖面。他認為他在看的地方不久前還停著一艘船，但現在卻消失得一點痕跡也沒有。他慌了，眼神在一排排的樹林間搜尋著，但仍舊沒有發現什麼。這時他聽到遠方傳來一陣船外機馬達的嗡嗡聲。溫德爾要回來了。

他在廚房裡踱步，一邊用槍托輕敲額頭。還有多少時間？肯定不多。雖然盡快結束是最好的，但眼看箭在弦上，讓他身體產生一連串不可避免的感覺。他不再覺得那麼肯定了。如果溫德爾並沒有在等他呢？如果事情和林區跟他說的不一樣，就像剛剛的監視錄影機一樣，那他該怎麼辦呢？他停下來，快速把槍指向牆上掛著的月曆。上面有一張潛水伕探索珊瑚礁的照片。他瞄準中間的數字十五。好了，穩下來。他舉起左手，兩手緊握著槍，槍管只有微微晃了一下。

「來吧！」他若有所思地說。

馬達的聲音越來越清晰。溫德爾隨時有可能抵達碼頭朝步道走來，在步道上就能透過廚房玻璃窗看到泰德。但是泰德下定決心要冷靜下來，沒有冷靜前絕不輕舉妄動。本來屋子裡的空調已經讓他身上的汗都乾了，但現在他再度感到太陽穴和手掌上的濡濕。他動了動手指，擺出在射擊場裡練習多次的射擊姿勢。閉上了雙眼。

溫德爾跟你一樣需要那發子彈。

他張開眼睛，從窗戶邊退開。他走到拱門旁邊注意聽著，馬達發出一陣悶悶的喀噠聲後就停了。他估計只要兩分鐘，溫德爾就會走到大門口來。泰德檢查手槍，確認沒有上保險。溫德爾一關門轉身，泰德就會舉槍從廚房出來，他會上前兩三步減少失誤的可能性，然後就會開槍。如果對方大叫不要開槍的話，他就會停手。

「來吧，溫德爾，開門吧！」泰德低聲說。

一分鐘後，泰德聽到木頭步道上傳來的腳步聲。

來吧，溫德爾。

門關上了。

三，二，一。

泰德迅速從廚房裡竄出來，沿著桌子走了半圈舉起手槍。

溫德爾在玄關，背對著他往門後的架子掛東西，他聽到腳步聲後回過頭看，臉上表情一變，可能是因為驚訝，不過並沒有說什麼。他的額頭上出現一個完美的圓點，隨後便倒下了。

泰德太習慣戴著耳罩開槍了，這一擊槍聲大得令他咬緊牙關。他慢慢走近屍體。溫德爾雙手攤平倒臥在地毯上，臉上仍帶著驚訝的表情。儘管他看來像是平靜地死去，不過泰德知道這一發打得非常完美，子彈射進他頭顱裡把腦部炸得粉碎，幾乎沒有造成任何疼痛。

他準備離開時，溫德爾的手機響了。泰德自己的手機用的也是同樣令人討厭的鈴聲，他感到有點不舒服，彎腰從溫德爾外套前面的口袋裡，拿出一支iPhone。螢幕上顯示的名字是蘿莉，泰德驚恐地幾乎要尖叫失聲。他有一段時間會叫荷莉為蘿莉，就在兩人剛開始交往的時候。儘管這巧合未免巧得太詭異，但這不是最重要的。重要的是他本以為溫德爾沒有妻子，也沒有女朋友……林區跟他保證過這傢伙身邊沒有任何人的！

手機的鈴聲停止了。

蘿莉是誰？為什麼林區沒跟他提過這名女子？

我們快到了。該結束今天的釣魚活動了。☺

我們？

泰德彷彿觸電般猛然把手機丟掉。手機落在溫德爾胸前。

蘿莉是誰？想啊。想啊。快想。

然後他懂了，至少他認為自己懂了。他鬆了一口氣。溫德爾正準備在家舉行私人派對，受邀的女性隨時會到。他想也不想地拿起手機回訊息。

活動取消。我正在忙。對不起。

又來了一則訊息。

真幽默。你知道我最討厭邊開車邊傳訊息。兩分鐘後見，親愛的。

親愛的……

所以溫德爾確實是有女友的。這不像是林區會忽略掉的細節啊！地毯上的血跡在溫德爾頭邊暈成一個紅色光圈。

「糟了。」

蘿莉寫說兩分鐘以後就會到。

蘿莉荷莉。

兩分鐘可能只是在說很快就會到，或者……泰德把溫德爾的手機和布朗寧收到自己的外套裡。無論如何他都得加快速度。他得把屍體給藏起來，這樣還能在那女人報警前多爭取一點時間，然後盡快離開那裡。如果他能辦到的話，對他來說，事情基本上不會有太大的變化。不知道溫德爾有女友這事令他很生氣，不過很可能正因如此，林區才沒有跟他說。他不應該忘了溫德爾跟自己一樣一心求死。溫德爾無疑考慮過親朋好友的感受，就像泰德也思考過當他死後，受到最大影響的會是……

蘿莉荷莉。

夠了！他現在要關注的問題是該怎麼把屍體弄走。藏在屋裡還是屋外好？他很難在不知道還有多少時間的情況下做出決定。泰德彷彿往空氣中尋求答案，朝附近張望了一眼。這時他僵硬地停了下來，就像有人拿槍管頂在他背後似的——儘管屋裡沒有其他人。

他瞭解究竟是什麼東西不對勁了。泰德忽略了一項細節，那細節迥異於他對這個死在腳邊的男子的認知。在廣大客廳另一頭的壁爐上有幾張照片。泰德快速穿過客廳，避開扶手椅、跳過客廳和走道間的幾級階梯。走到距離壁爐四公尺處時他停了下來。他不願意仔細看。從這個距離他已經可以看得清了：溫德爾跟一名女子在船上相擁入鏡的照片；溫德爾騎在馬上的照片（泰德伸手摸了一下口袋裡的馬蹄鐵）；在另外幾張照片中……有兩個女孩，跟他自己的兩個女兒年齡相仿。泰德感到一陣暈眩，他抓著身旁的柱子，一陣天旋地轉。

我們快到了。

溫德爾有兩個女兒？林區騙了他！

這時他聽到汽車聲。他的眼神在照片、溫德爾的遺體和大門間游移了近十秒。泰德僵硬地站著，無法理解現在發生了什麼事。最後他回到門口，輕輕拉開窗簾一角觀察外面。一輛休旅車沿著泥土路面慢慢開過來，停在藍寶堅尼後面。一切發生得太快。動啊！但是泰德僵在原地。休旅車的三個車門同時打開。蘿莉從駕駛座上下來，兩個身穿印花洋裝、背著粉紅背包的小女孩從後座出來。朝著大門口快速衝了過來。

爸比！我們到了！

泰德揉了揉眼睛。他的腦袋一定是跟他開了個惡劣的玩笑。

8

當泰德決定要自殺時——這念頭一出現就如野火燎原般迅速擴大——他就知道應該要找可以信賴的人來交代後事。必須找一個不在他親友圈內的人。他腦海裡幾乎立刻浮現了亞瑟．羅畢蕭這個名字。泰德已經好久沒有見過他了，儘管他們中學時代同窗三年，但彼此的交流幾乎是零。他是最完美的人選，除此之外，他旗下網羅了本市最好的律師。還有，泰德去拜訪他一次之後，發現兩人間的連結，遠比一般律師和客戶簽訂的保密條約還更強烈。或許在亞瑟這種人身上，有一絲不經意流露出來的特質：他在求學期間的表現不傑出，但也不算特別糟，受歡迎的男女學生不會去注意他，身邊的朋友只有少數兩三人，有時甚至獨來獨往。他說服自己在充滿惡意玩笑和遭到排擠的環境中，卑微地生存下去。不管未來的結果有何不同，是他的事業會飛黃騰達，還是在健身房耗上好幾個小時後，終於把天生肥胖的體型練得精實一點，都改變不了一個殘酷的事實：像亞瑟這樣的失敗者，面對世界上其他像泰德這種人的時候，往往都會依照一種原始的服從機制行事。那種想被人注意、想成為團隊一份子的欲望，就像是還在潛伏期的病毒一樣；就像他以前在學校遊樂場苦苦乞求別人一絲注意一樣。

經過溫德爾家中令人不愉快的事件後，泰德又回過頭去找他。

亞瑟穿著一件優雅的馬球衫、手裡捧著一杯馬丁尼出來迎接泰德。

「泰德，你來啦！」

律師身後有好幾個人轉過身來，審視剛抵達的泰德。賓客四散在客廳裡，幾個人站在吧檯旁邊，幾個人坐在客廳的扶手椅上。大多數的賓客都是夫妻或情侶。過去幾星期，亞瑟不斷提到他的生日宴會，但泰德早就忘得一乾二淨。他為什麼要分心去留意一場在自己死後才會舉行的活動？

「我需要跟你談談，亞瑟。要私下談。這很重要。」

泰德不需要解釋自己的來訪目的不是為了祝對方生日快樂。光是他的臉色就足以說服對方了。

「當然可以，進來吧！」

泰德遲疑了一下。賓客已經猜到他來這裡的原因跟他們不一樣，所有人都豎起耳朵等著聽他說更多細節，好知道他到這裡來的原因。所有賓客都穿得光鮮亮麗，人人手中端著一杯飲料，一副從酒類廣告裡走出來的樣子。他們全身都散發出一種歸屬感，令泰德感到極端厭倦。他注意看這群人的時候，驚訝地發現很多人都是中學同學。老天爺啊！這裡簡直像在開同學會。

泰德堆起微笑走進屋裡，陪在身邊的亞瑟藏不住一臉幼稚的驕傲。那天是亞瑟的三十八歲生日，他跟泰德同年，但好幾年前他的頭髮就已經跟頭皮說再見了。他身材依然矮胖，留著畫家范戴克式的鬍子，想遮掩比例過小的上頷，看來卻像嘴邊沾滿一大把鐵屑。他現在已經不像當年一樣，戴著厚重如玻璃瓶底的眼鏡了，但是這些都不重要，因為這時候他覺得好像回到學生時代，用當年幾近於虔誠景仰的態度看著泰德。泰德．麥凱在他生日當天上門找他耶！

兩人與賓客打了幾聲招呼後，來到房子另一端的書房。途中亞瑟向泰德介紹他的妻子，顯然她早已聽過泰德的事跡，因為在短暫的介紹期間，她一直都很緊張。泰德心不在焉地握了握她的手，剛聽到她的名字就拋到腦後了。

「發生什麼事了，泰德？你看起來憂心忡忡的。」亞瑟問道。

他們走進擺了許多藏書的書房，在兩張皮製扶手椅上坐下。這間書房不算大，不過裝潢得很豪華。泰德雙眼緊盯著老同學身後的窗戶，透過窗戶可以看到一部分的後院，有幾個小孩在那裡跑來跑去。靠近窗戶的地方有一棵樹，上面綁著一個輪胎做成的鞦韆。**跟屋內的裝潢一點也不搭，亞瑟。**

「泰德？你還好嗎？」

他無法將眼神從輪胎上移開。是因為看起來太突兀了嗎？

「我很好。我需要你的幫忙。」

亞瑟在扶手椅上調整了一下姿勢。臉上瞬間再度出現那種原始的認命表情。

「泰德，只要你需要，不管什麼事我都會幫忙。」

「我要再次請你提供法律服務，但這次不是草擬遺囑，比那個更複雜一點。從現在起，你就是我的律師，所有我告訴你的話，都必須受到保密協定的保護。」

亞瑟並未表現出不安，這令泰德感到很高興。面對成年律師總好過面對學校裡容易受驚嚇的少年。

「說吧！」

「我剛剛殺了一個人。」

有那麼幾秒鐘，唯一能聽到的聲音，是客廳賓客被書房門遮掩的微弱談話聲。亞瑟下意識地用食指推了推鼻梁，但上頭已經沒有眼鏡可以推了。

「泰德，你發生什麼意外了嗎？」

「不完全是。聽好，亞瑟，我不想跟你說事情經過的細節，不是現在。我只能跟你說一切會在四十八小時內明朗化。」

亞瑟皺起眉頭。

泰德瘋了。亞瑟用一種看瘋子的眼神看著他。泰德傾身向前，一隻手放在亞瑟的膝蓋上，律師仍用不可置信的表情看著他。

「亞瑟，」泰德說，「我知道這一切聽起來都很瘋狂。我需要你相信我。」

「泰德，如果你不跟我說發生了什麼事的話，我沒辦法提供你建議。」

泰德搖頭。他本來認為說得越少越好，所以才來這裡，但現在他明白，如果不多說明一點的話，沒辦法尋求亞瑟的協助。他對亞瑟能信任到什麼程度？他沒有時間來好好評估風險。事實上，他根本沒有時間做任何事。他的腦袋在匆忙離開溫德爾家後就一片混亂。他無法不想那人的兩個女兒，看著她們背著粉紅色背包、甩著金髮，開心地朝門口走來。儘管泰德從側門逃離，沒有目擊她們發現父親遺體倒臥在玄關地毯上的時刻，但這畫面就像沒有結局的電影一樣，在他腦海裡不斷重播。之後，當他像身後有一群獵犬追捕般，死命穿越樹林逃走時，腦中的畫面已經有了些微改變。發現眉心有完美彈孔遺體的人不是溫德爾之女，是辛蒂和娜汀，是他自己的兩個女兒。遺體的臉孔也不是溫德爾的，是他自己的面貌。他會讓自己的女兒承受如此恐怖的經歷嗎？難道他要殺了人之後，才能理解這會對女兒造成何種傷害嗎？

「泰德？你還好嗎？」

不到一分鐘內，亞瑟就問了兩次同樣的問題。

泰德搖搖頭。他雙眼緊盯著地板，不記得自己這個姿勢維持了多久，亞瑟坐在另一張扶手椅上，擔憂地看著他。

「我很好，亞瑟。我要拜託你一件事。」

「你說。」

「我需要找一個人。他的名字是賈斯汀·林區。大概二十多歲，可能是律師之類的。」

「這人和這件事有關係嗎，或者是……？」

「跟他有關係，但是我不能跟你說有什麼關係。」

「你有查過網路嗎？聽起來有點蠢，但是網路上的資訊多得令人難以相信。」

「我什麼都沒有找到，」泰德說了個謊，「或許你的運氣會比較好。你一定能從跟你合作的幾個檢警人員中，找一個人來幫忙。」

「當然沒問題。明天一早我就讓我的團隊來處理這件事。」

泰德沉默了一下。

「我需要你現在就做，亞瑟。」

他刻意語帶權威地說道。他很清楚用這種態度說話，會立刻啟動深藏在亞瑟心裡的弱者機制，讓對方想辦法來討好他。亞瑟試圖用薄弱的理由表示不贊同，他說今天是自己的生日，有一整個客廳的賓客等著與他共度今夜。但是泰德根本不需要多堅持什麼，亞瑟就改口說不過他可以立刻打幾通電話，討回幾個人情債，看能不能查出林區的消息。如果林區是律師或年輕的偵探，他一定能立刻能查到。

「真是感激不盡。」泰德說道，再度伸手放到老同學的膝蓋上。

「別客氣。」

書房的門開了。

「你還要很久嗎？」亞瑟的太太邊問邊狠狠瞪了泰德一眼。

「不會，親愛的，再幾分鐘就好。」

她的臉消失在關上的房門後，直到最後一刻都帶著滿臉責備的表情。

「諾瑪是個好女人。」亞瑟語帶歉疚地說。

泰德做了個手勢表示不在意。

「我們這麼做吧。」亞瑟說道，「我現在就來打幾通電話，如果賈斯汀·林區和本地的司法體系有關的話，我馬上就會知道。我也會問幾個私家偵探，還有公司裡的同事，他們有些人就在客廳裡。你確定這是他的真名嗎？」

「不確定。」

「你這樣讓我很難做事啊，泰德。」

「我知道。」

亞瑟搔了搔頭。

「明天你得跟我說得更詳細些。是出於自衛嗎？至少你得告訴我這個。」

「對不起。我答應明天會跟你解釋一切。」

亞瑟點點頭。

「去跟其他人一起喝點東西吧，讓我打幾通電話……還有諾瑪，等等一定會馬上跑來念我的。」他急忙加上一句，「但你別擔心，我知道怎麼應付她。」

泰德並不想離開書房。他沒有心思應酬，希望亞瑟打電話時自己也能在場，但是他瞭解對方需要一點隱私，決定不要給他更多壓力。

9

泰德一開始打算躲到亞瑟家客廳最遠的那端，假裝看著窗外殺時間。然而剛走出書房門口計畫就泡湯了。諾瑪朝他走來，用硬裝出來的友善態度遞給他一瓶冰啤酒，陪他走到圍坐在一張矮几四周聊天的兩對夫婦旁。幸運的是，這裡離他眼熟的幾個人都很遠。他自問為什麼這女人會特地選擇帶他到這兩對身邊。

四人中只有兩名女性在說話，幾乎像是在講悄悄話，她們以一陣短暫的寂靜，來迎接新加入這個小團體的泰德。另外兩名男子似乎除了點頭以外，完全沒有加入談話，他們抬起頭快速朝泰德點一下當打招呼。泰德依舊站在旁邊，不願意在旁邊的空椅上坐下來。就在此時，泰德相信他從一大把黑色鬍子裡，認出另一名老同學。他從對方淺藍色的雙眼證實了自己的猜測，不只是因為這雙眼令他模糊回憶起學校走廊上的一些情景，也因為對方眼中有一閃而逝的臣服感，就跟他剛剛在亞瑟眼中看到的一樣。天哪，這客廳裡還有不是老同學的人嗎？這群學生時代的邊緣人到現在還繼續保持交流，令他感到一陣羨慕的痛楚。他當年的朋友早在好幾年前就失去聯絡了。

「他是因為地板溫度才逃過牢獄之災的。」其中一名女子說道，他是黑鬍藍眼男的妻子。這句話立刻吸引了泰德的注意力，他把啤酒瓶舉到嘴邊，動了一小步湊近點聽。

「我不懂。」另一名女子說道。

「你跟她解釋一下，鮑比。」

鮑比．彭德嘉！泰德突然想起來了，彷彿有人從他的過去朝他射了一箭。那個人當年就像小天才一樣，永遠都知道答案。在泰德的印象中，他在五年級的時候就轉到一所特殊學校去了。

「你是彭德嘉。」泰德說道，對自己能想起他的名字感到自得。

四個人的臉同時轉向他，表情有些驚恐，鮑比默默地點頭。**這下你可沒話說了吧，鮑比！**泰德在矮几旁唯一的空椅坐下。在其他賓客聲音的陪襯下，四人的沉默顯得沒那麼尷尬。

「泰德．麥凱。」他邊伸出手邊說道。

鮑比開始為他介紹其他人。

「他是蘭斯洛特．火星，」泰德確定自己從沒聽過這名字。這種名字聽過一遍就絕對忘不了。他握了握這名瘦削紅髮男長滿雀斑的手。然後鮑比又介紹了在場的女士，「這兩位是泰瑞莎和崔希亞。」

崔希亞的手軟得像塊海綿，出於某種原因——不用跟鮑比．彭德嘉一樣是天才，就能想得到——泰德的心思跳到溫德爾的屍體上。他們已經把遺體從客廳地毯上移走了嗎？

「泰德跟我是同學。」鮑比說道。

泰德不希望談話的主題偏向別的地方。

「剛剛……你們聊到一起警方的案子……我不是故意偷聽你們談話的，真的不是。」

崔希亞皺了一下眉頭，然後想起來了。

「對，沒錯！那傢伙脫罪了，後來被害者家屬想到一套他可能的作案手法，不過現在已經太遲了。泰瑞莎，我不敢相信妳竟然完全沒聽過。」

「我沒有看電視。」

「妳真的什麼都不知道耶。不管怎樣，他都逃脫了刑責。我想他應該是拉丁裔吧！」

她語帶不屑地說出「拉丁裔」三個字，但想起在場有一名剛認識的人後，馬上微微紅了臉。泰德想繼續聽下去，所以堆起認同的表情，順勢點點頭，彷彿他跟矮几邊的其他人一樣，都跟這些隨時找機會出頭的移民沒有任何關係。

「他是怎麼騙過其他人的？」泰瑞莎問道。

泰德覺得心下一凜。林區曾跟他說過，那是他們組織調查出來的結果。如果林區連這些細節都騙了他，沒理由不瞞騙他其他事。他害怕地等著接下來的話。

「我跟你說過了，靠的是地板溫度。」崔西亞以透露祕密的口吻說道，「樓下是一家洗衣工廠。」

泰德的心沉到谷底。

「我不懂。」泰瑞莎說。

她的丈夫搖搖頭往上看，彷彿一點也不意外妻子聽不懂一樣。

「你別擺臉色。」泰瑞莎看也不看他就丟出這句話。蘭斯洛特舉起雙手作投降狀。

「檢方用屍體的溫度來判斷死亡時間。」鮑比以學者的口吻介入說明。

「那傢伙有完美的不在場證明。」崔西亞插嘴說道，「專家斷定那可憐女人的死亡時間，他正在一家酒吧裡，還有很多目擊證人。所以警方才把人給放了。」

泰德繼續聽著他們談話，好像一切是發生在平行時空裡。他最糟的恐懼成真了。林區到底騙了他多少事？他一遍又一遍地自問，同時鮑比．彭德嘉繼續說這則新聞：「那女人的家屬聘請一位專家想找出更多線索，根據家屬的說法，那間公寓的地板是熱的，因為裡面埋了一條洗衣工廠的散熱管。這使得屍體降溫速度比正常情況還要慢很多，令鑑識人員的ＤＨＭ判斷失誤。」

「你別說讓人聽不懂的話呀，鮑比！」

「抱歉，親愛的。那是指死亡時間（determinación de la hora de muerte）。」

「你們有人記得他的名字嗎？」泰德插嘴。

彭德嘉夫婦對看了一眼。

「拉米雷茲。」崔希雅毫不猶豫地說。

「不是拉米雷茲。」鮑比肯定地說，「也不是拉丁裔。妳把這案子跟其他新聞弄混了，親愛的。那傢伙姓布蘭。愛德華．布蘭。」

「你說錯了。」

「我想應該沒錯。」

「是拉米雷茲，鮑比，回家後我就證明給你看。你知道我說得對的時候就不要跟我爭。」

鮑比垂下眼，靜靜地點了點頭。

愛德華．布蘭。

這明明是檢警調查的，林區為什麼宣稱是他們組織查的？或許是他和組織讓受害者家屬知道的。但是這個可能性太瘋狂了，而且泰德已經累了，不願意再用最不合理的說法來解釋過去二十四小時內發生的事。真相簡單多了：林區騙了他。

你究竟殺了什麼人？

泰德往後靠在椅背上，看向幾公尺外的窗戶。亞瑟為什麼那麼久還沒出現？

10

外面發生的事比和這兩對夫婦談話有趣多了，他們的聊天主題已經轉向新鄰居的八卦閒話，令人感到不耐。泰德覺得直接起身走到窗邊很失禮，不過他卻忿忿地轉過身看向窗外。亞瑟家寬敞的庭院整理得很好，院裡有幾座欄杆、蹺蹺板和旋轉木馬，此時吸引眾人注意的正是此處。一名長得極像諾瑪的男孩坐在木馬上，把木馬轉得飛快。兩名女孩緊抓著金屬座椅，又笑又叫地求他趕快停下來，拜託趕快停下來！泰德聽到外面遠遠地傳來小女孩稚嫩的童音。其他年紀比較小的孩子在旋轉木馬旁，等著輪到他們玩，跳上跳下地替厲害的駕駛員歡呼，那男孩靈敏的雙手有條不紊地專注著把旋轉木馬轉得飛快。其中一名坐在上面的女孩懇求提摩西住手，但她的笑聲明顯表示著她最不想要的就是停下來。提摩西的未來肯定跟他父親不一樣，亞瑟在這年紀時，還是個畏畏縮縮、什麼都怕的孩子。

這一輪旋轉木馬結束。兩個女孩搖搖晃晃地下來了，提摩西坐在駕駛座上看得很開心。他自己也感到頭暈目眩，不過他小心掩飾著，等待下一輪小乘客上來，體驗他強壯小身軀製造的向心力加速刺激。他把旋轉木馬主人的角色扮演得活靈活現。比先前兩名女孩年紀更小的一男一女爬上來坐在提摩西左右，他正在跟他們講解規則，不過因為距離太遠，泰德聽不太清楚。那兩個孩子就像坐上雲霄飛車的乘客一樣聽著指示，臉上的微笑漸漸淡去。

從泰德所在的地方，也能看到在書房裡就吸引他注意的樹上輪胎。跟庭院的其他地方比起來，那塊充作鞦韆椅座的舊橡膠輪圈看來更是格格不入。他對這家的女主人算不上認識，不過從與她短暫接觸、從她費心接待包括他在內的賓客來看，似乎是非常在意形象的女人。而從客廳任何一扇窗戶都能看見的那個輪胎，看來不像凡事力求完美的住宅該有的門面。那時輪胎輕輕搖晃。距離那棵樹幾公尺外有一個長凳，兩名女子坐在那裡，她們在那邊可能是要看著小孩子玩耍，不過兩人的注意力似乎更集中在她們熱烈的談話上。兩人側身坐著好面對面聊天，泰德只能看到她們的側面。一名週歲大小的女童在附近走來走去，跌倒了又自己爬起來。

泰德的注意力在晃動的輪胎和那名小女孩間轉來轉去，她身穿一襲白底紅點的連身裙，走路都還走不穩，兩手不時抓著長凳或在空中揮舞，搖搖晃晃地想往前走卻跌坐在草地上。她自己一個人開心的笑著跟媽媽說話，不過她媽媽並沒有專心聽。輪胎晃動的幅度似乎比先前更大了。有可能嗎？沒有人去碰過輪胎。小女孩專心地看著一朵小花，她跪在小花旁觀察了好長一段時間，嘴唇蠕動著，可能在問能不能摘下這朵花，最後她小心翼翼地用手指抓起細嫩的枝條。女孩把花拿給媽媽，她媽媽沒多注意就接過花去。搞不好別人拿一管點燃的炸藥，她也會笑容滿面地接過。謝謝！女孩並未因此喪氣，她看起來很滿意的樣子，整整衣裙又展開新的探索活動。輪胎擺動的幅度確確實實比先前更大了。只有威力強大的陣風，才能把輪胎吹得晃成這樣，但就連在窗戶另一端的泰德都知道，當時沒有那麼強的風。他把注意力集中在輪胎上。有什麼東西掛在上面；有什麼先前不在那裡的東西掛著。他本來以為是一條蛇，但就在這時，負鼠的頭鑽到輪胎上，尾巴垂在另一端。牠雙眼盯著泰德，令他忍不住打了個冷戰。崔希亞生氣地看著他。泰德假裝感覺到手機震動，把電話拿出來看了一眼又收回去。他重新把注意力放在輪胎上，眼睛再度對上負鼠的雙眼。

夢境的片段湧入泰德的腦海，而負鼠此時正用兩顆尖銳的牙齒啃著輪胎，眼睛死盯著窗戶；死盯著泰德。

小女孩顫顫巍巍地走向負鼠，兩條小小的手臂伸向前面保持平衡免得跌倒，不過最後她並沒有跌倒。泰德突然像彈簧般起身，跨兩大步走到窗前。他停了下來，注意到客廳裡談話的聲音變低了，好幾個人轉過臉來看他。負鼠半個身體露出在輪胎上面，用長得可怕的前爪抓著維持平衡。有那麼一瞬間，小女孩好像看到負鼠停下來了——她距離負鼠約有兩公尺遠——她在原地踱了幾步，看起來不是很確定的樣子。**去吧，去吧……回到妳媽媽身邊。**負鼠這種動物極端危險：會傳染多種疾病，有時候有很強的攻擊性。女孩可能以為那是隻貓或其他無害的動物，想上前去摸摸牠。最終女孩猶豫一下後，鼓起勇氣往輪胎走。**我的天哪！**

泰德狂亂地伸出手掌拍玻璃。

「小心！」他大叫。

他的反應在客廳激起迴響。所有賓客同時噤聲。反應最快的人往窗戶跑去，有兩三個人站在泰德身後。有些人仍在原地等著，帶著困惑的目光彼此相視。諾瑪一路從廚房跑來，問發生了什麼事。外面坐在長凳上聊天的女子和其他小孩都沒有聽到警告，更別說小女孩了，她猶疑地往前再走了一公尺。泰德急著想推開窗戶，但除了兩扇窗戶中間的把手以外，還得打開其中一扇窗戶上的兩個栓子。

「發生什麼事了？」站在另一扇窗戶前的男子問道。

「那女孩！」泰德看都不看地說，「那個輪胎上有好大一隻負鼠！」

他的慌亂感染了所有人，還坐著的女客全都跑了起來，還有人尖叫。好可怕！怎麼可能！

「我沒看到啊！」一名女子吼道。

外面就只有那麼一個輪胎啊，太太。

其他人也伸手拍玻璃，終於引起兩個在聊天的媽媽注意，兩人同時帶著憂心的表情轉頭往房子的方向看，發現十幾張著急的臉孔叫她們注意。那景象一定很驚人。屋裡出事了嗎？兩名女子看起來都是一頭霧水。幸運的是，女孩聽到叫聲也停了下來，她伸出的手距離垂掛著的輪胎只有四、五十公分而已。

泰德打開了窗戶。

「那女孩！」他吼道，「輪胎上有一隻負鼠！」

這話立刻激起母性本能，其中一名女子從長凳上跳起來往女孩的方向跑。

「蘿絲！」

剛剛還在客廳裡的男人全都衝了過去。跑在最前面的人抓了一支掃把。蘿絲的母親抓住她的腰奮力一拉，彷彿輪胎隨時會爆炸似的，回身立刻從輪胎旁跑走。

現在三扇窗戶都打開了，所有人屏息注意外面發生的事。負鼠本來躲在輪胎裡，但現在除了朝其他方向跑以外，沒有地方可以去了。泰德懷疑一支掃把能不能攔得下牠。

匆忙趕上前的捕鼠大隊中，有名男子朝聚集在旋轉木馬旁的小孩說：「欸，你們！所有人上去旋轉木馬！」

一共有八個小孩，旋轉木馬只有四個位置，但是他們設法讓所有人都先爬上去。這招預防措施很聰明。負鼠可能在逃走時，因為感到威脅而咬人腳踝。那兩名婦女也依樣站到長凳上，把蘿絲也抱上去。現在站在草地上的只有四名男子，圍成菱形朝負鼠逼近，四人的武器就只有一支掃把。

「嘿，史帝夫……」手拿掃把的男子說，「去找更厲害的傢伙來。找把鏟子或什麼的。」

站在最後面的人離開去找工具了。三人排成的陣型並未停下來。小孩擠在旋轉木馬上，兩名婦女站在長凳上，觀望的人湊在窗前，所有人屏氣凝神仔細看著。那個拿掃把的人在約三公尺外停下，他略彎下腰，把掃把倒轉過來、柄朝外，盡力往前伸。

「先等史帝夫回來啊！」一名站在窗前的女子叫道。

那人搖頭反對。輪胎已經不動了。

掃把柄尖端輕輕碰了輪胎一下，讓它轉了起來。此時史帝夫回來了。他沒有找到鏟子，不過拿了一根球棒在手上。另外三人同意新武器堪用。拿掃把的人下指示，要史帝夫從另一頭靠近，叫他把球棒往輪胎裡戳，直到負鼠鑽出來為止。

他們照做了，四人繞著輪胎轉，從不同的角度用球棒和掃把柄戳輪胎。負鼠可能在輪胎的凹槽裡亂竄，如果這樣的話，牠永遠都不會出來的。他們慢慢逼近，直到近得能看到輪胎內部。

裡面根本沒有什麼負鼠。

拿掃把的男子兩手舉起輪胎，像魔術師把剛剛還放有鴿子的帽底秀給觀眾看一樣，把輪胎展示給聚集在窗前的人看。大家的目光同時從輪胎轉到泰德身上。還擠在旋轉木馬上的孩子，用不可置信的眼光看著製造這場騷動的陌生人。成年人也一樣。屋裡站在他身邊的人群靜靜地退開，彷彿他的幻覺會傳染給其他人一樣。

泰德幾乎沒注意到大夥的反應。他是唯一無法把目光從鞦韆上移開的人。負鼠剛剛明明在那裡，不可能沒人看到牠逃走。他只有在開窗戶的時候把目光移開一下，但那時候其他人也看著窗外。他轉過身，客廳裡一片死寂。所有人都盯著他看，或許在等他提出解釋。蘭斯洛特和泰瑞莎非難地看著他，鮑比看來有些失望，諾瑪則以銳利的眼神譴責他。不知何時，亞瑟已從書房裡出來了，可能是聽到外面一陣慌亂，才趕出來一探究竟。他率先走上前，把一隻手搭在泰德肩上。泰德沒有反應。

「我們查到林區的資料了。」亞瑟說。泰德一開始還反應不過來，「他是一名自行開業的律師。」

他向泰德遞上一張手寫的紙片。

「我的聯絡人給了他的地址和電話，希望這對你有幫助。晚點打給我，跟我說你那邊的情形。現在你最好先離開。」

泰德也這麼覺得。

11

林區的辦公室位在市郊大樓裡，置身一片凋零破敗的磚造建築群中，附近有一座停車場、兩塊荒地，還有幾條看起來很危險的小巷，裡頭的垃圾多到滿出來，還停著幾輛廢棄車子。此時才七點，但附近已杳無人煙。唯一亮著燈光的窗戶在七樓，林區的辦公室在五樓。泰德用手機撥打紙片上的電話，再度聽到年長女性的疲憊嗓音說著：「辦公時間為七點至四點，可以在嘟聲後留言。」泰德沒有留言就掛斷。他本來就不期望能在這時間找到林區，但無論如何，他還是得試試看。或許林區是喜歡留下來加班的人。

當這片醜陋建築背後的地平線，只剩下最後幾絲粉色夕陽餘暉時，泰德已經計畫好要等到明天早上再說。在回家途中，他成功的讓自己什麼也不要想。然而到家時，他卻發現事有蹊蹺，立刻警戒起來。大門是半開的，他進門後發現家裡一團亂。書本散落一地、靠墊全被撕毀，抽屜被拉出來，東西全都掉在地上，這片混亂所透出的惡意，令他怒火中燒。闖入者不只是在找尋特定的東西，而且是刻意摧毀家裡的一切。裝飾品被砸到地上，電視機中間被重重敲了一下，牆上滿是食物汙漬……泰德揉了揉頭，不敢穿越這片由他日常生活物品所組成的地雷區。他機械似的走到書房，那裡被搜查的更徹底、更暴力：書架上完全沒有留下任何一本書；電腦被砸成太空垃圾般的廢鐵；書桌抽屜被人到處亂丟；奇怪的是莫內的畫仍掛在原處。泰德走上前把畫拿下來，看著藏在後面的保險箱，跟以前一樣想著，這麼笨的手法或許可以騙過匆忙的小偷，但騙不了真正的大師。保險箱轉盤上半公分大小的孔洞確認了他的懷疑。他拉開把手打開保險箱，留作急用的那點錢已經不見了，但林區的兩個文件夾還在原本放置的地方，完美地堆在那裡，像在對他挑釁。他打開溫德爾的文件夾，發現闖入者只留下少數幾頁資料，其他的都不見了。

錯誤的資訊。

你究竟殺了什麼人？

「你們漏掉東西啦！」泰德高聲說。他幾乎可以肯定房裡沒有裝隱藏式麥克風，不過多少期望有人在監聽。

我明天再去收拾林區。

他不在乎林區是不是他們雇來的人，如果這表示林區只是一個配角的話，泰德就比他們領先一步。他直覺認為這很可能成為一個新的機會，不然的話，沒辦法解釋為什麼身為律師的林區會告訴他本名。為什麼不用假名？泰德想到的原因很簡單，組織一定事先料想到他會想弄清楚上門的提案人的底細。為什麼不留下一條真實的線索呢？如果泰德事先想過調查林區的話，無論是透過亞瑟還是其他任何管道，都能輕易查到他的身分，這樣就會顯得其他的細節更加可信了。

當他沿著走廊回到客廳時，在樓梯前停留了一下。他帶著不屑的眼光看著樓梯的平臺，知道上樓看看自己和女兒房間是很殘酷的一件事，但他必須得看，才能知道房間是不是也被破壞了。他打算晚一點再來檢查。泰德走到沙發邊，不耐煩地把沙發上的東西都掃走：一個披薩盒、擺設的裝飾品、一盞檯燈和兩個靠墊。他筋疲力盡地重重坐了下去，在心裡複習一遍待辦事項清單，現在還要加上打掃整理整棟房子。妻子光是處理他的後事就夠忙的了，他至少可以讓她在整潔的家裡處理這些事。他想著這話聽起來可真蠢，不禁露出微笑。他把手機從口袋裡拿出來滑了一下、啟動螢幕。他最後一次跟荷莉通話是星期二上午，忍著淚裝出輕快的語調講電話。他說要趁她回來前的那幾天搭崔維斯的船去釣魚。荷莉為此還念了他一下，因為泰德本來是為了幾場無法延期的會議，才不能跟她們一起去迪士尼的（當然，會議是他虛構的），泰德回說他們本來以為這個客戶很難搞定，不料請他們吃一頓午餐後就敲定協議了。荷莉大呼可惜，不過又說這樣的話，她就能多陪佛羅里達的男朋友幾天了。辛蒂一定聽到了這句話，因為她立刻大叫著媽媽在佛州才沒有男朋友，吵著要跟爸爸講話。泰德跟她講完後，又和娜汀聊了一下，她在抱怨辛蒂吵鬧、一點也不會幫媽媽的忙之外，還鉅細靡遺地報告她們當天都做了什麼，泰德很欣慰地聽著。

只要手指一點就能打給荷莉。他滑過聯絡人清單，滑到她的名字後又停住了。螢幕亮度慢慢降低，幾乎快要暗到看不見，但他想跟荷莉說話的念頭卻沒有消失。他舉起拇指輕敲螢幕兩下。

荷莉的聲音就像瀕臨溺斃的人猛然吸到一口氣。

「你的搭船之行呢？」

「我們的女伴在最後一刻取消了……」

荷莉笑了。

「如果她們看過你們的照片才取消，那我可一點都不驚訝。」

一陣沉默。泰德沒有開燈，室外的光線慢慢穿透到客廳裡來。陰影中的混亂與荷莉的嗓音，形成明顯的對比。

天哪，我好想妳。

「哈囉，親愛的，」泰德說。

「哈囉，泰德。今天我們真是累壞了。你兩個女兒絕對不會承認，但她們已經開始受不了這裡炎熱的天氣了。」

電話另一頭遠遠傳來辛蒂的聲音。

「才沒有！」

「她們一定想爸爸了吧！」泰德剛說出口就後悔了。

「我覺得不是，兩個女兒都沒有提到你。」

「才不是咧，爸比！」辛蒂的聲音從遠方傳來。

「我跟崔維斯今天下午決定先回來。」泰德把話題帶回搭船之旅上，「我的合夥人晚上睡覺會打呼，我受不了繼續跟他在雙人船艙裡再睡一晚了。」

「我們正要吃晚餐。她們都不想離開飯店，拜託我像電影演的一樣點客房服務。事實上，是她們不想離開冷氣房。」

「媽媽！」

是娜汀。

「怎麼啦？」

然後是一串母女間的對話，之後荷莉又回到電話上來。

「泰德，我們這邊餐點到了。晚點再聊好嗎？」

「好好享受妳們的漢堡吧！」泰德不需要問。他知道女兒點的一定是漢堡。

「再見，泰德。妳們跟爸爸說再見……」

「爸爸再見！」

泰德說再見，但沒有人聽到。拿著電話的那隻手臂垂在身旁。這次還是無法好好跟荷莉道別，跟她說他有多愛她，好讓她回來後，發現他癱倒在書房、額頭上有彈孔的遺體時，可以回想起他的訣別。他自問這是否是命運給他的暗示。

客廳裡完全暗了下來。

12

他只勉強睡了幾個小時，還噩夢連連。他在一樓的浴室沖澡，穿上前一天穿過的衣服，清晨五點就在廚房裡找東西吃。通常早上起床後，泰德都會聽「第四頻道」新聞主播傑克．威爾森的播報聲當背景音樂，但今天他懷疑這是否是個好選擇。泰德猜測溫德爾謀殺案會是今天的重點新聞，尤其擔心消息剛曝光時，媒體焦點會過分集中在家屬反應上。他認命地按下遙控器開關。電視打開後，他才想起來螢幕被人敲了一下，女主播臉上有一塊足球大小的灰色陰影——光從領口就能看出來主播不是傑克．威爾森。螢幕下方沒有被灰色陰影遮住的地方，有一行字告訴觀眾，現在說話的人，是第一時間抵達湖畔別墅的警官。

「……報案中心通知的時候，我正在附近巡邏。我從出生就住在這附近，知道該怎麼前往湖邊，所以不到十分鐘就抵達現場……」

泰德分心了。客廳裡有東西被人移動過。他的眼角餘光看到一個陰影，消失在一件被人翻倒的家具後面。

「警官，監視錄影機是否可能拍下殺人犯的身影？」

一盞立燈倒下，發出巨大聲響。泰德縮了一下。

該死的動物！

「這個，目前正在進行調查……我只能說屋子裝有監視錄影機，但是不能確定有沒有拍到。」

底下的標題變成：「監視錄影機拍下凶手身影。」

泰德幾乎不自覺地走近電視機，一部分是被這則新聞迷住了，一部分是因為還在注意客廳中的情況，負鼠依舊躲著看不到，但泰德能清楚聽到，牠在一片混亂中走動的聲音。

主播說話了。

「……就在剛剛，我們獨家聽到蓋瑞特警官的證詞，表示溫德爾的妻子和兩名女兒發現他的遺體，他的家屬當時坐在裝有防彈玻璃的車輛裡，所以並未受到傷害。目前還不清楚這起駭人槍擊案背後的原因……」

泰德擔心的事情成真了。

「……毀了一個家庭：他的妻子荷莉和兩名女兒娜汀及辛蒂，終生都將背負著沉痛的創傷。稍後，將由我們在現場的團隊帶來更多消息。」停頓，「接下來關心其他新聞，今天即將有一波熱浪來襲，氣象局表示……」

荷莉，娜汀，辛蒂。

13

當天上午，妮娜遲到了十五分鐘。她帶著甜甜圈到辦公室，希望林區把注意力放在甜食上，而不是祕書是否準時打卡。儘管她已經為林區工作六個月了，但還是無法預期他會有什麼反應。對她來說林區是個謎。她的女性朋友都再三保證，這男人遲早會誘惑她，但直到現在這事都還沒發生，令妮娜有點不安。她試過穿低胸上衣、擺出誘人姿勢和說些暗示性的話語等，但仍一無所獲。林區比她大十五歲，不過外型俊朗，如果說現在妮娜的人生裡還缺什麼的話，就是缺了個事業有成的男人。

她打開辦公室大門，彎腰拾起放在地上的甜甜圈。妮娜直起身後，發現右邊角落的陰影裡迅速現出一個人形，不到一秒就站到她跟前，伸出手臂拿一把巨大的槍指著她。

「進去。」泰德命令道，「把盒子和包包放桌上。很好。先別轉身。乖乖聽我的話就不會有事。」

妮娜這輩子從來沒這麼害怕過。她擔心的是，這名男子並未蒙面。她知道這代表什麼。

「不要殺我。」她懇求道。

「林區在哪裡？」

「我……我不知道。」

「妳可以轉身了。」

「我寧可不要轉身。」

泰德一點也不喜歡眼下的情況。他要等的是林區，卻等到這女孩，看來一定是他的祕書，他只得照當下直覺快速行動。他在幹什麼？拿槍威脅手無縛雞之力的祕書？這毫無關連的女孩嚇得要命。

「我會把槍收起來。」他稍微冷靜一點後說道，「妳不叫我就保證不會傷害妳，我只想跟妳老闆講話。這是攸關生死的大事。」

女孩仍雙手舉在空中嗚咽著，這段話似乎在她身上起了該有的效果。

「妳叫什麼名字？」

「妮娜。」

「很抱歉讓妳碰上這種狀況，妮娜。現在妳可以轉身了。相信我，妳看到我的臉也沒有關係，我認識妳老闆。」

妮娜緩緩轉過身來。她沒有哭，但已淚眼汪汪。她雙眼掃視泰德，確認他真的把槍收起來、看不到了。

「很抱歉用這樣的方式出現在妳面前。這是我的錯。」

她點點頭，臉上仍帶著懼意。
「別怕。那是妳的桌子嗎？」
「是。」
「去那邊坐下。我會坐在這張椅子上，我們一起等林區來。妳同意嗎？」
妮娜走到桌子後面，慢慢坐了下來。
「麻煩把雙手放在桌面上。」
她照做了。
「妳替林區工作很久了嗎？」
「沒有。我幾個月前才開始在這裡上班的。」
泰德點頭。
「我知道了。旁邊幾間辦公室都有人在用嗎？」
妮娜猶豫著。
「跟我說實話，妮娜。」
「這層樓另外兩間辦公室都是空的。」
「這樣最好。」
「你剛剛跟我保證過……」
「我不會傷害妳的。我不應該這樣出現在妳面前，現在我想清楚了。妳來的時候嚇了我一跳。我不知道為什麼，但我先前沒想到林區會請祕書。是我太笨了。」
妮娜保持沉默。
「你要的話可以拿一個甜甜圈。」妮娜用下巴指了指盒子說。

泰德忍不住微笑起來。

「不用了，謝謝。那麼，林區習慣九點到辦公室？」

妮娜不記得自己有這麼說過，但她有可能說過又忘了。她腦海裡對剛剛那幾分鐘的記憶，就像一場混亂的情緒風暴。

「是。」她乾巴巴地回道。

泰德向後靠，整個背都貼在椅背上，雙手插進運動外套的口袋裡。他特別挑這件外套好藏槍。他摸了摸槍托，眼睛用力地閉了一秒。他再度自問剛剛的問題：*他在幹什麼？*

14

林區看到妮娜桌上Dunkin' Donuts的盒子，他走上前用一指挑開盒蓋，漠然地檢視盒內的東西。他想著他在辦公室裡聽到聲響時，那女孩可能去上廁所了。盒裡難道藏有什麼玄機嗎？他希望沒有，不然他就得好好跟妮娜談談辦公室裡該有的分寸了。他把門打開，看到祕書坐在桌子後面，全身僵硬得像塊木板，眼睛睜得老大。她既未全裸，也沒擺出誘人的姿勢，蒼白的雙頰讓人一眼就明白她不是在玩色誘上司的遊戲。林區看著妮娜的雙眼飄向角落，那裡站著一名男子。

「這裡發生什麼事了？」林區問。

泰德定定地看著他，驚訝地回不過神來。那人就是林區，但是看起來比去他家拜訪的年輕人還老了好幾歲。他額頭上有幾道細細的皺紋，頭髮已經有些花白了。他的外型依然很有吸引力，歲月在他臉上更添風采，但卻已經完全沒有一絲青澀的痕跡。泰德伸手撫頭、閉了閉眼。再張開時什麼都沒有改變。

「他有槍。」妮娜說。

「如果我們能像文明人一樣好好說話的話，我沒有打算拿槍出來。」

「他有傷害妳嗎？」林區問祕書。

「沒有。」

「坐下。」泰德命令。

林區走到桌子後面，重重在祕書身邊的椅子上坐下。

「你今天上午看新聞了嗎？」泰德邊問邊走向辦公室的門，把門關上，刻意背對著他的兩名人質。

「你是在問誰？」林區諷刺地反問。

「從現在起我的問題都是問你。那女孩只能算是間接損害。」

「你為什麼不放她走，我們自己來處理我們的問題？」

「這個待會再說。」

泰德恢復剛才的站姿，這次他靠在辦公室的門上。

「我今天還沒看電視。」林區說。

「溫德爾死了。」泰德研究著律師的表情，但沒發現任何一絲驚訝，「他是被人謀殺的。」

「我們為什麼不好好的來談這件事？」林區說著，眼神飄向右邊妮娜坐著的地方。

「想都別想。」

「她什麼都不會說的。」林區表示，「妮娜，對吧？」

那女孩漏掉一段對話，不過仍熱切地點頭。

「我什麼都不會說的。」

「現在妳知道我認識泰德，」林區繼續說道，「就不必通知警察或任何人了。我跟泰德會處理好我們之間的事情。」

泰德想了想。他確實不能在那女孩面前，直接說溫德爾死亡一事。他沒辦法在陌生人面前承認殺人。

「回妳家去。」泰德突然說。

妮娜像彈簧般跳起來，快速繞過桌子站到泰德面前，泰德並未從辦公室門前挪開。妮娜雙手緊抓著包包，流露出懇求的眼神。泰德望著林區，他立刻懂了這暗示。

「妮娜，別跟任何人提這件事。」林區說，「我跟泰德是真的有事情要處理。」

泰德讓開一步。妮娜快速衝出玄關，連門都忘了關。泰德替她把門關上。

「林區，現在你必須跟我說實話。設陷阱讓我跳啊，你這狗娘養的混帳。」

「我承認我隱瞞了些資訊，但相信我，這是有必要的。」

泰德往前一跨。兩手撐在桌面，臉朝林區逼近。

「你還敢說有必要！你沒跟我說溫德爾已經結婚，還生了兩個女兒，我發現後，根本無法不把她們當我自己的家人看。」

「如果我跟你說他有妻女，你根本不可能下得了手。」林區冷酷地說。

泰德把手身進外套口袋，掏出布朗寧。

「而你，林區，你有妻女嗎？小心你的回答，我現在就能一槍轟了你的頭。」

「拜託，泰德，把槍放下，讓我跟你解釋。」

「你已經解釋過了，你這個混帳。」泰德甩了甩頭，「一切都好混亂……」

「你指的是什麼？」

泰德垂下槍口，重新把槍收起來。他走向檔案櫃旁的一張椅子，重重地坐下。

「跟我說你該說的，林區。別再兜圈子了，拜託。」

對方點點頭。

「泰德，我跟你說了我的真名。我知道你遲早會來找我。現在，該是跟你坦承相對的時候了。」林區在椅子上調整了一下坐姿，丟出一句令人震驚的話，「溫德爾並未打算自殺。」

話剛說完，檔案櫃裡就有東西抖了一下，精確地說，是下方的抽屜裡傳來一陣抖動聲。泰德下意識轉身，朝那邊看了一眼。抖動的聲音沒再出現。林區看來是沒有聽到的樣子。

「我跟溫德爾在大學時代認識，」林區說，「我們成為很好的朋友。組織就是在那幾年間成立的，溫德爾很快就加入了，成為組織裡重要的基石。但溫德爾感興趣的不是追求正義，泰德。溫德爾是個他媽的凶手。他已經殺人殺了好幾年了。」

泰德皺起眉頭。林區接著說。

「我在不久前才知道溫德爾私下的行徑，可說是無意中得知的。我想我一直以來多少都有些懷疑他，但卻不願意看清真相。」

「你為什麼不舉報他？」

「你看到他過的是什麼生活了嗎？他手握大權，人脈又廣，身邊還有人給他出主意。他以前也曾身陷麻煩，後來卻毫髮無傷地解決了，但不代表他就真是清白的。」

「你沒說的不只是他有妻女。」泰德脫口而出，「你也沒告訴我那邊有監視攝影機。」

「對不起。」

「你跟我說對不起……」泰德無奈地重複道，「你知道你現在面對的是不怕失去一切的人，對吧？」

「你會懂的，你會理解的。」

「還有布蘭呢？你給我的資料根本是狗屎。所有人都知道他有罪。如果你的目標是溫德爾，為什麼要叫我去殺布蘭？」

檔案櫃又傳來一陣騷動。這次比剛剛更大聲。彷彿有人在櫃子裡握拳敲鐵皮一樣。泰德嚇了一大跳。

「剛剛那是什麼？」

「什麼是什麼？」

泰德的心臟猛烈地跳著。

「我可以給你看一樣東西嗎？」林區說，「正好就放在這裡，在這桌子的抽屜裡。」

泰德重新掏出布朗寧對著林區。

「慢慢打開。」

「當然。」

林區拉開第二個抽屜。

「就是那個文件夾。」他說。

「拿出來。」

泰德回到座位上。這份文件夾跟林區在他家交給他的那兩份很像。他正準備打開時，林區請他不要翻。

「在你打開之前，先讓我跟你解釋一件事。就像我剛剛跟你說的，我是到很後來才知道溫德爾的勾當，知道他犯的那些謀殺案。他很久以前曾經是我的朋友，但他所帶來的傷害實在太大了。」他停了一下。「打開吧！」

泰德收起布朗寧。

「告訴我裡面有什麼。」他不敢碰那文件夾。

「荷莉一直在欺騙你。」林區直截了當地說，「那文件夾裡有她出軌的鐵證。照片、通話紀錄、飯店等等。」

泰德露出輕蔑的表情。那不是真的。他伸出手臂準備翻開文件夾，但在最後一刻停了下來。他臉上的表情有點變了。

「荷莉向你提了離婚。」林區繼續說，「你們很久以前就處不好了。」

「簡直胡說八道。」

「你想想看……」

泰德腦海裡，再度出現荷莉在溫德爾家中的景象，兩個女孩臉上帶笑地衝向門前，身上背著粉紅色的背包。最近幾個月和她相處的景象同時湧上心頭。總的來說，確實是他用工作和其他事情當藉口，表現出冷淡疏離的態度。泰德不願意翻開文件夾。

「我調查了溫德爾，」林區說，「意外發現了荷莉出軌。這故事說來有點長。」

敲擊聲再度從檔案櫃傳來。

「夠了！」泰德朝金屬櫃大吼。

林區以驚恐的表情看著他。泰德起身，兩大步走到檔案櫃旁，用力踢了櫃身一腳。

「安靜！」

他回到桌前，突然感到怒氣攻心，大力一揮把文件夾掃到地上。文件夾掉落到檔案櫃旁邊，有幾頁列印出來的文件和照片從側邊滑出一角。泰德大吼一聲，跪坐在半露出來的照片旁，他驚懼地檢視著。照片是從一家餐廳外面拍的。從窗外可以看到荷莉的側面，略微傾身靠在桌前，微笑著張開嘴，等坐在對面的人餵食。照片中只照到另一名男子的手臂。泰德起身。眼睛緊盯著照片往後退，撞上了檔案櫃。回應他的是櫃子裡傳來的一連串敲擊聲。

泰德彎腰打開檔案櫃。雙手摀住嘴，壓下一聲尖叫。

「怎麼了？」林區問。

負鼠從抽屜邊探出頭來，像前一天在亞瑟家的輪胎上一樣，聞著辦公室裡的空氣，一直爬到兩隻前腳懸空，然後轉身，重重地跌到地板上。

泰德跌跌撞撞地離開辦公室，渾身發抖，忘了手裡有槍。他沿著走廊走，撲著撞向每一道門又後退。該死的電梯在哪?!他雙手抱頭走到走廊底端，從那裡奔向一道又窄又髒的樓梯，他越走階梯越窄，有兩次都差點跌倒。樓下看起來更暗：燈全都沒開，好幾扇門前有堆積如山、遭人踩踏過的郵件。他隨意推開一扇門，被一間聞起來塵封已久的空辦公室吞噬。裡面有一個看起來很堅固，但已經被人遺棄的老舊檔案櫃，他驚訝地看著消失的抽屜。泰德抱住檔案櫃，緩緩倒在櫃子旁，雙眼緊盯著敞開的門，知道負鼠隨時會進來……

第二部

1

泰德・麥凱正準備往太陽穴開槍，這時門鈴聲不斷響起。

他睜開雙眼。從書房窗戶透進來的自然光，照得他眼前一片黑。敲門聲隨即傳入他耳裡，隨之而來的是訪客的聲音，他不應該認得出那人的聲音才對。

他站起來，立刻感到褲子口袋裡的重量。他用左手摸了摸重物：半圓形，無疑是塊馬蹄鐵。泰德不可置信地看著身邊的一切。他印象中被人翻得亂七八糟的書房，現在看起來跟往常一樣：桌面整整齊齊，書本都放在該放的位置，電腦擺在側邊的桌子上。

林區在外面大叫要他開門時（泰德知道那是林區），他正準備伸出手指按下電腦開關，彷彿這樣就能證明現在發生的一切是真的。電腦發出啟動的嗡嗡聲，LED燈閃亮著。泰德又驚又怕地長壓電源鍵，趕快把電腦關掉。他腦海中響起娜汀的聲音：爸比，不能這樣關機啊！你應該要先選擇「關機」，媽咪教我的。泰德打了一個寒顫。桌上有一封寫給荷莉的信。

「請開門！」

泰德倒過小罐子來找鑰匙時，外面的人還在叫，接著馬上傳來他已經聽過的那句話。

「泰德，立刻開門！」

林區，我怎麼會不訝異你知道我的名字呢？

他打開書房的門。讀了寫給荷莉的紙條：「親愛的，我在冰箱上留了一把備用鑰匙，別跟女兒一起進來。我愛妳。」感覺好像是別人寫的一樣。泰德無法忘懷荷莉在餐廳裡的照片，她傾身向前靠在桌上，等著品嚐情人送到嘴邊的食物。我怎麼可能會記得還沒發生的事？

「來了！」泰德吼回去。

他走到客廳時，就認出窗外的人影。這次他依舊以詫異的目光檢視一切，不是因為他早已跟這些事物道別，以為此生再也不會見到了，而是因為在他最後的印象中，客廳裡所有東西都已被人破壞殆盡。

他打開門看到林區——年輕版的——就站在門後，臉上帶著燦爛的微笑，身穿彩色橫條紋的馬球衫，帶著一個格格不入的公事包。

「不管你想推銷什麼，我都沒有興趣。」泰德說，套用自己曾說過的話。

「噢，恐怕我不是來賣東西的。」

兩人對話時，泰德發現林區並沒有表現出他們先前曾進行過同樣談話的跡象，他的行為太自然了。他再度當著對方的面把門關上，但這次他沒有待在原地，繼續聽林區說知道泰德打算拿書房裡的手槍做什麼。他衝到廚房站在冰箱前，荷莉在海邊拍的照片就在門上，同樣維持著那個特別的跑步姿勢，照片邊緣一樣有辛蒂和娜汀貼的亮片裝飾。他在那裡站了一會兒，鬆了一口氣。泰德伸出一根手指劃過照片上妻子的身體，彷彿需要感受相紙光滑的手感，才能確定照片真的貼在那裡。

他把手伸進口袋。馬蹄鐵也是真的。他在口袋裡緊抓著馬蹄鐵時，指腹碰到一張紙片。他不敢相信地把皺皺的紙條拿出來，上面是他自己的筆跡，寫著：開門。這是你最後的出路。

他回到客廳，讓堅持不離開的訪客進門。林區依然在正午的日光下，帶著微笑站在那裡。

2

泰德兩手抱頭蹲在地上，微微前後搖晃，他把荷莉在海灘拍的那張照片放在腳邊地上，眼睛直盯著照片看。他必須要弄懂。

是腫瘤……

卡麥可醫師跟他說過，頭痛可能會復發，甚至可能會出現暈眩或幻覺。難道他沒有說過嗎？有，卡麥可醫師跟他說過可能會產生幻覺。但想像有小精靈在院子裡跑來跑去、在馬桶上看到彩虹，或其他什麼莫名其妙的幻覺是一回事，幻想出當下發生的事情又是另外一回事。

他勉強地站起來，起身時，馬蹄鐵的重量提醒了他，至少有一件事是不一樣的。他把馬蹄鐵從口袋拿出來，瞪著看了好久。在溫德爾家私人小徑上撿到馬蹄鐵的記憶還栩栩如生；湖邊別墅裡的每個細節也一樣。紙條也還在那裡，皺得足以讓人知道它在口袋裡待了好一段時間。

他彎下腰把馬蹄鐵放在照片旁，等等再來決定是要放在那裡還是帶在身上。現在最該做的，是跟荷莉談話。泰德跟她說好了，在星期五她回來簽離婚文件前都不要談話。他怎麼會忘了這項細節呢？他跟她說需要幾天時間，來讓律師把一切都準備好，她說要帶兩個女兒回去看她父母，跟泰德原本預計的一樣。他們在客廳裡進行了最後一場友善的談話，然後和平地告別，彷彿那一瞬間，從前的荷莉和泰德會突然從灰燼裡重生一樣。但在交換了一個快速的擁抱和不冷不熱的微笑後，這幻覺也隨之消失。過去幾個月發生的事情，把一切都給毀了，沒有留下任何可修復的東西。泰德承認了他的錯誤……事實上，幾乎全都是他的錯。他太專注在工作上——這是後來他跟蘿拉．希爾說的，沒注意到自己變得疏離，又變成當年那個叛逆、遭人誤解的青少年，多虧他對家人的深厚感情，才好不容易斬斷心魔。然後他開始感到頭痛，經常情緒不好，連女兒也開始以不信任的眼光看他。「太可怕了，蘿拉，沒有什麼比發現孩子會怕你還更糟糕的了。彷彿有另一個人在控制我一樣。」那時他才找上卡麥可醫師，因為困擾他的頭痛已經不是一天發作一次，而是三到四次，疼痛也越來越劇烈了。泰德擔心情況會往最糟糕的方向走：惡性腫瘤。但另一方面，他又因為這些該死的行為都可以怪罪到一團死細胞而鬆了一口氣。

這消息反倒使泰德得以清楚地一窺自己的命運。他必須承認蘿拉幫了大忙，幫他擺脫了許多伴隨他太久的真相。他跟兩個女兒的關係改善了，跟荷莉的關係也是。在那之後，她提出離婚。「很久以前我就想跟你好好談談了。」他們進行了一場友好的談話。荷莉說她寧願這樣，不希望他透過她的律師才知情，說他們應該要好好的結束，就跟當年開始時一樣。泰德同意了。

現在，他更瞭解妻子的動機了。

「哈囉，泰德。」電話另一端傳來荷莉的聲音。

「哈囉……」

親愛的。

他感到胸口一陣劇痛。他腳邊還擺著荷莉的照片，她身穿紅色比基尼在海邊微笑的照片。穿的是泰德最喜歡的那一套。

「你還好嗎？」她問。

「很好。抱歉打手機找妳。」

「沒關係。文件出什麼問題了嗎？」

「沒有，文件就快全部辦好了。」

一陣沉默。

「荷莉，妳在妳爸媽家嗎？」

還是跟妳的情人在一起？

「我沒有必要跟你解釋這些。」

「妳身邊還帶著我的兩個女兒，所以我覺得妳的確應該說個清楚。」

話說出口他就後悔了。

「對不起。」

「你想怎樣，泰德？我在忙。」

泰德感到無比困惑。如果荷莉真的欺騙了他，那麼她的處境可能很危險。溫德爾可是個危險人物。

你不認識溫德爾。

「照顧好自己，荷莉。」

「我一直都很會照顧自己。你在說什麼啊？發生了什麼我該知道的事情嗎？」

泰德知道他該說點謊話來替這通電話找藉口。

「我在家裡接到幾通奇怪的電話，我很擔心。」

「奇怪的電話？什麼電話？你有報警嗎？」

「我想應該不需要報警。他們提到妳的名字，所以我才有點擔心。」

「我的名字？」現在荷莉聽起來真的緊張了。

「我不希望妳擔心，但妳知道我該通知妳一聲的，對吧？」

「對，對，我懂。」

「好好照顧自己。」

「我會的。謝謝。」

聽到她表現出的些微謝意，泰德忍不住露出微笑。

「再見，荷莉。」

「星期五見了，泰德。」

3

「今天我差點殺了自己。」泰德說，語調不帶情緒。

他在蘿拉．希爾的診療室，坐在他習慣坐的扶手椅上，凝視著矮几上的水杯。他抬起眼。

「妳看起來不是很擔心的樣子。」他帶著一絲微笑對治療師說。

「你現在人在這裡。」她帶著微笑回道。

「今天上午太瘋狂了，我不知道該從哪裡開始說。」

「我們有很多時間。」

泰德已經跟蘿拉聊了好幾分鐘，但他緊張得沒有注意到她的外表。

「妳把頭髮放下來了。」他觀察道。

蘿拉紅了臉，她微偏了一下頭，髮絲輕撫過她的臉頰。她的一頭金髮色調比之前更淺。

「我昨天去了髮廊，決定換一下造型。」

在他過去幾天的幻覺裡，蘿拉並沒有去過髮廊。顯然腫瘤並不關心這些美容的小細節。

那不是幻覺！林區今天上午才剛來找過你。

泰德臉上的微笑消失了。如果他需要什麼東西證明過去幾天的事確實發生過的話，證據就在褲子口袋裡。他在溫德爾家找到馬蹄鐵，地點他記得一清二楚，然而他這輩子從來沒去過那個地方。

「泰德，今天上午發生什麼事了？」

「我在我的書房裡，拿著布朗寧手槍抵著頭，這時候突然有人狂亂地敲門。那時我好像才突然回過神來，發現自己在哪裡，和我正準備要做的事情。」

蘿拉臉上露出難解的表情。

「你不記得自己拿起手槍嗎？」

「比那更糟，從那時到現在，我都想不起來最近這幾天發生的事情。我有一些片段的記憶，很令人困惑的片段，一部分是因為我有……那個，有一點難解釋……我還有其他的記憶。感覺好像腫瘤讓記憶混成一團一樣。」

「繼續說今天早上發生的事。你在你的書房裡，聽到從門口傳來的聲音。發生了什麼事？」

「在桌上有一封寫給荷莉的信，是我的手寫字跡。我還在書房門口給她留下了一個警告，交代她不要跟女兒一起進來。我顯然把一切都規劃得好好的。感覺就像是我在發現這些細節的時候，一些過去的資訊會出現在我腦海裡。」

「你覺得自己真的會扣下扳機嗎？」

泰德垂下頭來，按摩著自己的太陽穴。蘿拉伸手輕輕按了按他的肩膀。

「泰德，聽我說，看著我。那是……誰在敲你家大門？」

「一個叫林區的男人。」泰德說，「我以為他是推銷員想趕他走，但林區說他知道我本來打算在書房裡做什麼。他跟我提了手槍的事，細節我記不清楚了，但他說的很精確。最瘋狂的是，我記得自己曾歷經過同樣的情景，知道林區要跟我說的話、要跟我提的提議。就像在看一部已經倒背如流的電影一樣。」

「你真的相信自己經歷過同樣的情境嗎？」

「不是。」泰德說，「是腫瘤，蘿拉。卡麥可醫師說過，這種腫瘤的特色是可能引發幻覺，可能會壓到大腦某些區塊，這就可能導致……」

「等等，泰德。如果有需要的話，我們會再跟卡麥可醫師談談。我想知道的是，你有沒有可能是在其他時候認識林區的，或許是在以前，在他更年輕的時候。」

「妳這麼問很奇怪。」

「為什麼？」

「因為在我跟妳說的幻覺裡，我隔了幾天又見到林區。那傢伙看起來好像老了十或十五歲。就是這麼快。」泰德彈了個響指。「就像夢裡的人一下子改變外型一樣。」

泰德想起了些什麼。他搖搖頭笑了。

「怎麼了？」蘿拉問。

「我記得跟妳在這裡。」泰德看著周圍的牆壁說，「妳的頭髮跟先前一樣，這是我無法事前知道的。但是，天哪……我還記得微不足道的小細節。妳覺得這有可能嗎？想像出這些東西？」

「我們在講是什麼？我指的是在那療程裡，我們談了什麼。」

泰德把兩手都插進口袋裡。摸了摸半圓形的馬蹄鐵。

「談到我為什麼不下西洋棋了。」泰德說。

蘿拉看起來很驚訝。

「你口袋裡放了什麼？」

泰德拿出馬蹄鐵。他用兩隻手抓著，臉上帶著試圖處理複雜難題的表情凝視著它。蘿拉低聲對他說。

「米勒在你放棄西洋棋前，把這送給你了，對嗎？」

泰德猛然抬頭，眼睛睜得老大。她慈愛地微笑著。

「我的記憶力很好，有什麼辦法呢！」蘿拉說，「當你跟我提到米勒和馬蹄鐵時，我就知道這對你來說一定很重要。我不曉得你現在還留著它。」

「噢，這不是米勒那塊。但是看起來很像。我是在……我不太清楚是在哪裡找到的。我記不起來了。」泰德撒了個謊。

就在溫德爾家的湖邊！

「你剛剛跟我說的這個人，這個林區向你提議了一件事，是什麼事？」

「老天啊，這一切都太瘋狂了……林區說他隸屬於一個祕密組織，會招募像我這樣的人來恢復正義，例如除掉因為司法體系失能而逍遙法外的殺人犯之類的。而作為交換條件，他們會允許我進入一種自殺循環裡，不過他不是這麼形容的。」

「這樣你的家人，還有其他家庭，就不需要承受自殺帶來的後果了。」蘿拉的語氣略帶讚賞。

「沒錯。」

「我得說這很聰明，也很恐怖。你是第一次聽到這種事嗎？」

「當然。」

「他要你去殺誰？我問的是恢復正義。」

「一個叫做愛德華．布蘭的傢伙。他殺了自己女友卻還逍遙法外。」

「啊對，我在電視上聽過這個案子。死者的姊姊要求重審，說檢察官犯了一個錯誤。」

泰德回想起崔希亞在亞瑟家中解釋案情的畫面。

「顯然在公寓下方有一間洗衣工廠，是散熱管的熱氣維持了屍體的溫度。」

「你在那個幻想裡做了什麼呢，泰德？」

「幻想……聽起來好荒謬。」

「我知道。」

「蘿拉，你相信嗎？相信這些記憶真的是我過去的一部分嗎？」

「我想其中一些部分可能是的。但讓我們回到你記得的事情上。你對布蘭有什麼感覺？」

「我覺得自己必須殺了他。就像今天我覺得這是全世界最荒謬的事情一樣，在另一個世界裡，我覺得殺了布蘭是完全合理的，就跟我自殺一樣合理，所以我去了他家。我還記得他家裡所有的細節，而且我很確定自己從來沒到過那裡。我躲在一個衣櫃裡，等待那傢伙睡著，然後才到他房裡殺了他。」

「你就這麼冷血地殺了他？」

「不是。布蘭發現了我的行蹤，讓我變得有點不好下手。但我還是殺了他。」

「之後發生了什麼事？」

「那個，那之後發生的事情開始變得有點像夢境。我到另一個必須殺害的目標家裡。他叫溫德爾，據說他已經在等我上門了，畢竟他應該是自殺循環的成員。溫德爾住在與世隔絕的森林中，房子很大，還有一座私人湖泊。我在房子裡等他，他一進門我就扣了扳機。原本溫德爾應該沒有結婚也沒有小孩的，至少這是林區先前跟我說的。然而，在我開槍幾分鐘後，就有一名女子帶著兩個女孩過來了。」

「但你說溫德爾沒有女兒。」

「我本來也是這麼想的。林區故意隱瞞這個訊息，因為他知道，如果告訴我的話，我是絕對不可能接受的。」

「你怎麼知道的？」

「後來林區跟我承認了。」

「所以你又見到他了。」

「沒錯。我懷疑被欺騙的時候，就去找一個老同學求助，他叫亞瑟·羅畢蕭，是名律師，我好幾年沒見過他了。在學校時，他是個膽小的孩子，幾乎從不跟任何人交往。我跟其他幾個人一直羞辱他，對他惡作劇。我想這種事情會跟著人一輩子吧！重點是我去亞瑟家找他時，那天是他的生日。還有其他同學也在那裡，都是跟亞瑟一樣的失敗者，這些人基本上我統統都認不出來。」

「等一下。」蘿拉插話道，「你公司裡應該有好幾位律師才對。為什麼不找他們求助？」

「亞瑟幫我立了一份遺囑。」泰德回道。他在說話的同時，發現沒有證據能證明這句話。在他的幻想中，一切顯得理所當然，亞瑟也表現得彷彿這不是他們長年不見後的首度碰面。然而……

「亞瑟幫你找到了林區？」

「蘿拉，這一切背後到底隱藏了什麼？」泰德再一次雙手抱頭。「我感覺好像做了清醒的夢一樣。現在想起來，在亞瑟家那場生日宴上……還有一隻動物，有隻一直出現的負鼠。」

「一隻負鼠？」

蘿拉警戒地直起身。

「對。我看過好幾次。第一次是在我家門廊的桌上，但是我幾乎記不得了；之後我在亞瑟家看到，牠躲在一個舊輪胎裡；後來我去找林區的時候，也在他的辦公室裡看過。」

「在辦公室裡？」

「牠從檔案櫃裡跑出來。」泰德搖頭邊說邊笑。「聽起來很蠢，我的天哪。真希望我講的是夢境。」

「我們就把這當成是在說夢境好了，泰德。告訴我，你到林區辦公室之後發生的事。」

「林區變老了。年紀變得跟我差不多大，可能再大一點。事實上我得逼迫他，他才坦承溫德爾有妻女，還有更糟的。」

「怎麼了？」

「溫德爾實際上沒有要自殺，他其實是組織的成員，」泰德眼神緊盯著水杯說，「但是他已經……誤入歧途了。」

「他以殺人為樂？」

泰德嚇了一跳。蘿拉的猜測很瘋狂，但卻是真的。

「是的。必須有人阻止他。」

「那為什麼是你？」

該面對問題的焦點了。如果這幻覺跟真實世界有任何交集的話，泰德擔心那交集點是荷莉的出軌。其他東西很可能只不過是他在潛意識裡，為了隱瞞一個令人崩潰的真相，所創造出來的恐怖假象。

「林區追查了溫德爾，發現他有一個情人……」

泰德這句話沒有說完。他兩手緊抓著馬蹄鐵，沒有意識到自己緊拉著它的兩端，彷彿想把它拉直。

「是荷莉，對吧？」

泰德默默點了點頭。

「你想多來點水嗎，泰德？」

「不用，謝謝。」

「你今天有跟荷莉說話了嗎？」

「有，最後我們聊得還算愉快。我什麼都沒跟她說。」

「我想，我們今天到這邊就可以了。」

泰德似乎沒聽到這句話。

「這究竟是怎麼回事，蘿拉？難道我可能真的知道嗎？我指的是荷莉的事。現在我想了一下，其實有跡可尋，可能……」

「停，今天就到這裡。」
「好吧！」
「我希望我們每天都碰面，泰德。」
「很好。」
「試著讓自己休息。」
泰德站起來。蘿拉也接著起身。
「泰德？」
他看著她。
「別出去，懂嗎？」
「我懂。」這時泰德想起什麼了。他想起另一個瘋狂現實中的細節。「妳兒子是童子軍，對吧？」
「對。」
「在那個幻想裡，他的遠足同意書有問題，有人在我們療程進行到一半時，打電話通知妳。」
蘿拉笑了。她指著從泰德進入診療室後就沒響過的電話。
「還好沒有發生任何事。」蘿拉說。
泰德往門口走去，手裡仍使勁抓著馬蹄鐵。
「卡麥可說的對，治療會對我有用的。」他聽起來不像在對治療師說，像是在自言自語。

4

泰德看著他發現馬蹄鐵的確切位置。就在通往溫德爾家的泥土路上。透過林間的樹葉縫隙，可以看到遠方的建築物，泰德抬起頭來細看那棟房子。他確定自己以前曾經到過那裡。他知道如果靠近一點、如果能進去大宅裡繞一圈的話，他的回憶就會跟現實混在一起，令他再也無法分別出兩者間的不同。

他答應過蘿拉會待在家裡，但他實在太需要知道了。泰德閉上雙眼做了好幾次深呼吸，喚回所有已知的細節：私人碼頭，空間寬敞且能眺望湖面全景的客廳，還有屋子後面的遊樂場。然而，這應該是他第一次踏進這屋裡才對。

你當然來過這裡！你殺了溫德爾。當你發現他是荷莉的情人時，就失心瘋地殺了他。就是這麼簡單。之後你加入瘋子俱樂部來逃避眞相。

如果是這樣的話，那麼他要來查個清楚。泰德距離溫德爾的房子約莫一百五十公尺。他刻意把布朗寧留在家裡，右手握拳緊抓著馬蹄鐵，如果有必要的話，可以把它拿來當防身武器，不過，現在馬蹄鐵的主要功用，是幫他鼓起勇氣。

那輛藍寶堅尼還停在原來的位置，令泰德想著，他會不會也發現溫德爾人在湖上，平靜地釣魚。但事實並非如此。泰德從碼頭岸邊觀察，審視眼前廣袤的水域，期待會在水面上發現橘紅色的救生衣。沒有溫德爾的蹤影，他可能在湖的另一邊，泰德想。他抬起頭來，看到眾多監視攝影機的其中一臺，揚起微笑算是打了個招呼，

大門是鎖著的，另一個跟他上次來訪時不一樣的地方。泰德湊近其中一面玻璃細看。這是一面染過色的玻璃，他得用手遮住光線，才能看到東西。他不在乎溫德爾會發現他，事實上，他正希望對方看到自

己。他入迷地看著玄關地毯，溫德爾死後正是攤倒在那裡，然而上面完全看不出有男子失血而亡的痕跡。這些細節令他怒火中燒。他能接受曾來過湖濱別墅卻毫無印象這件事，但溫德爾死在那塊地毯上的畫面是打哪來的？

他繞著屋子轉，搜尋其他出入口。他大可按門鈴或敲門，不過，在面對溫德爾前，他想先調查一下。如果林區跟他說的是實話，那麼溫德爾就是個危險的殺手，如果情人的丈夫手無寸鐵地單獨出現在他面前，不用想也知道他會有什麼反應。儘管不帶槍出門是很合理的決定，泰德卻突然想念起他的布朗寧了。可是泰德並非殺手。

溫德爾也不在湖的另一邊，他的船還好好地停在碼頭邊。泰德繞到後面能放好幾輛車的大車庫，試了試車庫的門。鎖著。他在想著或許能用馬蹄鐵敲破其中一扇玻璃時，視線飄到屋後小坡上的遊戲區。那裡有一座造價昂貴的漂亮粉紅色木製城堡。城堡前有一條鋪著白色砂石，兩旁嵌著石塊的小路。泰德爬上小坡望著城堡。它高約兩公尺，角落共有四座尖塔，牆壁上畫著好幾個迪士尼公主：貝兒、蒂安娜、愛麗兒……每一個泰德都認得出來。他忍不住走近，從城堡其中一扇窗戶往內看。裡面有一張小塑膠桌和兩把椅子。

「你是誰。」有人從他背後問道。

泰德聽到聲音時，頭還卡在城堡窗上。是溫德爾。他從來沒有聽過對方的聲音，然而這嗓音聽來熟悉地令人心驚，遠比對方外型所透露的還多。泰德舉起雙手表示沒有敵意，慢慢地把頭伸出來。

「我是泰德。」他邊轉身邊說。當然他不需要特別聲明，如果溫德爾不是已經認出他還故意兜圈子的話，那麼等對方看到他，就一定能認得出來。

但是溫德爾不確定地皺起了眉頭。他站在森林入口處的陰影下，身上穿著泰德印象中的那套衣服：牛仔褲、藍格子襯衫和橘色救生衣。他穿著救生衣在森林裡做什麼？

「你在我的私人產業上做什麼？你一個人嗎？」他看來似乎真的很困惑，嗓音裡藏了些什麼東西。*為什麼我覺得這麼熟悉？*

「對，我一個人。」

溫德爾臉上再度出現不解的神情，不時左右張望。

「是林區派你來的？」

泰德微笑。他們終於開始產生共識了。

「聽好了，泰德，」溫德爾說，「我不知道你他媽的是誰。如果是林區派你來的，那他可是蠢斃了。你連蒼蠅都不敢打。」

溫德爾的右手彷彿被人施了魔法般，突然出現一把槍。泰德剛剛的注意力一直放在他臉上，一低頭才發現槍已經在對方手中。

「荷莉是我妻子。」泰德防衛地說出腦海中的第一句話。

溫德爾的臉色立刻變了。他用空著的手揉了揉下巴。

「有意思……」他說道，「進來吧！」

泰德指了指城堡。

「這裡？」

「當然。我不會讓你進我家的。而這也只不過是多一層保護罷了，」他說的是手槍，「如果我們達成共識的話，你就可以走著離開這裡。我不想破壞我女兒的城堡。」

城堡有一扇雙開門，小女孩不用彎腰就能走過去，但是泰德幾乎要跪下來才能通過。地板上鋪了橡膠墊。除了跟塑膠桌搭配的兩張椅子之外，還有個擺了一組茶具的架子。溫德爾立刻跟著他進來，兩人彷彿龐大的入侵者一樣，坐在兩張小椅子上。城堡裡的溫度比外面還高了幾度，絲毫不通風。溫德爾把手槍放在桌上。

「這太荒謬了。」泰德脫口而出。

「這麼說，荷莉是你妻子。」溫德爾用先前那種著迷的口吻說道，「而林區派你來殺我。讓我猜一猜，他跟你說我是你妻子的情人，是嗎？」

「他還跟我說了其他事。」

「我知道了。」

溫德爾思考了幾分鐘。

「你必須告訴我，林區都跟你說了哪些關於我的事。」

「這是不可能的。」

「真奇怪，」溫德爾說，「有一瞬間，我以為自己不是手上有槍的人。」

泰德嘆了一口氣，覺得腦袋抽痛了起來。他到湖濱別墅只是為了證明溫德爾沒死，現在人就在他眼前，他反而不知道接下來該做什麼了。他唯一清楚的是，如果這傢伙是個危險人物的話，為了荷莉好，他必須調查清楚。

「林區跟我提過那個組織，那個想修正司法體系的錯誤和恢復正義的組織。他跟我說你走偏了，說你開始不照規定依自己的方式做事。他要我來殺你。」

溫德爾搖頭否認。臉上的表情慢慢被憤怒所取代。

「這個混帳。」溫德爾自言自語道。

「為什麼？」

「根本沒有什麼組織，泰德。」溫德爾憤怒地說，「我從大學時代就認識林區了，他當年就有這個蠢主意，那時候我們還很要好。那已經是二十多年前的事了。儘管這段期間，我們有時仍會見面，然而友情卻越來越淡。直到幾個月前，他想用過去的事情來勒索我，是什麼事情並不重要。他這麼做很蠢，因為要找到對他不利的事情很容易。他很聰明，但是不曉得替自己收拾殘局。這樣講你懂嗎？」

「不懂。」

「林區才是你妻子的情人，不是我。」

「什麼？」

「我雇了兩個人來找他的弱點。」溫德爾解釋道，「他們查到林區在跟一名已婚女子約會，拍下許多兩人在一起的照片。我把照片寄給他，跟他說之後要是再想勒索我的話，我手上還有其他東西。後來我就沒聽過他的消息了。」

「跟我說是怎樣的照片。」

「為什麼？」

「拜託。」

「我不知道，我沒太認真看。」

「有在餐廳拍到的照片嗎？」

「有，有好幾張從餐廳外面透過窗戶拍到的照片。他們面對面坐在同一張桌子前，他遞了一口食物給她嚐。」

泰德還記得那張照片，不過他只看到了一部分。如果溫德爾跟他說的是實話，那麼照片中跟荷莉在一起的人就是林區自己。

「你還不懂嗎？」溫德爾說，「林區去找你，說了關於組織的話來哄騙你，一石二鳥。」

這想法很有道理，但即便如此，泰德仍不願盲目地相信他。他一開始相信了林區，結果一點也不好。

「為什麼他要你死？」泰德邊在不舒服的小椅子中調整坐姿邊問道。

「除了可能暴露他自己的地下情之外？讓我來跟你解釋解釋。從我們認識開始，賈斯汀・林區就一直在嫉妒我，每次他都做得更絕，做得更明顯。我們的友情被他的怨恨蠶食鯨吞，終至瓦解。你看看我住的地方、看看我開的車和我的家庭。我的公司年營業額有好幾億美元，你一定也看到他工作的地方了，他那間辦公室裡，經手的只有心碎女性和其他微不足道的委託案。不能說一開始我沒幫助過他……但每當我做出正確決定時，他卻總往錯誤的方向走。你覺得這足以構成殺我的動機嗎？但那膽小的傢伙甚至不敢自己下手，還得用組織那一套來哄騙你。」

泰德想了一下，這其中還有無法解釋的關鍵問題。林區是怎麼知道自殺這事的？他不太可能在這麼短的時間裡，就編出組織的騙局啊！他一定是之前就知道了，問題是他怎麼知道的。如果他先前就知道了的話，為什麼不讓泰德自殺，替荷莉留下一條自由的退路？

你並不想自殺。

「你在想什麼？」溫德爾問道。

「這一切都好令人困惑。」

「其實很簡單，相信我。林區絕對不敢站在我面前扣下扳機，他沒那個膽。他需要找別人來做，而你正好在他手邊。我覺得奇怪的是，他竟然認為你下得了手。顯然他也不會選人。」

泰德覺得被對方當成笨蛋嘲笑了，在他的幻想中，他像個職業殺手般，殺了布蘭還有溫德爾。他甚至還給布蘭的狗下了迷藥！

不幸的是，在這個世界裡，泰德唯一開過槍的對象，只有射擊場裡的黑色人形靶紙而已。溫德爾說的有理：他下不了手殺人。

溫德爾的理論中只有一個漏洞：如果他們真的彼此不相識的話，為什麼泰德會記得曾來過這棟房子？

你沒來過。今天是你第一次來這裡。

他腦海裡再度出現絕望的想法。他想牢牢抓住他剛抵達這裡時的感覺，那時候他站在通往大宅的泥土路上，根本還沒靠近，就能回想起屋裡的每個細節。那個想法是真實的。他必須牢牢抓住這一點。他突然想到馬蹄鐵。他認為如果緊緊握住它的話，就能抹去一切疑問。他把手伸進口袋。

溫德爾警戒了起來。快速抄起手槍。

但泰德很快就瞭解，對方行動的原因並不是因為他想去拿馬蹄鐵。溫德爾拿槍指著泰德的同時，一面從城堡的一扇窗戶觀察外面。

「我以為你是一個人來的！」溫德爾眼神緊盯著窗戶指控他。

「我是一個人來的。」

「那就是有人跟蹤你了。」

從泰德的位置看不到溫德爾指的是什麼。他微微傾身往外看……一看就僵了。一名身穿白袍的黑人在房子一側走著。那人是羅傑，是泰德在布蘭的房子裡遇上的怪人。是在離開布蘭家客廳前遇到的。

「你認識他嗎？」溫德爾的槍仍指著他。「這傢伙在我家做什麼？」

「我不確定我認不認識他。」

「你不確定？」

羅傑不慌不忙地走著，兩手插在口袋裡，走到屋角時轉往湖邊的方向，遠離他們兩人的所在地。

「我覺得他要走了。」

「走去哪裡？附近方圓三公里什麼也沒有。那傢伙來這裡做什麼?!」

5

羅傑出現在溫德爾家附近走動，是當下與幻想的第二個直接連結（泰德不喜歡稱呼那為幻想，但是這又有什麼重要）。另一個連結是馬蹄鐵，還有他在桌上發現的紙條。

溫德爾把他推到城堡外。

「你到底認不認識那傢伙？」

「認識，我想我在什麼地方見過他。」

溫德爾慢慢嘆了口氣望向天空，好像這樣就能知道泰德行為的答案一樣。他緊抓著泰德的外套領子。

「給我專心點！」溫德爾湊到泰德面前用力地盯著他。「你覺得那人是跟蹤你來這裡的，還是盲目地在找你？」

「我認為是後者。」

溫德爾鬆開他。他揉了揉下巴，朝城堡一側瞥了一眼，望著鋪在遊戲區的白色砂石想了一下。

「跟我來。」

兩人一起走進森林裡。

「我們要去哪裡？」

「我想給你看我車子裡放的一樣東西。但最好不要被那傢伙看到。」

他們繼續往森林裡走，直到從外面看不到兩人身影為止，然後繞著房子外圍走到私人小徑旁。此時羅傑應該已經在屋後，這樣他就看不到他們了。兩人朝車子後方走去，還沒走近，汽車的後車廂就自動打開了。

裡面有好幾個擺放得很整齊的箱子。溫德爾選了一個打開蓋子，拿了一個文件夾遞給泰德。

「這是什麼？」

「看吧。」溫德爾晃著文件夾催促他。「有個陌生人潛伏在我家附近，我們沒多少時間了。」

泰德接過文件夾。跟林區拿給他的那些一模一樣。他翻開後，第一眼看到的，就是在餐廳拍到的那張照片。溫德爾沒有騙他。照片清楚拍下，陪在荷莉身旁、用湯匙遞一口食物到她嘴邊的男子就是林區。照片顯然是最近拍的，荷莉更短更淺色的頭髮就是證明。他看向下一張照片。兩人走在繁忙的人行道上……手牽著手！在第三張裡……

溫德爾從他手裡搶走文件夾。

「你沒必要看更多。」

泰德張著雙手，彷彿手裡還抓著文件夾一樣動彈不得。

「相信了嗎？沒有什麼組織。真相簡單多了。林區騙了你，想栽贓你是殺了我的凶手來除掉你。我們晚點再來收拾林區，但不是現在。」

泰德什麼也沒說。溫德爾搖了搖他，把他拉回當下。

「聽我說。朝那個方向走。穿過森林你就會走到馬路上。路有點遠，但我不希望那傢伙看到你。你知道他叫什麼名字嗎？」

「羅傑。」泰德思索道，「我認為他叫羅傑。」

「很好。我會去對付我們的羅傑小朋友。」溫德爾拿出手槍。

泰德瞪大了雙眼。

「你要對他做什麼？」

「他出現在我的房產裡。」溫德爾露出微笑。「你別擔心，不過是嚇嚇他而已。我晚點再打給你。」

泰德朝樹林走去，中間只回頭看了溫德爾越來越遠的身影。他發現溫德爾說會再打電話給他，但他卻沒有留下電話號碼，這令他大笑了起來。他覺得這也不是什麼損失。

6

客廳裡原本有落地窗的地方，現在是一片木牆。即使泰德只能從裡面的一扇小窗往外看，但他知道在另一側的外面，牆壁是粉紅色的，上面有迪士尼公主的圖案。

他幾乎盲目地走著。入夜了，他靠著窗外射進來的一方光線引路，耳中能聽到的只有波浪打上庭院產生的催眠聲響。他走到窗前，彎下腰來往外看，就跟他早前在溫德爾家的時候一樣。

大海泡沫般的浪花舔舐過庭院裡的小丘。廣闊水面上的捲曲白浪，在藍色月光照映下閃閃發亮，泰德從小窗中探出手來大力搖晃，直到啟動動作感應器，打開門廊上唯一一盞燈光為止。沒有負鼠或荷莉的蹤影。然而烤肉爐旁，依然有裝著西洋棋的盒子。

泰德用盡全力伸長手臂，手指擦過木盒蓋子，但當他想抓住盒子時，卻反而把盒子推遠了幾公分。他跪著，調整了一下姿勢，一邊肩膀探出窗外，直到窗戶木框卡住他的脖子和肋骨。他又試了一次，這次只能盲目地抓，因為他的臉頰緊緊壓在木牆上，唯一能看到的只有客廳裡的一片陰影。他手指摸到盒蓋一角，用刮的把盒子稍微弄近了一點。他沒有停下來想想，自己為什麼對這個西洋棋盒那麼有興趣，但他覺得必須得把盒子打開。它現在應該要更近了點才是，但泰德覺得每次伸手去試時，指腹都抓到同一個地方。他腦海中出現了一個瘋狂的幻象：盒子在那片無垠的海面上越漂越遠。每次碰到盒子時，他都想像自己的手臂是有彈性可以伸長的肢體，從城堡窗戶直伸到盒子旁。不管他再怎麼努力伸長手臂，盒子都會退得更遠，讓他只能摸到盒蓋而已。

他一次又一次地用力去抓，像發了瘋的泳者般揮動手臂，他的手指捲曲成爪，一次又一次地揮向木盒的邊角，但卻無法抓牢。他覺得無助，已經感到疼痛的身體，依然承受著窗框施加的壓力，他的臉頰也開始麻木了。

泰德喪氣地垂下手臂，它立刻恢復到正常的長度。他就這樣一條手臂在窗外、身體在窗內地掛在窗框上緩著呼吸。西洋棋盒再度出現在烤肉爐旁原本的位置，盒蓋毫髮無損。

泰德聽到一個聲音，他抬起眼來。海裡出現了一個滴著水的黑色圓殼狀突起物，泰德立刻認出那是小時候父親那輛紅色野馬車的車頂。車子的其他部分慢慢浮現，儘管車身已經破破爛爛還長滿海草，不過依然可以認得出來。車子浮現到一半的時候就不動了。這時後車廂像被人施魔法般打開了，泰德打從內心深處感到驚懼。他不想看裡面有什麼。

羅傑從房子一端走過來。一走到野馬車的後車廂，就伸長一隻手臂來，彷彿在邀人跳舞。車子裡伸出一隻手來握住羅傑的手。荷莉從後車廂裡困難地出來。這很合理，因為她少了一條腿。她身穿泰德最喜歡的那套比基尼，就是冰箱門上照片裡的那一套，只不過那抹紅豔已然褪色。她的皮膚蒼白濕滑，憔悴的臉龐完全沒有一絲生氣。就算補上她缺了的那條腿，恐怕也無法正常行走。羅傑扶著她。

他們走到門廊，困難地爬上樓梯，就在此時，荷莉看來發現了眼前的粉色木牆。隨著她一一認出牆上的公主圖案，臉龐也露出淺淺的微笑。但她目光接觸到窗戶看到泰德時，臉上的幸福表情就消失了。她以充滿指責的控訴目光盯著泰德，令他感到一股想躲進去的衝動，但這當然不是他可以決定的。荷莉用一道長長的注視判了他的罪，然後走到烤肉爐旁邊。她身邊一直有羅傑陪著，他看來對泰德沒有興趣，只關注在陪伴荷莉的任務上。

荷莉對羅傑指了指西洋棋盒。他彎下腰，小心地用兩手抓起盒子。羅傑虔誠地把盒子交給荷莉，她像抱著新生兒般將盒子捧到胸口，嫉妒地緊抓著盒子，同時再向泰德投過一記警告的眼神：這盒子是我的！她轉了半圈，在羅傑關注的目光下，慢慢走著。泰德看著她憔悴病弱的身形已不復記憶中的明豔動人，感到一陣強烈的心痛。

荷莉和羅傑回到海中，她又回到野馬車的後車廂裡。那輛野馬還像隻張著大嘴的錫製怪獸般停在原處。在後車廂關上前，荷莉最後一次無情地望向泰德。

於是泰德只好躲起來。然後醒過來。

7

「在女孩她們的城堡裡？」蘿拉不安地問。

「對，」泰德說，訝異於吸引治療師的竟然會是這種小細節。「我去到那裡，我也不太清楚為什麼，我想是因為城堡吸引了我的注意力，讓我想到如果自己的女兒也有一座這樣的城堡的話，她們不知道該有多開心呢！然後溫德爾出現了，跟我說我們應該一起進去。為什麼妳這麼在意這個？」

蘿拉微笑。

「我不知道。我想，在他還不確定你在那裡幹什麼的時候，不讓你進屋子裡是很合理的。」

「當然。」

「你可以跟我描述一下那城堡嗎？」

泰德皺起眉頭。

「這重要嗎？」

「首先，你走進城堡就讓我很在意了。因為你說城堡位在一個偏僻的地方。」

「是的。我想大概有五十公尺左右的距離，就在森林邊的一個遊戲區。城堡很引人注目：是粉紅色的，牆壁上畫有迪士尼公主的圖案，一個挨著一個站著，圍繞在城牆上。城堡四角共有四個尖塔，窗戶上有小遮雨篷和其他各種精細的小地方。」

「你剛剛說你的女兒也會希望擁有一座這樣的城堡，所以你才走過去。你為什麼會認為她們沒有這種城堡？」

「這個嘛，我兩個女兒擁有很多東西。我的經濟能力還算是不錯的。」

「但沒有像那樣的城堡。為什麼？」

通常他們的療程是不會往這些方向走的。泰德感到不解。

「讓我換個說法好了。」蘿拉說，「你的生活水準很好，我相信你一定給辛蒂和娜汀買了各種玩具。然而當你看到那麼漂亮的城堡時，你卻想到她們沒有這樣的東西。」

「我不懂這為什麼這麼重要。我只不過是看到了城堡，然後想到女兒……我很想念兩個女兒，所以我認為，靠近城堡可以更接近她們一點，想像她們如果看到城堡會說什麼之類的。我認為這完全合理。」

蘿拉保持沉默。

「我不知道，蘿拉。我以為我們在講別的，講林區和荷莉。」泰德搖頭，「我需要妳來幫我瞭解。」

「對，你說的有道理。我們聊那個話題吧！」蘿拉綻放出她令人著迷的微笑。「那麼，溫德爾跟你說關於組織的一切，都是他和林區大學時代的瘋狂念頭，還有多年來他們的關係變得緊張了。」

「對。顯然林區曾試圖用什麼東西來勒索他，我不清楚究竟是什麼，因此溫德爾才開始調查他，還有挖掘出關於荷莉的事。」

「那你相信他了？聽你跟我說的，溫德爾不像是值得信任的人。」

「我不需要相信他。我們離開城堡後，他帶我去看照片，拍得一清二楚。」

「他讓你進家門了？」

「沒有。他把照片放在車上。」

蘿拉保持沉默。最後終於問道：「你對這有什麼感覺呢，泰德？」

「如果妳是在問我有什麼情緒的話，我沒有生氣。我們的婚姻會出問題是我的錯。昨晚我又夢見她了。」

接下來幾分鐘，泰德描述了後院門廊的夢境。當他提到粉紅色城堡時，蘿拉立刻起了興致。她的雙眼閃閃發光，那是勝券在握的眼神。那座城堡一定有特殊的重要性。泰德唯一隱瞞的夢境細節，就是陪著荷莉走出大海的男子。他還沒打算要談羅傑。他還沒準備好。

「有意思的是，西洋棋盒會出現在這裡。」蘿拉說，「這項物品跟你的過去有非常親密的連結。你說荷莉撿起棋盒，然後以保護者的態度懷疑地看著你。」

「對。而且那感覺很糟糕。」

「確切來說，你有什麼感覺？」

「就像她發現我想要將她的西洋棋盒據為己有一樣。荷莉這輩子從來沒看過它，我自己都好幾年沒見過那盒子了。但我想沒錯，那棋盒應該代表我的過去，我在某個時候看過的人，儘管是在夢中，但荷莉見到代表我的事物所表現出的懷疑態度，對我來說有很重大的意義。而現在，我恐怕現實的情況跟夢境大不相同了。」

他一直全神貫注在談話中，直到此時，都沒有分神瞥一眼診療室。這天天氣晴朗，早晨的陽光大剌剌地照進來，房間裡有一大塊空間覆上一方日光。蘿拉這天沒有把窗簾拉上。泰德眼神緊盯著窗戶，玻璃反射的陽光亮得他張不開眼。他目光移開時，在蘿拉臉上看到一塊慢慢消逝的黑色殘影。

「然後呢？你剛剛本來要跟我說西洋棋盒的事。」

泰德點頭。

「那本來是我爺爺艾爾沃的棋盒，是一個這麼大的方盒。」泰德用兩手比了比大小，就像那盒子真的放在他腿上一樣。「盒子是用很好的木材做的，盒身黑得發亮，兩面各有半個棋盤，可以像書本一樣打開，拼成一個完整的棋盤。」

泰德沉浸在如夢似幻的狀態裡，一一回想起每個小細節。

「棋子都放在盒裡。」他繼續說道，「每個棋子都放在鋪了天鵝絨的小格子裡，這樣才能好好嵌在盒子裡不會被壓到。我還記得，其中一個小格子不知道為什麼被擠得變寬了。那一格放的是白棋裡的兵。我知道必須用一種特定的方法打開棋盒，把白棋子留在下面。那枚兵棋放在右邊第二格，我總是最先把它拿出來。」

「你跟我談西洋棋時，臉都亮了。」

「是的。我想這應該是跟我早期的童年有關，那時候我還很幸福。米勒死後，我就完全不下棋了，家裡的日子像地獄一樣，我母親的病越來越嚴重，我父親對她的態度一直都很惡劣。正當她病情急轉直下時，我父親搬去和情人同居，留下我一個人照顧母親。我很孤單，又正值青春期。這是很殘酷的變化。」

「你父親不理你了？」

「實際上，是的。他一開始還想見我，但我一直拒絕。我那時候是叛逆的青少年，很氣這世界。最糟糕的是，我母親根本不管我有沒有在生氣，她活在自己的世界裡。她因為不同的原因也叛逆了。我總相信，是我父親的欺騙才讓她放棄與疾病對抗，讓病痛贏得她人生的控制權。那幾年我過得很糟。後來我們必須把她送進安養院。」

泰德停了一下，露出謎樣般的微笑。

「妳很厲害啊，蘿拉。」泰德用兄弟般的親切口吻說，「妳知道該問什麼問題，好讓人掏心掏肺。」

她也微笑了。

「那幾年間，棋盒怎麼啦？」

「我知道一開始還收在家裡某個地方。我還記得有一次放學後，我在家門前的路邊發現一疊盤子，棋盒也在裡面。那堆東西裡，有很多都還能用，但我母親硬是覺得要把它們丟掉。她經常這麼做，說裡面有蟲卵在孵化什麼的。我把棋盒撿回來，藏在我房裡不讓她發現。她後來一定發現了，因為之後我就再也沒看過我的棋盒。」

「你說後來你母親入院了。」

「對，在我快要滿十八歲的時候，我終於在生命中找到了一絲平衡。我念大學去了，不再當特立獨行的壞男孩。離家後，我才慢慢排解掉過去那些年的遺毒，成為成績優秀的學生，甚至還跟我母親和好。到安養院去看她，是一種全然不同的經歷，那裡的人會控制她的情況，確保她有吃藥。」

「你記得以前有夢過棋盒嗎？」

「沒有，老實說沒有。關於這個，這不是我第一次做這個夢了，或者說幾乎不是第一次。我覺得在我家門廊上好像發生過什麼事，發生過什麼我想不起來的事。」

泰德以低啞的嗓音說。他指的不僅是反覆出現的夢境，還有其他更深層的東西。

「你為什麼會這麼想？」

「我的記憶中有一塊空白，蘿拉。就好像我腦海裡充滿一連串重複的回憶、殘存的現實片段，我不知道。」泰德雙手抱頭，感到無助。「我家門廊上發生了什麼事，我覺得跟溫德爾有關。我很確定我之前去過他家。我需要……」

「冷靜下來，泰德。我會幫你整理那些回憶的。」

泰德渾身僵硬。他抬起眼來，驚奇地看著蘿拉。

「我說了什麼嗎？」

「整理。」泰德重複道，「這正是我的感覺。妳覺得會不會是腫瘤……？」

蘿拉看了看手錶。

「我想今天就到這邊結束。」

8

泰德在龐大的停車場裡等溫德爾。直到約四十年前，這裡還是一家著名的打字機工廠，然而現在只剩下一座荒廢的大樓了。

「你在這裡做什麼？」溫德爾見到他後，硬生生地停了下來。

泰德聳聳肩。

「我需要跟你談談。」

「你是怎麼找到我的？」

「你是這個地方的業主，對吧？」

實際上，溫德爾是透過人頭買下工廠的。他把圍牆加高好幾公尺，牆緣上加裝了有刺鐵絲網，大門也上了鎖。工廠附近什麼也沒有，然而停車場裡有很多碎玻璃瓶。牆壁上滿是塗鴉。

「你在這裡幹什麼，泰德？」溫德爾站在車門旁無奈地問。

「我剛剛才跟你說過。我需要跟你談談。」

泰德回答時，溫德爾正四下張望。

「你是跟穿長袍的傢伙一起來的嗎？」

「我自己一個人。」

溫德爾點頭，往大樓一角走去。

「跟我來。」

泰德猶豫幾秒後，跟了上去。轉過角落後，發現溫德爾微拱著背站在一扇金屬門前，擺弄一串有二十幾支鑰匙的鑰匙圈。在試了一把鑰匙，但門還是打不開後，他往門上輕踢了一腳，低聲咒罵著，這動作令泰德想起父親，他還小時，父親經常對木板門做同樣的動作。溫德爾終於找到正確的鑰匙，走進去後，並未轉身關門。泰德湊上前，只見一片黑暗，看不清楚溫德爾的表情。他眼睛適應陰暗的光線後，才發現那是一間不比浴室大多少的工具房。有一張堆滿東西的工作檯，旁邊好幾座架子上放滿瓶罐、油漆和其他積滿灰塵的東西。泰德還沒進去，就感受到封閉空間中，有一股溶劑味，嗆得他皺起鼻子。溫德爾打開房裡唯一的電燈泡。

「進來。」他命令道。

這傢伙有什麼毛病，硬要在奇怪又不舒服的地方講話？這破房間都快沒地方站了！

「你要把門關上嗎？」

溫德爾沒有回答，直接伸長手臂抓住門把。室外自然光投射進來的一方光線越來越小，直到消失不見。好幾秒後，灰灰髒髒的燈泡才勉強照亮了室內。

房裡除了有刺鼻的溶劑味之外，還悶熱地令人不舒服，溫德爾身穿皮外套，一定已經熱昏頭了。

「泰德，你想知道什麼？」他嘴唇幾乎沒動，臉上的表情如石像般冷硬。

兩人間的距離約半公尺。泰德靠著一座架子站著。他擔心自己會昏倒。

「我就直說了。我知道你騙了我，我想知道為什麼。昨天在你家裡，你假裝不認識我。但是我們之前就見過面了。」

「喔，是嗎？在哪？」

「你知道我沒有答案。你假裝不認識我，因為你知道這樣就能逍遙法外。」

「很抱歉，我得說你錯了。」

「我沒說錯。」泰德肯定地說。事實上，他沒有確切證據可以反駁溫德爾，不過如果他想證明的話，就必須使出不同的手段。下西洋棋時，儘管有時不太清楚發動攻擊是會帶來具體成果，還是會毀了自己的後路，但還是得走這著險棋。重要的是，對手不能知道。「我開始想起來了。」

溫德爾的臉色變了。他不敢置信的神色洩漏了一切。

「你說吧……」溫德爾後退一步，撞上一座不太穩的架子。上面的東西晃了一下，但沒有掉下來。

「我知道我曾到過你家。」泰德丟出這話試探。

溫德爾臉上維持著期待的表情。

「我還知道在我家門廊上，發生了一些事。」他緊接著說。

這次對方的反應很明顯：神色不悅、抿緊雙唇、鼻孔張大。一會兒後，他做出激烈的反應：一拳重擊在工作檯上。

「媽的，泰德！你把一切變得更複雜了。」

「說吧，溫德爾，不要再繞圈子了。我在跟你說實話。我腦海裡有一片空白，就像有些事情的順序亂掉了一樣。」

溫德爾搖頭。

「誰跟你這麼說的？希爾醫師？」

這下換泰德驚訝了。

「你認識她？」

「泰德，拜託。我們就讓事情過去好嗎？你最好開門離開。相信我。這對你最好。這段時間，我的所作所為都是為了保護你。」

兩人彼此注視了好長一段時間。

「你想聽聽我的想法嗎？」泰德說，聲音發抖。

溫德爾攤開雙手看著天花板，彷彿沒道理拒絕似的。

「我認為組織確實存在，」泰德繼續說道，「我也是組織的一員。我認為林區在很久之前，在我年輕的時候就找上我了。」

「別再說那愚蠢的組織了！」溫德爾的吼聲迴盪在小房間內。「我已經跟你說過了，那是大學時林區在一堂創作課上想出來的蠢故事。跟我們沒有半點關係。」

泰德檢視房內的一面牆壁，那邊放了滿滿整面牆的工具。隨便抓個什麼都能壓制溫德爾，逼他說出他知道的一切。

「你要拿螺絲起子刺我的喉嚨嗎？」

泰德哼了一聲。

「跟我說你知道什麼，溫德爾。別再兜圈子。你說你要保護我，告訴我是怎麼一回事。」

溫德爾搖頭。

「我看你是不會放棄的。如果你準備要下手的話，你是不會在這裡做的。」溫德爾停頓了一下。「你還記得昨天在我家的那個人嗎？」

「羅傑。」

「他在你身邊監視你，泰德。他跟那個醫師，蘿拉．希爾，你白痴到什麼都跟她說了。但我不怪你，他們在騙你，好讓你下手。」

「等一下。我一點也聽不懂。他們是誰？你怎麼會認識蘿拉？」

「蘿拉．希爾和卡麥可是站在明面上的人。」

「卡麥可？」

「正是如此，聽好，泰德，你喪失記憶，或不管發生在你身上的什麼事，對你都只有好沒有壞。你說的對，我們認識，你到我家的次數多得數不清。林區也是。一切都還算順利，直到林區那蠢材跟荷莉糾纏在一起。那時候才開始出問題。」

溫德爾用拇指比了比後面。泰德太過專注在對方所說的話裡，沒有注意到這手勢裡的深意。

「我們對林區做了什麼？」

「跟那愚蠢的組織沒有任何關係，別再想那個了。相信我，那可憐人過去有太多蠢主意了……不光只是跟你妻子在一起而已。」

「你說『過去』。」

「對我來說林區已經死了。」

泰德點頭。

「聽好，泰德，在這裡，在你腦袋裡有一些資訊，」溫德爾傾身向前，用食指比了比泰德的額頭，「令你軟弱惶惑。我也是，這我不會否認。本來沒事的，本來沒有什麼好擔心的。但是荷莉跟林區在一起，背叛了你，你發現了……這讓你變得……好吧，讓你變得腦袋有點錯亂。」

泰德決定跟他玩下去。

「有時候，我以為我想要自殺，」泰德說道，「但不是因為荷莉外遇。我腦袋裡有一個腫瘤，溫德爾。你說的那個『錯亂』……是該死的腫瘤。」

假如溫德爾會因為聽到腫瘤一事而感到驚訝的話，那麼他隱藏得很好。

「蘿拉．希爾在你腦海裡打探消息。」溫德爾低聲說道，「她每次療程都在做這個。他們擔心你會自己發現真相，所以一直緊盯著你。」

「那你為什麼不跟我說?!如果那真相可以保護我不受他們危害的話，告訴我不是更合理嗎？」

「我沒說我知道真相。」

兩人互瞪。最後溫德爾說話了：「泰德，這樣比較好。聽我的建議：別跟蘿拉．希爾說話，完全不可以信任她。你知道她一察覺你懷疑她的時候，會做出什麼事來嗎？她會把你關在拉芳達紀念醫院，跟那群瘋子關在一起。我跟你保證，她有權力做得到。你跟著我來這裡太冒險了。你可能已經走得太遠了。」

「你怎麼知道那麼多關於她的事？」

「泰德，因為你腦海中深藏的那個祕密，也會摧毀我和林區。我們盡了一切努力來避免走到這一步。而我們失敗了。」

泰德摸了摸額頭。頭痛是真的，他回想道。他正準備要說什麼的時候，一陣清楚的煞車聲令他停住了。他們彼此交換了困惑的眼神，顯然沒人料得到會有人上門來，溫德爾把門推開幾公分，陽光如潮水般湧進房裡。兩人舉起手臂護著眼睛走出去，但溫德爾並沒有朝前走，前面傳來至少三扇車門幾乎同時關上的聲音。幾公尺外有一道活板門，是可以從外面通往地下室的出入口。溫德爾在那一大串鑰匙圈裡找鑰匙。如果來人決定不要走進建築物裡，而是繞著屋子走一圈的話，就會看到他們站在活板門前。然而這樣的情況並未發生，不到一分鐘的時間，他們就沿著搖搖晃晃的樓梯走下去，再度走入灰暗的世界。

9

地下室看來像打字機墳場，有些打字機直接放在桌上或架上，儘管覆蓋了一層髒汙和蜘蛛網，但依然完好，另外有些損壞程度不一的隨意堆在一旁。還有車床、搖桿等老舊機具。牆壁上緣的長方形窗戶，髒到陽光完全照不進來。

他們幾乎是盲目地在這座滿是廢棄物的迷宮裡走著，偶爾會撞到垃圾，還得邊走邊揮開蜘蛛網，結果揚起一片灰塵而大打噴嚏。泰德不聽溫德爾的責備，爬上牆邊的一張桌子好從窗戶往外看。他盡量用袖口把玻璃擦乾淨，但沒什麼效果。他看到玻璃另一頭有兩個人影並肩朝建築物走去，他們都身穿長袍，至少看得出來走在前面的是名黑皮膚男子。

「是羅傑。」他說道。

「不然我剛剛跟你說的是什麼！」溫德爾用力扯著他的手臂。「快下來，別再往外看了。」

兩人在充滿未來感的打字機之城裡，走了好長一段路。在走過沉重鬱悶的空氣，行經骯髒和奇形怪狀的通道後，終於抵達一座木梯。

溫德爾先爬上去。只花了破紀錄的短暫時間，就找到正確的鑰匙打開門，然而在跨越門檻前，他回頭伸手擋住泰德。

「你最好待在這裡。我要去後面解決一件事，之後我再來處理你的朋友。」

泰德回想起溫德爾在工具間裡的手勢，他提到林區時用手比了一下工廠內部。

「別從窗戶探出頭來。」溫德爾離開前，又提醒了一遍，回身把門關上。

泰德聽著門栓的聲音，他沒費心去試門把，或高聲叫溫德爾讓他出去。他轉過身來，緊抓著扶手慢慢地下了樓梯。有什麼東西吸引了他的注意力，讓他在半路上停下來。

地下室角落堆疊成塔的廢鐵倒了下來，金屬零件敲擊在水泥地上，聲音震耳欲聾。泰德沒有弄錯：有什麼東西在陰影間移動。

他一邊走下樓梯，一邊雙眼緊盯著廢鐵倒下來的地方。到樓梯底部後，他往前踏了幾步，擔憂著自己知道隨時會發生的事。他走到一臺老舊的車床前，不敢探出頭去看後面有什麼東西。他驚恐無奈地等著不可避免的事情出現……負鼠從機器一側探出尖銳的頭，嗅聞著空氣，打了個哈欠後，拖著結實的身體朝泰德的方向走去。

牠的雙眼掃過地下室，尾巴在身後甩動著。

泰德往後退，撞上不久前他才用來探查外面的桌子。他爬了上去。負鼠很有耐心地從下面觀察他。

什麼？

泰德轉過身。透過玻璃看到羅傑和另一名男子，他們已經不在先前的地方，而是靠得更近。兩人正在談話，看來像在等待什麼似的。之後溫德爾的側影加入他們，向兩人握手後又交談了一下。溫德爾比了比建築物，做了一個手勢。

羅傑和他的同伴點點頭。

泰德跌坐下來。他坐在桌上，兩腿屈在胸前，雙手抱頭奮力一叫。負鼠調整了一下姿勢，繼續仔細觀察他，泰德再也受不了了，他閉上雙眼。

他看到了他的書房，感覺到布朗寧的重量，聽到門外的敲門聲。

他張開雙眼。

眼前還是布滿陰影的地下室。還有負鼠。

他雙手探入褲子口袋拿出馬蹄鐵，雙手緊握，凝視著它。

門開了。羅傑站在那裡，後面是另一名護理師。他手裡有一支針筒。負鼠挪開位置，好讓他進來。

第三部

1

在波士頓的拉芳達紀念精神醫院附屬大樓的C區裡，安置了四十名危險病人。他們正要將泰德．麥凱往那邊推去。他坐在輪椅上，脖子微微往旁邊傾斜，嘴角流下一絲唾液。護理長羅傑．康諾斯推著輪椅，身旁有個他信任的人陪著，這名身材瘦削、眼神凌厲的青年名叫亞歷斯．麥馬諾。他們必須穿過一個管制哨，才能抵達位在東翼的房間。負責管理那一區的警衛看到他們過來時，揚起一邊眉毛，伸出手臂擋下他們。

「這是誰。」

「西奧多．麥凱。」羅傑回答道。

警衛把手中正在讀的報紙放到桌上，瞥了眼面前的監視錄影畫面——照規定他每次要離開警衛室時都必須這麼做，他走近這三人，透過欄杆看著他們。

「我沒有收到入院的命令，羅傑。」他不太自在地說道。他在醫院工作還不到一年，通常來說，一切都是依規定進行的。

「希爾醫師目前正在和馬可斯談。」

馬可斯．葛蘭是C區的主任。

警衛不知該怎麼回答，在他上白天班的期間，只有幾名病人入院，而且他都會在幾天前就接到通知。

「沒有入院令我不能讓你們進去，對不起。」

「那我們就在這裡等吧！」

警衛點點頭，仍對眼下的情況感到不太舒服，他多看了泰德一眼，泰德依然垂著頭，眼睛半閉著，口水已經流到下巴下面五公分了，他穿著灰色的制服，雙手雙腳都上了銬。有一瞬間，他的瞳孔似乎聚焦在警衛眼睛上，但顯然院方開了鎮靜劑給他，讓他在幾小時內都無法回過神來。

「這個人怎麼了？」警衛問道。

那一區裡有好幾名病人是殺人犯、強暴犯或兩者皆是，有些人的案子甚至在媒體上喧騰了好一段時間。警衛對西奧多．麥凱這名字沒有任何印象。

「我們可以先把他送進房間嗎？」麥馬諾帶著明顯的厭煩說道。這是他第一次開口說話，羅傑還緊抓著輪椅，轉過身來不認同地看了他一眼。

「他是希爾醫師的病人。」羅傑僅僅這麼解釋道。

「那個不能帶進去。」警衛指著泰德兩手抓著的馬蹄鐵說。

「我們再看看吧！」

2

馬可斯．葛蘭是C區主任，他今年五十歲，未來很有可能升為總醫師，為此他每天努力工作。他現在還單身，也沒有小孩（看起來似乎也不會有了），因此，很不幸地，當上拉芳達紀念醫院的最高主管，已經成為他唯一有可能實現的心願。他還沒有全然放棄在未來結識值得守候的女人、與她結婚的可能性，不過，為什麼要自欺欺人呢，就連這個願望似乎也離他越來越遠了。有時候，他寧願放棄，專注在每天的工作上；但有時候，他又覺得非常空虛。是哪裡不對勁？可能是他自己，也可能只是運氣不好，可能兩者兼有。他跟好幾名不適合的女人維持了長時間的關係，當他發現兩人沒有未來時，卻難以割捨。他現在與卡門的關係就是一例，她比他小一歲，離過婚，兩個孩子都已經二十多歲了，在外地大學讀書，卡門個性開朗活潑、自由自在。她已步入中年，家裡沒有其他人，她已付清了房子的貸款，在髮廊裡有一份要求不高的工作，這一切都使她成為一個完美的女性，隨時可以享受當下、願意冒險。但除了性和少數的歡樂時光以外，馬可斯對她並沒有真正的感情。他們之間缺乏深刻的連結，卡門很膚淺，沒有野心，最糟的是，她不理解工作在馬可斯人生中占有的地位。**親愛的，你花太多時間工作了，你應該像我在髮廊工作一樣，我學會怎麼好好規劃，甚至還有多餘的時間呢！**馬可斯以前就曾經歷過這種情況了：一段沒有未來的感情。這次也是一樣。有時候，人就是會知道。而馬可斯早就發現，他跟卡門沒有未來。

「我可以進來嗎？」蘿拉．希爾從門框外探頭進來問道。

馬可斯突然從自己悲慘的感情生活裡抽身而出，臉龐亮了起來。

「真是驚喜！進來吧！。」

馬可斯站起來、繞過辦公桌。他想吻蘿拉的臉頰打招呼，但她表現出的肢體語言，令他只能替她拉開椅子、請她坐下。這並不令人尷尬——馬可斯向來是很有紳士風度的男子，但是她表現出來的態度很明顯。

「你吃過午飯了嗎？」蘿拉說。

馬可斯正準備回到位子上坐下。

「還沒。」他滿懷希望地說，「妳想一起去什麼地方用餐嗎？」

「不。我沒時間吃午飯。我要跟你說的事情不能等。」

馬可斯喪氣地點頭。蘿拉每次都是這樣。總是先拿甜頭逗他後，又立刻藏起來。她可以連續這樣逗上一百次，每次馬可斯都會中計。或者可能是他的問題，每次都以為蘿拉有甜頭要給他。

最近他們間的張力又變得更強烈了些，儘管馬可斯從來沒有直接跟她表白，但他已無法隱藏對蘿拉的興趣了。她看來似乎沒有什麼感覺。在馬可斯與卡門的關係日益惡化的同時，他也開始慢慢地接近希爾醫師，說他與女友的關係有多糟糕等等，有一天蘿拉開始給他（甜頭）暗示：一抹微笑、臀部輕輕擦過他的身體、把手放在他背上的時間比預期來得久……他有幾次試著更進一步，提議一起去吃晚餐或在醫院外見面等，但她總是一再找理由婉拒，但卻也沒有斷然拒絕。馬可斯後來覺得蘿拉的這種態度，應該是因為在她內心深處，只想忘掉她前夫。用問題來解決問題。馬可斯不願意當工具人，但他似乎相信蘿拉令人瘋狂又困擾的調情，是要他多等她一下。

一定是這樣的。

因為還有另一個問題，另一個馬可斯不願意面對的問題，就是蘿拉能夠從兩人間友善的關係得到好處。她在醫院裡獲得晉升，還讓馬克斯不只一次為了她，在總醫師麥米爾面前說情。

蘿拉定定地打量著他。

「馬可斯，我需要你幫我一個大忙。」

他抖了一下。蘿拉以前也請他幫過忙，但從來沒有用過「大」這個形容詞。

「如果是在我能力範圍之內的話……」

「我必須送一個病人進C區。」蘿拉直言不諱地說。

馬可斯鬆了一口氣。

「這不成問題。我們還有五間空房。我現在就把文件送去給莎拉，好讓……」

「我現在就得送人進去。」

蘿拉用梅杜莎般迷惑人心的眼神盯著他。

「妳說現在是什麼意思？」

新病人入院的程序通常要跑好幾天。儘管馬可斯能盡快跑完他這裡的文件，但是……

「我的護理長現在就帶著病人在C區門口。我需要你幫我放人進去。」

馬可斯，你可別弄錯了。不要回答錯誤的答案。

不然她就會把你變成石像。

「蘿拉，妳瘋了嗎？什麼叫他們人已經在門口了？」

「就在大廳裡。儘管他們說是我派去的，但你的警衛不放他們進去。」

「警衛當然不會放他們進去！」馬可斯站了起來。「我真不敢相信。光是他們人在那裡就已經會給我帶來麻煩了。拜託妳現在就叫他們離開我這區。」

馬可斯走到他二樓辦公室唯一的窗前，看著一般區域裡的中庭，此時除了掃落葉的清潔人員以外，沒有任何人。他揉揉前額。不願意轉過身來，因為他知道轉過身去他就會讓步，而她拜託他的事實在太膽大妄為了，很可能嚴重影響到他的職業生涯。他聽著蘿拉從椅子裡起身。側耳等著開門聲，但他沒有等到。等到的是她身上甜美的香水味，還有湊近他耳邊的細語。

「看著我，馬可斯，求求你……聽我解釋。」

他轉過身來。

又來了，那深邃的眼神，她手指滑過馬可斯手掌的輕柔接觸，他的拇指幾不可見地動了一下。

「我知道我在拜託你什麼。」蘿拉低聲說，「如果不是相信你是我最後希望的話，我也不會找你。」

她在說什麼？

馬可斯退開。他眼裡只有她迷惑人心的眼神，鼻間滿是她身上的香氣，再加上蘿拉的碰觸。他腦袋一團混亂，完全無法正常思考。

「蘿拉，拜託。」他邊說邊往辦公室另一頭走，打算躲到桌子後面。她的眼神緊緊跟上去，不過並未上前。她帶著失意的神情站在窗前，幾乎令馬可斯想回她身邊安慰她。她的態度一下從調情變為失落。

「你不相信我讓我好難過。」

「我當然相信妳！至少告訴我病人的名字吧！為什麼妳要這麼突然地讓他入院？」

「這個病人很特別。」

「我不懂。是妳認識的人？」

「不是，」蘿拉坐回原本的位置。「我現在不能跟你談那個病人。這要花很多時間，而我剛剛說了，羅傑現在正帶著他在C區。現在立刻入院對他的治療非常重要。如果我不這麼做的話，他可能會崩潰。」

「我的天哪，蘿拉。」馬克斯也坐了下來，兩手手肘撐在辦公桌上，雙手抓頭閉起眼睛，不停地搖頭。

當他抬起眼時，驚訝地發現蘿拉快速隱去臉上的一抹微笑。

「什麼事這麼好笑，蘿拉？」

「你剛剛做的那個動作……那不重要，這是我的私事。」

「跟你的病人很像。」

「沒錯。」

馬可斯開始強化自己的決心。他沒必要屈服於蘿拉的玩弄下。她現在敢跟他拜託這種事，是因為過去他放任她擁有太多權力了。之後又會是什麼？

「如果妳的病人不能待在一般區域，而我也沒有理由懷疑妳的專業判斷，那麼我相信莎拉一定會理解的。我們現在就去找她談，跟她解釋。我願意盡全力幫妳說話，但我能做的只有這樣。」

蘿拉停下來評估了一會兒。

「沒有醫療委員會評估，莎拉絕不會批准送病人進C區的。你明明知道。」

「我不知道該跟妳說什麼。我也必須遵守規定的。」

蘿拉再次起身，靠在馬可斯旁邊的桌子上。從那個角度她可以透過窗戶看向外面，同時也可以看著他。

「我跟你說我們會怎麼做。」她嚴肅地說，「給我你簽好名字的入院表格，我會把它填好，親自拿到C區。如果有人發現的話，我就說是從你辦公室裡偷來的。」

馬可斯呆住了。

「妳為什麼要這麼做？」

「你知道我是怎麼工作的，馬可斯。我不在意那些官僚程序，也不想在這家爛醫院繼續升遷。對我來說，重要的是病人。尤其是這個病人。如果我今天不能把他送進C區的話，之前的所有努力可能都會泡湯。我不會允許這情況發生的。」

「如果妳的病人要待在我這區，妳必須跟我說一說他的情況。」

「我會的。給我幾個小時的時間，我什麼都可以告訴你。」

「妳什麼時候要跟莎拉講？」

「一有機會就去。入院表格在哪裡？」

兩人一起出了辦公室。馬可斯的祕書正好出去用餐，算她運氣好，

「就是這份。」他從檔案櫃裡拿出一份文件遞給她。「妳看到我是從哪裡拿出來的了。」

她點頭，把文件放在桌上。

「我需要你的簽名，馬可斯。」

「什麼?!妳剛剛跟我說妳會假造簽名的。」

「不，那是之後我要證明這份文件時，才會提出來的藉口。現在我不能讓下面的人懷疑。我根本不會

簽你的名字。你簽個看起來有點像的就好了。」

馬可斯又一次掉到她的陷阱裡了？

「專家會看穿……」

「馬可斯，我已經跟你說過，我會說那簽名是我偽造的！為什麼你非得拖拖拉拉的？我來拜託你一件事，有危險的人是我，要承擔風險的人是我。我說過，如果你想知道的話，晚點我會告訴你細節，會說文件是我偷來的。你只顧著不要影響到自己的工作，你已經被官僚習氣制約了。」

噢。

「我簽。」馬可斯抓過祕書桌上的筆。

他簽好名、蓋了章，把文件遞過去。

「我就知道可以相信你。」蘿拉露出微笑說。她湊上前，臉頰離他不到二十公分。她會吻他嗎？她的雙眼快速掃過，探詢著他的神色。

她沒有吻他。

3

蘿拉．希爾幾乎馬不停蹄地把文件交給警衛。警衛開口跟她說，應該先把人帶到行政辦公室，但話還沒說完，她就回說晚點會跑程序，現在唯一重要的，是把病人帶到他的房間。警衛不再說話了。

蘿拉、羅傑和護理師麥馬諾朝房間走去，抵達房間前，得先經過另外兩個管制哨還有交誼廳，那裡有好幾名病人饒富興致的看著他們。他們在那裡遇上C區的護理長羅伯．史考特，羅傑和他是朋友。史考特正式跟他們打招呼後，就沒再拖延，直接跟他們說房間已經準備好了。他瞭解一切，但不問問題。對他來說，如果希爾醫師和葛蘭主任決定跳過一些程序的話，他不會去蹚渾水。

房間裝潢得很現代化，有一整面牆完全是玻璃。門上的鎖能用遠端監控或透過密碼鎖上。史考特把識別證插進電子鎖裡，輸入密碼後，在輕輕一聲喀噠聲後，門就開了。蘿拉把輪椅往房內推，羅傑和麥馬諾抓著泰德的腋下，扶他坐到床上，馬蹄鐵從他腿上掉下來，落在磁磚地板上。蘿拉彎腰撿起來，想了一下就把它塞回泰德手中。鎮靜劑的藥效開始退了，泰德已經可以縮起手指，抓住馬蹄鐵的一端了。

「讓我一個人跟他待一下。」

兩名男子交換了不安的眼神，最後點點頭。泰德手腳都上了銬，現在也只能動動指頭而已。

羅傑和麥馬諾退到外面走廊上，跟史考特站在一起。史考特眼神緊盯著房間，如果醫師出了什麼事的話，就是他的責任了，他對新來的病人一無所知，可能他剛剛都是假裝的，一逮到任何機會就打算勒死醫師。這區裡有些病人真的會這麼做，更別說醫護人員稍不留心的時候了。

在玻璃另一邊，蘿拉靠近泰德。

「我們明天再聊。」她對他說，「試著多休息一下，你在這裡會很好的。」

泰德雙眼依然半閉著，眼神失焦。蘿拉轉身準備離開時，他的眼神微微飄了一下，好看著她離去。

稍後，麥馬諾帶著另一名護理師回來，替泰德穿上新的灰色制服。這期間泰德任由自己側身倒下。床還算滿舒服的。

他晚上醒來好幾次，困惑不已，他從床上隱約看到陰暗的走廊，還有對面的房間，房裡一名年約五十歲的男子面帶恨意地瞪著他。

4

「喂！有人可以他媽的過來一下嗎？」

泰德繼續用手掌敲玻璃。他回想起林區也是這麼焦急地敲著他家大門。他轉過身來。床上放著那塊馬蹄鐵，他昨晚像小孩抱著最喜歡的玩偶一樣，抓著馬蹄鐵睡著了。泰德知道它敲不破玻璃，這裡用的一定是強化玻璃，但用它敲玻璃製造出的噪音，一定比光用手拍或大吼大叫更吵鬧。他抓起馬蹄鐵，正準備敲下第一擊時，坐在對面房間床上拿書遮臉的男子，微微抬起頭說話了。

「這不是個好主意。」他平靜地說。穿透兩片玻璃的嗓音，聽起來有些悶悶的。

「現在你總算回應了。」泰德說。在他開始大吵大鬧前，曾試著吸引對面鄰居的注意力，不過對方選擇忽視泰德。

「他們十五分鐘後就會來了。」那名男子以同樣平靜的嗓音回答道。

泰德前一天晚上看到那名男子時，他帶著極端恨意站在玻璃前的畫面，像噩夢後的恐怖印象衝擊著泰德。跟現在他臉上平靜的微笑形成強烈的對比。男子看上去很有魅力，膚色曬成古銅色，剪得極短的頭髮跟細細修剪過的鬍鬚一樣，都已經出現了幾絲灰白。看起來就像全世界最無害、最值得信任的人。

「十五分鐘，是嗎？你怎麼知道？」

男子單手拿書，伸長另一條手臂。灰色上衣的袖口縮回去，露出一只手錶。

「手錶啊！」他說。

「很好笑。」

「七點是上廁所的時間。我本來希望在他們來之前讀完這一章，但我沒想到你一早就這麼有精神。」

男子把書放在一邊。「我叫麥克．道森。」

「七點才可以上廁所？我要尿尿！這房間裡連個廁所也沒有。」

麥克笑了。

「什麼東西這麼好笑？」

「笑你跟他們一樣，說這是『房間』啊！真正的房間在大廳另一邊。我們表現不好時，他們才會帶我們來這裡。」

兩人安靜了下來。有個禿頭男子從另一個透明牢房中，怯怯地看著泰德。他發現自己被看到後，就立刻退開。

「我是泰德。」

「歡迎來到拉芳達，泰德。別擔心，我並沒有表現不好，只不過我晚上經常會比較躁動。」

「他們帶我過來時，你還不在嗎？」

「不在。我來的時候，你已經睡下了。」

「你認識希爾醫師嗎？」

麥克思索了一下才回答。

「認識，但她不常來這裡。她大多數時間都在本部大樓那邊。」

「她今天一定會來，我跟你保證。」

「你說會就會。」

泰德望著馬蹄鐵，猶豫一下後把它丟回床上。

「那是什麼？」

「沒什麼，一個紀念品而已。」

「那些東西在這裡很有用。但是我要給你個建議：別太常拿出來。對面的人一旦發現這東西對你來說很重要，他們也會覺得這東西對他們來說很重要。在這裡就是這樣。如果東西丟了就再也不可能找到了，相信我，他們最擅長找出有人藏起來的東西。」

麥克．道森用食指抵著太陽穴畫圈。

「我會注意的。就算這樣，我也不想認識對面的那些人。我今天就要離開這裡。」

麥克起身，站在床旁邊伸懶腰，伸展雙臂、雙腿和背後彎曲的脊椎骨。他打了個哈欠走到玻璃前。燈泡把他的臉照得更清晰了，現在他看起來更像泰德晚上在夢中見到的模糊身影。

「泰德，沒人能決定自己什麼時候能離開這裡。」他嚴肅地說。

5

七點整，兩名護理師過來了。泰德帶著震驚呆愣的目光看著所有的門全都打開，一群病人靜靜離開。他敲著玻璃，要求這些人給他一個解釋，但是根本沒人理他。包括那名禿頭男子在內，這一區裡的幾個同伴都好奇地觀察他，他是這群人裡唯一戴著手銬腳鐐的人。麥克輕輕歪了歪頭道別。

泰德一個人靜靜地待著。或許他們想要的，正是泰德發瘋般地敲玻璃大吼大叫。他坐在床上，在掀開來的床單中搜尋馬蹄鐵。他等了好久，膀胱脹得要命，忍著大叫的衝動。

泰德躺到床上時，一名護理師到了。

「早安。」

泰德坐起來。

「你是誰。」

「我的名字是亞歷斯．麥馬諾。你在C區的時候由我負責。泰德，現在必須問你一個問題：我們會需要這些東西嗎？」

護理師拿起一副手銬。

「希爾醫師在哪裡？」

「她晚一點會來跟你談話，這是她交代我告訴你的。」

「晚一點是什麼時候？」

「我不知道。」

泰德走到玻璃前低低地說。

「事情不對勁，亞歷斯。你說你叫亞歷斯，對嗎？我不知道發生了什麼事。他們派人去找我，沒經我同意就帶我來這裡。我妻子和女兒今天就會回來了。我必須離開。」

麥馬諾彎腰把手銬放在地上。在門邊的控制板上按了一串密碼，然後從腰間掏出一把鑰匙。走廊邊傳來一個聲音，護理師朝那方向做了個手勢。門開了。

「希爾醫師今天會來跟你談話，可能是在下午的時候。」

「要更早一點……」泰德正打算繼續說。

「等一下。」麥馬諾打斷他，「不要懷疑我跟你說的任何話。這只會讓事情變得更糟，對你一點用也沒有。現在我們去廁所，之後我會帶你到其他人在的地方。幾個小時後，希爾醫師就會來看你，想問她什麼就問什麼。不要跟我浪費時間。」

泰德點頭。

兩人一起走到走廊盡頭，發現一扇鎖起來的門，麥馬諾大膽地背對著泰德開了門。之後兩人進入交誼廳，這裡有一臺關著的電視、幾張桌子、放了幾本書的家具和貼了標籤的箱子。這空間裡有幾盆室內植物，自然光從四扇落地窗照進來，讓這裡顯得相當舒適。

「其他人都在哪裡？」

麥馬諾好奇地看了他一眼。

「在吃早餐。」

泰德雙眼緊盯著其中一個書架。

「我有東西忘在房間裡了。」他突然憂心忡忡地說。

「別擔心，等你回去還會在那裡的。」

泰德想起麥克．道森跟他說過的話，在拉芳達東西很容易就會消失不見。

兩人來到淋浴間。一名身穿綠色制服的男子等在那裡，給了他們一條毛巾和換洗衣物。麥馬諾坐在木頭長凳上，可以從分隔板的上方看到泰德。

「你有必要一直跟著我嗎？」

麥馬諾聳了聳肩。

泰德平靜地脫下衣服仔細折好，放在另一個乾淨的木頭長凳上，他走進其中一個淋浴間打開水龍頭。溫度剛好。

「羅傑跟你一起工作對嗎？」泰德邊讓熱水流過臉頰邊開口問道。

「對。我想他晚一點會過來。」

「這幾天他都在監視我。」

麥馬諾不說話。泰德開始往身上抹肥皂，頭也沒抬地對著護理師說話。

「這你不知道吧，對吧？」

「你指的究竟是什麼？」

「他跟蹤我，我抓到兩次了。我覺得他也到過我家。」

再度沒有回應。

「光是這樣就足以讓人提告了。」泰德繼續說，「我的律師團一定會很開心的。我知道我有哪些權利，也知道在深夜對我下藥把我帶過來絕對是違法的。我願意等到希爾醫師過來，是因為我要她直接告訴我，她為什麼要這樣做。你沒有話要跟我說嗎？」

「我不知道該跟你說什麼。他們只跟我說，要我在你剛到這裡的頭幾個小時照顧你，沒有別的了。這不是什麼私人的事，我們對所有的病人都是一樣的。」

「我不是病人。」

「沒關係。我們對所有來到這區的人都是一樣的。有些人不太容易適應這些改變。看到新面孔，就表示他們熟知的世界出現了變化。現在我們去吃早餐，讓你認識一下你的同伴。」

牆壁上有一個裝著洗髮乳的奇怪容器，是嵌在牆壁裡的半圓形容器，很難拆下來或造成任何傷害。泰德壓了一下，它下方流出一道粉紅色的洗髮乳。

「我已經認識睡我對面房間的同伴了。」泰德邊搓著頭上的泡沫邊說。

「誰？」

「麥克。」

「啊哈！他在這裡已經超過十年了。如果麥克喜歡你的話，那麼你跟其他人相處就沒問題了。」

「你說得好像我會待在這裡一樣。」

泰德關上水龍頭，快速走到長凳旁拿毛巾裹住自己。

「你很確定他們會把我關在這裡，對嗎？」

「我說了，我對你一無所知。」

「好吧！」

泰德靜靜地穿上衣服。穿好後，他坐在長凳上。麥馬諾距離他約六公尺遠，坐在靠牆的長凳上。

「你好了嗎？」最後護理師問道。

「這些怎麼辦？」他指著髒衣服。

麥馬諾指著一旁的空籃子。

他們出去時，泰德要求麥馬諾讓他回房間拿馬蹄鐵。

6

泰德進入交誼廳時，所有人都停止談話，有人看來很驚訝，也有人帶著懷疑的目光。電視上的綜藝節目主持人，是唯一無視當下緊繃情緒，繼續提出幽默問題的人。

C區的護理長羅伯．史考特向其他病人介紹泰德。他交代所有人別惹麻煩後，就離開了。麥馬諾在旁邊的房間裡，透過裝了鐵絲網的窗戶監視著，身旁有另一名護理師陪著。

房間裡三群人涇渭分明。聚在電視機前的，是人數最多的一群，另外兩群人坐在桌前，分別在下棋和玩撲克牌。只有麥克．道森捧著他的書，獨坐在窗臺上。他看到泰德後，舉起手打了個招呼，隨即繼續回去讀書不再理他。泰德走到交誼廳中間，有意加入下棋的那群人，但不知道這麼做合不合適。

隨著其他人不再注意他，房間裡再度響起談話聲。玩撲克牌的那群人講個不停，看電視的斷斷續續地交談，有時是回答問題，有時與彼此討論。泰德走近書櫃檢視上面的書，不過他巧妙地把注意力放在下棋的那兩人和旁邊圍觀的人身上。他距離那群人約三公尺遠，花了幾秒鐘的時間看棋盤。這局才剛開始，沒有按照任何一種正規的開局法走，他一點也不驚訝。他一邊假裝讀著小說的書名，一邊在腦海裡下著棋。走黑棋的那一方會贏。

在玩撲克牌的那群人中，一名高大削瘦、看來有些神經質的男子，是第一個注意到泰德對書架有濃厚興趣的人。他用顫抖的手指指向泰德，其他在玩牌的人轉頭看他，盯著他仔細檢視了幾分鐘，笑著嘲諷了一番又回過頭繼續玩牌。

大約二十分鐘後，泰德在房間裡曾看到的矮小男子，一個名叫列斯特的人，跟著一名同伴從庭院中走進來。他身上已經沒戴著手銬腳鐐，一見到泰德就發瘋了。

「他偷了我的機器！」列斯特大喊道。

泰德轉身發現列斯特快速穿過交誼廳，麥克．道森從窗臺上跳下來攔住他，隔壁房間內的護理師也衝過來。在場好幾個人笑著起鬨，觀望即將發生的行動。列斯特一再控訴般地大吼，瘋狂地扭動著，但無法再靠近一步。麥克光是站在他的身前，就足以擋下他了。

「他沒偷你任何東西，列斯特。」麥克平靜地說，「到外面去。」

「我要殺了他！他搶了我的機器！」列斯特整張臉都紅了，脖子上的血管都繃了起來，像拳擊手般地晃著手腳。

陪在麥馬諾身邊的護理師轉身離開小房間，帶著疲憊的神情出現在交誼廳裡。他舉起雙手要所有人安靜。這人身材壯碩，長得像維京人，不管列斯特表現得有多瘋狂，他都能只用一隻手就壓制住對方。但真正掌控住場面的人，是麥克。

「冷靜下來。」他又說道。

「他是昨天晚上來的，」列斯特如籠中困獸般扭動著說，「我看到了。他偷了我的機器，害我現在沒辦法跟外界溝通。」

泰德仍站在書櫃前，注意到其他人盯著他看的目光。或許是因為對方提到偷這個字，令他下意識抬手往口袋去摸馬蹄鐵。列斯特發現後就爆發了。

「他藏在那裡，在口袋裡！快搜他的身！」

護理師搖頭。麥克朝列斯特走近一步，一手抵著他胸口，開口斥責。

「沒有人偷了你的東西。」他嚴厲地說，「如果你不想找麻煩的話，就讓我好好讀我的書。」

他的恐嚇生效了。列斯特依然扭動著，不過是因為緊張不安而動。

「麥克，但是沒有機器我就沒辦法回報了。他們需要我回報資訊，你知道的。」他聲音破碎地說。

「我管你去死。如果他們這麼想找我的話，叫他們搭『千年鷹號』[1]來找啊！你給我滾到院子去，我不想繼續在這裡看到你，聽懂了嗎？」

列斯特點頭。怒氣消散得一絲也不剩，低著頭走了。

麥克微笑著對護理師比了個手勢。**我幫了個小忙，你就別放在心上了……**。之後他朝泰德眨了眨眼，回到窗臺上繼續閱讀。

泰德走到下棋的那一桌，棋局還在繼續，但已經沒那麼吸引人了。走白棋的人顯然屈居下風，現在正

1　Millennium Falcon，電影《星際大戰》中虛構的宇宙飛船。

凝視著棋子，彷彿想靠念力來移動它似的。另一人放鬆地等著對方下這步棋，眼光在棋盤和身邊的觀眾間游移。泰德在場好像令他感到有些尷尬，不過他沒有多說什麼。

「快點啊，史凱奇，我可沒有整天的時間陪你耗！我要叫史考特幫我們弄一個計時鐘來，這樣你們就能趕快下完啦！」

史凱奇不受影響，繼續專注在他的棋局上。面對有經驗的棋手，他可是一點勝算也沒有，泰德想著，不過如果他把騎士從F5移到H6的話，可能還有一點機會。

三名觀戰者中，有一人插嘴了。

「你已經贏了對吧，洛洛？」這人一手握著拳頭打向掌心。「他會把你打得落花流水……就像打蚊子一樣簡單。」

「閉嘴。」另一個觀戰的人說道，「你連棋子該怎麼走都不會。這是西洋棋啊，你會嗎？」

除了史凱奇和被罵的那人之外，所有人都笑了，史凱奇仍專注在棋盤上，他猶豫不決地舉起放在桌面下的手臂，終於打算走這一步了。他的手指挪到F5的騎士上。他有兩種選擇：移到H6上，或許還能有一絲希望；走到H4就會失去這子。

他選擇了H4。

「你不是我的對手，史凱奇！」洛洛推了一枚兵，向前逼近王位。「看你怎麼應付這一手。」

史凱奇再度陷入沉思。

泰德決定離開。等蘿拉過來看他還要等好久。

他朝門的方向走過去時，發現麥克已經沒在看書，眼睛專注地瞧著他。他還不確定該不該上前，就走了過去，就當作是感謝他攔下列斯特吧！

「你早就看出來了，對不對？」麥克一開口就嚇了他一跳。「騎士走到H4那一步。」

泰德一瞬間不知道他指的是什麼，聽懂後聳了聳肩。

「我年輕時稍微會下棋。」

「我也是，但不是專業的。」麥克坦承道，「也許我們改天可以來下一盤。」

麥克這是在考驗他。

「當然。」泰德順著他的話說下去。

「等等。」

麥克研究著他的表情。

「讓我陪你去外面。列斯特還在那邊。」

就在此時，泰德發現交誼廳裡再度安靜了下來。除了電視上的主持人之外，所有人的注意力都在他們倆的談話上。他回想起麥馬諾當天早上在浴室裡說的話。*如果麥克喜歡你的話，那麼你跟其他人相處就沒問題了。*

庭院很寬廣，裡頭有幾條小徑，這時有幾名病人在小徑上踱步。花壇修剪得很整齊，樹木綠葉成蔭。列斯特和一小群人聚集在籃球場一角，有些人坐在長凳上，有幾個人站著，他們立刻發現泰德和麥克。

「那麼，你不知道自己為什麼會在這裡？」麥克說道。

泰德不可置信地看著他。在大白天的太陽光下，他依然像是全世界最清醒的人。如果不是因為前一天晚上看到他臉上瘋狂的表情，泰德很難理解麥克為什麼會在拉芳達。

跟你一樣，而你也在這裡。

兩人朝一張巨松下最偏僻的長凳走去。

「所以呢？」他們坐下時麥克依然堅持地問。

「不是說我不知道。」泰德有些無奈地說，「過去幾個星期，我都在接受希爾醫師的治療。我有一個……無法開刀治療的腫瘤，我的醫師認為接受心理治療可以幫助我度過這段時間。說句公道話，他沒說錯。我本來認為跟希爾醫師談話不會起什麼作用的……但真的有用。有一點用。現在她做得太過火了一點。」

列斯特和籃球場上的其他人開始打球了。球場傳來球打在水泥地板上特有的刺耳噪音。

「希爾醫師不顧你的意願送你入院？」

「對。」

麥克把手伸進口袋掏出一包菸，遞過一根給泰德，他回絕了。

「我以前也不抽菸，」麥克拿出金黃色的打火機邊點菸邊說。他長長地吸了一口後，望著指間的菸，用神祕的語氣補充道：「有時候，我覺得我抽菸只是為了跟以前在外面的我有所區別。」

泰德專注地看著打火機。麥克注意到了，他說：「只要你贏得他們的信任，事情就會好轉。現在我在這裡的日子過得很平靜。折磨我的，是夜晚的時光。」

「你為什麼會在這裡？」

「他們沒有跟你說嗎？」

泰德搖頭。

麥克垂下眼來，在張嘴回答前，情緒就已大受影響。

「我殺了我最好的朋友他們一家人。」

遠方仍舊傳來籃球彈跳的聲音。

「我那時候病得很重。」麥克繼續說著。現在他拱著背坐著，兩手前臂撐在膝蓋上，眼神緊盯著地板，整個人幾乎小了一號。「就算這裡出現大逃亡，或因為什麼瘋狂的理由讓他們放我出去……我也會拒絕的。」他苦澀地補充道，「我朋友的女兒活下來了……在這棵松樹上吊自殺對她不公平。太簡單了。」

泰德保持沉默。

「你知道嗎？發瘋並不會改變多少事。」麥克繼續說，「我指的是不會令你脫罪。他們不是把你關進監牢，而是關到這種地方來。但你心裡有一部分總是會覺得該負點責任的，會因為沒有阻止另一部分的自己而感到愧疚。因為你心裡總有一部分是心知肚明的。什麼都知道。」

這時候，他回想起溫德爾在廢棄工廠小房間中說過的話……

在這裡，在你腦袋裡有一些資訊，令你軟弱惶惑。

麥克停下來思考了一下，眼神凝視著天空，彷彿在回憶過去那段不願讓他好過的記憶和細節。他伸出一隻指頭撫著太陽穴，用大得嚇人的雙眼看著泰德。

「大腦就像魔術盒一樣。充滿各種機關。總是會想出什麼辦法來通知你，也會給你一條逃生的路。一扇門……」

開門。這是你最後的出路。

泰德想著替他們遮擋陽光的松樹，還有麥克．道森從樹枝上垂下來的遺體在微風中搖晃的畫面。

「我想你說得有道理。」

麥克微笑。再度流露出善良理解的表情。

「或許就像你說的，你明天就不會在這裡了。或許你還會在，我們會再度坐在這條長凳上。所有人遲早都要打開那扇門的。」

麥克．道森站了起來。他伸了伸手臂、挺起胸膛，背後的關節發出清脆的聲響。

7

蘿拉在評估室裡等他。泰德雙手上了手銬，等著麥馬諾找到對的鑰匙，好開門讓他進去。

「門沒有鎖。」裡面的人說道。泰德立刻就認出了那個聲音。

蘿拉．希爾臉上帶著淡淡的微笑。她身旁的羅傑反而像嚴肅的圖騰柱，大眼帶著冷月般的無情目光。

「希爾醫師……終於見到妳了。」泰德招呼道。

「你還是可以叫我蘿拉。」

「當然了，蘿拉。謝謝妳大方地把我送進豪華的希爾頓大飯店過夜。」

護理師帶著他走向醫師所在的桌子旁，不過在坐下來之前，他秀出手腕上的金屬鏈。

「泰德，請你坐下。」蘿拉說。她對手銬不置一詞。

他檢視沒有太多東西可觀察的房間：牆上磁磚的顏色是令人感到沮喪的綠色，房裡有一張複合板塑膠桌，六支日光燈管把室內照得透亮，還有一扇暗色玻璃窗，後頭一定藏了一架攝影機。泰德正是在玻璃反射中，看到麥馬諾歪了歪頭然後離開的。

「你覺得如何，泰德？」

「別這樣，少來『你覺得如何，泰德？』這一套。我覺得爛透了。我要知道我為什麼會在這裡。而且我現在就要知道。」

蘿拉垂眼思考了幾秒，調整她面前那份沒有打開的文件夾，清了清喉嚨。她臉上的微笑已經不見了，神情看來相當不安。她的頭髮一如往常盤成髻，戴著方框眼鏡，身穿白長袍。

「我馬上就會跟你解釋，但首先你要相信我，我得先知道一些事情。羅傑跟我只想幫你，而且……」

「好了，好了，廢話少說，妳要我回答什麼？」

蘿拉深吸了一口氣。

「你昨天跟羅傑說，我們要把你關進拉芳達精神病院，說你已經知道一切了，你指的是什麼？」

「我想不需要多做解釋，不是嗎？我指的就是這個。」泰德再次秀了一下他的手銬。

「誰跟你這麼說的？」

「誰跟我說的又有什麼關係？」他說的是實話。

「是溫德爾嗎？」

一片沉默。

泰德回想起與溫德爾在廢棄工廠的工具間裡的對話。

她會把你關在拉芳達紀念醫院，跟那群瘋子關在一起。我跟你保證，她有權力做得到。

「夠了，蘿拉，該輪到妳說了。」

蘿拉和羅傑交換了一個泰德無法解讀的眼神。醫師點了點頭，翻開面前擺著的文件夾。她把它轉過來好讓泰德看清楚，就跟林區在他家客廳的舉動一模一樣。只不過這次文件內容不是罪犯資料，而是他自己大腦的磁振造影圖。泰德立刻認出這是卡麥可醫師曾在診療間給他看過的圖樣，每張圖的角落都印有他的名字。

「你認得出這些圖片嗎？」

「當然。腫瘤就在那裡。」泰德指著圖中的一個區塊說，那一塊的顏色比其他地方略深一些。

「你沒有腫瘤，泰德。」

你怎麼一點也不驚訝？

醫師轉過身，朝深色玻璃做了個手勢。一會兒後，評估室的門就開了。

「你好，泰德。」

卡麥可就站在那裡，兩手插在口袋裡，臉上帶著必須向家屬說壞消息的悲傷表情。卡麥可也參與其中。

「恐怕希爾醫師說的是真的。」卡麥可站在門口說道。

他慢慢走近，繞過桌子坐了下來。現在跟他談話的一共有三個人了。

「我請卡麥可來拉芳達親自告訴你。」蘿拉解釋道。

卡麥可嚴肅地點點頭。

「從來就沒有任何陰影。」卡麥可平靜地說，「第一份報告出來時，我就曾跟你說過，你的大腦完全沒問題，你的頭痛應該有其他病因。我說我們能像過去幾年處理你其他疼痛一樣，一起把病灶找出來。但你表現得很沮喪，只有當我說要再做一次檢查來確定的時候，你才慢慢冷靜下來。我以為這樣能多爭取到一些時間，因為你腦裡沒有任何一絲腫瘤的痕跡，我知道再怎麼檢查，結果也是一樣。」

泰德不為所動地打量著他們。

「你一點也不記得了嗎？」蘿拉插嘴問道。

「你們改過檢查結果了。我怎麼知道這是不是我的大腦掃描圖？」

「對不起。」卡麥可抱歉地說。

「那我的頭痛、我的混亂又怎麼說？」泰德第一次露出絕望的神情。「腫瘤可能很小，或者長在核磁造影檢測不到的地方。我有讀過相關的研究，你們別想騙我。」

「我們會繼續治療，好幫助你來……」

「幫助我！妳什麼都不懂，蘿拉，我能去最後幾次療程可以說是奇蹟。如果一切都照計畫來，現在我早就已經朝自己開槍，死在我家書房裡了。」泰德笑了。「這太荒謬了。如果不是林區害的，我早就自殺了。」

泰德用手比出槍的樣子，舉到太陽穴旁，模仿開槍的聲音。

兩位醫師交換了一個眼神。

「怎麼啦？」泰德不耐地問道，「別再把我當瘋子了！」

泰德猛然起身，椅子往後倒下。房裡所有人都嚇了一跳，觀察著繞圈踱步的泰德。

「我真不敢相信。」泰德自言自語道。他兩手放在腹前踱步，眼神盯著鋪了地氈的地板。

「馬蹄鐵在你手上嗎？」蘿拉問道。

泰德突然停下來，焦急地拍著褲子口袋。他摸到了馬蹄鐵的形狀，把它從口袋裡掏出來，用手指夾著。他看馬蹄鐵的眼神，彷彿那是一枚威力強大的護身符。

「你還記得跟我聊到馬蹄鐵，對嗎？」蘿拉繼續說道，「那是米勒的馬蹄鐵，是你西洋棋老師的東西，是卡帕布蘭卡和亞列亨在布宜諾斯艾利斯比賽時的……」

羅傑不知何時靠近泰德，把他帶往椅子上坐好。泰德看來神智不太清醒，一直盯著馬蹄鐵。

「我是在溫德爾那裡找到的。」泰德著迷地望著馬蹄鐵說，面露驚訝。

「泰德，看著我。」

他抬起頭來。

「這裡的規定很嚴格，像馬蹄鐵這種破壞力驚人的金屬物品絕對是違禁品。但是我允許你留著它。當你覺得困惑時，我要你專注在馬蹄鐵上，我要你想想米勒、想想棋賽，好嗎？」

「想想過去的好時光。」他說著，若有所思。

「正是這樣。」蘿拉滿意地說，「想想過去的好時光。」

泰德的怒氣消失得無影無蹤。他再次垂下眼神，刻意不去看放在大腿上的馬蹄鐵，只是不住地用手指摸著它。

「是因為荷莉嗎？她……跟林區有婚外情，不是溫德爾，是林區。我看過照片。他們在餐廳的照片。」

「泰德，你現在先別去想那些。我不知道為什麼你決定自殺，但我們會查清楚的。」

泰德看來像被處罰的孩子一樣。這時他變了表情，彷彿想起來什麼似的。他看著蘿拉，眼神中流露出深刻的恐懼。

「荷莉和兩個女孩還好嗎？」

「她們都好。在佛羅里達的外公、外婆家。」

「她們本來星期五要回來的，今天幾號了？」

蘿拉沒有回答。她闔起仍攤開在桌面上的文件夾。卡麥可醫師說還有其他事情要處理，他必須先離開。他向泰德點頭道別，說會再來看他，要他堅強點撐下去，說他在這裡會得到很好的照顧。

泰德眼中的恐懼並未消失。

「這些回憶是怎麼回事，蘿拉？」

「我們之後再來處理回憶，但恐怕我也不知道所有問題的答案。我現在不願意讓你壓力太大。重要的是，你必須依照我剛才說的去做。我們後天再來這裡碰面繼續談。到時候只有我和你，就跟以前一樣。」

蘿拉同情地笑了一下。

「是荷莉把我關在這裡的嗎？我不蠢，我知道她一定得同意。她知道嗎？知道我本來要在書房裡做什麼嗎？」

「她不知道。」

「如此最好。」

「但你瞭解，你必須在這裡待上幾天，對吧？」

「我想是的。」

不，你不相信，但你要跟他們一起玩下去。一切都照著溫德爾跟你說的進行。他是唯一對你坦承以告的人……是唯一向你提出證據的人。

「今晚你必須在維安最嚴格的保安房過夜，但明天我會下指令，要他們分派一間普通的房間給你，你在一般房裡會舒服得多。麥馬諾跟我說，你和麥克處得很好，難能可貴啊！他平常是很挑朋友的。」

「我不知道我們算不算處得很好。我們一早在庭院裡聊天。他跟我說了他為什麼會在這裡，其他的什麼也沒說。」

「他一天內跟你說的話，比大多數人一輩子聽到的還要多。」

泰德聳聳肩。他最不需要的，就是和神智失常的殺人犯處得來。

8

時間已經不早了。保安房走道上的談話聲已經消停了好一陣子。泰德雙手枕在腦後，躺在雙層床的上舖休息，眼睛看著天花板。他已經不急著離開拉芳達了。他不知道蘿拉說的是否都是真話，很可能不是，但是他有太多疑問必須思考。腦袋裡的腫瘤真的是他自己幻想出來的嗎？他腦海裡有兩段截然不同的回憶。在其中一個回憶裡，他殺了溫德爾，然而在另一段記憶中，他不只沒有殺人，還跟溫德爾說話……在一棟粉紅色城堡裡談話！他一定有不少毛病，幹嘛否認呢！

也別忘了布蘭。你躲在他家等他回來，但他發現了，不過你動作迅速地解決了他。

他必須睡一下，冷靜下來消化這些事情。他感受到胸口上馬蹄鐵令人安心的重量，閉上雙眼準備沉入夢鄉……但他突然張開眼睛坐在床沿，胸口上的馬蹄鐵掉下來落到地板上，發出一陣清脆的金屬撞擊聲，在寂靜的保安房區，聽起來就像一陣鐘聲。走廊另一端有人叫他安靜。泰德走近玻璃窗邊。在麥克．道森的房間隔壁，列斯特正在觀察他。

「列斯特，你從來都不用睡覺嗎？上床去！」他脫口而出，把列斯特嚇了一跳。「麥克，你醒著嗎？」

又有人叫他安靜。

「你才閉嘴啦，白痴！」他朝黑暗的走廊大吼。

麥克房間的床邊亮起一盞小燈。他人已經起身了，但看起來還沒完全從睡夢中醒過來。

「你還是小聲點比較好。」他建議道。

泰德點點頭。

「你睡著了嗎？」

他的鄰居搖搖頭。

「我有失眠的毛病所以睡不著。發生什麼事了？」

「我有事情要問你。」

「說吧！」

「交誼廳裡的那套西洋棋……看起來還很新，尤其是可以捲起來的棋盤。」

「那是他們大概六個月前拿來的。」麥克說，「幾年前還有另一套，但我不知道後來放哪兒去了。」

六個月！

比他去看卡麥可的時間更早。

泰德深信那套西洋棋是替他準備的。還有什麼比西洋棋更能讓他感到自在？泰德看著馬蹄鐵，它還在地上。

「是希爾醫師帶來的嗎？」泰德問道。

「我一點也不知道。你想問的就是這個？我想這一定重要到你等不及明天早上再問了吧！」

麥克躺回床上關了燈。

一會兒後，泰德也關燈上床，不過現在他有了新的想法。那套西洋棋就是替他準備的。六個月前就準備好了。

9

早上，麥馬諾帶他到位在C區二樓的新房間。要先經過一道鋪了地毯的走廊才會到，氛圍跟保安房區冰冷的玻璃走廊完全相反。泰德身穿灰色的外套和長褲，不過手銬已經卸下了，情況開始出現變化。史凱奇——泰德認出那是前一天在下棋的男子——從側門邊觀察他，臉上帶著難以解讀的表情。

「讓我給你個建議。」一走到走廊底端前，麥馬諾這麼說，「好好利用這個機會，別做蠢事。你看來像是聰明人。」

聽來像是誠懇的建言。泰德嚴正地點點頭。兩人進入房間後，他更明白護理師想說的究竟是什麼了。跟他前兩個晚上過夜的無趣房間比起來，這裡才真的像是希爾頓飯店的豪華客房。他回想起曾跟蘿拉開的玩笑，默默露出了一絲微笑。

房間很寬敞，有一扇大落地窗，陽光大剌剌地照了進來。房內有兩張床，各配有一張桌子和一個小書架，除了房裡一扇通往浴室的門之外，一切陳設都是對稱的。房內屬於他新室友麥克．道森的那一半空間堆滿各種書籍，牆壁上掛滿剪報、照片，還有其他讓房間盡可能更舒適的物品。麥馬諾對泰德解釋說，麥克很久沒有跟其他人同住一間房了。

有個紙箱在空曠的床墊上，上面用黑色麥克筆寫著泰德的名字。

「太好了！他們已經把你的東西送來了。」

我的東西？

麥馬諾告別後，就留泰德一個人在房裡。他沿著腦中幻想的界線，走到落地窗前，界線一端是麥克的世界，是有人居住、有活力的世界；另一端屬於他，荒蕪一片，還有個不知道裝了什麼的紙箱。唯有一方日光結合兩個截然不同的宇宙。他半瞇起眼避開炫目的陽光，慢慢地看出籃球場和幾條穿過庭院的小徑。他用眼神跟隨了一下其他病人飄忽不定的行蹤。

泰德離開窗前，觀察起新室友的東西。書桌上，貼在一塊板子上的剪報吸引了他的注意力。他朝桌子走近一步又停下來。轉而走向浴室門。

「麥克？」

「幹嘛？」門另一端傳來聲音。

「我是泰德。我需要一枝筆或什麼的，好割開他們給我的箱子上的膠帶。我能不能從你桌上借一枝筆來用？」

一片沉默。

「麥克？」

「你當然可以借一枝見鬼的筆去用。讓我安靜地拉屎看書。」

「對不起。」

沒有回答。

或許麥克不像其他人說的那麼糟。他走近書桌。這次忍不住看了眼其中一篇文章。標題寫著：

安德烈亞．格林獲威尼斯雙年展榮譽獎

他離開書桌前。如果麥克這時候從浴室出來，絕對會破壞兩人一開始似乎還不錯的關係。他朝紙箱走去。用原子筆尖端割開膠帶、打開箱蓋。裡面放著一疊折好的衣服、書本、好幾個封起來的塑膠袋，還有一盞他立刻就認出來的檯燈和……一個蠕動著消失不見的粉紅色觸手。

泰德縮了一下，放開箱蓋跌跌撞撞地往後退，跌坐在麥克的床上。他眼神離不開紙箱。裡面有東西在動，他不只看到，箱子裡物品相撞的聲音是不會錯的。泰德知道為什麼。他看到的不是觸手，是負鼠粉紅色的尾巴。

他用力地呼吸著。這不可能。遇到負鼠的片段應該只存在於他的噩夢裡才對……

你確定嗎？在亞瑟家裡也一樣嗎？

此時麥克從浴室走出來，立刻發現情況不對勁。

「箱子裡有什麼？」他邊說邊朝箱子走去。他伸手想去摸箱子，但在最後一刻後悔了。「是老鼠嗎？」

「不是。」泰德說。箱子已經不動了。

麥克快手一翻打開箱蓋，離箱子遠遠的。他慢慢接近箱子，伸手進去拿出檯燈，然後是一個塑膠袋，接著再拿出一個塑膠袋……

「這裡什麼也沒有啊！」他疑惑地朝附近看了看。

「我看到尾巴。箱子還會動。」

麥克挑起一邊眉毛看著他。

泰德站起身搖搖頭。

「我跟你保證……」

麥克舉起一隻手打斷他。

「你看到什麼了？」

「什麼也沒有。」泰德回道。

「你看到什麼了？」麥克問。

泰德想了一下。

「我覺得我看到一隻負鼠，但可能這是我幻想出來的。」

「你是第一次看到嗎？」

這問題令泰德大吃一驚。

「這是什麼意思？」

「這問題很單純。」

「是。」泰德最後終於說道。

麥克抬手撫著下巴。

「一隻負鼠。」他低聲說。

「怎麼了？你也看過嗎？我指的是你以前。」

「沒有。但是午餐後，你要告訴我所有關於負鼠的事。」

麥克臉上神祕的表情消失了。他拾起離開浴室時丟到床上的書，沒有多說一句話就躺下來看書。

10

泰德拿起餐盤，這天午餐吃的是魚排配豌豆醬。他選了一張最遠的桌子。C區的餐廳不大，因此無論如何，都找不到他想要的平靜空間。隔壁桌上的四名病人專注地觀察他，想跟他展開一段友善的對話。他對他們表示不想聊天，他們也接受了。他確實需要好好想想。他發現自己相對容易地接受必須待在拉芳達的事實，這令他有些不悅，彷彿內心深處早就知道自己必須被關在這裡一樣。但難道不是如此嗎？他的腦袋就像一片雜亂無章的拼圖；他因為根本不存在的腫瘤想要自殺……甚至可能因而殺了兩個人！他們就是因此把他關進C區的嗎？他跟麥克一樣是殺人犯嗎？有太多問題令他無法接受被隔離的事實。他甚至無力爭取見荷莉或女兒一面，他當然想念她們，尤其是辛蒂和娜汀，想到她們令他痛苦萬分……要跟她們說什麼？他該怎麼跟荷莉解釋？如果他腦袋裡沒有腫瘤的話，他的行為背後到底有什麼理由？

他安靜地吃飯，沉浸在思考中，失焦的眼神看向其中一扇窗戶。隔壁桌又有人跟他說了什麼，但他沒理對方。房裡的那件事令他很不安。究竟什麼時候才會結束？他一發現箱子裡的負鼠後，眼睛就一直緊盯著看，但等到麥克又重新注意到箱子時，那東西已經不見了。這情況跟在亞瑟家時一模一樣，那時負鼠躲進輪胎裡了。每次看到那隻令人作嘔的動物時，他都認為是真的，然後再來說服自己是在作夢，或者更糟，是產生幻覺。他現在該作何感想？他回過神來。這是在作夢嗎？他專注在吃飯用的塑膠刀，用堪比科學家的專注力盯著每個細節，圓弧狀的刀柄，還有帶齒的刀面……他拿著塑膠刀片抵著餐盤用力。刀子先是折彎，最後發出清脆的聲響折斷了。隔壁桌傳來零落的笑聲。泰德看著斷成兩截的刀子，用手指推了推……他碰到的真的是塑膠碎片嗎？

他深吸了一口氣，喪氣地看著魚排和斷掉的刀子。

他正要離開時，列斯特突然冒出來坐在他身旁。這次他看起來不像之前那麼生氣。

「我知道你沒有動我的裝備。」他語帶求和，「我已經找到了。」

「干我屁事。」

列斯特有一雙像《魔戒》的咕嚕一樣又大又圓的眼睛，泰德覺得他的眼睛越看就越大。如果把刀子碎片插在他一隻眼睛裡會怎麼樣？

「我昨晚聽到你跟麥克說話，」列斯特繼續說，「你問他那套西洋棋的事。」

泰德正要起身，聽到這話又坐回去點了點頭。

「我從我房間聽到你的聲音。」這名身材矮小的男子又說道，「你問他，他們是什麼時候帶西洋棋來的。他回答說是六個月前。」

沒錯，麥克是這樣回答的。他有可能說謊嗎？

「是真的嗎？」

列斯特撫著下巴，在心裡計算。

「對，是真的。但我知道是誰拿來的。」

「是誰？」

「那個，事實上……」

「是誰?!」

泰德抓著列斯特的衣領把他拽向自己。有幾名病人轉過頭來。護理長羅伯．史考特從其中一張桌子抬起頭來。他盯著兩人看，直到泰德對他比了個手勢，表示兩人只是在談話而已。

「是誰，列斯特？」泰德再問。

這名矮小的男子一定在泰德眼中看到了什麼，因為他的言行舉止裡，完全沒有前一天表現出的那種激動情緒。

「是希爾醫師。她和那個黑人護士有一天過來這裡，把西洋棋交給史考特。我看到他們了。」

泰德瞪著他好一會兒，研究他的表情。

「我不相信你。那時候你在哪裡？」

「在走廊上。他們就是在那裡把西洋棋給他的，大家都看得到。好吧，也不是大家都看到了，因為那時只有我一人，但是他們根本沒注意到我。希爾醫師不常來這裡，她來的時候身邊一定都有那個護士陪著，我想他應該叫羅傑吧！她把西洋棋盒交給史考特，不過我一開始不知道那是西洋棋盒。我跟著他走進交誼廳裡，看著他把棋盒跟其他玩具一起擺在架子上。」

「而這是六個月前的事。」

列斯特用力點頭，還說：「我也很懷疑。」

「你懷疑什麼？」

「我昨天聽到你跟麥克說的另一句話。你問說他們怎麼可能早在六個月前，就知道會有人送你來這裡。」

「這不關你的事。」

「當然關我的事。他們知道很多事。他們有微型麥克風和攝影機。」

泰德搖頭。繼續跟這瘋子講話已經沒有意義了。他再次想起身，但這次列斯特抓著他的手臂。泰德本來可以輕易掙脫他的手，不過看到他臉上淒涼的神情後，就讓他說了。

「你覺得他們在棋子裡裝了麥克風嗎？」

「沒有，列斯特，棋子裡沒有麥克風。」

列斯特的表情變得驚恐不安。

「你怎麼那麼肯定？」

沒必要繼續說下去了。

11

麥克在松樹下的長凳等他。這次麥克既不看書也不抽菸，他看著泰德，直到泰德在他身旁坐下。

「列斯特來找碴，是嗎？如果他再去煩你……」

「我知道怎麼保護自己。」泰德插嘴道，「我也是有兩下子的。」

「對，他們是這麼跟我說的。」

籃球場空無一人。午後烈陽下，球場地上斑駁的油漆看來像水窪。麥克指著其中一個籃球框，有個肥胖的病人抓著球柱繞圈圈。

「那是艾斯波西托。他也看過。」

泰德一下子回不過神來，完全聽不懂他室友在說什麼。他四處張望，以為對方指的是哪個特定的人。

「看到誰？」

「看到動物。」麥克不苟言笑地說，眼神看著艾斯波西托。那人仍在球柱旁繞圈圈，現在已是盡全力快速在繞了，表情跟掌控超音速旋轉木馬的提摩西．羅畢蕭幾乎沒有任何不同。

「你看到的是什麼動物？」麥克問。

「我跟你說過了，是一隻負鼠。但我一定是在夢裡看到的，我躺在床上眼睛閉了一下下，然後……」

「你我都知道那不是夢，泰德。你確定看到的是負鼠嗎？」

「不然就是跟負鼠很像的東西。你有看到嗎？」

「我沒有看到負鼠。我看到的是一隻老鼠，還有一隻龍蝦。我們的朋友艾斯波西托，就是在那邊轉得像個陀螺的那個，他看到兩隻大型動物：一隻鬣狗和一隻猞猁。之前在這裡的幾個人還看過其他動物，不過從來沒有人見過負鼠。」

麥克的眼神依然看著籃球場，彷彿正在思索一道無解的難題。

「麥克，你知道那些動物其實不存在，對吧？」

「你不要這樣看著我。我知道那些動物在這裡。」他指了指頭。「但這不表示牠們不存在。

泰德彈了彈舌頭。他正打算起身走人時，麥克輕輕把手放在他膝蓋上。

「等等。」

「我想忘了那他媽的負鼠，麥克，真的。我需要整理一下我的思緒。昨天我跟希爾醫師談過了，事情越來越複雜。我現在最不需要的，就是更複雜的東西。」

「我懂。讓我跟你說一件事。麥米爾是這家醫院的總醫師，我的案子從頭到尾都是她負責的。我入院幾年後，跟她說了動物的事。她笑了，有時候我們會聊到動物。但她從來都不會問我太多。她是個很聰明的女人，在治療了很多病人之後才當上總醫師的，我很確定的是，她知道那些動物是真的。我已經兩三年沒有看到動物了。」

「確切來說……你是什麼時候開始看到動物的？是在你……」

「殺了他們的時候……？對。」

你又殺了什麼人，泰德？是溫德爾？布蘭？還是兩人都殺了？

「我開始看到龍蝦，幾乎時時刻刻都看到。」麥克說，「我看到的比正常尺寸還要大很多，而且行動也更大膽，因為牠會帶著挑釁的態度靠近我。我總有種奇怪的感覺，覺得牠會突然跳起來，進到我嘴裡去，光想就覺得好噁心。我一開始沒怎麼注意到，但很久之後我才發現，每次我差點要出錯的時候，龍蝦都會出現。就像某種……守護者一樣。老鼠也有點類似這樣，不過老鼠比較可怕。」

泰德打了一個冷戰。他也害怕負鼠。

「你看籃球場，」麥克接著說，「兩邊區分得很清楚，中間有一條中線劃分開來。真實世界和瘋狂的世界也是一樣，泰德。你要嘛神智清醒要嘛不是，沒有灰色地帶。你要嘛是替這隊打球，不然就是為替一隊打，如果你已經被關進這個地方，而且又運氣好，吃的藥有效，醫師們也剛好診斷出你得了什麼病、知道該怎麼治療，也許你有機會從這一區轉到別區，至少可以暫時轉出去。但你不能同時替兩個球隊打球，你懂嗎？」

「我不認為那樣就是瘋狂。」

「那麼你得相信，因為事實就是這樣。就像是另一個維度，如果你願意這麼解讀的話。這是自有其規則的世界，就像夢境一樣。難道你不作夢嗎？」

「你認為那些動物是另一個世界的一部分。」

「不完全是。你看到籃球場中間的圈圈了嗎？那裡是中間區，所以我喜歡這個比喻，剛剛我還沒有想到呢。我常常坐在這裡想這些。那個圈圈就是連結兩個世界的門戶，照理來說，你是不應該在那裡的，因為正如我剛剛跟你說的，你不能同時替兩個球隊打球。然而有些人跟你、跟我或跟艾斯波西托一樣，超過時間了還留在那裡，逗留在門戶間，這樣當然不好。」麥克停了一下，接著用不祥的語氣說：「圈圈很危險，因為兩個世界同時共存在圈圈裡。」

艾斯波西托已經不繞著球柱兜圈子了，現在他從球場一端跑向另一端，享受暈眩帶來的效果。他張開雙臂仰面朝天，像一架在飛行的胖飛機。

「動物的用意就是要我們遠離圈圈，泰德。」麥克再度用「眾人皆醉我獨醒」的語調說道。

「為什麼只有一些人會看到？」

「我不知道。」

「麥克，我不希望你誤會，但你說那個圈圈很危險，讓我們假設你說的是真的好了，有什麼比徹底瘋掉還更糟的？」

「讓我問你個問題，泰德。你什麼時候看到負鼠的？」

「看過好幾次了。」

「跟我說說其中一次。」

「那是一個夢。我在我家客廳裡，庭院裡有東西吸引了我的注意力，當時是晚上。我從窗戶看出去，發現我太太穿著泳衣站在那裡，用一個不合常理的姿勢靜靜站著，而且她還少了一條腿。負鼠在我們擺在門廊的桌上啃她的腿。」

泰德回想起來仍會發抖。

「這個夢很奇怪。」麥克承認。「之後你有再見到你太太嗎？」

「為什麼這麼問？」

「這可能不是最好的問法。」

泰德失去耐心地抓住麥克的前臂。

「你為什麼問我後來有沒有再見到她？你知道什麼嗎？」

麥克並未失去冷靜。他等著泰德鬆開他的手臂，然後才慢慢地說道。

「聽好了，我不是這方面的專家也不是權威。我所知道的都來自於自己的經歷，還有我在這裡能夠調查出來的東西。在艾斯波西托之前，這裡還有另一個傢伙。他叫瑞奇，在五年前離開了。」麥克用頭朝天空比了比。「他是第一個跟我提到動物和圈圈的人，只不過不是用同樣的方式說。他的話我一個字也不相信，就像你現在不相信我一樣。但之後我想到龍蝦，我腦袋不知道為什麼幾乎都要忘掉牠了，然而很多事情開始說得通。你知道嗎？當那件事發生在我朋友身上時……」麥克的臉色瞬間暗了一下。「當我……犯下了我所犯的錯時，我的腦袋裡一片混亂，甚至好幾個月以後，我還是難以分辨什麼是真、什麼是假。鐵證就在眼前，但我拒絕接受現實。其中一項證據顯示我殺了朋友家裡的女傭，一個名叫蘿莎莉亞的迷人女子。我認識她很久了。她還生了一個小男孩。每次想到她，我都心痛得難以自已，警方在她房間找到屍體，知道她是我謀殺攻擊的受害者之一。我也深信不疑。這樣說得通。然而，我突然回想起當天的一個細節，我在記憶深處的某個地方想起當天的一個回憶。當時我在我家門廊上，自己一個人喝著啤酒，那該死的龍蝦憑空出現，停在我一邊膝蓋上，幾乎把我嚇個半死。我大力一揮把牠掃掉。牠掉在門旁邊，然後平靜地走進屋裡，我知道我得跟著牠。你相信嗎？我就在那裡，跟著一隻龍蝦走進我家，因為我認定那該死的龍蝦想給我看些什麼。」麥克笑著搖了搖頭。「我們走到一個沒有人住的房間前面，牠停了下來。當我回想起來時，我認為這是一段夢境，跟你一樣。房間的門跟平常不一樣，上面有個貓眼，我當然就湊上前去看了。然後我看到讓人毛骨悚然的景象：一個我認識的小男孩拿刀凶猛地刺殺蘿莎莉亞。我沒法不繼續看下去，就像夢境裡發生的事情一樣，時間不斷地延長，再延長。」

麥克停了下來。他剛剛說的絕對不可能是編的。

「有人刺殺了那女的。」泰德補上。

麥克點點頭。

「我那天的回憶一直模模糊糊的，我不能否認可能是我殺了她……。但有個聲音告訴我，不是我做的。她不是我殺的。」

「那麼你想說的是，龍蝦跟在你家發生的事……」

泰德這句話沒有說完。他再度想起荷莉靜止地站在自家庭院，少了一條腿的畫面。

「剛剛你問我有什麼比神智不清還糟，」麥克說，「這就是你的答案。當你神智失常的時候，一切都在這裡，在你的腦海裡……。但當你處在圈圈裡，處在兩個世界共存的地方時……」

泰德想了一下。

「你指的是，如果我夢到我太太少了一條腿，那麼，她會很神奇地……」

「我知道這樣說聽起來很蠢。我建議如果你再看到負鼠的話，離牠遠一點。我剛剛跟你說過，動物出現在圈圈裡，在兩個世界的界線間漫遊。」

兩人靜默了一會兒。艾斯波西托不知道什麼時候離開了，列斯特、洛洛、史凱奇和其他人取代了艾斯波西托的位置。

「我見到你的時候，就知道你也看得到動物。」麥克的語氣像在自言自語，不像是在跟泰德說話。

「很奇怪。」

12

蘿拉在評估室裡等他。她手邊有一本小冊子和一臺筆記型電腦。

「這有必要嗎？」泰德剛進房間就邊秀出手銬邊問。

「恐怕是的。」

泰德重重坐進椅子裡。帶他從房間來此的麥馬諾靜靜離開。

「你有想過我們談的話了嗎，泰德？你相信自己有一個不存在的腫瘤？跟我老實說。」

「我沒怎麼想腫瘤的事。」

蘿拉摘下眼鏡按摩鼻梁，好像這樣就能按掉令人不悅的感覺。

「麥馬諾跟我說你和幾名病人處得很好。」

泰德保持沉默。

「你有什麼事想跟我說的嗎，泰德？」

「事實上，有……交誼廳裡有一套西洋棋。是妳拿過來的嗎？」

蘿拉微笑的表情抖了一下。事實上，有那麼一瞬間，她避開了他的眼神。

「我以為那可以讓你覺得更自在。」她承認道。「你可以跟其他人一起下棋。」

泰德搖頭。他眼神足足盯著天花板看了有一分鐘。

「那是妳六個月前拿來的。」他平靜地說。

蘿拉張口欲言。

「妳別否認。我知道這是真的。現在我想知道的是，妳怎麼會在六個月前就知道我會被送來這裡。」

「冷靜點，泰德。」

「我很冷靜，非常冷靜。妳只要告訴我，為什麼在認識我之前就把那套西洋棋帶過來。是因為卡麥可嗎？是他跟妳說的嗎？這一切都在他的計畫之中嗎？妳他媽的跟我說實話。」

蘿拉靠向桌子，盡可能在環境許可下靠近泰德……她的眼神說明了一切。泰德感到驚恐萬分。

「我們六個月前就認識了。」蘿拉溫和地說，「你那時候就已經在這間醫院裡了。」

泰德研究著她的表情，徒勞無功地想找出她的破綻。他找不到。泰德站起來，銬著腳鐐的雙腿跨著大步後退。

「我知道你一時間難以接受，但我今天來就是要跟你說這件事。」

「我三天前才來到這裡。」泰德肯定地說。

「靠近點。坐下來。讓我給你看樣東西，我就是為了這個才帶電腦來的。」蘿拉打開筆電，等電腦從休眠狀態恢復。她重新戴上眼鏡，在電腦桌面上找一個資料夾。期間泰德回到座位上等著。他從口袋裡掏出馬蹄鐵，放在腿上緊緊抓著。這是唯一能緩解他緊張的方法。

「今天是二〇一三年四月十八日星期四。」蘿拉眼睛盯著螢幕說，但泰德還看不到螢幕上的畫面。「你是去年九月二十日入院的。不過一開始不是在這裡，是在B區，我是那裡的主任。你的案子是我親自處理的。」

她把螢幕轉過來，好讓兩人都能看得到。畫面裡的房間跟泰德在隔離區待過的很像，除了沒有一整面的玻璃牆。影片是一架擺在角落的監視錄影機所拍攝的。戴著手銬腳鐐的泰德坐在一張雙層床上，有節奏地前後晃動，朝空中指手畫腳，偶爾點點頭。他穿著藍色襯衫和長褲。在螢幕一角，有個方框標註日期。

這可能是偽造的，當然了，但為什麼泰德一點印象也沒有？

「泰德，你剛來的時候是這個樣子，恐怕現在的情況也沒有比當初改善多少。」

泰德眼睛離不開螢幕。

「我在跟誰說話？」他若有所思地對螢幕上的自己說。

「誰知道。可能是林區吧？」

泰德用懇求的眼光看著醫師。

「我一點也不記得了。」

「我知道。讓我再給你看一樣東西。你很快就會明白的。」

蘿拉關掉畫面。視窗裡有一串檔案清單。她選了其中一個，新的畫面出現在螢幕上。這次泰德認出畫面中的地方了：蘿拉的診療間。畫面拍出了她的辦公桌、書架、矮几，還有那杯泰德從來不喝的水。泰德穿著藍色的制服、戴著手銬。他自己的聲音突然出現，嚇了他一跳。這支帶子有聲音。

「謝謝妳願意見我，蘿拉。」畫面上的泰德說，「我跟合夥人的遊艇之行取消了。」

「我很遺憾，」醫師回應道，「但我很高興見到你。」

「昨天我做了一個噩夢。」

兩人簡短交談一陣後，蘿拉要他說說噩夢。

「我在我家客廳，透過落地窗朝外面門廊看過去。院子裡的桌上有一隻負鼠在啃荷莉的一條腿。荷莉不在那裡，桌上只有她的一條腿，我知道那是她的腿……」

螢幕角落的日期，顯示這是去年九月拍的畫面。蘿拉按下空白鍵暫停播放。她關掉畫面，再從同一個資料夾中選了另一個檔案。影片中唯一不同的是蘿拉的穿著，她在畫面裡穿著一件泰德彷彿有印象的紅色毛衣。

「謝謝妳願意見我，蘿拉。」畫面上的泰德說，「我跟合夥人的遊艇之行取消了。」

泰德看著畫面睜大了雙眼。他絕望地看向螢幕角落，證實他想像中的答案：日期是二〇一三年一月，距離上一段影片幾個月後。

「昨天我做了一個噩夢。」影片中的泰德說，之後開始描述同樣的夢境細節……

「夠了。」真實的泰德說。

蘿拉按下暫停鍵。

「畫面上是我在B區的辦公室。過去六個月來，我們每兩天就會進行一次療程。我把前三個月我們在療程裡談的重點稱為第一循環。你腦中有一個偏執，一切都環繞著這個偏執運行。你與林區的會面，他提議要你加入那個自殺俱樂部，要你先殺了布蘭才能成為一份子，然後要你殺了溫德爾才能加入計畫。」

泰德不記得曾向蘿拉說過這麼多細節，但他顯然已經說過了。他停下手中玩弄馬蹄鐵的動作，幾乎忘了它在大腿上的重量。

「泰德，你還好嗎？」

他點點頭。

「很好。你在第一循環中殺了布蘭，之後前往溫德爾家。你在他的湖邊別墅裡殺了他，但接下來，你發現林區在溫德爾家人的事情上欺騙了你，因此決定去找他。為了找他，你向老同學亞瑟．羅畢蕭求助。這些你都記得嗎，泰德？」

「記得。」

「林區是一名幾乎沒有知名度的律師，不過你還是找到了他，並在他的辦公室與他對質。他說溫德爾其實是組織的一員，說這人很危險，所以應該要除掉。這時你知道他利用了你，情況失控了……」

「蘿拉，這太瘋狂了……我不知道是不是想聽到妳告訴我，這一切都是我自己在那見鬼的小房間裡想像出來的。我真的有殺過這些人嗎？因為這樣我才被關進這裡的嗎？」

「讓我說完，泰德……」

「不！回答我。我殺了人嗎？」

「沒有。」蘿拉乾脆地說。

泰德點頭。

「那麼這一切都不是真的了？」他滿懷希望地問道。

「恐怕沒有這麼簡單。」

泰德無法想像還有什麼更複雜的事。

「在前三個月期間，」蘿拉繼續說，「你無法離開第一循環。你會持續個一星期，有時候只有兩天，然後就像重新設定一樣回到原點，回到在你書房準備朝自己開槍的時候。第一次發生時，我不曉得該作何反應，恐怕我的回應也不太好。但隨著重複次數越來越多，我也慢慢學到了，我可以更精確地對你提問，我就這樣瞭解到更多細節。第一循環重複了約十五遍，有時候你會比較願意說話。然後有一天，發生了這件事……」

蘿拉找了一段新的畫面出來。那是十二月十九日的療程。她快轉幾分鐘後，才播放影片。

畫面中的泰德說道：「那傢伙出現在我家門前。我這輩子從來沒見過他，但即使如此，我也知道他叫林區。此外，我還記得我曾經歷過這一切，我知道他要跟我說什麼……」

蘿拉按下空白鍵。

「你離開第一循環了，」醫師說道。「相信我，我一開始也不清楚為了什麼，也不知道這是不是好現象。結果不是，當你再度重新設定時，又回到這循環的起點，回到一切開始的地方。」

「我的天哪，蘿拉。究竟發生什麼事了？」

蘿拉流露出一絲帶著希望的微笑。

「卡麥可醫師要求你來見我時，在你身上發生了一些嚴重的事。你可能曾試圖自殺，不過原因跟腫瘤沒有任何關係，但確切原因是什麼我真的不知道。你將這些回憶封存了起來，用其他回憶來代替，並且一再地重複。」

「我必須找回那些記憶。」

「我想我們真的有了長足的進展。在第二循環裡，你記得前一個循環的事情，但情況不一樣了。你發現被騙後，到溫德爾家去找他，這次你沒有近距離射殺他，而是跟他談話，你還記得在哪裡發生的嗎？」

「當然，在他兩個女兒的城堡裡。」

蘿拉點頭，一臉沉思。

「這個細節總是會令我格外注意。溫德爾在那裡告訴你，他跟林區是在大學裡認識的，說組織並不存在，說這都是林區羅織出來好除掉他的計謀。」

「溫德爾給我看了照片。」泰德清楚地回想起所有細節。「荷莉和林區一起在一家餐廳裡。這個回憶一定是真的。」

蘿拉點點頭。

「有可能。每個循環都代表一個被扭曲的真實世界。這樣一來可以讓真實情況顯得……」

「比較不令人心痛。」泰德說完她的話。

「恐怕正是如此。」

泰德甩甩頭。

「有件事我不懂。如果荷莉欺騙了我跟那傢伙在一起，我不怪她。我們之間處的不好。我越想越肯定，那不是令我幻想出這些東西的原因……」他突然停下來。

「發生什麼事了？」

「妳跟她聊過了嗎，蘿拉？這段期間妳一定有跟她聊過。在這……六個月裡。她有跟妳確認過了嗎？

我指的是她的外遇。」

「我覺得這件事我們以後再談比較好。我要你瞭解的是，即使我幾乎可以肯定你已經終於走出來，不會再重複這些循環了，但我們仍不能冒險。我們應該謹慎行動，慢慢發掘真相。所以剛開始這幾天是很重要的，我不願意一下子就把所有資訊都塞給你。我們之後在這裡的談話，你回去後都要好好想想，這很重要。在接下來的療程中，我們會進一步探索之前的這幾天。」

「我可以看看女兒嗎？」泰德出人意料地問道，「我很想她們。」

「我想也是，泰德。我也有小孩，我懂你的感覺。」

「如果已經經歷了這麼長的時間……」

「你不用擔心，我保證。」

泰德點頭。就在這一瞬間，有什麼東西到位了。他第一次想到羅傑。

「羅傑，那個護理師，我看過他好多次，在布蘭家看過，在溫德爾家也看過。」

「你有跟我說過，一開始我很擔心，不曉得這樣是好是壞。除了羅傑以外，你沒有把在B區生活環境中的任何事物與幻想混淆，我想這是因為他和你有很緊密的關係。他的角色跟這裡的麥馬諾很像。有一段時間，我請另一個護理師來照顧你，但我沒有發現任何不同。我認為你的大腦為了建立這些記憶，所以額外引用羅傑這個人物。」

「這些回憶太真實了，蘿拉，」泰德幾乎不敢置信地說，「一切都太困難了。」

「大多數回憶有很大一部分是真的，泰德。只不過在你腦海中，這些回憶已經依照你的想法而改變了。」

「當我第二次見到溫德爾時，他跟我說你們想把我關在這裡。」

「這是我們碰上好運了。」

「我不懂。」

「讓我跟你好好解釋。」蘿拉關上電腦、放到一旁。「你到達第二循環的次數只有寥寥幾次而已。絕大多數時間，你都卡在第一循環，然後又從頭開始。這令我感到很沮喪。我不知道你怎麼樣能夠跨到第二循環。直到有一天我發現了。關鍵在於你的過去，泰德。我發現在你跨到第二循環的幾次療程中，我們剛好都有談到跟你的過去、跟你童年有關的話題，特別是跟米勒進行的西洋棋課程。感覺就像那段過去中，有什麼動力推著你向前，讓你從充滿謀殺的第一循環進入到第二循環，在第二循環中，你不再成為殺人犯，你的婚姻不幸福，但是你可以接受。你懂了嗎？」

泰德回想起米勒。回憶起以前的西洋棋老師令他感到很開心。

「跟我談米勒的時候，你的精神很好，」蘿拉繼續說，「有一天你跟我聊到他車庫裡掛著的馬蹄鐵，他就是在車庫裡訓練你的，聊到你們把它當成比賽的幸運符。你還跟我說了亞列亨和卡帕布蘭卡在布宜諾斯艾利斯世界棋王爭霸賽的故事。你講起這些事情來熱情洋溢……所以我就想，如果能找到方法讓你緊抓著那一段過去，或許你就能走出這些循環了。」

泰德抓起馬蹄鐵舉在桌上，讓蘿拉也可以看得到。

「西洋棋的重要性，」蘿拉解釋說，「從一開始就存在了，但我沒有發現。你跟我說的夢境中，總是有西洋棋。」

「我在溫德爾那裡找到馬蹄鐵。」

「不，是羅傑拿給你的。你把它融入到你的幻想裡去了，因為對你來說這太重要了，不能輕易置之不理。而我們的作法生效了，只差瞭解接下來會發生什麼事，你會怎麼走出第二循環。所以有一天，當羅傑到你房間要帶你去吃晚餐時，你跟他說你什麼都知道了，說我們想矇騙你，說你知道我們要把你送進拉芳達醫院。」

泰德忍不住露出微笑。

「聽起來滿好笑的。」他承認道。

蘿拉也笑了。

「羅傑立刻就告訴我了，我們發現將幻想與現實連結的機會。我必須拜託一些人幫忙。這一區的主任是我朋友，讓我可以不用做太多解釋就跳過入院程序。我們把你帶來這裡，讓兩個世界合而為一。」

兩個世界。

聽起來跟麥克·道森的瘋狂理論太像了。

「泰德，馬蹄鐵很重要，我建議你隨時帶著它。」

「接下來會發生什麼事？」

「你已經離開了一連串危險的否定期，但還有很多事情必須重新回顧。我們應該重建你生命中最後那幾天，瞭解發生了什麼事，還有你想遺忘的是什麼。」

泰德沉默了一下，然後說：「我想看看我這段時間待的地方，還有妳的診療室。」

醫師覺得很奇怪。

「你指的是影片？」

「不，我想實地去看。」

「我不曉得這麼做是不是好主意。」

「我需要親眼看一看。」

13

馬可斯跟卡門分手了。終於分了！因為在醫院食堂裡，蘿拉告訴他已經與前夫斷得一乾二淨，所以他才做出決定性的行動。他想起來仍感到羞愧。不過這是事實。卡門不適合他。兩人美好的性生活不足以彌補她氣死人的冷淡、令人不安的沉默，還有她的謾罵。馬可斯再也掩飾不了對卡門的漠不關心，她看來也不甚在意，這本來可能讓事情變得更糟的。他在電話裡跟她提分手，她回說可以理解，要他不用擔心，說如果他願意的話，隨時都可以打給她，看哪天再約出來樂一下。她說不恨他，也叫他不要把事情看得太嚴重，說人生就是要享樂。總而言之，她根本就不在意。再見了，卡門。就算馬可斯剛剛年過五十，不願意孤家寡人，也不表示他準備與世界上那麼多平凡的卡門共度一生。或許到六十歲的時候再考慮吧！

他想恢復的幾個習慣之一，是每個星期天的電影日。他在客房裡裝了一套小型家庭劇院，但是只有剛跟卡門交往時勉強用過一次。後來她坦承密閉空間令她不舒服，他也接受了。又是一個兩人不適合彼此的理由。

馬可斯錄了兩集《絕命毒師》，那是他最喜歡的影集。他用微波爐弄了一些爆米花，從冰箱裡拿了罐啤酒，帶著大大的微笑朝客房走去。客房裡一共有六個座位，分成兩排各有三張椅子。他坐在後一排中間的位子伸長雙腿，把爆米花和啤酒放在隔壁座位，從身後的架子上抓過幾支遙控器。一個是控制燈光的，另一個是收放銀幕的，當然，還有控制播放器和投影機的。他把燈光調到幾乎最暗後，啟動銀幕，方形白幕伴著令人安心的嗡嗡聲降了下來。手機響起時，銀幕已經完全放下來了。

當他看到是蘿拉打來時，不耐的情緒消失得一乾二淨。

「真是驚喜啊！」

14

「哈囉，馬可斯。」
短暫的沉默令馬可斯不安。
「醫院出什麼問題了嗎？」
「沒有。我想問……你現在在忙嗎？」
「一點也不忙。」
「你想跟我一起吃午餐嗎？」
馬可斯不得不停頓一下，好收斂起興奮的情緒。
「當然好。」
「我想跟你談一些泰德．麥凱的問題，然後想請你陪我出去逛逛。」
「沒問題。妳勾起我的好奇心了啊！」
「這樣正好，這樣約會你就不會爽約了。」
約會。
「我一個小時後過去找妳？」
「就這麼說定了。」
她掛斷電話後，馬可斯盯著空白的螢幕足足看了十分鐘。

馬可斯邊開車邊閃過各種想法。他有誤解蘿拉打電話來的意思嗎？他不願再犯錯一次了。蘿拉當然知道他對她的感覺，即使他的感情沒有得到回應，或者說還沒得到回應，不過最近情勢已經改變了。現在兩人都是單身。

她邀請你去吃午餐！她用了「約會」這個詞。

「但她是用諷刺的口吻說的。」他看著後照鏡中的自己回答道，「你知道的，不是嗎？」

她知道你喜歡她……她打電話給你，是因爲你最近沒有接近她。她不是告訴過你，她的婚姻已經斷得一乾二淨了嗎？

沒錯。

馬可斯在中午前抵達她家。蘿拉沒有讓他進門，她說他們得在下午兩點前趕到一個地方，所以得趕緊用餐。她吻了吻他的臉頰就往車子走過去，留馬可斯一個人在大門前。他慶幸自己沒有買花或做其他蠢事。就連他的打扮——白色喀什米爾羊絨褲，淺藍色亞麻襯衫和圓頂硬禮帽——都顯得太過正式。蘿拉穿著牛仔褲和格子襯衫，頭髮往後梳成包頭，臉上的妝也比平常淡。

你想要線索？眼前的就是線索。這次見面完全沒有任何浪漫元素，老傢伙，她只是需要跟你談泰德的事，還要你陪她去不知道什麼地方。

兩人在前往牛頓維爾的路上暫停，在可以遠眺查爾斯河的羅曼奈立餐廳吃午餐。蘿拉還沒跟他說牛頓維爾究竟有什麼，他也沒有問。兩人點了鮪魚沙拉。事實上是蘿拉先點餐，馬可斯才跟著點的，邊點邊想著他留在家裡的爆米花，然後記得自己得減掉這兩年胖起來的十公斤。

因爲如果減掉那十公斤的話，她當然會拜倒在你的魅力下。

有時候他覺得自己很笨，竟以為有機會可以跟蘿拉在一起。不只是因為那十公斤體重，或兩人相差十二歲。蘿拉身上有一股特殊的氣質，她是很有存在感的人。希爾醫師所到之處總會引來眾人注目，他在醫院裡每天都能見識到這點。她為什麼會注意到他？

「泰德的情況有所好轉囉？」馬可斯說道。他在前往羅曼奈立餐廳的路上，好幾次試著用不同話題找話聊，但是都沒什麼效果。蘿拉想談的，是她一直專注研究的案子。

「對！我有好多事情要跟你說。我幾乎可以肯定，他已經脫離重複的循環了。我確定他會開始想起來的，只是時間早晚的問題。」

「妳給他看了辦公室裡的影片……？」

馬可斯等著她說出那人的名字。

「林區辦公室的？還沒有。還不到時候。我給他看的是他醫院房間的畫面，還有幾段我們治療的畫面。過程很不容易，我敢說，有一瞬間我以為又要回到原點了。但其實不然，他看起來接受得不錯。」

「我很欣慰。吃吧，蘿拉，妳的沙拉一口都沒有動。」

她盯著盤子，彷彿剛剛沒注意到餐點就放在面前一樣。她叉起一塊鮪魚慢慢舉到嘴邊。

「我希望妳聽了我說的話不要生氣，蘿拉，但我認為妳太關注這個病人了。」

她笑著聳了聳肩。

「就知道你會這麼說。」她毫不介意地說，「我在想我應該可以寫一本書。」

「真的嗎？」

馬可斯面露不可思議的神色。

蘿拉換上嚴肅的表情。她看看左右後，微微向前傾身。

「你願意聽我老實說嗎？」

馬可斯緊張了起來。

這就來了。

「我沒請你進家門的原因，不是因為我們沒什麼時間。我是說，我們的時間的確不多，不過我還是可以請你進來坐一下，相信我，我本來是有這打算的。我跟你講完電話後，就對自己說得好好整理一下客廳，那到處都是泰德的檔案。照片、文件還有剪報。」蘿拉露出調皮的笑容。「我總是對自己說『趕快整理一下吧！』直到你按門鈴前，我都在整理家裡，連稍微打扮的時間都沒有。」

「妳還是可以讓我進門的啊！」

「我知道，我們沒那麼生疏。但我家裡真的亂成一團。華特今天一整天都會跟他爸爸在一起，我想就是因為這樣，所以我才鬆懈下來，你懂的，好不容易有一天可以自己一個人在家裡。」

「妳到底要不要跟我說妳的計畫？」

「當然要！就是要說我們才會出來。」

蘿拉吃了幾口沙拉，又狠狠喝了兩大口可樂把東西吞下去，一副迫不及待想說的樣子。

「泰德以前是很有潛力的西洋棋手。他在青少年期間放棄了下棋，但恐怕他腦袋裡還保留著一些棋手的思考模式。」蘿拉停頓了一下，對她的解釋好像不太滿意的樣子。「這幾個月我看了許多紀錄片，甚至還讀了一些傳記。昨天我又看了一遍鮑比．費雪的紀錄片。我想你應該知道他是誰，對吧？」

「當然知道。那時候妳年紀還小，他在一九七二年引發了一場轟動，在世界棋王爭霸賽對上俄羅斯棋手……」

「斯帕斯基。」

「我都忘了。那時可是一件大事，在冷戰期間，蘇聯對上美國。我沒有看比賽，但是還記得媒體熱烈追逐賽事。費雪贏了，被外界視為民族英雄。他後來怎麼啦？」

「你不知道嗎？」

「不知道。老實說，我從來沒注意過跟西洋棋有關的新聞。」

「那我簡單跟你說一下，後來的發展太驚人了。一九七二年，費雪出戰世界棋王爭霸賽時，已經表現出一些偏執狂的症狀。當年他二十九歲，直到那時，大家都還認為他是個性怪異的奇才，不過他的病徵越來越明顯。他對下棋的要求越來越多，甚至有一場棋賽他沒有出席，還不斷抱怨各種瘋狂的枝微末節。說攝影機釋放的某種輻射線會影響到他的表現，甚至要求撤掉攝影機，還說俄羅斯人用某種科技來令他無法專注。兩人的棋賽持續了整整好幾個星期、下了無數場。當然，費雪贏了，成為世界冠軍。然後……他就消失了。」

「消失了？」

「後來二十年他都沒有再下棋了！他不見了！隱居在好幾個地方，從未公開露面過，外界甚至多次猜測他的死活。別忘了，他當時的表現和名氣都正在巔峰。如你所說，他在國內是民族英雄。西洋棋就是他的生命，他活著的唯一目標就是西洋棋，也可以說，他除了下棋沒做過其他任何事。但他一拿下世界冠軍後……就這麼突然地放棄了。」

「我沒聽過這些事。你說二十年之後，他又出現了。」

「沒錯，不過是因為有一名富豪出資，請他和斯帕斯基再戰一回，一九九二年，兩人在南斯拉夫比賽。費雪又贏了。但他重出江湖的時間很短暫。甚至也沒興趣出賽，好保住他世界棋王的寶座。他沒有出賽，棋王稱號就這麼拱手讓人了。那時他已經抱持著反猶太人的立場，有時候會在廣播中，發表反猶太和反美的可怕言論。那名富豪宣布要在南斯拉夫再戰時，我們政府發了一份公文，禁止他去那裡比賽，否則政府會監禁他。費雪毫不在意，在記者會上宣布他一樣會出賽，還朝政府公文吐口水。他的情況每況愈下，經常在談話中批評猶太人和美國人。」

「真令人難過。後來他被關進牢裡了嗎？」

「美國撤銷了他的簽證，所以後來把他送到日本關了好一段時間。他沒有別的地方可以去，所以後來跑去他首度和斯帕斯基交戰的冰島，當地政府同情他，給了他居留權。他被轉移時的畫面令人印象深刻。二〇〇八年，他死在冰島。」

「他從未接受治療嗎？據妳所說，他患有嚴重的精神疾病啊！」

「我不知道。有意思的是，他並非唯一的嚴重偏執狂天才棋手。事實上，有好幾個類似的個案。當然，西洋棋不是病因，不過看來西洋棋手的心智結構沒辦法好好處理這類問題。西洋棋本身就是帶點偏執的遊戲，」蘿拉緊張地笑了一下，「下棋的人隨時等著迎接可能從來不會出現的威脅，棋局可說有無數種可能性。棋手的心智必須分析各種可能出現的變異，一個接一個地分析無數種分支和場景。如果把這種心智結構帶到棋盤外，會帶來災難性的後果。」

「我不曉得我是不是都懂了。妳認為泰德身上也發生了類似的情況嗎？」

「出現在費雪這類棋手身上的特色，是他們都是突然就放棄下棋了。其他棋手會宣布退休，繼續以業餘身分下棋，舉辦觀摩賽之類的。但出現思覺失調或偏執行為的棋手會乾脆放棄。我懷疑這類病例可能出現某種轉移行為。病人的心智無法突然停下來，必須繼續計算各種可能的變異，因為他的心智一直都在分析計算！這些天才棋手都從幼年就開始下棋，一旦不再下棋後……就會把同樣的行為帶到棋盤外。泰德是在青少年時期放棄下棋的，這是有意思的地方。他這二十年來都在過正常生活，直到有一天突然發作。」

「或許他還在潛伏期，等現實情況允許他運用同樣的邏輯時，就啟動了那種思考架構。無論他的問題是什麼，都啟動了這個機制。」

「很有可能。泰德最近幾個月經歷了兩個彼此相扣，但又非常不同的循環，而且都重複了好幾次。或許用『循環』這個字是不對的。可能應該說是『變異』。」

「妳有找到什麼有文獻紀錄的病例嗎？」

「只有理論，但沒有太多的科學根據。」蘿拉看著她吃到一半的沙拉說。她剛剛說得太投入，又忘了面前的食物。

「而妳認為馬蹄鐵是讓他走出循環的關鍵，是讓他抓住現實世界的錨或類似的東西。」

「沒錯。他離開第一循環後，進入了第二循環，進入新的『變異』，這個版本比較貼近現實，但依然不是現實。比如在第一循環中，泰德沒意識到他太太出軌。但在第二循環裡，他承認了自己與妻子處得不好。」

蘿拉看了看手錶。

「我們該走了嗎？」馬可斯問。

「我們跟人約在半小時後，不過距離這裡不遠。」

「我們跟誰有約？」

「你看，目前為止我知道的都比泰德還要多，我甚至知道一些他還不清楚的事。不過有很多細節我還不懂，其中之一就是愛德華．布蘭在這之中扮演什麼角色。」

「妳不認為他可能只是用了在電視裡聽來的訊息嗎？我的意思是說，這案子人盡皆知，所以他在腦子裡，用相關資訊來建構出他必須謀殺的人的形象。」

蘿拉點頭。

「對，我也這樣想。然而，今天我讀了療程的對話紀錄，發現了一些吸引我注意的東西……或許能幫我們瞭解是不是單純像你說的，還是有其他更複雜的連結。」

「什麼東西？妳別吊我胃口啊！」

蘿拉起身。

「走吧，路上再跟你解釋。」

15

布蘭一案鬧得沸沸揚揚，在電視媒體大篇幅報導下，泰德和普羅大眾一樣，對此案細節知之甚詳。當地媒體連續多日報導亞曼達・赫德曼謀殺案。梅莉莎・韓葛勒是受害者的姊姊，她有點歇斯底里。韓葛勒設法讓一名《波士頓星報》的記者刊登了這則新聞，消息見報後，一發不可收拾。這則消息擁有一切引人注目的條件：首先，這是一場可怕的謀殺案——一開始外界認為凶器是一把鐵鎚——接下來布蘭出乎意料地獲判無罪。韓葛勒雇用專家來調查妹妹的死因、收集新資訊，並重新檢視舊訊息。結果有了驚人的發現。沒人能確定赫德曼公寓樓下洗衣工廠的管線是否真能影響屍體腐化程度，進而造成誤判死亡時間，但這訊息確實為案情帶來意料之外的轉折。這項新發現，引發韓葛勒聘請的專家與辯方和檢方隔空交火。儘管輿論略有分歧，但大部分的人仍相信韓葛勒的說法。

此時布蘭的住宅正在求售，蘿拉和房仲約了時間去看房子。她是在當天上午才打電話過去的，可說是幾乎盲目地跟著直覺走，房仲說那天算是她運氣好，他剛好就在附近，很樂意在下午帶她看房子。蘿拉接受了，心裡曉得那傢伙說「人在附近」根本是話術，真正的原因是那棟房子不好賣。

「我叫強納森・霍華。」房仲自我介紹道，臉上的微笑跟釘在房屋前院的廣告照片一模一樣。

蘿拉伸手與他交握。

「我是蘿拉・希爾，這位是我丈夫馬可斯。」她帶著調皮的笑容略轉過身來。

「太好了！」霍華回道，邊說邊向大門走去。「這棟房子很棒，兩位馬上就會看到。你們有小孩嗎？」

「有，有一個兒子。」蘿拉立刻回答。

「很好。你們住附近嗎？」

「不是，」馬可斯扮黑臉回答道，「但我們知道這棟房子裡發生了什麼事。」

霍華的臉色瞬間改變，不過立刻又堆起笑容。

「噢，這樣啊！是的，原來的房客必須離開，不過他在這裡住得不久，房子也不是他的。幸運的是大家都能理解，因為已經有很多人看中這房子了……畢竟，凶殺案不是發生在這裡，不是嗎？」

蘿拉出聲緩了緩局面。

「當然，我也是這麼跟他說的。」

有件事霍華說的沒錯：這棟房子很漂亮，即使屋裡空無一物，但仍能一眼就看出來，很難想像布蘭這麼不堪的人曾住在這裡。蘿拉試著在腦海裡把自己的家具擺進這屋子。三人很快地在房子裡走了一圈，他們最先證實的細節之一，就是一樓確實有一間客房。這能證實泰德曾來過這裡嗎？有可能。

他們來到位在二樓的主臥室，隨後蘿拉把注意力放在房仲身上，他穿過房間朝寬敞的更衣間走去，並要兩人跟上。房仲一定認為更衣間是吸引蘿拉上鉤的好賣點，因為他極盡所能地以浮誇手勢來展示它，要蘿拉想像放滿鞋子的鞋櫃、特地隔出來掛洋裝的隔間，還有鏡子下方的小桌裡可以放首飾。他每說一句，蘿拉就更專注地審視更衣室，但原因當然跟房仲以為的不同。泰德曾在一次療程中跟蘿拉說，會選擇躲在樓下客房是因為主臥室裡沒有地方躲，然而這裡就有一個巨大的更衣間，正好可以讓泰德躲起來等布蘭。這證實了蘿拉的懷疑，也就是泰德從沒到過這個房間。

「我可以拍幾張照片嗎？」她熱切地問，邊說邊從包包裡拿出相機。「我超好奇我妹看到這裡後會有什麼表情。」

「當然可以！」霍華應允。

馬可斯這時正要離開更衣室，好奇地看了她一眼。

三人走到樓下後，蘿拉把馬可斯拖到客房裡。

「我可以單獨跟我老公談一下嗎？」

「當然！」

霍華離開客房。

馬可斯看著她。

「為什麼要拍照，蘿拉？妳要跟我談什麼？」

她穿過客房打開衣櫥門，蹲下來看上面的層板底部，當場愣住。

「怎麼了？」馬可斯走到她身邊跪了下來。

那裡貼了一張巴斯光年的貼紙，就是泰德在多次療程中，不斷提到的《玩具總動員》人物，說貼紙會在黑暗中發光。

「關門。」蘿拉要求道。

兩人像玩捉迷藏的小孩一樣，挨著牆壁跪著。馬可斯心裡自問，要是房仲這時開門，發現兩人躲在衣櫃裡會怎麼想。

門全關上後，巴斯光年的外緣發出微微的光芒。蘿拉打開衣櫃門。

「我不懂。」她邊探出身邊說。

馬可斯也站了起來。

「妳不懂什麼？」

「那張貼紙。跟泰德說的一模一樣。」蘿拉困惑地說，「直到剛才，我都認定關於布蘭的描述只是他的幻想，認為泰德從沒來過這棟房子。樓上房間有些細節跟他講的不一樣，但是這個……這證明了他確實曾到過這屋子，躲在這個衣櫥裡。」

「妳跟我提過，據他所說他殺了布蘭。這確實是沒有發生過的事。」

蘿拉想了一下，在空蕩的房間裡走來走去。

「在第一循環裡他殺了布蘭，在第二循環裡沒有。」

「或許他動過殺了布蘭的念頭。」馬可斯猜測道。

蘿拉帶著不可置信和驚恐的表情定定地打量他。等她終於開口說話時，聲音若有所思，低得幾不可聞。

「這沒有道理。泰德來過這棟房子的話，跟其他事情都對不上……」

敲門聲嚇了兩人一跳。

「希爾先生、希爾太太！還好嗎？如果兩位對房子有興趣的話，我相信我們可以談出一個好折扣的。我可以去談……」

蘿拉開了門，裝出一臉苦惱地看著房仲。

「我先生不太喜歡，」她板著臉說，「而且看來他認為只有他的意見才重要。」

她說完就繞過房仲朝大門口走去。

馬可斯站在走廊上，面對著不知所措的霍華。他對仲介感到很抱歉，畢竟蘿拉利用他來看一間根本無意購買的房子。此時的馬可斯覺得與房仲同病相憐。

「很抱歉。」他說，而且說得真心誠意。

「如果有什麼不滿意的，我們可以重新裝修……我相信屋主可以接受的。」

馬可斯把手放在對方的肩膀上。

「很抱歉浪費了你的時間。真的。」

16

這是他跟麥克一起住的第一個晚上，不過現在他室友不在房裡，而是在C區的保安房區。對於能夠獨處，泰德覺得萬分感激。他躺在床上，看著這塊不熟悉的灰色空間，尤其是分別放在唯一一扇窗戶兩旁的書桌。他的桌上放著一張荷莉和兩個女兒的照片。照片是三年前的聖誕節拍的，當時他的婚姻還很幸福。雖然在微弱的月光下，他只看得到相框，但泰德依然能回想起照片中的每個細節，甚至還記得拍照的那一瞬間。所有人都在笑，只有娜汀面帶驚恐地指著旁邊。那張照片是用自動攝影模式拍的。泰德設定好相機跑回位置時，娜汀說鄰居家那隻常來蹭點心的貓，叼了一塊荷莉準備做晚餐的魚肉跑掉了。除了娜汀以外，沒人提醒泰德，她臉上看到阿南飛奔逃走的驚訝表情就這麼定格下來。照片拍出來後，泰德就把它保存在書房裡。

「現在你也要留在這裡啦！」他對著照片說。

他繼續以不可置信的眼神看著照片，想不起來是在哪裡找到它的。過去幾天，他都感到整個人完全無所依歸，不過現在不同了，現在他覺得自己待在該在的地方。他得承認，蘿拉在評估室給他看的幾段畫面，在自己身上產生深刻的影響。他被自己的心智困住了，他沒有辦法怪自己。但現在他已經有所進展了，不是嗎？所以蘿拉才會給他看那些影片……

或許她已經給你看過三十次了。

「不是。」他再度對照片說，「這是她第一次播給我看。」

他必須抓著些什麼。

接受自己待在正確的地方是重要的一步。而現在他感覺到了。感覺到如果他想繼續恢復、想瞭解為什麼自己的腦海會想像出扭曲的現實，就必須待在拉芳達。

你的循環。

循環背後究竟埋藏了什麼？

另一件令他難以接受的事實：他已經好幾個月沒看到兩個女兒了。他怎麼會想要自殺？丟下兩個女兒……他無法想像。現在他想得很清楚了。

「無論爸爸發生了什麼事，」他微微傾身，定定地看著照片，「都會為妳們好起來。」

泰德露出微笑。

但片刻後，他的微笑就消失了。他震驚地從床上跳起來。有一扇鬧門打開了……他衝向房門跑到走廊上，那裡沒有開燈，外面一片黑暗。泰德覺得必須高喊麥馬諾的名字，然後想起那天晚上麥馬諾沒有值夜班。他走到走廊盡頭，值班的護理師坐在那裡看電視。泰德之前沒有看過這個人，至少他是這麼認為的，對方看到他似乎也大吃一驚，抓起桌上的對講機、按下按鈕，準備開口說話。

「別，別通報，」泰德抬起雙手安撫他，「沒事。我只是必須跟希爾醫師說話而已。這很重要。」

護理師把對講機從嘴邊移開，但仍一臉不信任地看著泰德。

「你可以明天早上再跟她聊，」他說，「現在回去睡覺。」

「這事不能等。是她交代我的。她說如果需要跟她聊聊的話，可以打給她。是她交代我的，真的。」

護理師在拉芳達紀念醫院裡工作多年，很少看到像泰德眼中飽含懇求和驚恐的神色。

17

蘿拉沒有說謊，她的客廳的確亂七八糟。馬可斯驚嘆地看著散落在地毯上的文件、剪報，甚至還有半杯沒喝完的咖啡。她看了覺得好笑。

「就跟你說了吧……華特在他父親那裡。而當他跟父親在一起時……」她比了比客廳。

「但為什麼要坐在地板上啊？」

她笑了。

「小時候的習慣。我和我妹妹共用一個房間，我們只有一張書桌，桌子被她占去讀書了，所以我就坐在地上念書。我喜歡這樣，念大學時也還留著這習慣。」

蘿拉把文件堆成一疊放到桌上。

「妳被這個案子困住了。」

「要喝咖啡嗎？」

「好。」

幾分鐘後，兩人坐在客廳桌前喝咖啡。蘿拉一臉沉思狀。

「蘿拉，跟我說說病人是怎麼建構出布蘭謀殺案的，妳跟我講的事情裡，我最不懂的就是這一點。」

「直到在布蘭家裡看到貼紙前，我都堅信這起謀殺案絲毫沒有任何現實根據，」蘿拉一面解釋，一面在桌上堆起來的文件夾中翻找，「……你看看跟布蘭案有關的剪報有多少，全都是泰德入院前刊出的。這起案子鬧得這麼大，可以合理假設對泰德的心智造成影響。」

「但他是怎麼把案情融入幻想中的？」

「他認為自己受一個自殺組織招募成為其中一員。組織的目標是用謀殺來掩飾自殺，好減緩輕生者親友的悲痛。想加入自殺環節的人必須先平反一樁不公義的命案，讓罪犯血債血償；然後每個想自殺的人，都要去殺下一個意圖自裁的人……」

馬可斯皺了皺鼻子。

「聽來既複雜又迷人。」

「確實如此。第一循環中，有三個真實發生過的主要特點。第一個就是自殺。我確信泰德曾動過輕生的念頭，可能他還真的試過。另一項是家人的悲痛。他不斷強調這一點，顯示出當他想到自殺的後果時，對他帶來多大的影響。而第三點，也是最令人不安的一點，就是布蘭家。這對不上來。」

「這正是我要說的。如果那組織裡的那個人……他叫什麼名字？」

「林區。」

「如果林區只提議要掩飾自殺的話，所有事情就更說得通了，但為什麼要叫他去殺別人？」

「我不知道。而現在我們知道，泰德真的到過布蘭家，可能還躲在裡面，就像他在第一循環中記得的一樣……我不知道該怎麼思考了。他顯然因為什麼原因到過那裡。」

「就妳跟我說的看來，這些循環是他把入院前發生的真實事件扭曲後的結果。」

「正是這樣。每件事都有現實的依據。現在我們知道，甚至連前往布蘭家都有現實依據。」

「那如果泰德真的曾打算殺掉布蘭復仇呢？如果和他跟妳說的一樣，他真的跑去布蘭家堵人，最後卻失敗了呢？」

蘿拉思考了一下，喝掉最後一口咖啡。

「沒有道理。這樣會改變一切。」蘿拉揉著鼻梁說，「直到剛剛，我都還以為自己大概釐清得差不多了。」

「或許我們過度放大貼紙的重要性了。泰德可能很久以前剛好看過，腦中就記下這個細節了。對前任屋主我們瞭解多少？」

「真希望我剛剛有記得問房仲。」蘿拉嘆道，「我可以打電話去問，但在今天我們鬧了一場後，我猜他應該不太想多說。不過我有種感覺，覺得答案應該就擺在我們眼前。」

馬可斯沒說話。蘿拉盯著天花板看，彷彿答案就寫在上面。

「我在寫一份文件，把泰德在療程中提到的所有細節紀錄下來。每次療程裡，我提出的問題都指向不同的方向，就像拼圖一樣。第一循環的部分我已經寫完了。你想不想看一下？」

「當然好。妳需要的，可能就是用新的角度來解讀。」

蘿拉眼中出現一股奇特的光芒。

「怎麼了？」他問。

蘿拉依然帶著謎樣的神色看他。

「怎麼了？」他又問，「我嘴巴上有甜甜圈屑嗎？」

他舉起指頭擦了擦嘴角。

「沒有啦，傻瓜。」蘿拉輕輕撥開他的手指。「跟你談話對我很有幫助，就這樣而已。」

「我很開心能幫上忙。」

在當時的情況下，他很自然地略往前傾身，壓低聲音說：「我們先把案子留到明天再說吧，也許能思考地更清楚。說不定比我們以為的還要單純，搞不好是泰德發現妻子跟那傢伙外遇所以失控了。那個人怎麼啦？」

「林區還是昏迷不醒。醫生評估不太樂觀。」

「泰德知道嗎？」

「不。他依然以為是溫德爾做的。」

「溫德爾……」馬可斯微笑道，「這也滿好笑的。」

「你別笑。」蘿拉假裝生氣地回嗆他。「我很擔心他知道後，會有什麼反應。這是最後一道有待打開的門，也是最危險的一道。」

「妳打算把他重新轉回妳那區嗎？」

「現在還不要。只要他有進步，我就不想回頭。此外，他看來跟其他幾個病人處得不錯，其中之一是麥克。」

馬可斯深吸一口氣，噘了下嘴巴。

「他還真會挑朋友。」

「馬可斯？」

「嗯？」

「我很高興你過來了，真的。」

蘿拉把手覆在他的手上。馬可斯不知所措地看著她。

即使原本有那麼一刻他能低頭吻她，也被煞風景的電話鈴聲給打斷了。蘿拉去接電話回來後，臉色完全變了樣。跟前夫講話總令她心情惡劣，馬可斯知道得一清二楚，根本不需要她解釋。

「華特等一下就到家了……」她煩躁地搖頭說。

馬可斯站起身，認定這話就是請他離開的意思。蘿拉已經不是在跟他說話，而是在自言自語了。

「他是父親耶，我他媽的就沒辦法讓他陪他兒子一整天。我都幾乎要求他了。他今天本來要帶小孩去玩，然後下午帶他跟幾個表哥去公園的。現在他打來跟我說臨時有工作上的事。星期天能有什麼事！」

「冷靜點，蘿拉。」

「我就是不懂。真的不懂。就一天而已。還有什麼比陪自己兒子更重要的？」

馬可斯差點想提議留下來陪小華特，但他對自己說這樣可能太勉強了。他試著安撫蘿拉，說些無關緊要的事情讓她分心，還試著把她的注意力轉回案子上，但統統沒有用。

「有時候我覺得他是故意的，他知道對華特冷淡會把我氣瘋，他心裡一清二楚。就好像他很享受打電話給我說臨時有事一樣……混帳。」

18

華特是個聰明且敏感的孩子，在有些方面有點膽怯。每到週末，蘿拉就會替他準備一個泡泡浴，她會在浴缸裡製造泡泡、帶幾樣他最喜歡的玩具，然後坐在浴缸旁邊跟他聊天。前幾年他喜歡的塑膠小鴨，現在已經被戰艦、太空船和變形金剛所取代，而在幾個月前，華特鄭重萬分地說自己不能再裸體了，說當她在旁邊時，自己該穿件泳褲。蘿拉也同樣嚴肅地表示同意。

她拿起洗髮乳替他搓揉頭髮，小心不讓泡沫跑進兒子眼睛裡。華特正興致勃勃地說著這天跟父親出門做了些什麼。據他的說法，史卡特的一言一行都是萬能天神的行為。他直說好可惜，爸爸突然有事得去工作。蘿拉聽到這話抿緊了嘴巴。華特提到父親時的崇拜口吻，聽來令人既感動又心碎。不管父親多麼令人失望、多次取消計畫、不出席學校活動或者失約，華特總是可以諒解。蘿拉為此曾多次與史卡特爭執，而該死的史卡特每次都把華特可以諒解當成兩人爭論的王牌。「欸，我已經跟華特談過了，他完全可以體諒。」蘿拉跟他說過，九歲的小孩因為仰慕父親，願意接受他各種愚蠢的藉口，不代表他有權利繼續表現得像個不負責任的白痴。但是兩人在這件事上，已經起過好多次衝突，而且每次結果都一樣。史卡特總是張開雙臂仰頭看天，說：「別再跟我說那些心理學上的鬼話了……兒子很聰明懂事。」每次結束這類談話時，蘿拉心裡都有同樣的想法：妳活該，誰叫妳嫁給他的……下次別跟騎重機的叛逆小子在一起了。

不會再有下一次了。

「媽咪，水變冷了。」

「那就該出來了。」

華特拔掉浴缸塞子，兩人一起看著泡沫逐漸下降。蘿拉打開蓮蓬頭，讓兒子沖乾淨身上的泡沫，之後用毛巾把他包起來，擦乾他的頭髮後幫他穿衣。

「你讓我覺得很驕傲。」她對兒子說。

「為什麼？」

因為你沒有抱怨自己有這樣的父親。

「因為所有的事。」

一小時後，華特睡著了，蘿拉決定聽從馬可斯的建議，不再想泰德的問題。她心裡有個聲音在催自己，要她再去看看這個明星病患提到夜訪布蘭家的畫面，但她強迫自己放下。蘿拉給自己倒了杯葡萄酒，從她擁有的少數小說中，挑了本羅賓．庫克的書。這是她收到的生日禮物。她翻開第一頁，看到馬可斯工整的字跡寫著：我覺得這本書的女主角跟妳很像。妳讀了就知道……她盯著這句話看了好久，確定自己之前沒讀過這句子，也就是說她根本沒翻過這本書。她可以想像馬可斯在拿書給她當下或幾天後，期待她對這本書還有和她很像的女主角會有什麼回應。她的生日已經過了七個月。蘿拉甩甩頭，她很清楚知道自己對馬可斯的態度就像個……最好別再往下想了。

她讀了起來，看完第一段就停了。

像個心機婊。

「我不是心機婊。」她對那杯酒說。

多少有點吧！

「才沒有。」

她專心讀到一半時，手機響了。蘿拉下意識看了眼時鐘，她知道已經超過晚上十點了。她馬上跑到廚房桌邊接電話。是醫院打來的。一名C區的值班護理師帶著疲憊口氣說，有個她的病人想跟她說話，病歷上寫著……

「可以，可以，麻煩讓他來聽電話。」

「蘿拉，」泰德喃喃說道，「她們死了，對嗎？荷莉、辛蒂、娜汀……都死了。」

「泰德，發生什麼事了？」

「我弄懂了。我剛剛在房間裡，然後突然想清楚了，我在一瞬間猛然想通了。她們……都死了。」

「你的妻子和兩個女兒沒有死。」蘿拉保證道，「你聽到了嗎，泰德？我會拿這種事來騙你嗎？」

「我不知道。」

「我絕對不會拿這種事來騙你的。」

「但如果是這樣的話……」

「她們都很好。」

沉默了好幾秒。

「泰德？」

「我需要見見她們。」

「我們可以明天再說嗎？」

「不行，我需要見到她們。」

「泰德，我跟你保證一件事：明天一早我就會跟荷莉談。我會跟她說你已經好轉了，說你想見她們，然後聽聽她怎麼說。」

再度沉默。

「她為什麼會不想見我？」

蘿拉後悔自己喝了酒。在酒精和睡意的影響下，她處理得沒有想像中的好。

「她希望你見到女兒時是健健康康的。」蘿拉說，「在這段期間內……你還記得我給你看過的畫面，對嗎？」

「記得。」

「你的情況正在好轉當中。你要堅強。我會跟荷莉解釋，然後看她怎麼回答，我會努力說服她，說見見女兒對你比較好。她心裡一定也急著想見你的。但對她們來說，你的健康非常重要，你瞭解嗎？」

沒有回應，蘿拉再問了一遍。

「泰德，你理解的，對嗎？」

「很抱歉打電話到妳家。但我真的認為……」

「別說了。也別擔心。明天我會跟荷莉談談，然後我們再來看她怎麼說，你覺得怎麼樣？」

「謝謝妳，蘿拉。」

兩人道別後，結束了通話。蘿拉在廚房裡沉思了一會兒，心裡明白這個時刻遲早都會到來。

19

落地窗這次沒有被粉紅色的城堡取代，還在它原來的地方。如果不是那片泰德幾乎已經習慣的廣袤水面的話，一切看來跟從前一模一樣。就連西洋棋盒也不在烤肉爐旁。泰德還記得在最後一場夢境中，他是如何看著荷莉與羅傑一起從海裡出現，拿起棋盒後，厭惡地瞪了他一眼，才返回深沉的大海裡。現在他和前幾次一樣站在玻璃前，伸手打開落地窗。他不情願地開門，心裡很清楚在夢裡，他莫名無法穿過自家客廳的落地窗。然而滑門輕輕一推就開了。感應器偵測到他的動作，點亮了後院門廊的燈光，泰德停下腳步看著。海面平靜無波，也聞不到海邊特有帶著鹹味的海風。他反而聞到森林裡潮濕的味道。

「你還不懂嗎？」

這聲音令他打了個冷戰。他向右轉，門廊朝那個方向延伸出好長一段。羅傑坐在一張折疊海灘椅上，穿著他的白袍，面帶燦爛的微笑。

「懂什麼？」

護理師羅傑轉頭看海，深沉的水色與夜色融為一體。他沒有回答。

「懂什麼？」泰德再問道。

對方唯一的回應，是用手慢慢滑過廣大的海面。

你還不懂嗎？

門廊上的燈突然暗了。泰德正要揮揮手臂好重新開燈時，海上有一塊淡淡的灰漬吸引了他的注意力。他一開始以為是艘大船，但等他雙眼適應黑暗後，他看懂了。那不是船，也不是浮在海面上的東西。那是另一道浪。

你還不懂嗎？

所以這次沒有浪，連海風也沒有。那片水面不是海，是湖。他在思考時，發現長長的門廊其實是一道牆。當然，還是他覺得很眼熟的牆。他在溫德爾家。泰德朝牆的一端走去往下看，那邊綁了一艘小船，是他第一次見到那人時，看到的那一艘。

他之前曾看過波浪打上草坪，他很肯定。

「之前我……」他邊說邊轉向羅傑。

但那裡只有空空的椅子，羅傑不在那裡。他慢慢靠過去，第一次轉頭看向溫德爾極端現代化的房子。他看了看落地窗，對於把他從自家客廳帶到此人住宅的落地窗，他覺得陌生無比。他走到海灘椅旁，發現上面有東西。他本來認為是護理師身上的袍子，以為他突然丟下衣服傳送到別的地方去了。不過那不是白長袍，而是荷莉的紅色比基尼。泰德蹲下來拿起泳衣，手心彷彿還能感覺到一股潮濕，就像他前妻才剛剛脫掉比基尼，隨手把泳衣放在那裡一樣。

前妻。

泰德在湖面上搜尋，心臟快速地用力跳著，他認為荷莉應該在湖裡裸泳。

但她不在，只有比基尼在那裡。他跌坐在椅子上，兩手緊抓泳衣揉成一團。他將比基尼舉到面前，把鼻子埋進衣料裡，找著妻子特有的體味。

前妻。

你還不懂嗎？

他就這樣坐了好久，享受著林間的風聲和蟋蟀的叫聲。那座森林裡，有某個令他感到熟悉且心安的東西。一會兒後，他站起來走到木頭步道那一邊，沿著一座和緩的土坡朝湖邊走去。他繞著房屋外圍走，在前門發現那輛黑色的藍寶堅尼，像沉睡的巨型昆蟲般安靜。

然後，他認為自己發現屋裡一扇窗戶有動靜，只是眼角餘光看到人影快速閃過。或許是羅傑在跟著他……

他朝大門走去，心裡不太願意面對那名護理師，他試了下門閂，沉重的大門打開了。

然後他看到了自己。在屋裡等著他的那個泰德，站在印度地毯中央，手上的布朗寧正對著頭。兩人的眼神交會了一下。當彈藥爆炸，子彈嵌進泰德額頭，令他重重跌在地毯上時，其中一人發出驚訝的嘆息。奇怪的是，儘管子彈的衝擊力令他倒臥在地，但感覺不比有人在額頭上輕輕一捏還痛。他想摸摸自己，卻發現雙臂變成兩條觸手，無力地癱在身體兩側。鮮血流進右眼，讓他只剩下一眼的視力，但他依然能看到另一個泰德在屋裡走來走去。

他胸口傳來震動。另一個泰德發現了，傾身向前在他外套口袋裡翻找，直到找到手機。那個泰德掏出手機時，螢幕剛好朝向他，讓他可以看到荷莉的臉。

另一個泰德突然看著他。

「荷莉是誰？會影響我的計畫嗎，溫德爾？」

他手裡還能感覺到把荷莉的比基尼揉成一團時的濕氣。他試著握拳，彷彿這樣就能緊抓著現實、緊抓著他的回憶。但是他的手指沒有回應，只能感覺……

另一個泰德此時瘋狂地走動，顯然非常擔憂。他讀著手機裡的訊息，然後臉色變了。

我們快到了。該結束今天的釣魚活動了。

外頭無疑是引擎聲，休旅車就快抵達了。另一個泰德走近窗邊觀察。

「見鬼了！」

幾分鐘後，車子停了下來。泰德癱在地毯上，用盡全力睜大雙眼，但視線看不到他進來的門口。但他確實看到另一個泰德朝廚房拱門大步走去，從側門逃走。此時，辛蒂和娜汀的聲音已經清楚從大門另一端傳進他耳裡。泰德希望她們不要進來，不要看到他癱在地板、頭上開了個大洞的樣子……他等了一下。

「門上那張紙是什麼？」辛蒂問。

「是紙條。」她姊姊回答道，「上面寫了媽媽的名字。」

大門另一邊，頭被子彈打了一個洞、癱在地上的泰德清楚聽到她們對話。

「上面寫了什麼，媽媽？我們也想知道。」

一陣停頓。

「媽媽，妳怎麼哭了？」

20

泰德坐在慣常坐的位子上。他剛才很快解決了早餐，現在自己一個人待著。麥克是第一個吃完出來、走到他身邊的病人。他看起來心情不錯。

「看來我得開始跟人分享我最喜歡的位子了。」麥克帶著他最喜歡的書過來。

泰德沒有回答，他失神地看著籃球場。

「你是要跟我說『人生就像一盒巧克力』，對吧？」麥克邊說邊挨著泰德坐下。「不想講話？」

他翻開書開始閱讀。一會兒後，他感覺到腿上傳來一下輕拍。麥克朝泰德目光的方向看去，發現羅傑在醫院後門旁，打手勢要他過去。

「怎麼了？」麥克不理解泰德的反應。

「你看得到他嗎？」泰德低聲說。

「誰？那裡什麼人都沒有啊，泰德……」麥克嘲弄地說。但看到泰德臉色沉下來後，他發現此刻可不是開玩笑的好時機。「我當然看得到！他是B區的護理師，總是跟你的醫師一起出現的那個。叫羅傑什麼的來著……」

泰德緩了緩神色。

「你還好嗎，老兄？」

「還好，還好。」泰德起身。「晚點見。」

他朝羅傑所在的地方走去。前一天晚上的夢境令他深感不安。

你還不懂嗎？

蘿拉在評估室等著他們。泰德低著頭，幾乎是拖著腳步走進去。她本以為他會急著聽到家人的消息。

羅傑比了個手勢吸引她的注意力。「妳確定不需要……？」羅傑比了比手腕。

蘿拉搖頭。她已經決定，該是停用手銬的時候了。

「妳要我留下來嗎？」羅傑問道。

「不需要。」

護理師看來有些猶豫，但最後還是離開了。泰德在平常的位子上坐下。

「泰德，看著我……你希望我們改天再聊這件事嗎？」

「不，不要。我今天最需要的，就是跟妳談話。我正在試著釐清我的想法。」

「你今天吃藥了嗎？」

「當然吃了。妳的朋友也沒給我其他選擇啊！」泰德開玩笑地說。

蘿拉微笑。

「我還在想他們有沒有給你開鎮靜劑……我沒在病歷上看到。」

「完全沒有鎮靜劑。」

「我以為你會很急著想知道今天跟荷莉的談話，或許……」

聽到荷莉的名字時，泰德臉上綻出一抹充滿希望的笑容。他就是忍不住。

「妳已經跟她說上話了嗎？」

「對。荷莉強烈要求我轉告你，她不會阻止女兒來看父親。她知道你有多愛她們，兩個女孩也很愛你。辛蒂和娜汀都很想你，不過她們也知道你現在人在醫院裡接受治療。」

「可能妳昨天說的有道理……多等一會兒比較好。我只想知道她們都好。」

「我認為多等幾天會比較好。你現在正在大幅進步中。泰德，是什麼令你改變主意的？」

「昨天我又做了相同的夢，在我家門廊上的那個夢，但這次發生了不一樣的情況。我可以走出去，走到門廊外，走到海邊，不過那一大片不是海，是一座湖。」

蘿拉從包包裡翻出一支錄音筆。泰德之前做的夢裡，從來沒有離開家的情節，這可能表示……她感到越來越興奮。蘿拉把錄音筆放在桌上，要泰德描述夢境時，盡可能提到越多細節越好。泰德開始說話。他起床後沒有忘記任何夢境，一切都還留在他的腦海裡，如同剛剛看完電影般清晰。他唯一沒有提到的細節，是他在椅子上發現荷莉那套濕掉的比基尼。他認為這個細節無關緊要，而且對他來說帶來太多痛苦。

他說完後，蘿拉把錄音筆關掉收回包包裡，然後抓起她的筆記本做紀錄。

「蘿拉，這段期間裡妳跟荷莉和卡麥可醫師都說過話，我想應該也跟其他和我有關的人聊過。妳有找到溫德爾的下落了嗎？」

蘿拉嚥了口口水。這問題完全出乎她意料之外。

「泰德，你做的這個夢可以幫你看清真相。」

「我不懂。」

「沒有辦法可以簡單的解釋……可是你就是溫德爾。」

21

蘿拉從一開始就知道溫德爾不存在，是泰德自己想像出來的一個投射。荷莉向她證實了湖邊房屋是他們夫妻倆的財產，有一段時間他們幾乎每週末都會過去，不過最近——從兩人的婚姻開始走下坡起——泰德常常自己一個人到那裡去。喜歡釣魚的人是泰德，擁有黑色藍寶堅尼、把車視若珍寶的人是泰德，他在療程中多次提到的迪士尼公主城堡，也是他親手組裝的。

是泰德自己在大學時代認識林區的，他們那時非常要好，在畢業後有一段時間也密切往來。之後他們不再那麼常見面，但從未完全失去聯絡。荷莉向蘿拉強調，當她和林區開始約會時，她與泰德的關係已經瀕臨破裂，並且彼此都已向對方表示過，這段婚姻必須劃下句點。兩人現在還沒有離婚的原因，是希望選在適當的時間告訴女兒。

荷莉和林區非常低調地交往，不過他們仍然犯下了一個錯誤：他們在餐廳吃晚餐的樣子被人拍下來了。當時他們不想躲躲藏藏的，想享受一個正常的夜晚，所以決定分別開車到十五公里外的比佛利。兩人把事情想得太簡單，以為在那邊就真的自由了，所以選了一張窗戶旁的桌位。荷莉語帶後悔地對蘿拉說，每當有人經過看著他們時，兩人還有心情拿這個來開玩笑。她跟林區都沒發現有私家偵探從波士頓一路尾隨他們。

荷莉堅稱泰德早就不愛她了，她是後來才放棄的。泰德的個性向來都比較安靜內斂，除了在荷莉面前之外。然而最近幾個月以來，他開始對她表現得很疏遠，不願意表達情緒。儘管泰德努力想隱瞞，但情況仍越來越明顯。兩人間的性事每況愈下，到後來根本沒有性生活。泰德不願意再親近她，荷莉有好幾個月的時間都主動求歡，認為兩人欠缺的熱情能像即將熄滅的篝火般，在最後一刻添加神奇的柴火就能重新點燃。但去懇求那幾分鐘的熱情，令她覺得很痛苦難堪。荷莉選擇欺騙自己，讓自己相信泰德每天晚上給她的藉口：工作很忙、女兒還沒睡著……不過她後來看清了，感覺到他早已不想要她了。彷彿有人掀開蒙在她眼前的布條一樣。因為泰德每個月至少有一兩次得離開麻州，去拜訪必須由公司總裁親自會面的重要客戶。他總是跟荷莉說這幾個客戶的合約至少價值上百萬美元，是真正重要的客戶，必須經常關照，好隨時瞭解他們的投資動向。泰德出差一趟就至少三天不在家，不過幾乎每次都長達一星期，他回來時心情都很好，會給兩個女兒帶小禮物，表現得更和藹可親……甚至有幾次，他回來那天晚上還能硬得起來。

但不久之後，事情就回到原點。他再度表現得難以捉摸、喜怒無常，急著要到湖邊釣魚。荷莉不知道他是不是有另一個女人，或者有另外幾個女人，不過她卻明白了，丈夫不在她身邊時才是幸福的。

荷莉並不是特別驕傲的人，但她覺得必須弄清楚他是不是真的去出差。她打電話到公司去，跟泰德的祕書和合夥人聊過，完全沒有破綻。他要不是藏得很好，就是他並沒有出軌。不過話說回來，誰出差要一個星期那麼久？他對她說是利用出差的時間去釣魚，她也跟丹佛的一家釣友俱樂部求證了。當然了，如果泰德要欺騙她的話，做起事來一定比她仔細多了，不會像她在幾個星期後，和情人一起明目張膽坐在餐廳窗戶旁的桌位。

最後荷莉放棄了。畢竟，泰德有沒有出軌對他們的婚姻都沒有什麼影響。此外還有別的：是她放棄去愛的，她差點就漏了這一點。幾個星期內，她就接受並默許了丈夫漠不關心的態度。後來，她甚至希望泰德真的有另一個女人，這樣的話一切就簡單多了。

有一天，賈斯汀．林區到家裡來拜訪他們。泰德不在家，兩個女兒也不在。荷莉和林區處得很好，所以讓他進門，兩人喝了杯葡萄酒聊天，兩個小時裡，荷莉就什麼都說了。都說了。賈斯汀事前完全不知道兩人的婚姻出了問題，並一再強調他不曉得泰德是否另有情人。他說泰德從沒提過這方面的事，只說泰德是很內斂的人，然後就告辭離開。不過兩人間明顯出現化學作用，賈斯汀成為荷莉的心腹。

當情況惡化到無法再繼續下去時，荷莉決定跟泰德聊聊，跟他挑明了說。離婚是最明智的辦法，而他基本上也同意。那時泰德就已經出現頭痛的症狀，他的身體隱瞞不了。荷莉和賈斯汀繼續以好友的身分見面，不過兩人間的吸引力越來越強。他們認識得越深，就越喜歡彼此。只需要荷莉跟泰德初步協議離婚，他們就能公開兩人的戀情。他們把泰德可能在外也有情人當成降低罪惡感的藉口。

荷莉從不知道，那時候泰德就開始向卡麥可醫師求診，他深信有一顆惡性腫瘤占據了大腦。荷莉更不知道，自殺的念頭已經開始慢慢侵占泰德的心神。

荷莉很久之後才知道的另一件事，是私家偵探在餐廳外拍到的照片。因為泰德既沒有跟她對質，也沒有找上林區，而是把照片放在信封裡、鎖進保險箱，然後繼續他一直以來的生活，不說破也不行動，直到兩人決定怎麼處理離婚後兩個女兒和家人的問題。事實上，詭異的是，這段期間反而是兩人相處最平和的時候。

荷莉後來才跟蘿拉說，她很久之後才發現那批照片。她沒辦法打開保險箱，只得硬撬開。但那已經是一個月後了！整整一個月，泰德沒跟她提過隻字片語，彷彿他一點也不在意一樣。

泰德為什麼要等一個月？一個月後，泰德才到林區的辦公室找他，等整棟大樓幾乎都沒人了才過去，然後用一盞青銅檯燈把林區打個半死。一個月之後，才讓樓下的人聽到撞擊聲、吼叫聲去報警。泰德跪倒在大樓接待處，膝蓋旁放著那盞檯燈，身上沾滿朋友的鮮血。發現他的警員詢問他的姓名，他說不知道，不過一會兒後，他說他叫溫德爾。警方將他逮捕回警局後，證實他的真實姓名是西奧多·麥凱。

林區遭痛打一頓後，昏迷不醒地躺在醫院。頭幾天，醫療團隊還覺得很樂觀，醫師本來應該進行緊急手術，但卻認為只要將血液導流出來後，腦部的腫脹會自然消失，病人就得以清醒。事實卻不是如此。

荷莉每個星期都到醫院去看他。賈斯汀的家人本來就不多，他又是獨子。看著他一個人孤伶伶躺在醫院病床上，等待或許永遠不會到來的奇蹟，總令荷莉感到淒涼。她不敢說自己已經愛上林區，不過她很肯定離真的愛上也不遠了。所以她覺得自己當然得負一部分責任。她怎麼就不能更小心點？蘿拉建議她去接受心理治療，這對她的幫助很大。沒人能在事前料想到泰德這麼平靜、願意溝通的人，竟然會在發現配偶不忠又忍了一個月後，像維蘇威火山一樣大爆發。

而泰德則陷入思覺失調症的僵直狀態，被送到拉芳達紀念醫院。蘿拉·希爾醫師接下這案子後，立刻聯絡先前治療過泰德的卡麥可醫師。

22

泰德靜靜聽著，沒有打斷蘿拉說話。當她說到林區被暴打一頓時，他顯得有些驚訝，但沒有太過吃驚。

「他還在昏迷嗎？」

「恐怕是的。」

「毫無疑問是我打的，對吧？」

蘿拉搖搖頭。

「一定可以解釋的。」泰德晃著頭。「我為什麼要把朋友打到昏迷不醒？相信我，光是他跟我太太交往這理由還不夠。我從來沒做過這樣的事。或許我會非常生氣，這我無法否認，但是絕對不會想把他給活活打死。一定還有什麼其他的理由。」

「答案在你的腦海裡，還有林區自己的腦袋裡，不過現在他什麼也無法告訴我們。」

「我的天哪！」

「你別自責，泰德。你出現類似那樣的行為時，顯然狀態並不好。你前幾天的狀況也一樣。荷莉說你把餐廳的照片藏了一個月，說這不像是你平常的舉止，她認為你原本一定多少會跟她提到照片的事。」

他點頭。

一定還有什麼原因。要揣測林區是很難的，泰德絲毫想不起來兩人有交情。或許他知道有什麼事可以用來傷害荷莉……

「你在想什麼？」蘿拉發現他臉色不對。

「荷莉有跟你提到林區嗎？有說到什麼可疑的事嗎？我想，如果她跟林區交往的話，一定是認為他是好人，不過妳也知道，我們有時候會跟不對的人在一起。」

「我知道你想說的是什麼。聽好，我要跟你老實說。荷莉跟我說過，林區是沉著冷靜、個性體貼的好人。儘管他和荷莉對彼此有感覺，但直到你跟荷莉口頭協議離婚，他才願意繼續下去。林區想跟你好好談一談，跟你解釋一切。當然，這不表示其中就沒有其他隱情，這只是荷莉對他的看法。」

「荷莉的直覺很準。如果她這麼說的話，那多少都不會錯。」

「然而，我的想法跟你一樣。」蘿拉說。她在一份裝了好幾個塑膠信封的文件夾裡翻找東西。「有其他原因讓你對林區產生這麼大的反應，或許是你在跟蹤他時發現的東西。我還沒和進行跟蹤的私家偵探說過話，但荷莉找他談過了，那人說他只有跟蹤，而且把照片都交給你了。」

「那名偵探姓皮特斯敦，對嗎？」

「你想起來了？」

「溫德爾有跟我提過……天哪，這段時間我一直提一個不存在的人。這怎麼可能？」

「你跟林區的友誼、他和荷莉的關係、湖邊的房屋……這都是屬於溫德爾的一部分。你的心智把這些訊息切割開了，現在這些東西是屬於他的。從某方面來看，可以說是你沒辦法取得這些資訊。你的腦子裡現在就像有一個上了鎖的房間。」

開門。

蘿拉慢慢地說。彷彿她每說出一個字，就是在測試泰德有沒有辦法繼續吸收這些資訊。

「妳那裡放了什麼？」泰德問。蘿拉從文件夾裡拿出一張照片。照片很小，看來已經是好幾年前的了。她把照片遞過去。

照片上，年輕的泰德與林區在一場大學宿舍派對的現場，笑著和一張有著鄔瑪．舒曼的《黑色追緝令》海報合照。這張海報立刻喚起了泰德的回憶。他站在宿舍的一條走廊上，就在房間旁邊。海報中的鄔瑪戴著黑色假髮，神態誘人地抽著菸。照片中的泰德非常削瘦，留著及肩長髮，看起來跟鄔瑪很像。他戴著一條搖滾巨星埃克索．羅斯風格的印花大頭巾，手裡拿著一個塑膠杯。泰德身邊的林區看起來跟他想像中到家裡按門鈴的年輕人一模一樣……林區有著極富魅力的美貌。

「那張海報我記得一清二楚。林區我完全想不起來。我們看起來感情很好。」

蘿拉點頭，把照片收進文件夾裡。

「湖邊房子的夢境裡出現新的東西，」泰德說道，「我對那個地方有一股熟悉感。此外，今天起床時，我發現一件事：我記不起溫德爾的臉，我分辨不出他眼睛的顏色，我對他臉部特徵的印象很模糊。他是瘦是胖？有沒有戴眼鏡？我說不上來。」

「既然提到溫德爾，我應該問你一下……這名字對你來說有什麼意義嗎？」

泰德想了想。

「如果妳想問的是，我以前有沒有認識姓溫德爾的人，那我的答案是沒有。至少在我記憶中沒有，不過從現在的情況來看，我能記得的也不多。」

蘿拉點頭。

「我不敢相信我竟然把他打到昏迷。」泰德不斷抱著頭說，拒絕接受這個事實，

「別再想了，泰德。我相信你有一部分的精神疾病是在與林區發生爭執前就有了。而且是很久之前。我想了很久，考慮是否該告訴你，溫德爾不存在。其實你把一部分的自我，隱藏在這個偽裝下……」

「你擔心我會再度進入那兩個循環裡嗎？」

「我不這麼認為。我們已經進步得太多了。」

「進步得太多。」

「沒錯。你想想第一循環。在第一循環裡，你因為腦裡的腫瘤打算自殺。同時你還必須殺掉溫德爾，他是你知道荷莉出軌真相的自我，也是必須為攻擊林區負責的自我。就某方面來說，這就建立了一個完美的循環。我的理論是，你在見過林區後有了自殺的想法，但你的判斷力蒙上一層陰影，所以沒有自殺。然後你的心智就想像出這個循環，並且一再重複，你在循環中殺掉了溫德爾，還有他所代表的一切。」

「我可以瞭解妳所指的方向……」泰德說道，「在這個循環中，我跟荷莉一點問題也沒有。」

「這是一起完美的自殺。」

「那布蘭呢，他跟這有什麼關係？」

這是蘿拉唯一害怕的問題，是她發現巴斯光年貼紙後，完全無法回答的問題。她目前還不想談這件事，所以她給出了幾天前會回答的說法。

「你必須想辦法來合理化謀殺溫德爾的原因，所以你的心智想出了一個絕妙的計畫，讓想自殺的人一個接著一個去殺人。你認為有必要說服即將自殺的人不要下手。要怎麼樣才能做到這一點？訴求感性，提出自殺對你的家人會有什麼影響，這是關鍵。我敢肯定你在考慮自殺時，這些問題都曾出現在腦海中。泰德，你看，為什麼我會說第一循環是完美的自殺？你在第一循環中，甚至還處理掉自殺對親友帶來的衝擊。一切都運作得非常完美。而在你進入拉芳達醫院前，布蘭案正鬧得沸沸揚揚，我從報紙上找到無數的報導。很可能你利用這案子建立起第一循環。請你也注意一下另一個重要的元素：對你來說林區是陌生人，只有溫德爾認識他。」

「為什麼我們的療程也成為循環的一部分？為什麼不像我在醫院裡的其他日子？我對那些日子完全沒有印象。」

「這個嘛，一開始是這樣的。只有在探索你的過去時，我們的療程才在這兩個循環中，開啟新的道路，打破循環。你有把馬蹄鐵帶來嗎？」

泰德點頭。他可以感受到褲子口袋中的重量。

「從那時起，第一循環開始出現破綻。比如說，你記得女兒從湖濱別墅大門口跑進來。就是你的潛意識試圖推翻這完美結局，想辦法揭開溫德爾的真面目。」

泰德點頭驚歎不已。他懂了。

「所以，我在第二循環裡沒有殺他。」他邊回憶邊說。

「正是如此。在第二循環中，你已經知道溫德爾和林區事實上彼此相識，以前是大學同學。那是你的過去，泰德！你所做的，就是發現自己與林區的關連。然而，溫德爾不願意露出他的真面目，因為這麼做，就會呈現出你自己的那一面，所以他想辦法讓你跟林區見面，除此之外，還給你看了餐廳的照片。溫德爾認為在第二循環中，你已經知道跟荷莉之間出了問題。你在每一個循環中，都越來越接近真相……」

「所以，這就是溫德爾想讓我反對妳和羅傑的原因……我的天哪，我到現在還認為他是真實存在的。」

「聽好，泰德，在這裡，在你腦袋裡有一些資訊，」溫德爾傾身向前，用食指比了比泰德的額頭，「令你軟弱惶惑。我也是，這我不會否認。」

「現在我瞭解荷莉為什麼不願意見我了。」泰德說。

「事實上……荷莉其實願意見你。」

「真的嗎？」

「她瞭解你在正常情況下，是不會傷害林區的，她相信這裡的治療能讓你恢復正常。」

「那麼，妳已經跟她提過囉？」

蘿拉點點頭。

「今天一早就提了，跟我昨天答應你的一樣。現在我們已經有很大的進步，說實話，我認為讓你見見女兒或許是個好主意。荷莉說當我們開口時，她願意帶女兒過來。」

泰德同時感到既幸福又痛苦，但他跟女兒相處的幸福時光對他的影響力更大。他腦中浮現好多娜汀和辛蒂的畫面，有擁抱她們的片段、有晚安吻的情景，還有睡前床邊故事的回憶。眼淚立刻湧上泰德的雙眼。從他進入拉芳達醫院後，七個月以來，他第一次哭了。

23

馬可斯正在交代祕書別讓任何人打擾他，他要檢視支出報表上呈給總醫師。不過當蘿拉突然出現在走廊上時，他立刻把報表拋在腦後。

「多棒的驚喜啊！」他一見到蘿拉便說。

馬可斯的祕書比他的親生母親還瞭解他，這時祕書從圓框眼鏡上方看了馬可斯一眼，表情有一絲責難和同情。

「你在忙嗎？」兩人走進辦公室，蘿拉邊走邊問道。

「也沒有比平常更忙。妳看起來很快樂的樣子。發生什麼好事了嗎？」

「這麼明顯嗎？」

「有那麼一點。」

「我是很開心。」她承認。「我剛跟泰德聊林區、溫德爾，什麼都聊了。他昨天做了一個很有啟發性的夢，他在夢裡光憑自己的力量，幾乎就發現了所有的事情。我認為時機正好，事實也證明如此。」

「太好了。」馬可斯推了推堆在桌上的文件。

「你真的不忙嗎？」

「一點也不忙。」他壓低聲音說。儘管克勞蒂亞行事很有分寸，不過他也不願讓祕書聽到他睜眼說瞎話。他的待處理文件已經堆積如山，一分一秒都不該浪費，不過蘿拉跑來找他是一件大事，無論如何，他絕對不願表現出冷漠的態度。他寧可聽總醫師訓話，也不想粗魯地對待蘿拉。

「我想，我已經快要接近整件事的核心了，馬可斯。」

「我為妳感到高興。」

「你已經加入了，現在再也甩不掉我啦！」蘿拉朝他眨了眨眼。

馬可斯笑了

「我不知道這樣是好是壞。不過等妳寫書時，請不要把安排泰德轉來我這區時的小插曲寫進去。」

「說到這個，我都還沒好好謝謝你呢！我硬拖著你跟我一起瘋，而你總是願意幫忙。真的十分感謝你。」

他不曉得該怎麼回答。她又要拜託他幫忙了嗎？蘿拉表現得這麼有同事愛，讓馬可斯有點不安。這又是另一個想博取他信任的小動作，好讓他開口約她共進晚餐或去看電影嗎？馬可斯過去有太多經驗能證明，他老是抓不準女性的暗示，尤其是蘿拉丟出來的暗示。

「我剛剛說了，很高興能幫得上忙。」

「好吧，不過我來找你不是只為了說這個，也不是想打擾你製作支出報告的……」蘿拉比著馬可斯堆在一旁的文件說。

來了。

「你願意來我家吃晚餐嗎？」

馬可斯做好了心理準備，但他沒想到蘿拉竟然會邀請他。他只花了一秒就想通了。約在她家表示華特也會在場，馬可斯一點也不反對，不過這就表示她的邀約完全沒有任何浪漫意涵。但從另一方面來看，她願意讓馬可斯參加這麼居家的活動可能更重要。無論如何，他都感到受寵若驚。

「當然好。」

「太棒了。明天晚上七點如何？」

「我七點整一定到。」

「我會請妹妹幫忙照顧一下華特，他最喜歡跟那幾個『有點壞壞的』表姊一起玩了。」

馬可斯愣了一下才反應過來。這麼說來，確實是約會了？蘿拉站起身。

「那我們就明天見啦！」她說道，「我就不打擾你繼續忙了……」

關門前，她拋給馬可斯最後一個微笑。蘿拉一走到接待室，就忍不住溢出一陣輕笑。她是故意小小使壞突然邀請他的。馬可斯還以為她要拿工作上的事拜託他幫忙，沒想到她會邀他回家。

克勞蒂亞驚訝地看著她臉上戲謔的表情，帶著審視的眼神看著蘿拉。希爾醫師趕緊收斂神情，點個頭就告辭離開了。

以心機婊來說還不錯嘛，是吧？

24

華特坐在客廳沙發上，等在身旁的有一個背包，還有他挑選的一包玩具。儘管狄笛阿姨六點才會過來接他，但華特堅持要提早準備好，*免得阿姨提早過來接他*。事實上，除了在狄笛阿姨跟兩個表姊葛芮絲和蜜雪兒的家以外，華特不會在其他地方過夜，就連在他父親家也一樣——那個爛人根本沒幫華特準備房間。對他來說，到阿姨家既像挑戰也像探險。三個孩子會熬夜到很晚，四處找東西來玩，例如在庭院裡搭帳篷，或者玩偵探辦案什麼的……他們還有千百種遊戲可以玩。十四歲的葛芮絲表姊年紀最大，會照顧兩個小的，還會說大人的故事給他們聽。她說的都是恐怖故事。

蘿拉從樓上下來，看到華特靜靜地在等待，手裡緊抓著背包和那袋玩具，準備一聽到門鈴響就衝出去。她感到一陣心疼，華特坐的地方正是他向來等待爸爸的位置，而他父親總在最後一刻才取消計畫的壞習慣，顯然已深深傷害了華特的自尊心。又一個討厭前夫的理由，蘿拉想著。

「媽媽，阿姨會來嗎？」

她走過去坐在兒子身邊，撫著他的臉頰說：「她當然會來。」

華特點頭，放鬆了下來。就在這時，他發現母親打扮好了，還化了妝。華特上上下下地看著她。

「馬可斯是妳男朋友嗎？」

這問題聽得蘿拉直想笑，不過看到華特一臉嚴肅的樣子，她便正了正神色，臉上綻出一抹微笑。

「馬可斯是我的朋友，我們一起工作，也有很多共同點。」

小男孩點點頭。他注意聽了一下外面傳來的汽車聲，發現沒有在家門前停下來後，又把注意力轉回客廳裡。

「妳穿了一件洋裝。」

「你喜歡嗎？」

「喜歡。」華特想了幾秒才接著說，「爸爸有好多女朋友。馬可斯可以當妳男朋友。葛芮絲也有一個男朋友，不過這是祕密喔，狄笛阿姨還不知道。」

「媽媽現在沒有男朋友。如果我有的話，一定會跟你說，好嗎？」

華特比比手勢表示同意。

這時候狄笛來了。華特抓著他的裝備從扶手椅一躍而下衝向大門，把正要按門鈴的阿姨嚇了一大跳。

「我最可愛的小外甥過得好不好啊?!」

狄笛緊緊抱著華特。

「我還以為妳不來了。表姊呢？」

「她們在家裡等你啊！我過來前要先去辦幾件事，所以來得比較晚。」

狄笛懷裡還抱著華特，但目光已經飄過他的肩膀看向室內。她看到蘿拉打扮的樣子後，做了個驚嘆的手勢。她姊姊看得一清二楚。

「兔子潔西卡叫妳把洋裝還她。」狄笛說。

蘿拉做了個鬼臉。

「兔子潔西卡是誰？」華特好奇問道。

「誰都不是。」蘿拉說，「你阿姨聰明得很呢！」

「對啊，沒錯。」華特渾然不覺姊妹倆的暗示嘲諷，天真地回答道。

「好啦，華特，我們最好趕緊走吧！蜜雪兒整天都在問你什麼時候才會過去呢！」

「媽媽再見。」華特忍不住微笑。他走到蘿拉身邊，讓媽媽彎下腰來親他。

狄笛趁華特沒看到時，又比了比那件洋裝，伸出大拇指點頭讚許。

「幫我跟兩個女孩問好。」蘿拉說，「希望他們玩得開心。」

「妳也是。」狄笛走出門時回道。

蘿拉在庭院裡跟兩人告別。直到車子都消失在安伯斯街上一分多鐘了，她還站在那裡。

蘿拉進屋後，就去看肉煮得怎麼樣了。她決定做烤牛肋排佐甜菜根和蘿蔔，這道菜幾乎不用怎麼準備，唯一比較麻煩的就是要烤差不多三個小時，但現在已經快好了。

馬可斯準時抵達。他堅持要蘿拉收下他帶來的葡萄酒，並稱讚了她的洋裝。馬可斯自己也打扮得很優雅，他身穿西裝褲、針織外套，還戴了一頂蘿拉從沒看過的摩登灰帽。

「聞起來好香啊！」

「你知道下廚不是我的強項，但我還是有幾道拿手菜的。來吧，在等肉出爐的空檔，我們先來喝杯酒。」

餐桌上已經擺好餐具了，不過兩人並沒有往餐桌移動，而是坐在客廳沙發上聊閒話、聊華特，還提了些醫院裡的事。兩人早已知道彼此對電影有類似的喜好，因此話題自然轉往電影上，不過馬可斯一句沒什麼惡意的話，讓兩人聊天的主題轉往他最不想談的事情：馬可斯最近跟卡門分手了。面對蘿拉直接詢問，他回答既然現在已經分手了，他就有更多時間享受家裡的小型放映室。他知道自己應該多說些什麼，該解釋說看電影的時間絕對不是他拿來衡量一段關係的標準。問題是，如果要好好解釋卡門為什麼不是他心目中的理想女性時，就必須先說明怎麼樣的女性才是他的夢中情人：不能只想著玩樂、必須要有計畫、有夢想，要能夠理解（並重視）馬可斯的工作……當然了，符合這一切條件的女人就坐在他身旁。

馬可斯輕描淡寫地帶過他跟卡門分手的原因。此外，他早就對蘿拉有興趣了，而她是很聰明敏銳的女人。刻意避開明顯的話題，不表示真能視而不見。何況兩人都已經盛裝打扮一起喝酒等待晚餐了，不是嗎？這是場約會。馬可斯等待她的正面回應等太久了，在蘿拉真有回應時反而不知所措。這還真是很明顯的回應。蘿拉都邀他回家共進晚餐了！對馬可斯來說，這場邀約就像她在起跑線上鳴槍、要他開始行動。令他害怕的是，他甚至無法在腦海裡重建起那個時刻。他可以什麼都不說，直接湊上前吻她嗎？該跟她說他已經喜歡她很久了嗎？馬可斯不知道。他心裡開始幻想各種可能性，感覺到思緒動得太慢，跟不上外面的速度。

晚餐的氣氛很輕鬆。牛肉烤得恰到好處，馬可斯放任自己享受當下。他不會在蘿拉準備咬一口甜菜根時，跟她說自己經常想著她。

「我讀了第一循環的草稿。」他提起蘿拉用電子郵件寄給他的文件。

在抵達之前，他想過等隔天再告訴蘿拉他已經讀過了。可他就是管不住嘴脫口而出。現在沒辦法，只得繼續談下去了……

「你覺得怎麼樣？」這話題立刻挑起蘿拉的興趣。

「我昨天收到就一口氣全部讀完，」馬可斯回答，一提到他有研究的領域，信心立刻統統都回來了。

「我覺得非常有意思。現在我更能理解妳……」

「……的偏執。」

馬可斯笑了笑。

「我本來要說妳的努力和專注，不過這個病例確實讓妳有點偏執了。首先，我想說我也認為從病人的角度呈現，是還原這起案子正確的作法。這很成功。對泰德來說，每個循環都是真實的。用這樣的角度來取代他入院後頭幾個月的情況，使讀者透過他的觀點來看待一切是很有用的。我想，事實上正因如此，我才發現了一樣有意思的東西。」

蘿拉眼睛睜得老大。

「什麼東西？等一下，等一下……先幫我把東西都收到廚房，我們沖杯咖啡後，你再跟我說。我知道自己是什麼樣子，開始了就停不下來。」

馬可斯擔心的就是這個。

「我們就這麼辦。」

兩人靜靜地進出廚房兩趟才把餐具收拾完，一起做這種日常瑣事，在他們之間默默建立起一股互信。馬可斯想像這是自己每天都會做的事情，感到一股震顫。他就是這麼傻。

咖啡煮好後，兩人回到客廳。

「我的想法跟妳一樣，第一循環可說是完美的循環。」馬可斯說，「溫德爾代表泰德所鄙視的自己，把自己跟溫德爾分割開好殺了他，是很合理的作法。既然我們在布蘭家裡親眼見到那張貼紙，那麼可以合理推論，這個循環裡發生的事情，都是有現實依據的。」

「的確如此。」蘿拉同意道。

「讓我從頭再說一遍，看我們是不是都認為，事態發展在同一個特定時刻與現實脫節，這其間可能會出現值得分析的奇特問題。」

蘿拉兩手捧著馬克杯，專注地聽著。

「我們就從自殺開始好了，」馬可斯說，「還有年輕的林區所提出的建議。這一部分很單純：泰德在某個時刻想自殺，原因我們還不清楚，而當他準備下手時，有什麼東西或什麼人打斷他的行動。可能就是林區，不過他的動機應該跟泰德印象中的大大不同。」

「我不認為是林區，但我同意泰德曾一度想要結束生命。」

「接下來的事件是謀殺布蘭。泰德曾去過他家並躲在衣櫥裡，所以看到了貼紙。當然他去那裡不是要殺掉布蘭，不過他確實到過布蘭家，我們親眼在那裡看到那張貼紙。這個細節和其他部分搭不上。」

「這裡我多思考了一下，我想我們必須排除泰德在更早之前，就曾看過那張貼紙的可能性，像是屋子還屬於前任屋主的時候。因為如果是這樣的話，他怎麼知道後來布蘭會住在那裡呢？這沒有道理。」

「妳想得沒錯。這樣的話，貼紙和報紙上對布蘭案的報導會對不起來。因此，我們可以得到一個結論：泰德最近曾到過那棟房子，並躲在衣櫥裡。從那時起，事件就與現實出現分歧，但我們不知道是往哪個方向分岔的。妳認為應該排除他確實曾有殺害布蘭的念頭嗎？」

「我不排除任何可能性。這跟他拿檯燈毆打林區是不一樣的，因為這件事他並沒有事先計畫。」

「妳說的有理。接著，下一個事件是他去拜訪兒時朋友，律師亞瑟．羅畢蕭。這部分妳已經跟他聊過了，是嗎？」

「是。但他跟我說的都已經寫在草稿裡了。泰德去找他立遺囑。他的說法是想找一位不在他平時生活圈裡的律師，根據現有的情況看來，這是很合理的說法。」

「無論如何，他在羅畢蕭家裡看到的那群人，那群畢業後就沒再見過面的同學，代表泰德對學生時代的想法，他在面對其中幾名同學時，表現出悔恨。妳在追蹤泰德的過去上做得很成功，尤其是利用西洋棋把他帶回現實的這部分。」

「謝謝。西洋棋一直都存在於他的每個夢裡，就像把他拉回來的鉤子一樣。真希望我能更早發現。」

「即便如此，也改變不了什麼。或許根本就沒有用。」

「可能吧！」

「按照時間順序，接下來就是他去拜訪林區的辦公室，」馬可斯說，「我想談的就是這點。關鍵在於，找出現實生活和泰德幻想間的分界線。我們知道他去過辦公室，並在那裡遇到祕書妮娜。現在，她說那天她遲到了……對嗎？」

「是的。」

「如果她是在說謊呢？如果這事件跟第一循環的其他部分一樣，都是真實發生過的呢？」

蘿拉停下來想了想。

「妳認為警方有去查證嗎？」

蘿拉搖頭。年輕警探卡爾．布勞特警探負責進行簡短調查，泰德被送進拉芳達醫院時，蘿拉曾跟他開過兩次會，但他的重心似乎集中在查出犯人是誰。毫無疑問，幾乎把林區打死的人就是泰德。警方在犯案現場發現泰德時，他身邊還有沾滿血跡的檯燈，而且到處都找得到他的指印。為什麼要注意林區的祕書是否說謊這麼足無輕重的小細節呢？

「我想說的是，」馬可斯說道，「如果從那張貼紙來看，第一循環裡每個事件都有現實依據的話，那麼泰德當天可能確實有見到妮娜。因為如果事實並非如此，那為什麼她會出現在泰德的幻想裡？這沒有意義啊，至少沒有什麼明顯的意義。這件事跟在羅畢蕭家裡見到兒時朋友是不一樣的。」

蘿拉從沒有特別想過泰德與妮娜的會面，她把焦點放在見到妮娜後，泰德與林區的對話，這時她才明白自己犯了個錯。馬可斯說的很有道理。如果祕書那天上班遲到的話，為什麼泰德的第一循環裡會有她？這有什麼意義？她回想起熱愛偵探小說的父親常說：當你發現一個沒有道理的細節時，要特別注意，因為這一定有至關重要的意義。妮娜的存在就是這種細節。

「根據泰德自己的說法，」馬可斯接著說，「他開始跟林區談話後，就放妮娜離開，林區要求她不要報警。我們為什麼不把這裡當成泰德妄想的開端呢？」

蘿拉焦躁了起來，覺得自己彷彿已能模糊地看到一個驚人的真相了。馬可斯的話非常合理。她像彈簧一樣跳了起來。

「怎麼啦？」

「等我一下，拜託！」

一分鐘後，她手上拿著一個黃色的文件夾回來。

「這是警方報告的副本。」蘿拉說，「我跟布勞特說這可能對泰德的療程很有幫助，他就給我了。」

「他這樣做不太妥當啊！」

「情況有必要的話，我也是能表現得很有說服力的。」蘿拉坐下前，微微晃了晃她的頭髮。她打開文件夾。「妮娜的住址應該在這裡，寫在她的口供旁邊。」

馬可斯利用蘿拉專注翻找文件時，腆著臉注視她。她在翻到幾張林區辦公室的照片時停下來，有幾張現場大致情況的照片，一張傷者平躺在地的近照，另一張近照拍的是用來攻擊林區的青銅檯燈，還有他頭上的傷口、臉頰上遭受重擊的傷痕……因為都是複印本，所以畫質很差。其中一張特別吸引蘿拉注意力，她停下來定定地看著。馬可斯湊上前，但並未看到任何特殊事物。這是一張前廳的照片，妮娜的辦公桌就擺在那裡。

「那裡。」蘿拉指著辦公桌一角。那裡放了一個Dunkin' Donuts的紙盒。

「是妮娜那天帶過去的甜甜圈，」蘿拉說，「她甚至還問泰德要不要吃。」

「沒錯！又是一個我們早該注意到的細節。證明妮娜當時跟泰德在一起！林區到辦公室的時候，她一定也在。」

蘿拉又站起來，這時已滿臉不耐。

「我真不敢相信。她為什麼一聲也不吭?!」

「這個嘛，如果事情是照我們的想法發生的話，她離開時，泰德還沒有動手打林區。他們談的是兩人間的私事。」

「可是他有槍啊！」

「如果林區要妮娜別報警的話，她可能會照做。當隔天警察通知她林區昏迷不醒，而且已抓到攻擊她老闆的凶手時，或許妮娜就說服自己，不需要告訴警方她也在場。她在口供裡是怎麼說的？」

「說她那天有私事要處理，所以請假。我很懷疑布勞特有去查證她的說法。」蘿拉翻找文件。「在這裡，她說那天她約了要看眼科。我有妮娜的電話和地址，明天一早上班前，我就去找她。」

「妳要我陪妳去嗎？」

「不需要。」蘿拉坐下來，坐得離馬可斯很近。「你能想像出這可能代表什麼嗎？如果妮娜聽到一部分他們的對話……真實的對話，那麼我們就很有可能知道，泰德為什麼如此殘暴地毆打林區。你真是天才啊，馬可斯！」

蘿拉兩手捧著馬可斯的臉頰，她臉上是藏不住的狂喜。有那麼一瞬間，他認為蘿拉一定會吻他。儘管這吻裡沒有熱情，有的只是案情出現突破的激動之情，但他並不怎麼在意。然而在一陣短暫卻緊繃的猶豫後，蘿拉鬆開他的臉退了回去。馬可斯在她眼中發現了些什麼。蘿拉自己也很不安。他應該採取主動的。

但是他沒有。

當天晚上討論的其他事情也大致如此。兩人邊聊案子邊研究隔天拜訪妮娜時該怎麼做。馬可斯心裡有個聲音跟他說時間快不夠了，他得做些什麼，不然機會稍縱即逝，會越來越難向蘿拉表白，但他一直努力壓抑這個念頭。直到蘿拉自己都表現得躁動不安，談話間出現好幾次尷尬的沉默，不時露出微妙的困惑眼神，都無法讓馬可斯鼓起勇氣、採取行動。最令他焦慮的是，他從很年輕的時候起，就從未表現得這麼無措。他知道怎麼跟女性搭訕，多少也有幾次經驗。跟卡門搭訕簡單到不行，馬可斯看到卡門獨自一人坐在蛋糕店桌前，他直接走上前問能不能跟她併桌，不到一分鐘，兩人就像老友般聊開了。但蘿拉不一樣。他已經沒有藉口，用盡了手裡的招數，現在只剩滿心惶惑和不安。

最後，蘿拉說她有點累了，明天還要一早出門，趁妮娜還在家時去拜訪她。馬可斯也回答他累了。他請蘿拉明天打個電話，讓他知道跟林區祕書會面的情況，蘿拉答應了。兩人沉默地走往大門口。他們一同經過玄關的鏡子前，馬可斯眼角餘光瞄到兩人的鏡中倒影，打扮得像要出席重要場合一樣，令他覺得自己好愚蠢。讓這個晚上成為令人難忘的回憶應該是他的責任，但他卻沒有做到。他在放任大好時機溜走。馬可斯站在衣帽架旁，拿起為了讓蘿拉留下深刻印象而特地去買的新帽子，彷彿在思考人生大事般，極度緩慢地戴起來（畢竟，他的確是在想重要大事）。他還有最後的一個機會。

「今天晚上很愉快。」他說。

馬可斯站著不動。蘿拉等了老半天，最後她湊上前，伸出一隻手扶著馬可斯的肩膀，吻上他的臉頰。

「我也過得很開心。明天打電話給你。」

馬可斯穿過陰暗的庭院，中間兩度回頭向蘿拉道別，每朝車子的方向走一步，心裡就湧上更多的悔恨與自責。蘿拉只剩下一個朦朧的剪影，她模糊的臉上露出一抹失望的表情。

25

蘿拉假設妮娜星期六不用上班，但即使如此她也不願冒險。七點半，她就站在麥瑞麥克街上一棟樸實的公寓前，按下妮娜家的門鈴。蘿拉幾乎沒睡，一部分是因為昨天晚上與馬可斯的進展不如預期，但主要是因為她確定林區的祕書一定會告訴她些什麼。一些有突破性的東西。

一張浮腫的臉龐出現在窗戶後，隨即消失不見。一秒後，頭髮蓬亂且一臉暴躁的妮娜把門開了一個小縫，剛剛好夠她朝蘿拉咆哮。

「妳是誰？」

「妳是妮娜．瓊斯嗎？」

「妳是誰？」門後的女孩又問了一遍。

「我是蘿拉．希爾醫師，泰德．麥凱是我的病人。」

她等著看對方會有什麼反應。妮娜原本瞇起來抵擋清晨陽光的眼睛略微睜大了些。

「我不認識什麼……」

「就是把妳前老闆打到昏迷不醒的人。」蘿拉打斷她的話，向她展示了一下左手拿的文件夾。「妳給布勞特警探的口供裡，指稱妳認識泰德．麥凱。而他也證實了。我可以進去嗎？」

門開了。

「現在還不到八點。」她邊讓蘿拉進門邊說。妮娜穿著寬鬆上衣和短褲。她半轉過身，朝一張放滿空瓶和塑膠杯盤的桌子走去。蘿拉緊跟在後。

「妳說妳叫什麼名字？」

「蘿拉。」

女孩點點頭。

「妳知道林區先生現在怎麼樣了嗎？」

「還在昏迷中。診斷的結果不怎麼樂觀。」

「很遺憾，我真的很遺憾。」妮娜像小女孩一樣，抱著膝蓋坐在扶手椅上。「我替他工作的時間很短，和他不熟。他話很少，而且有點奇怪，可是他是好人。打他的那傢伙沒有被關起來嗎？」

「泰德．麥凱目前在拉芳達醫院裡，安置在維安最嚴格的區域。」

妮娜點頭，看起來真的很驚訝。

「妮娜，我知道妳那天在場。我瞭解妳認為不需要對布勞特警探說這些，我也不認為現在應該跟他說清楚，但跟我說實話可能很重要。」

妮娜不甚堅決地搖頭。蘿拉原本已經做好心理準備，打算用盡各種方法來說服她，甚至在有必要時恐嚇說要把她扭送警局，卻發現自己面對的是一名害怕無助的女孩。蘿拉立刻明白，這不是接近她的正確方法。妮娜已經背負著沒有說實話的壓力，看來這已經夠她受的了。蘿拉接著說：「警方報告中，有幾張照片拍到妳那天上午帶過去的Dunkin' Donuts紙盒。此外，泰德最近的情況有所好轉，記得起一些當天發生的事情：像是他如何在辦公室門前等妳，又強迫妳讓他進門。你們一起等林區，他還拿槍威脅妳。」

這樣就夠了。妮娜已瀕臨崩潰邊緣。

「妳別擔心。我剛剛說了，我不是警察，我是醫師，妳跟我說的可能對泰德．麥凱的療程至關重要。幫我釐清他為什麼做了這些事。他跟林區是大學時代的朋友，妳知道嗎？」

「不知道。」

「妮娜，我需要妳告訴我那天發生了什麼事。」

「妳剛剛幾乎已經說完了。」

「但我不知道林區到辦公室後發生了什麼事。我需要妳回想每一個細節。」

妮娜捧著臉頰嘆了一口氣。

「我可以給自己泡杯咖啡嗎？我昨晚沒睡好。」

蘿拉點頭。

「妳要來一杯嗎？」

「事實上我也需要。昨晚我也沒睡好。」

妮娜在等水燒開的時候，進去浴室刷牙梳頭。她再度出現時，已經完全清醒了，看起來根本是另一個人。她倒好咖啡，把杯子放在桌緣一角，俐落地壓扁塑膠杯瓶。

「不好意思，我家很亂，昨天是我室友生日。」

「沒關係。妳找到新工作了嗎？」

「找到了，一樣也是祕書，替另一位律師工作。」

「我真替妳感到高興。」蘿拉單刀直入地問道，「妮娜，我需要妳跟我說當天發生的事。」

「在我說之前，我希望妳瞭解，我沒跟警察說那天早上我也在場，是因為林區交代我不要說的，而且警探跟我說他們已經抓到人了。而且他的態度好像也不怎麼想聽我說。」

「我瞭解。」

「妳說那傢伙叫什麼名字？」

「泰德．麥凱。妳從來沒在辦公室見過他嗎？」

「沒，從沒見過。他在角落等我，手裡拿槍，而且看起來很不安。我嚇了一大跳。他說不會對我怎樣，問我其他辦公室有沒有人，要我跟他一起等林區，說他必須跟林區聊一聊。我們一起等了幾分鐘，但我不知道究竟有多久。不過我能肯定的是，麥凱在這段時間裡變了一個樣。他說很抱歉嚇到我了，保證不會對我做什麼事。我一開始根本不想看他的臉。」

「妳說變了一個樣是什麼意思？」

「有一段時間他看起來好像迷失了，還很後悔用這種方式出現在我面前。既然妳說那人瘋了，那我就更明白了。他還跟我說可以吃甜甜圈。」

「泰德沒有打算要傷害妳。」

妮娜很懷疑。

「可能吧。事實上他沒有傷害我。我們在林區的辦公室等他。他一進來看到我坐在他桌前時，就發現苗頭不對。但他發現麥凱靠在他的檔案櫃旁邊時，臉色都變了。他像見到鬼一樣僵在原地。那時候，我本來已經稍微放鬆一點，可是看他這樣我更害怕。林區死死的瞪著麥凱看……」

妮娜喝了半杯咖啡，她把杯子放在杯碟上繼續說：「林區突然看著我，好像忘了我還坐在那裡一樣，然後說他們是朋友，要我不用擔心。那時我不相信他，覺得他說這話只是要讓我平靜下來。他要求麥凱放我走，可是一開始他並不同意。事實上，他看起來好像根本沒聽到。林區試著安撫他，兩手攤開慢慢地朝他走過去，跟他說一切都會好轉，不需要做會讓自己後悔的事。林區還說自己和一個叫荷莉的女人遲早都會告訴他的，說他們只是在等一個適當的時機。」

蘿拉滿臉掩不住的驚訝。

「沒錯，」妮娜補充道，「我也馬上就懂了。林區和麥凱的太太有外遇，而麥凱剛剛才發現。我不記得林區有沒有說得更明白點，不過在那一刻，事情已經很清楚了。妳也這麼想的，對吧？」

事實上，蘿拉覺得被騙了，因為她原本期待這場拜訪的動機不是林區和荷莉的外遇。泰德早在好幾個星期前就知道了……為什麼那時候才突然出現這反應？

「但是麥凱跟林區說他不想談那件事。」妮娜說。

這就是了！

妮娜一口氣喝完剩下的咖啡，接著說：「林區很緊張。我從沒看過他那個樣子。他要麥凱放我走，說我跟這一切都沒有關連，麥凱同意了，跟我說如果我報警的話事情會很難看。我本來打算不理他的，可是林區也叫我不要報警。我那時候才剛認識他，但我看得出來他是真心拜託我，不是為了獲取麥凱信任才故意演戲。我不曉得他們有沒有什麼見不得人的生意，老實說我並不想知道。但是林區拜託我不要報警，所以我就沒報警。我……不曉得在那之後會發生什麼事。」

「妳只是照林區的交代行事。如果妳報警的話，林區一定會死。」

「麥凱就是這樣說的！他說如果警察到場，他會立刻開槍。」

「妮娜，妳確定泰德說過，他不是為了妻子外遇才來的嗎？」

「我確定。我離開辦公室時，回到我桌邊拿包包。那時我聽到麥凱的聲音從門後傳出來。他聽起來很憤怒。」

「他說了什麼？」

「他說：『你跟蹤我到布蘭家。我看到你了。』那個名字我牢牢記得，因為我前男友有一本書的書名就叫這個，我記得一清二楚。」

星期六，泰德第一次下西洋棋。他當然一局都沒輸，事實上，他還刻意放水，給其他對手留了一些機會。他們完全不懂下西洋棋的策略，只知道基本的走法和幾種簡單的棋局，泰德不費吹灰之力就能贏他們。他一開始很謹慎，擔心自己技高一籌可能會令其他人對他反感或厭惡，然而事實上正好相反，在C區戰無不勝的史凱奇對他又敬又佩。泰德在棋局間，跟他們說他小時候是西洋棋手，聊到以前的比賽，還說如果他們想要的話，他可以教他們幾手。所有人都想，就連列斯特也是。當他的腦袋沒有被外星妄想占據全副心神的時候，這個人的頭腦其實還滿清晰的。

隔天洗澡時，史凱奇跟他說B區的人也會下棋。他們之前跟B區只比過一次，輸了個落花流水。這名身材矮小的男子邊往身上抹肥皂，邊朝泰德咧嘴大笑說，如果重比一次，他們這隊有了泰德的加入，一定可以輕易獲勝。他幻想這個可能性時，不由自主地勃起了。

泰德很快就適應了拉芳達的生活，他開始熟悉病友間不同的三個團體。除了棋手外還有瘋子，他們多半年紀很大，飽受多年監禁和藥物影響。其中有些人病情很嚴重，大部分時間都待在電視機前，或獨自一人帶著空虛的眼神坐在角落。第三群是**散步者**，這些人喜歡待在戶外，或者該說待在籃球場或廣闊庭院的某處，通常會兩兩相伴四處遊蕩。

麥克不屬於任何一個群體。這人似乎超越一切。泰德不禁自問，他為什麼會主動接近自己。比如說，這個人從來不跟別人同住一房，但現在……

麥克跟他打招呼。他坐在老地方看一本破舊的書，不是他當天上午看的那本。

「你看書的速度好快。」

麥克放下書，在書頁上緣折了一角後放在旁邊。他從來不用書籤。

「這是唯一離開這裡的方法。」他想了想說道。

泰德坐在他身旁。好幾名病人專注地打量他們，注意到他們逐漸熟悉的儀式，不過沒有人上前。

「今天不跟你的朋友下棋了？」麥克嚴肅地問。泰德已經熟悉他獨特的幽默感了。

「今天不下。西洋棋可以令人脫離現實，讓你全神貫注在棋局上。而我今天有其他的事情要關心。」

「你還在想你的朋友嗎？」

「對。」泰德從口袋裡，掏出跟林區在鄔瑪．舒曼海報旁拍的照片。「我全都記得，宿舍、房間、這張該死的海報……但我就是想不起他。」

「記憶閘門遲早都會開的，我跟你保證。我經歷過這過程，這裡幾乎所有人都曾經歷過。你的頭腦承受不了壓力，所以把那道閘門關上了。等腦袋恢復過來，而且受得了的時候，就會重新打開。這只是一瞬間的事情。」

「有一部分的我覺得很害怕。還有什麼理由會讓人把朋友打到昏迷？」泰德搖頭。「我讀中學的時候，老是喜歡給自己惹麻煩。我想我那時候是很困惑的。慢慢的，我把壞脾氣改掉了。我是個很平和的人……我無法理解究竟發生了什麼事。」

「或許你太太能多少帶來一些答案。她明天還是會來看你嗎？」

「對。她會帶兩個女兒來。聽起來很蠢，可是我好緊張。你有孩子嗎？」

麥克搖頭否認，他的眼神很空虛。

「我有一個乾兒子。」

兩人沉默了幾分鐘。

「不過你瞭解的，對吧？」泰德又問，「見自己家人怎麼會讓我緊張？那是我的女兒啊！全世界我最想見到的就是她們兩個。」

「我們關在這裡，這樣見人很難堪。」

「就是這樣。我應該要在外面看著她們成長……保護她們。」

「一切都會好轉的，你看著吧！」

或許現在該是他表現出脆弱一面的時候了，就算一生一次也好，泰德想著。

「麥克，聽著，關於負鼠……」

麥克定定地看著他

「你又看到了嗎？」

「沒有。」

「泰德，你聽好，我剛剛跟你說的是真的。你的腦子一定會復原，等時間到了就會打開那扇門。你會想起你的朋友，也會想起你痛打他的原因。你跟我提到的那些循環，都是你內心想保護自己所創造出來的幻象，就像是劇院舞臺的帷幕一樣。但是帷幕遲早都會拉開，到時候你就會看到後面的東西。負鼠可能會在你還沒準備好時，就帶你到帷幕後面。這可能很危險。」

27

馬可斯昨晚幾乎沒什麼睡，不停拿跟蘿拉約會的每個細節折騰自己，哀嘆他放過的每一個機會。到了早上，情況也沒什麼不同。他躲回自己的辦公室，盡可能避開所有電話。到了午餐時間，他沒別的辦法，只能到食堂裡，不過他選了一張靠近廚房，幾乎沒人要坐的四人桌。為了讓其他人清楚知道他不願被打擾，還帶上一本他根本不想看的大部頭病理書。他把書放在沙拉旁邊打開，下定決心要在破紀錄的時間內吃完。

蘿拉很少會在一般的用餐時間吃飯，但這時候她走進食堂四面張望。她看到馬可斯後，抬手打了個招呼，快速朝他走過去。

她不等馬可斯說話就自顧自坐下來。

「我需要跟你聊聊。」

馬可斯從她臉上的興奮神情看出來，她想聊的不是私事。

這樣比較好。

「要我去幫妳拿點食物嗎？」

「不用，不用。我不餓。我沒多少時間。今天我去見了妮娜……」

妮娜？馬可斯按捺不安的情緒，幾秒鐘後，才想起那是林區祕書的名字。

「是喔？她跟妳說了什麼嗎？」

「對。」蘿拉掩不住地熱切。「我跟她說發現Dunkin' Donuts紙盒後，事情就簡單了。一切都跟泰德在第一循環裡說的一樣。在泰德讓她離開前，她都在場。但你注意聽之後發生的事。」

蘿拉傾身靠在桌上，離他只有幾公分。馬可斯快速往身旁看了一眼，發現好幾名同事都在注意他們。

「發生了什麼事？」

「她離開前，聽到泰德在門的另一邊跟林區說，他知道林區跟蹤他到布蘭家。」

馬可斯試著拼湊這條新訊息。他承認自己也漸漸迷上這樁案子了。這句話可以釐清好幾件事。第一，林區也認識布蘭；第二，泰德前往布蘭家這件事，很可能是引發他和布蘭爭端的動機，並因而令他攻擊林區。

「你在想什麼？」蘿拉問。

「這個嘛，泰德曾到過布蘭家，這是可以肯定的。如果妳問我有什麼想法，我覺得他的意圖可能不太好。我不是說他登門是打算殺人，但至少是想要狠很揍他一頓。」

「我覺得我們已經接近真相了，馬可斯。泰德那天晚上去找布蘭的原因，一定是一切的關鍵。為什麼？因為林區跟蹤他，或許林區擔心接下來會發生的事，並破壞了泰德的計畫。你覺得這說法合理嗎？」

「很合理。現在只剩下確定泰德和布蘭的關係。」

「我覺得我們很接近了。」

我也這麼希望。

「他家人不是這幾天要來看他嗎？」

「明天。我有點緊張。」

「一切都會沒事的。」

蘿拉點頭。情緒衝擊可能帶來極大進展，也可能令病情更加惡化。她站起身。

「妳想怎麼處理這些訊息，蘿拉？」

「我想是時候了，可以在下次療程中提到，把一切挑明了說。」

馬可斯做了個認同的手勢。

「蘿拉……」

「怎麼啦？」

「我昨晚過得很愉快……」馬可斯說。對於自己前一晚膽怯的行為，這是他最能表達慚愧的說法。

蘿拉的回應是一抹同情的微笑，令馬可斯感到自己沉入絕望的深淵。

28

泰德獨自一人坐在裝潢得很有品味的小休息室。蘿拉好意讓他在這裡見家人，而不是讓他們在C區的會客區見面，那個會客區氣氛冰冷無情，像極了兩名七歲女童想像中的監獄。泰德請她——拜託她——讓他在其他地方見女兒，她幾乎立刻就答應了。

蘿拉向他承諾，說要把他帶離C區需要花點時間申請特別許可，不過有一個地方應該可以。會面地點外頭會有三名警衛負責維安，一人站在門外，兩人站在窗戶旁。

透過沒裝欄杆的窗戶往外看感覺真好，泰德想著，他這輩子難得這麼緊張。他穿著藍色長褲和寬鬆的白襯衫，最近幾個月他瘦了。除了變瘦之外，還有別的東西證明時間的經過：他那身普通的服裝令他感到很不自在。他在一張兩人座沙發坐下，扭緊雙手，站起來繞著桌子在房裡走了一圈又坐下，這次坐在一張木製扶手椅上。然後再度起身。房裡一角有個小冰箱，上面有幾個掛著茶杯的架子。他走上前，下意識地把架子排成一排。蘿拉幾分鐘前離開，去帶荷莉母女過來。

門開了。

蘿拉走進來，她獨自一人，兩手放在背後藏著什麼東西。

「對不起，泰德。你女兒不會來了。你之前說的沒錯，你殺了人所以才會在這裡。不過至少還有人來看你……」

她快速伸出雙手。一手是空的。另一手掛著一個毛茸茸的包包，上面立刻出現鼻子和尾巴，而且開始扭動。負鼠掙扎著想逃走，不過蘿拉像雕像一樣，伸長手臂緊抓著牠。這時負鼠發出尖叫，聲音刺耳得像小孩在叫。希爾醫師顫抖著彎下身來。另一個希爾醫師出現在原地，臉上洋溢著快樂的表情。

「準備好要會客了嗎？」

兩個女孩開心大叫的聲音猛然迎頭衝來，令他一下子癱坐在沙發上。

「爸比！」兩個女孩異口同聲地叫。

辛蒂和娜汀緊緊抱住泰德的腰。他兩手環抱著女兒，再也不想鬆開。

先放手的是娜汀，她擔心會弄皺帶來的畫。她是雙胞胎裡比較不善於表達、比較安靜且理智的那個：跟泰德的個性一模一樣。辛蒂是荷莉的翻版，個性樂天又情緒化，幾乎總扮演領袖的角色。

「我的畫！」娜汀說。

「不是妳的畫。爸比，我們幫你畫了一張畫……你怎麼哭了？」

泰德眼眶含淚。他用手掌擦了擦眼睛。

「因為我好想念妳們。」

辛蒂往他身上一撲。

「我們也是！」

娜汀猶豫了一下要不要加入這個擁抱。她看了看手裡的畫，最後決定先等著。泰德從另一個女兒的肩膀上，給娜汀一個微笑。他們兩人間有一個特殊的連結，只要一個眼神就能交流。

「我們幫你畫了一張畫。」辛蒂放開父親時說，「趕快拿給他，娜汀……你看，我們都在海灘上，這是媽咪，這是我們……」

「妳不需要解釋啦！」娜汀插嘴。

泰德看著圖。他們四個人站著，後面是海。泰德手裡拿著釣竿，荷莉穿著紅色的比基尼，兩個女兒各抱著一個海豚浮板。這很奇怪，因為她們只有一個浮板，是去年夏天買給她們的，這浮板經常引起兩人的爭吵。泰德本來打算再買一個，不過荷莉堅持女兒應該學著分享，她說的當然有理。

「我很喜歡。謝謝。」

「你要掛在哪裡？」

「我在這邊有一個很漂亮的房間，我要掛在裡面天天看。」

「你什麼時候要回家？」辛蒂向來不喜歡拐彎抹角。又是一個遺傳自她母親的特質。

「我不知道什麼時候回家，但我確定很快就可以回去。」

辛蒂還不放棄。

「媽咪說，這個醫院跟外公住的醫院不一樣。這裡治的是頭腦的問題嗎？」

泰德微笑。

「沒錯。爸比之前會頭暈、頭痛，在這裡接受治療。現在我已經覺得好多了。」

辛蒂鬆了一口氣。

「娜汀說你的頭上會插很多管子。」

「我才沒有！」

泰德抱著娜汀把她拉到身前。他不希望娜汀覺得被排擠了。

「妳們會有疑問是很正常的。」泰德說，「頭腦有問題的時候，不是像醫生替外公治療髖關節一樣，動手術開刀就能治好的。要吃藥……還要說很多話。」

「說話？」

「沒錯。這叫療程。」

「就像媽媽看的影集一樣！」

「對啊！可是這裡的療程是要面對面來，不是像媽媽的影集一樣，可以在網路上進行。」

「那如果我們跟希爾醫師說用網路呢？這樣你就能回家了嗎？」

泰德笑了。

「事情不像電視裡演得那麼簡單。但重要的是，我很快就可以跟妳們在一起了……」兩人滿臉期待地點頭，泰德努力牢記她們的表情，小臉上流露出對父親的需要。他真的曾想自殺嗎？他到底在想什麼？他越來越不懂那個曾經痛打朋友、想拋下兩個七歲女兒自殺的泰德了。

他很清楚自己已經不是那個泰德了。他會離開拉芳達，重新回到他的公司裡，重回他的人生。如果運氣好的話，林區會醒過來，泰德可以去請求原諒。

他們相處了半個多小時。聊到學校、聊到媽媽買給她們的娃娃……艾瑞兒跟愛麗斯……還有她們在外公家附近交到的新朋友，一個比她們大兩歲的女孩。她叫海莉，她的姊姊已經讀高中了，所以她知道好多東西……她會化妝，而且還會教她們！不過這是祕密，不可以讓媽媽知道。泰德保證不會說。他很開心地發現有些事情沒有改變，或許永遠也不會變。荷莉總得在女兒面前扮黑臉。

說到荷莉，她怎麼沒跟女兒一起進來？

29

蘿拉帶著兩個小女孩出去，承諾在她們離開前，還可以再看到父親。之後荷莉眼神飄忽地進來了。她留著短髮，髮色比往常深了一點。

「嗨，荷莉。」泰德仍舊坐在沙發上。發現她不願靠近後，他起身走向桌旁。

「嗨，泰德。我很高興看到你這麼清醒。」荷莉露出一個虛弱的微笑。她坐在一張扶手椅上，小心翼翼地把包包放在桌面。

「妳跟希爾醫師聊過了嗎？」泰德也坐下，他在兩人之間留下一張空椅子。

「聊過了，這幾個月裡聊過幾次。今天也是。她跟我說最近你恢復得很快。」

「沒錯。直到最近幾個星期……怎麼說，我不太記得那幾天了。我的神智有點不清醒。但是在醫師的幫助下，我開始回想起來了。」

荷莉點頭。

「她跟我說我們聊一聊可能會有幫助。你跟我。」荷莉揉著額頭說，「我不想表現得一副委屈的模樣，但這段時間我過得很辛苦。兩個女兒一直問你在哪裡，我不知道該怎麼跟她們說。」

「我想像得出來。我知道這是我的錯。我自己做的錯誤決定要自己負責，所以我才會在這裡。但是我會出去的，荷莉，我會好好擔負起父親的責任。妳有碰上金錢的問題嗎？」

「沒，沒有。」荷莉皺起臉來，彷彿錢是全世界最不重要的東西。「崔維斯處理了。」

荷莉審視泰德，等著看他的反應。

「噢，對，崔維斯，我記得很清楚。」他說。

她點點頭。

兩人陷入沉默。但總得有人開口，泰德認為這是他的責任。

「林區怎麼樣了？」

「我真不敢相信你記不起賈斯汀了，你從來不會只叫他的姓。」

泰德聳肩。

「他還是一樣。」她接著說。

「你不知道我有多抱歉。我……不知道那天發生了什麼事。我的腦子完全刪除了這段記憶。」
「對，醫生跟我說過。」
「我要妳明白對我來說，妳跟他……」
「別說了，泰德，拜託。我再怎麼樣也不需要徵求你的許可。」
「對不起。」
「希爾醫生要我們談談……談我們之間的事，你記得嗎？」
泰德低下頭。
「很糟糕，」他喃喃道，「我……很冷淡。」
「至少你還記得這點。」荷莉的語調裡沒有責備的意味，但是泰德聽出來了，知道她在生氣。「泰德，你把自己關在書房裡，幾乎隨時都往湖邊的房子跑，完完全全在躲我。我設法跟你談話時，都只有我一個人在說，而且說得很短，因為你知道我也不喜歡拐彎抹角。我的存在妨礙到你的人生。我發現了，你發現了，連兩個女兒都快要發現了。」
「不幸的是，我想起來那個部分了。」
「我就跟你老實說吧，畢竟這才是我們見面的目的。那時候我以為你有另一個女人，你出差、長期逗留在湖邊的房子，看起來都像外遇。一切都很合理。你知道嗎？儘管聽起來很荒謬，但我甚至希望你真有別的女人。我知道你已經不愛我了。」
「荷莉，我……」
「讓我說完，拜託。一開始，我在你出差時，打了幾通電話到你辦公室，跟崔維斯或你的祕書談話，我打探到一些消息，然後比對你跟我說的話。地點、時間、客戶，統統都對得上。對不上的是我的行為，這不是我的作風。我不願意跟你後來對我做的一樣，找私家偵探來調查你……」

荷莉停頓了一下。

「我不知道該怎麼辦，泰德。當我試著跟你談話時，你表現得好像完全不在乎。我知道我會向你提出離婚的。我讓自己慢慢去習慣這個想法，好凝聚足夠的勇氣。那時候，我想到跟賈斯汀聊聊。不是因為我相信他會知道你有沒有別的女人，或者是他會願意直接告訴我……我去見他是因為他幾乎跟我一樣瞭解你，或者比我還瞭解你，我想證明我的想法：證明你變了，證明你出了什麼事而我不知道。我需要想辦法證明些什麼，因為如果不是那樣的話……我……」

「妳就會瘋掉。」泰德微笑著幫她說完這句話。「別擔心，沒那麼嚴重。」

荷莉點頭，但沒有笑。

「我去找賈斯汀聊聊，他說你們幾乎已經不見面了，說你表現得很冷淡，就跟你對我的態度一樣。我們之後又碰面了幾次，除了聊你和你的情況以外，沒有別的。我們之間的感情就是這樣出現的。這很不妥，當然不妥。我們發現這感情是認真的時候，你我幾乎已經不交談，你也開始漸漸忽略女兒了。最後，我終於鼓起勇氣跟你說。我跟你提了離婚。」

「這個我記得。是在客廳裡。之後我們緊張的關係比較放鬆了一點。」

「那時候我不知道你在看醫生，也不知道你請老同學幫你擬遺囑，更不知道家裡保險箱中放著我和賈斯汀的那些照片。你把照片藏了一個月，泰德！你什麼都知道，但什麼都不說，連我提離婚時都不說。」

泰德張開雙臂。

「我不知道為什麼沒跟妳說，荷莉，我真的不知道。」

她點頭。

「我很想相信你。」

「我不知道我為什麼打了林區……打了賈斯汀，但我保證跟妳……跟妳我之間一點關係也沒有，這個我是知道的。我希望妳幸福，妳還有女兒都是。」

荷莉再度點頭。

「希爾醫師這幾個月都有通知我。我知道這事不容易。她說你過得……彷彿不在真實世界裡，大概是這樣。」

「大概這樣。很痛苦。像是有人把我入院前最後的記憶搞得一團亂一樣。比妳想像的更像是夢境。有一個名字，溫德爾……妳有想到什麼嗎？」

「沒有。希爾醫師也問過我，但我不知道該回答她什麼。溫德爾是誰？」

「看來是我的一部分。好像我有些記憶被丟進腦裡的儲藏室，但是我沒有鑰匙一樣。那個儲藏室就是溫德爾，我這段時間都能見到這個人，而結果他就是我……我知道聽起來很荒謬。一開始我困在幾個不斷重複的循環裡，但多虧有希爾醫師幫我慢慢走出來，我覺得自己快要接近真相了，快要能揭開溫德爾的真面目了。」

泰德知道荷莉拿什麼眼光打量他。一定是把他當瘋子。還有什麼別的眼光？當然他也不打算跟她說負鼠的事，還有他在窗前看到的……

「怎麼了，泰德?!」

他幾乎沒聽到荷莉的聲音。他從扶手椅起身走到沙發前，抓起辛蒂和娜汀的畫。海灘。紅色泳裝。是巧合嗎？

「她們為什麼會畫我們在海灘上的樣子？」泰德問。

荷莉皺起眉頭。

「我不知道。這很重要嗎？我跟女兒說帶張圖給你應該不錯，她們就回房去畫了。我想度假應該是快樂的回憶，所以她們選了那個時候吧！」

泰德重新坐下，眼神緊盯著那張畫。有什麼他能看出端倪的細節嗎？看來是沒有。釣竿、海豚浮板……沒有任何細節讓他想起什麼。他手指撫過折疊椅、其他做日光浴的人、幾棵棕櫚樹……沒有什麼奇怪的地方。沒有蹲踞在側的負鼠，也沒有粉紅城堡。沒有任何東西會令他想起他的幻想。

「你還好嗎，泰德？為什麼你會特別注意到海灘？」

「沒什麼。我前幾天做了一個夢，就只是這樣。只是巧合，夢裡妳也穿著紅色的比基尼……」

聽到泰德說夢到她穿比基尼，荷莉看起來不太自在。

泰德把圖放在一邊。

他們又相處了幾分鐘，閒聊著家人。泰德沒辦法專心在談話上。兩個女兒回來跟他道別時，他努力不去想放在桌上的畫。他給兩個女孩一人一個擁抱，答應她們很快就會離開拉芳達，回到她們身邊。

當然，他不該許下這個承諾的。

30

泰德桌前軟木板上唯一掛的東西，是辛蒂和娜汀畫的那張圖。他用四條膠帶黏在上面。麥克經過走廊往庭院去時，發現泰德在看圖，於是他走上前，清了清喉嚨。

「這裡不准用圖釘。」他說，「如果你想問那為什麼要放軟木板的話，這也是大家的疑問。」

泰德回他一個虛弱的微笑。他什麼都想，就是沒想到圖釘。

「我需要看看帷幕後面有什麼，麥克。」

他愣了幾秒鐘才聽懂。

「家人來看你後，讓你反應過來了，對嗎？」

「不是這樣的。我是說，不光只是這樣。我需要知道真相、離開這裡，跟我兩個女兒在一起。」

麥克點頭。

「麥克，我要怎樣才能找到那該死的負鼠？」

31

現在是星期四下午。一整個早上都在下雨，一層厚厚的灰雲預告著天色隨時可能再下起雨來。現在本該是仲春，卻出現這典型的冬天氣候。

幾乎所有病人都待在交誼廳裡。在泰德的監督下，史凱奇和洛洛在西洋棋盤上捉對廝殺。泰德不再是眾人眼中的對手，反而更像是某種無法戰勝的勢力和智慧的泉源。每當棋局結束後，泰德都會分毫不差地重新全盤走一遍，邊走邊分析每一步，令身邊的同伴個個歡欣不已。每個人都愛極了下次對戰時，有可能贏過B區棋手的點子。列斯特也完全放下對泰德的敵意，加入他們這一群。

這時，麥克來到交誼廳，要泰德陪他出去一下。麥克身邊帶著艾斯波西托，就是那個自稱曾看見動物，但幾乎從來不講話的矮胖男子。泰德什麼也沒問便跟著他們走。其他人想加入他們，但麥克把他們擋下了。他先是帶著威脅的目光看了一圈，然後直接警告眾人不許到庭院裡去。泰德自己都對麥克所表現的專橫無情感到害怕。史凱奇、洛洛和列斯特默默點頭回到桌前。泰德從衣架上抓起他的大衣，然後一起走到院子裡。艾斯波西托像顆拖在地面上的巨型氣球般跟著兩人。

除了他們三人以外，庭院裡只有兩名病人在遊蕩。麥克喊了一聲，兩人就來到他跟前。他告訴兩人該進去屋裡了，他們便毫無異議的服從。麥克朝大樓看了看，確保沒有人在窗戶旁看他們。他對泰德解釋說，他們沒打算進行什麼祕密行動，但他也不希望有一大群人貼著窗戶玻璃觀察他們。他們三人朝慣常坐的長凳走去，泰德認定他們就要跟平常一樣坐在那裡。他知道這場行動一定跟負鼠有關，但他不曉得究竟要做什麼，也不明白艾斯波西托為什麼會跟他們在一起。說到艾斯波西托，這人邁著小小的步伐好維持碩大身軀的平衡，不時眼帶驚恐地看向麥克。當三人走到長凳邊時，麥克要泰德抓起一邊，說要把凳子搬到別的地方。

「動作快！」兩人抬起長凳時，麥克下令道，「可能有人會看到我們的行動跑去通知警衛。你跟上，別落下了。」

他們穿過庭院，朝籃球場的方向過去。艾斯波西托緊跟在旁。事實上，當他們快要抵達球場中的圓框時，大門開了，一名警衛和一名護理師走出來，揮著雙臂大吼大叫。

「嘿！你們究竟在幹什麼？」

「繼續往前走。」麥克說。只差幾公尺就要到了。「準備好，在這邊放下來，然後坐下。你也一樣，艾斯波西托。」

三人坐了下來。麥克與泰德分坐兩端，艾斯波西托在中間。三人背對著大樓和匆忙趕上來的兩名男子，直到兩人繞過長凳站在三人面前，才看到其中一人是麥馬諾。

「你們在這裡搞什麼鬼？」

眼下出現了超現實的場面。坐在長凳上的三人一動也不動，兩手放在膝蓋上，閃躲著麥馬諾和警衛的眼神，彷彿坐在籃球場正中央是全世界最正常的事情一樣。

「所以呢？」

麥克抬起一隻手要對方冷靜。沒事的，我會跟你們解釋。他朝樹的方向比了比，然後慢慢搖頭。

「那底下太糟糕了，」他沮喪地說，「風把樹葉吹得搖來搖去好像下雨一樣……太糟糕了！對吧，兄弟？」

「胡說八道，麥克！」警衛說，「我剛剛就在看你們了。你們根本沒坐下來過。」

麥克微笑點頭。被你發現啦！他又做個手勢要對方冷靜，一邊想其他的理由，他略往前傾，一手掩住嘴巴，一副要說祕密的樣子。

「這兩個人這邊不太好……」他用手指碰了碰腦袋，「我不知道他們在想什麼。」

「我的天哪，麥克。算了吧，你知道不能隨你高興亂搬東西的。立刻把凳子放回原來的地方。」

「喂，麥爾斯，凳子已經在這裡啦！」麥克說。他的嗓音裡再度帶上威脅的意味。「我們只會在這裡坐一下而已。你知道我們的情況的……」

「搞什麼，我要進去了。」他憤怒地說。

警衛甩了甩頭。麥馬諾第一次開口出聲。

麥爾斯嘆了口氣。

「這最好是最後一次，麥克。你明明知道你做了什麼事，其他人馬上就會有樣學樣。我可不要看一群瘋子把東西搬來搬去。」

「懂了，老大。現在如果你不介意的話，我們想好好享受一下這熾熱的陽光。嘿，你們誰有帶助曬劑？」

警衛放棄，轉身離開了。麥克一改戲謔口吻，轉頭看向泰德。

「希望這一切划得來，老兄。」

在他雙腳幾公分前的地上，畫著一條把籃球場分成兩邊的中線。麥克說過，這是真實與瘋狂兩個世界的界線。

「我們在這裡幹嘛，麥克？」

「你想看到那東西，不是嗎？」

艾斯波西托顯然知道他們指的是什麼，因為他開始不自在地晃了起來，稍微撞到身邊的兩名同伴。

「艾斯波西托，別動。」

「我是想看。」泰德說，「可是……」

「就是這條線。」麥克指著白線說。地上的水窪幾乎完全掩蓋掉中線。「我們離線近一點比較有可能看得到……媽的，我忘記帶我的書了！」

泰德縮在位子上，一句話也說不出來。這一秒他看得清清楚楚，看到真實的麥克。不是那個總是捧著書，滿腦奇思異想，但有時卻表現得理智冷靜，甚至給人很大壓迫感的男子，而是拉芳達紀念醫院裡，獲頒榮譽會員的瘋人榜冠軍。泰德看了看身旁，發現這一切簡直荒謬到不行。

「你必須要相信。」艾斯波西托突然說。泰德第一次聽到他的聲音。

「艾斯波西托，閉上你的嘴。」麥克斥責道。

他們認為這樣就能看到負鼠了？泰德發現自己愣愣地朝背後看，往小樹林和長凳的方向張望，搜尋著負鼠的身影。他什麼都沒看到。

「麥克，不好意思啊！」泰德又問，「但我們來過這裡無數次了，甚至還有靠近過這條線，但我從來都沒看到任何東西。你為什麼認為這次會有所不同？」

「我們這個胖小子，」麥克拍著艾斯波西托說，「我沒跟你說他隨時都會看到動物嗎？艾斯波西托就像是一盞巨大的燈一樣，只不過他吸引的不是昆蟲，是不是啊，艾斯波西托？」

「很……很久以前我就沒看到動物了。」

麥克硬擠出一串笑聲。

「你在說什麼屁話。無論如何，我們三個人都有看過……我們人越多越好。」麥克向前傾身，好望向泰德瞪他一眼。「聽好，你到底想不想看到那東西？我這一切可都是替你做的。」

泰德點頭。

「你說的有理，原諒我。」

管他的。他會有什麼損失？如果跟這兩個瘋子坐在籃球場中間就可以幫他發掘真相的話，為什麼不試試看？

「我準備好了。」泰德下定決心地說，「來吧，艾斯波西托，用你水行俠的超能力跟牠們溝通。叫牠們出來……」

「不是這樣弄的。」艾斯波西托用尖銳的嗓音回嘴道。

沒有人問他應該怎麼弄。

他們保持安靜。從大樓看過來的景象應該更誇張。三名男子坐在籃球場中央的長凳上，背對著一切。這畫面太適合拿來當伍迪．艾倫的電影海報了。《負鼠三人行》，各大戲院即將上映。

二十分鐘後，三人依然待在原地，一句話也沒說。突然間，泰德露出一個微笑。他沒有看到負鼠，但是他想到了他的雙胞胎女兒，想到她們有時候會玩「誰先開口誰就輸」。幾乎每次都是娜汀堅持要玩的，她受不了辛蒂一直嘰哩呱啦地講個不停，所以叫她挑戰不說話誰能撐最久。泰德自問他們三人裡誰會先說話。應該不會是艾斯波西托，這人生命每分鐘都像在玩「誰先開口誰就輸」，而麥克看來已經陷入了一場難以定義的遐想中。泰德是唯一無法不去想他們在做什麼的人。應該說他們在做什麼蠢事。他雖然穿著大衣，但還是開始覺得冷了。泰德在位子上調整姿勢時，感覺到褲子口袋裡馬蹄鐵的重量。就是這個！這時他才想通。他身上帶著馬蹄鐵的話，負鼠永遠都不會出現的。他猛然起身，從口袋中掏出馬蹄鐵給兩名同伴看。他什麼都沒說，不過他們看起來好像懂了。他想過要不要把它丟得遠遠的，但又不希望麥馬諾和另一個傢伙又跑回來吵，所以只朝球場一端走去，把馬蹄鐵放在地上。

「蓋起來。」他聽到艾斯波西托說。

「我哪有什麼鬼東西可以蓋？」他邊往回走邊回嘴。

「拿你的大衣蓋。」麥克插嘴說，「蓋起來。」

泰德嘆了口氣。太好了。這下他一定會感冒。儘管如此，他卻必須承認，基於某個瘋癲的理由，把馬蹄鐵蓋起來似乎是極端合理的作法。他脫下大衣，放到馬蹄鐵上。這次他仔細觀察窗戶旁邊有沒有人在看，然後邊搓著手邊快速走回來。

「讓一讓，艾斯波西托。讓我坐中間。」

這名矮胖的男子沒說什麼就挪了開來。

「牠們快到了。」他幾乎立刻說道。嗓音裡沒有一絲猶豫。

泰德專注地掃視一圈，沒看到任何奇怪的東西。難道他沒感受到有什麼東西變了嗎？就在這時，他看到了，在分隔線另一端，遠遠的一個水窪裡，有什麼東西在移動的倒影吸引了他的注意力。紅色的東西。

「紅色是我最喜歡的顏色。」艾斯波西托突然開口道。這時，他的嗓音不只聽來更堅定，也比平常還低沉。

「什麼？」泰德問。

艾斯波西托沒有回答。

倒影又出現了，這次絕對沒錯。荷莉穿著紅色比基尼的修長軀體出現在水窪裡，一陣風吹過水面時，她的軀體抖了一下就消失了。可是泰德非常肯定，荷莉的身體曾出現在那裡。等他抬起頭來之後，便僵在原地。

球場角落出現了迪士尼公主城堡。不是倒影也不是半透明幻影。城堡就在那裡。泰德往那個方向指。

「我們看得到。」麥克宣判道。

「那是我兩個女兒的城堡。」泰德抖著嗓音說。

他站起來，一個人朝那方向走去。走到一半時，他回過頭來，看到麥克臉上擔憂的表情，還有艾斯波西托努力想把龐大身軀縮得更小，頭低到肩線下。兩人看來像搭上全世界最恐怖的雲霄飛車。然而泰德卻覺得他想要、甚至是需要回到安全的長凳上，跟他們待在一起。

另一邊在拉芳達醫院裡，他看到麥馬諾在出口後方的身影。從那個角度根本不可能沒看到城堡。泰德繼續向前。

城堡位在籃球場和小樹林間的交界線上。泰德走到城堡旁蹲下來，從一側的窗戶往內看。他不打算進去，就連碰一下似乎也不是好主意。他不知為何認定在裡面會看到負鼠，不過他沒有看到。城堡裡完全是空的。他往後退開，搔了搔頭。城牆一邊上的白雪公主、灰姑娘、愛麗兒和寶嘉康蒂看著他。*你現在要怎麼做？*他繞著城堡走一圈。前面的城牆上有愛絲美哈達和睡美人，泰德不記得她的名字了。這時他腦中突然閃過一個畫面。他看見自己拉著辛蒂的手，在玩具反斗城裡繞著這一座城堡轉來轉去，女兒在跟他講每一個公主的故事。

奧蘿拉！

他聽到辛蒂的聲音說出答案，睡美人的名字是奧蘿拉。泰德打了一個冷戰，這是他第一個被溫德爾搶去的記憶。他繼續繞著城堡走。

「那邊那個是貝拉……」辛蒂說。

「是《美女與野獸》。」泰德說。

「沒錯！那個是寶嘉康蒂，那個是花木蘭。」

城堡的背面沒有任何公主，只有一面在木板上畫出來的磚牆。泰德定定地看著那面牆。他退後幾步想從另一個角度看時，覺得右腳踩到什麼硬硬的東西。是負鼠！他往旁邊跳開，可是他踩到的不是負鼠，是一把肉販用的刀子。

「不在拉芳達裡，爸爸。跟城堡一樣。」

泰德彎身撿起那把刀。他稍微移動刀子後，發現刀刃染上一片紅色。

紅色是我最喜歡的顏色。

那把刀怎麼會在那裡？他看看麥克，又看看艾斯波西托，好像他們可以遠遠地給他個答案一樣。但他們不只沒有回應，彷彿還維持之前的姿勢僵在原地一樣。泰德想舉起手看他們會不會有回應，但後來他放棄了。泰德心知他們是不會回應的。此外，這時候他聽到在幾公尺外的草叢中有動靜，這次真的是負鼠漫無目的地在遊蕩。牠似乎對泰德沒興趣。牠對什麼都沒興趣，這裡聞聞那裡嗅嗅，不時抬起頭來。泰德跟著牠，沒發現自己手中還握著刀，像個盜獵者似的。

牠走進拉芳達的小樹林裡，泰德根本不認識路，不到幾分鐘就看不見他的兩名同伴了。他走在樹木間的泥土小徑上。負鼠在前引導著他。

在抵達一片林間空地前，負鼠退開來觀察泰德，這惡魔般的動物臉上竟像是帶著微笑，在牠結實身體後的尾巴不斷搖晃。泰德往前走了幾公尺，便瞭解為什麼了。空地上躺著一名已死的青年。泰德知道他已經死了。那人面朝下倒在地上，雙臂向兩邊攤開，身上穿戴著麻州大學的夾克和帽子。泰德一眼就認出來了，這套裝扮他穿過無數次，就跟其他同校的同學一樣。他無法直視死者的臉，老實說他也不知道自己想不想看。

這時他記起自己手中的刀子，接著下意識更仔細地看著那遺體。他看到刀子上的裂痕，還有被血染成暗紅色的草地。

你是誰？

他開始繞著屍體走。

他必須移動屍體……必須看他的臉。

「泰德。」他背後傳來一個聲音。

他回頭。

叫他的人是麥馬諾，後面是麥克和艾斯波西托，三個人看起來都很擔心。泰德只轉身看了一眼，就證明他已心知肚明的事實：林間空地上，根本就沒有死亡的麻州男大學生遺體，更沒有微笑的負鼠。他伸出雙手表示不抵抗。他剛剛找到的刀子跑哪去了？

四人靜靜地往回走。

「你看到牠了嗎？」麥克問。

泰德幾不可見地點了頭。

「我不確定自己是不是看到了帷幕後面的東西，麥克。老實說，我不知道自己看到了什麼？」

死亡青年的畫面深刻地烙印在他的腦海裡。那個人是誰？

32

他們已經在拉芳達紀念醫院的評估室裡，待了半個小時。蘿拉大略描述了一下，她去拜訪林區祕書妮娜的過程。然而，她暫時還沒公布妮娜最後揭露的線索。

「警方從來沒有盤問過她，不過在你進入林區的辦公室前，她一直跟你待在那裡，泰德。」

泰德的心思已經轉到其他地方去了，家人來訪和他在醫院中庭裡的奇怪經歷，令他感到心神不寧。

「這些事有什麼重要的嗎？」

「我還沒跟你講到最後。不過在此之前，我要先告訴你確實有它的重要性，因為這證實了第一循環裡的每件事都有真實依據，而這或許能幫助我們，重建你最後幾天的記憶。」

「如果是這樣的話，我為什麼要去找布蘭這樣的人？」

「我想跟你談的正是這件事。妮娜離開林區辦公室時，聽到你斥責他跟蹤你到布蘭家裡。」

這句話抓住泰德的注意力。他遲疑地複誦了一遍。

「我不明白我跟那傢伙會有什麼關連。」

「可是現在我們確切知道你跟他早就彼此認識了。你們之間可能存在著沒有人知道，連荷莉也沒發現的關連。你發現林區跟蹤你到那邊後，你就對他非常生氣。」

蘿拉表現得十分神祕。不時以銳利的眼光看著他，至少泰德是這麼認為的。

「等一下，蘿拉，妳說的關連指的是什麼？」

「沒有特別指什麼，我們先不要急。但是我認為必須好好調查這一點。泰德，你發生什麼事了嗎？」

他垂下眼來。

「事實上，沒錯，我要拜託妳幫我一個忙，從我看到兩個女兒後……」

「嗯？」

泰德似乎說不出話來。想起辛蒂和娜汀，就令他記起他在兩個女兒離開前許下的承諾。

「泰德，你什麼事都可以跟我說。我希望你告訴我，見到荷莉和女兒後你有什麼感覺，這也是我們應該要處理的部分。」

泰德直接說了：「我必須離開這裡，蘿拉。一兩天就好，我必須到湖邊的房子，去看看我的東西，待在屬於我的地方。我沒有辦法把自己跟我想不起來的現實世界做連結……待在這裡讓我好了很多，妳不要誤解我，可是我覺得該是時候了，我應該要回到一切發生的地方去。」

「泰德，我不知道現在是否恰當。我們現在有了很重要的進展。」

「我知道，而且我非常感謝妳。我能見到女兒都要多虧妳的幫忙。但是我得繼續回想起來，而答案就在湖邊的房子裡，我很確定。」

「你為什麼會這麼想？」

泰德知道如果想說服她的話，除了跟她說他在醫院中庭裡看到的東西之外，沒有別的辦法。

「我做了一個非常奇怪的夢。像是……幻象或類似幻象的東西。我最記得的是女兒的粉紅色城堡。我走到城堡邊仔細看，然後發現城堡後面有一條小徑。我覺得，我女兒辛蒂跟我在一起。然後她離開了。我沿著湖濱別墅後面的小徑走，不知道走了多久。不過重要的是，我在走路時的感覺，彷彿我很確定最後會等到一個啟示，會發現一切的關鍵。」

蘿拉已經抓起小本子快速地做著筆記。

「接著我找到一具屍體。一名麻州大學男學生的遺體。他穿著大學夾克，還戴著一頂帽子。屍體下面有一灘血。我看不到他的臉。」

「你什麼時候夢到的？」

「昨天。」

泰德不打算告訴她，這一切都發生在他清醒的時候，還有麥克和艾斯波西托在籃球場上觀察他。如果他心裡還懷抱微弱的希望，期待未來有天可以離開這裡的話，他就不會笨到告訴蘿拉，他是跟著一隻想像中的負鼠找到屍體的。

「還發生了什麼事？」

「就是這樣而已。我不知道城堡或死亡的青年代表什麼意義。我一定遺漏什麼了。我能確定的是，湖濱別墅後面的那條小徑，藏著重要的答案。這感覺強烈到令我無法思考其他事。」

「泰德，你知道有時候夢境就是這樣的。我們醒來後，會發現我們在夢裡深信不疑的東西，其實不是真的。」

「我知道，可是這個不一樣。這種感覺就像……就像有一部分的我在跟我自己講話，跟我說我在尋找的答案。」

泰德知道自己說得太誇張了，但他必須表現得很有說服力。他看到蘿拉的表情，發現這番說法至少挑起了她的好奇心。

蘿拉繼續做筆記。

「你在小徑上看到的東西，會令你回想起大學生活嗎？」

「不盡然是這樣。我的意思是說，大學的夾克和帽子會出現一定有它的道理，但事實上，我對大學生活的記憶有些模糊，很多東西我記得很清楚，像是我的教授、撲克牌局、我當時的幾份工作，我不知道，類似這樣的小細節。可是其他東西我想不起來。我想這應該都跟林……跟賈斯汀有關係。如果他是我室友，我們是那時候結成朋友的話，我想，記不起很多跟他一起分享的事物，應該也是很合理的……」

蘿拉點頭。

「所以呢，蘿拉？妳說我有沒有可能去湖邊的房子看看？」

醫師輕輕搖頭。她眼中蒙上一層哀傷。

「現在還不到時候，泰德。我很抱歉。我不排除我們很快就能安排一場療程去那裡看看。當我們判定到現場有助於治療的時候，我們通常都會安排。」

泰德站起來。他手腳上完全沒有任何束具，但隔壁房間的麥馬諾當然會嚴密監視他的一舉一動。

「蘿拉，我瞭解妳說的，我相信妳。我唯一要拜託妳的，就是請妳考慮一下。如果那條小徑不存在，或者根本沒有通向任何地方的話，我們也沒有損失。」

泰德看起來就像被叫出來背課文的學生一樣。蘿拉從鏡框上方打量他。

「我答應你會考慮看看。不過，我得告訴你，這不是我能決定的。我不是這一區的主任。」

泰德坐下來。

「我懂。我只要知道妳會回去考慮就好了。」

「我會的。我跟你保證。」

33

自從午餐時間在醫院食堂的簡短會面後，馬可斯就沒有再跟蘿拉說過話了，從那之後他腦裡只有她。

蘿拉打電話到他辦公室，說必須跟他談談跟泰德．麥凱有關的事情，馬可斯答應見她，並立刻做了一個決定：他要跟她表白，一秒也不多等。他受夠再找藉口了。泰德．麥凱必須等。無論什麼事情都得等。

蘿拉過來時，發現他坐在窗邊兩張小扶手椅的其中一張上面。

「我可以進來嗎？」

「當然。」

蘿拉坐在另一張椅子上，兩個人呈九十度角坐著。他打量著她在窗戶上的倒影，搜索枯腸想找話講。不對，事實上，他想找的是勇氣。

「馬可斯，你還好嗎？」

「說實話嗎？我其實不太好。我……」

她靠過來一點點，要他也照做。馬可斯重新整理一下腦中的句子，深吸一口氣。

「我無法不想妳。」他終於說出口了。

她臉上的微笑既帶著幾分滿足，又有絲同情。

「那一天，在妳家……我好想吻妳。」

蘿拉伸手放在他的前臂上。

「等等。讓我們重新來。為什麼不邀我星期六到你家去呢？你一開門我們就這麼做，不用多說一句話。」

他點頭。

「這是約會喲！」她說完就起身。

「我以為妳想……」

蘿拉離開辦公室。門關了又開。

「葛蘭醫師？我可以跟你聊一下嗎？」

馬可斯笑了。

蘿拉坐在辦公桌前的椅子上，他回到他慣常坐的位子。

「你祕書覺得我瘋了。」蘿拉忍住一串輕笑。

「妳是有點瘋啊！」馬可斯說，他停了一下，比比不久前兩人坐著的椅子。「還有，謝謝……那個……妳知道我說的是什麼。妳想跟我聊什麼？」

蘿拉的表情一下就變了。

「泰德回想起他過去的一些事，我認為應該可以再多施加一點壓力了。」

蘿拉說了關於麻州大學學生的夢，也提到粉紅城堡後面的小徑。

「泰德想去湖邊的房子。」蘿拉解釋說，「他認為那條小徑可以幫助他回憶，或者通往某個對他來說很重要的地方。我考慮過了，我想試試看，馬可斯。」

他想了一下。

「妳確定現在合適嗎？」

「老實說，我不確定。但是這裡發生的所有事情都不太合理。前幾天他女兒來了……你不曉得那兩個小女孩多討人喜歡。如果泰德需要這麼做，才能打開最後一扇門，我想我就應該要試試看。頂多就是沒有用，白出門跑一趟而已。」

「這是妳要做的決定，蘿拉。妳知道我身為這區的主任，發生在這裡的事情是我的責任。可是妳是他的醫師。妳做決定，我就可以簽文件讓他出去一趟。妳打算什麼時候進行？」

「星期六？」

馬可斯眼睛張得比盤子還大，一臉驚訝。

蘿拉笑了。

「我那天休假。」她解釋說，「華特和他父親要去看他爺爺奶奶。對我來說那天最好。早上我帶泰德出去，到了下午就可以回來，時間夠我回家打扮好赴我們的約會。我知道這是我該做的決定，可是我很重視你的意見。」

「妳已經證明妳的直覺在這件案子上很重要了。用西洋棋去找他過去的羈絆，馬蹄鐵的小技巧，還有轉移到C區……這些都是妳的功勞。我知道泰德對妳來說有什麼意義。如果妳直覺認為現在時機成熟了，就做吧！」

「謝謝。」

「我可以跟鮑伯談一下，他是我在波士頓警局的朋友，妳記得他嗎？」

蘿拉邊點頭邊伸手摀住笑聲。

「勞勃．杜瓦[2]嘛，我怎麼會忘記。」

馬可斯也笑了。

「就是他。但萬一哪天妳見到他，絕對不要喊他的全名。我去問問他，看他能從那起謀殺案中調查出什麼來，以免萬一真有其事。泰德是哪年上大學的？」

「他九三年入學。如果能知道那幾年麻州大學有沒有謀殺案就太好了。」

「至於讓泰德出門這事，我會批准，不過要加上最高的維安警戒。他必須一直戴著手銬腳鐐，還要有一名佩槍的警衛隨行。」

「我可以接受。」

2 鮑伯（Bob）是勞勃（Robert）的小名。

「雖然我已經知道妳會怎麼回答了，但我還是希望可以陪妳去……」

「你瞭解我的。我希望可以讓他熟識的人跟著一起去。」

「我會看到時值班的警衛來安排。能出去走走也算是個好差使。」

「路程要三個小時喔！」蘿拉把這個消息留到最後才說。

馬可斯早就注意到她的小動作了。

「妳真是無藥可救，蘿拉．希爾。」

「我答應你，約會我會準時出現。」她邊說邊站起來。

「等等把申請出院的表格拿給我，我今天就幫妳準備好。」

「太感謝你了。」

「雖然說星期六之前，我們一定會再碰面，但要是一直沒遇到的話，先祝妳一切順利了。」

「我們星期六不聊案子。」蘿拉離開前說，「我保證。」

「我不知道該不該相信妳。」

她露出一抹微笑。

「別忘了你打開家門時該做的事……」

「我不會忘的。」

第四部

1

一九九三年

一九九三年的麻州大學有兩萬多名學生。其中許多人住在五十棟學生宿舍的雙人房裡，據說分配房間的程序中，會考慮到每個學生的喜好。每個人都要填一份詳盡的表單，好進行這套絕對不會出錯的分配機制。校方甚至把這項機制寫進招生手冊裡，大肆宣傳一番！

然而，當泰德見到他的室友時，卻覺得宿舍辦公室的人根本不知道自己該死的在幹嘛！如果不是這樣的話，要怎麼解釋竟然有人會認為他和賈斯汀．林區有任何共通點。光看兩人的外表，就知道他們完全是來自不同星球的人。這裡要為宿舍辦公室的人說句話：泰德和賈斯汀都是接受獎學金和學生貸款計畫的學生，因此必須拿到比其他學生更優異的成績，所以他們必須住在三棟特別分配給獎學金生的宿舍裡。他們住的那一棟叫牧人之家，也就是大家口中的方屋，原因嘛，對建築學略有基礎知識的人都一看就懂。或許正是兩人阮囊羞澀的處境，讓他們必須共享方屋的五〇三號房……貧困讓每個人都平等啊！兩人唯一的共通點，就是都喜歡超脫樂團。不過話說回來，一九九三年誰不聽超脫樂團？

賈斯汀．林區是俊美無雙的青年，他又高又壯，還有兩隻淺藍色的大眼睛和方正的下巴。泰德剛和他一起住的頭幾天，就觀察到他的髮型好像永遠都梳得一絲不苟，不是因為賈斯汀經常修剪，而是他的頭髮長長後，又別有另一番風情，彷彿頭髮自己有生命一樣。好一段時間，林區在校園裡很出風頭。各個年紀的女學生都想盡辦法進去牧人之家，逗留在五〇三號房或五樓交誼廳附近。有些女生會攔下泰德，問他各種關於他室友的問題。比較客氣的女生想打探他的消息，像是他有沒有女朋友之類的；有些女生比較直接大膽，提出她們想直接進房間解決。讓泰德不爽的，正是林區這副大情聖唐璜的樣貌，因為泰德自己的異性緣沒那麼好。不過確切來說，他對新室友的感覺算不上嫉妒——好吧，或許有那麼點嫉妒——但還有其他的情緒，泰德不是突然之間才討厭濫情的男人的。泰德自己的父親就很濫情……他可是腳踏多條船的專家！難道泰德沒在入學面談時，跟心理學家說過嗎？當然有。那女的用盡一切手段挖掘泰德的過去，對他父母婚姻破裂的原因特別有興趣。而泰德也跟她說了，說他父親多年來另有情人。當那位心理學家問他有什麼感覺時，泰德先覺得這問題蠢得無以復加，然後選擇對她說實話，說他恨自己的父親，也恨所有對妻子不忠的混蛋丈夫。他應該要問的問題是：林區完全是他厭惡的類型，為什麼校方要泰德跟這樣的人同房？泰德非常憤怒。不過有一件事他很確定：一旦女孩開始川流不息的出現在房門口時，泰德就得好好跟室友談一談。這絕對不是什麼令人愉快的談話，當然不可能。因為這傢伙說他在老家已經有女朋友了，甚至還把她的照片掛在房內牆上。

林區對泰德的印象也好不到哪去，不是因為泰德總是穿著皮衣、表現出無禮的強悍形象，事實上，他覺得泰德那副硬要強力反抗主流社會的態度很可悲。泰德甚至在他那輛破爛到不行的歐寶Commodore車後貼了張貼紙，寫著「法外之徒」。可這還不是最糟的。最令林區看不順眼的是，當他在大學裡認真上課、在圖書館打工，還每天讀書讀到眼睛痛才休息的時候，自以為是粗獷版約翰·屈伏塔的泰德，課是愛上不上，不是在學生餐廳打工，就是整天在六樓打撲克牌。林區經常在熬夜讀書時，見到室友帶著滿身菸味和被菸熏得浮腫的雙眼回來。偶爾才看他翻開數學或金融數學課的課本，但每次讀不到半個小時，他便連衣服都沒脫就昏睡在攤開的書本前。林區知道泰德的獎學金計畫要求非常嚴格，也知道他絕對過不了期中考那一關。林區甚至期待著考試趕快來臨，好讓校方重新替他分配一個室友。

剛開始的前幾個月，兩人盡可能降低彼此接觸的機會。只有在林區聽的索尼電臺播超脫樂團或珍珠果醬的歌時，兩人才會聊幾句。但除了關於音樂的簡短對話之外，兩人根本不講話。他們絕口不談工作，在學生餐廳時也從不同桌吃飯，就連兩人還在建立的朋友圈，似乎也沒有交集。

是泰德先發現宿舍辦公室的人可能都是些該死的天才，也是他發現自己可能錯看林區了。因為他預期中川流不息的女孩子根本沒出現。事實上，在十月前唯一進到他們房間的女生，還是泰德帶進來的。林區不只從沒想過要背叛女友，而且遇到死皮賴臉湊上前的陌生女子時，看起來還一副非常不自在的模樣。這對任何女性來說，都有致命的吸引力。校園裡很多條件沒林區那麼好的男生，都有辦法每五分鐘就把床搞得吱吱叫。當年在麻州大學裡，學生都用「吱吱叫」來表示帶女孩上床。宿舍裡的彈簧床墊都很老舊，雖然睡起來很舒服，但也很吵。林區的床在前幾個月裡，從沒吱過一聲，天知道他條件好到勾勾小指就有人想上他的床。泰德甚至還以為林區是同志，以為牆上所謂的女友照片，不過是隨便哪個女孩的相片。可是他好幾次都聽到林區打電話給她，要說他刻意編了那麼多對話也太誇張了。這個人對女友很忠實，雖然他有能力征服一大票女孩，不過似乎沒打算施展他的魅力。這傢伙還真奇怪。泰德開始好奇了起來。

時間來到十月，入學後第一次考試，林區拿到一個C和三個B。他開心得不得了。但他發現自家壞脾氣室友的成績後，簡直驚訝得下巴都要掉下來了。泰德每一科都拿A。這怎麼可能，他一定有作弊，因為林區天天見到泰德，知道他花在讀書上的時間有多麼少，每天幾乎讀不到一小時。林區很懷疑他在學生餐廳工作時，能花多少時間在念書上。他根本連書都沒帶！既然如此，他究竟有什麼竅門？幾個星期後，林區慢慢發現，他室友的竅門就是非常聰明，不但聰明，還有一項異於常人的天賦，能夠過目不忘。使泰德在需要背誦和分析的課程上，都能有驚人的表現。他閱讀的速度很快，比一般學生的速度還快三到四倍，而且完全不會遺漏或忘記。林區知道泰德除了把很多時間花在撲克牌上，還在校外許多非法賭場廝混，這只不過是他維持生計的賺錢方法。當兩人慢慢磨合掉彼此的稜角時，泰德跟林區承認其實他很討厭打撲克，但撲克牌是很受歡迎的遊戲，讓他可以游移在不同群體間，而不會招致太多懷疑。贏多輸少的玩家遲早都會被排擠。泰德很會記牌，也能在幾秒鐘內算出複雜的機率問題，來決定該出什麼牌，這是他在賭桌上最好的武器。學生牌局下注的金額不多，但儘管如此，泰德仍可以從中賺到足夠的錢，彌補獎學金無法支付的開銷，以及負擔他母親住院的費用。

原來宿舍辦公室的人真的很厲害。泰德和林區立刻就成為朋友了。

2

一九九三年

在他們建立起友誼前，首先建立起的是對彼此深深的敬重。泰德從來沒真正跟任何人交際過，他牌桌上的同伴一定認為自己是他的朋友，但泰德在他們面前都是假裝的。泰德會說他們想聽的話，做他們預期他會做的事，如此而已。他學會了見人說人話，見鬼說鬼話，他的舉止不帶任何情感，全是經過冷靜思考計算後的結果。賈斯汀・林區是第一個引起他興趣的人，這對他來說是種全新的體驗，因為泰德在讀中學時，也沒怎麼花心思在交友上。

而賈斯汀曾經與幾個人交往過，這幾段友誼似乎還有發展性，不過他漸漸的放棄了，縮回到他自己的世界。賈斯汀的天性本就是獨來獨往，身邊有一個懂他的朋友為他帶來足夠的安全感，讓他得以開始做自己。在他突然接受內在自我後，他的生命在大學一年級時，慢慢出現變化。

聖誕節前一個寒冷的午後，賈斯汀試著想專心寫他創作課的文章。科特・柯本的嘶吼迴盪在房間裡，泰德早就讀完今天該念的書了：他抱著好幾本計算、統計，還有一本不知道是什麼書，在床上躺了半個小時，像章魚一樣快速把書翻個一遍就算完事。任何人看到他讀書的樣子，都不免感到沮喪。這時泰德已經打算上六樓，那裡的牌局越拖越久。根據泰德的說法是其他的對手有進步，此外他還知道有兩三個人已經聯手合作，弄了一套機制和隱密的暗號打算設局騙他，不過他全都已經發現了。他知道牌桌上的常勝軍一定會遭人陷害，時間早晚的問題而已。目前他還可以處理得來，至少他是這麼認為的。畢竟，他總可以避開那三個人的牌桌，或者找別的地方打牌，校外的牌局也可以。不過這時還有一點時間，泰德幾乎不經思考地對賈斯汀提了一個問題。他總有一種感覺，好像他室友在等著泰德開口來問。賈斯汀總是只談到他母親，絕口不提父親。那天下午，他發現賈斯汀根本沒辦法專心讀書，不是眼神飄向窗外，就是在房間裡亂轉，抓著網球往牆壁上丟……泰德利用這機會，提出他遲遲沒說出口的問題。他本以為賈斯汀的父親已經過世，或者在他年幼時就拋棄家庭了，可結果並非如此。

賈斯汀的父親不只活著，還活得好好的，他跟林區太太和另一個兒子住在鹿田鎮，但賈斯汀非常看不起他爸爸。又一個巧合！

「我們幾乎不說話。沒人知道原因。」賈斯汀說，他穿上學校夾克，打開窗子。戶外灌進來的冷風立刻把房間溫度拉低。他坐在窗臺上點起一根菸，這一連串動作全然是下意識的行動。他在煙霧瀰漫中，眼神飄忽地回想過去。「連我爸都不知道為什麼，你相信嗎，泰德？我從來沒跟他說過。或許以後會說吧！」

泰德坐在自己的床上。撲克牌局可以先緩一緩。

「我懂。我爸也是個白痴。」

賈斯汀點點頭，他不畏寒冷地把臉轉向戶外。

「他以為是年紀。是我剛好處在叛逆期，過了這段時間就好了。我媽也這麼認為，儘管我在她面前表現的態度完全不一樣，或者該說，至少我試著表現得不一樣。那傢伙蠢到完全不會自我反省。我還小的時候，我們好親密，父親是我的偶像，我處處都想學他。在我心目中他是完美的。」

賈斯汀抽完菸急忙關上窗戶，搓著手挨近暖氣取暖。

「我跟我爸長得一模一樣。」他無奈地說，「我們簡直是一個模子刻出來的。如果我拿他三十年前的照片給你看，除了那個年代流行的大眼鏡和喇叭褲外，你一定會以為那是我的照片。不管怎麼說，我覺得這多少影響到我們的關係，或者其實沒有關係。我不知道。我跟他之間有一種特殊的連結。比如說，他跟我弟弟的關係就不一樣。你有兄弟姊妹嗎？」

泰德搖頭。

「不好意思，跟你說著些無聊事……你不是要去……」

「欸，不要想太多啦。你就全說了吧！」

「我父親是水電工。他是獨立經營生意的。當我年紀還小時，總是很期待放假，這樣就可以陪爸爸出門了。我們會開著他的廂型車去買材料，然後上工。他總說我是他的小幫手，說我有一天也會跟他一樣。我告訴你，那時我滿心只想跟著他的腳步走。當時如果有人問我長大以後想做什麼，我一定會毫不遲疑地說要當水電工。」

賈斯汀打了個響指。

「我爸固定在三、四家店買材料。其中幾家店有女店員，我爸每次都會跟她們調情。那時候他會跟我開玩笑，叫我不要跟媽媽說，我當然沒有跟她說，一次也沒有。有時當我們接到特別的工作，等在門口的客戶是女人時，情況也差不多一樣。他總會跟我說些類似：『賈斯汀，不要跟媽媽說喔！你知道她發現後會傷心的。』他會說這不表示他就不愛媽媽了，他會說我們男人都喜歡跟其他女人調情之類的蠢話。」賈斯汀搖搖頭。「我知道現在看來實在很笨，但我當時真的相信就是這樣，泰德。我爸會跟我說一些像是：『你有發現那女店員盯著我手臂的肌肉看嗎？我是故意把手放在那裡的，這樣她才會注意到……』這種話他總是說個不停。如果電視上出現身材姣好的女人，他會在我媽沒注意到時，對我使眼色或比手勢。那時我才八歲啊！他一直都這樣。直到我滿十二歲那年，發現他不只是跟其他女人調情而已……他同時跟好多個女人維持斷斷續續的關係。」

泰德專心聽著，態度和平常面對其他人時大不相同。他腦中想著很多事，幾乎敢說其中一個就是他知道為什麼會和賈斯汀分到同一個房間了。宿舍辦公室的那群人可真是幹得好。

「你知道最糟糕的是什麼嗎？」

「什麼？」

「是我滿十六歲後，開始表現得跟他一模一樣。我相信男人就應該如此。我覺得自己很聰明，泰德……沒有你那麼聰明啦。」賈斯汀笑了，「但我也不是笨蛋。那種感覺就好像他的話就是神諭，就是眞理。那時，我就發現我母親早已起了很大的疑心，她也不笨，或許甚至還確定了我爸有外遇。我媽是我最愛的人。我怎麼從前都沒有懷疑這些事可能會傷害她呢？」

「那個，你及早發現了。這才是最重要的。」

「嗯，我想是吧！」

《從不介意》這張專輯不知什麼時候播放結束了。跟星期五晚間學生宿舍裡的噪音比起來，房裡顯得一片寂靜。宿舍對噪音的規定很嚴格，不過週末的時候，大家多半睜一隻眼閉一隻眼。

「真好笑。」賈斯汀想了想說，「我從來沒跟任何人說過。入學時跟我面談的心理學家問我跟父親的關係，我說我們的關係很糟，別的一個字也沒有透露。我從沒跟任何人說過，我為什麼看不起他。」

泰德不知道該怎麼回答。賈斯汀看起來很激動，至少他是這麼認為的。

「一開始，他不懂我為什麼要跟他保持距離，」賈斯汀接著說，「也不是說他現在就懂了，他只是接受了。但他還是繼續那些可笑的嘗試，老想利用跟我聊女人來拉近距離。他認為那是建立交流最簡單的方法，實在是太可悲了。去年我帶女朋友回家，她是我第一次帶回去見家人的女生。她叫莉拉，我應該有跟你說過。」他比了比牆上的照片。「你看，莉拉不是特別……漂亮的女生。問題是……」

賈斯汀站起來，兩手抱頭。

「天哪，我是怎麼了……我一直說個不停。你一定會以為我是……」

泰德站起來，抓住他的肩膀。

「冷靜點，改天就換你聽我講我爸的事了。」儘管泰德沒打算說他自己的故事，但還是開口安慰室友。「到時候，你就知道他們兩個白痴的程度不相上下，相信我。後來莉拉怎麼啦？」

賈斯汀想了一下。

「莉拉離開我家之後，」過了一會兒他才說，「我爸靠過來跟我說，我的條件可以找到比她更好的。他對我眨了下眼睛，還微笑。你相信嗎？我是透過朋友介紹才認識莉拉的，你知道嗎？我朋友介紹她給我認識時，我心裡第一個想到的是我爸會怎麼說她……後來證明，他說的跟我想的一模一樣。我對那個王八蛋的瞭解就是這麼深。」

「或許就是這樣，你才跟她在一起的。」

「可能吧！老實說我們沒什麼共通點。」

賈斯汀笑了。

「我們最近聊天時，發現沒什麼話好聊，加上又是遠距離……我真的不知道。」他突然住口。「你不是該去六樓痛宰那些混帳嗎？」

泰德聳了聳肩。

「今天我可以讓他們休息一下。」泰德回道，「昨天的進帳就夠豐富了。要不要一起去喝杯啤酒？我請客。」

「當然好！」

泰德穿上皮衣，戴上一頂有耳罩的帽子，跟著賈斯汀走出方屋的五〇三號房。雖然現在說這話還早，不過，泰德開始覺得他跟賈斯汀可以發展出真正的友情。

他人生中第一個真正的友情。

3

一九九四年

一九九四年寒冬，是賈斯汀人生的分水嶺。他給莉拉打了通簡短的電話提分手，同時突然不再專心念書了。儘管這兩件事彼此並沒有因果關係，不過源頭都是同一個。他慢慢發現，他來讀大學是因為不想跟父親一樣當他媽的水電工。這是他另一種處罰父親的手段，另一個他父親無法理解的行為。跟莉拉在一起更是如此，不過更單純。他選擇了一個他那鹿田鎮大情聖父親絕對看不上眼的女人。他對自己選擇的未來職業也是一樣。一切都太混亂了。他父親就像黑洞一樣，把他吸進無可避免的虛空裡。不管他是想討好父親，還是想讓父親討厭他，賈斯汀的父親依然是他生命的中心。

他開始自問——就他看來為時已晚地自問——他這輩子究竟想做什麼？他真的想讀英國文學嗎？文學是少數能喚醒他心中一絲自我救贖的東西，是讓他能從黑暗世界中一窺人世之美的媒介。但他不確定自己是否準備好加入大學的生活節奏、學習計劃，還有考試！他逃避問題的方法是慢慢放棄學習，讓自己沉浸在卡夫卡、梅爾維爾、波赫士和洛夫克拉夫特的作品裡。本地作家雪薇亞．普拉斯的詩作特別吸引他，幾乎令他產生偏執。普拉斯一生大部分時間都為憂鬱症所苦，年僅三十歲便自殺。對於每天放任自己日漸委靡的人來說，這些作品當然不是什麼優良讀物。

泰德把一切看在眼裡，他是唯一想幫賈斯汀的人。小至催他去刮鬍子、洗澡，到陪他去上課和提供建議。泰德什麼都做了，但卻沒什麼效果。

賈斯汀開始寫日記，寫下他充滿絕望的想法、零散的詩句和段落。他隨身攜帶著那本小冊子。到了晚上，他會在校園裡散步，找個角落窩進去，有幾次甚至就在那裡過夜。因為他晚上在校園遊蕩，還跟校警發生過幾次衝突。泰德為了賺錢維持開銷，在六樓廝殺的時間越來越長，但有時他深夜回房都還見不到賈斯汀一面。

在這樣的一個晚上，已經累壞的泰德躺在床上，他轉頭看著室友空蕩蕩的床。他從很小的時候，就不記得自己曾為別人做過任何重要的事，那天晚上他決定要做些什麼。做些什麼好喚醒賈斯汀，把他拖離那無盡的循環。他起身快速著裝。泰德大概知道室友會去些什麼地方，果然不到一小時，他就發現賈斯汀的下落。泰德在圖書館後面一張破敗陰暗的小公園長椅上找到人，如果不是看到菸頭上的火光，泰德恐怕也難在一片陰暗中發現他。

他不發一言地坐在賈斯汀身旁，握了一下他的肩膀。

「我想我的行蹤已經不難預料了。」賈斯汀說。他嘴裡冒出一小團白煙。夜裡天氣很冷，隨時都會下雪。

而在那一天，泰德首度開口聊他的父親。他沒有說得很詳細，只說了一些最重要的事，好讓賈斯汀明白，他也知道有一個破壞家庭和諧的父親是什麼感覺。他簡短地提到去米勒家上西洋棋課，還有他父親過的雙面人生。賈斯汀看來頗為吃驚。不是因為他講的事，而是泰德願意打開心門，告訴他這些私事。直到泰德開口之前，他人生中的這一塊，都還是賈斯汀心裡的謎團。

「我也恨他，」泰德說，「我也不想說服你相信這世界不是一團糟，因為世界的確很糟。該負責任的，是像你爸和我爸那樣的傢伙，還有我每天晚上都得陪他們打撲克牌的那群廢物，那群兄弟會的人渣，他們都得負責，你知道我怎麼想通的嗎？因為我也感覺得到。那種空虛，我也感覺得到。」

泰德安靜了下來。兩人默默地坐了好久。

「他們才是該負責的人……」泰德再次說道，語調裡帶上一絲全知全能的意味。「問題是，兄弟，我們要怎麼做……」

「我不知道。我不想再騙我媽了。我在考慮要不要休學。」

「你最不該做的就是休學。因為這樣的話，他們就贏了。你還不懂嗎？這就是他們想要的，想把你推到更糟糕的境界裡。我知道放棄更簡單，相信我，我知道的。但是你應該要找出對你有幫助的辦法。我要從這見鬼的大學畢業，我要拿最漂亮的成績畢業，要結婚生小孩，買一棟大房子，或許再買一棟週末度假用的別墅……我要成為有錢人！」

賈斯汀露出微笑。

「泰德．麥凱，我真希望自己跟你一樣有信心。」

「賈斯汀，你聽好，沒錯，書上寫的鬼話我一下子就能背起來，這是我的優點。但每個人都有每個人的強項。別跟我說你不知道自己的強項是什麼。你應該要好好利用，找方法餵養你心中的野獸，學著和牠相處。」

「你說得好像很簡單一樣。」

「是很簡單！相信我，真的很簡單。陰暗的過去……就像會一直陪在你身邊的可怕寄生蟲。你不能讓自己被它給吞噬了。」

賈斯汀用靴子踩熄菸蒂。

「你跟我提過的那女孩怎樣了？」泰德問，「你創作課認識的那個……」
「丹妮絲．蓋瑞特。」
「就是她。」
「我不知道……我們講過幾次話。但我最近也沒怎麼去上課。」
「邀她出來，去看電影或去什麼地方。總是個開始嘛！」
賈斯汀點頭。
「然後，現在我們該走了，我耳朵都要凍僵了。」泰德說，「我忘記戴帽子了，該死。」
兩人手插在口袋、語氣輕鬆地邊說笑邊走回方屋，不時蹭蹭對方的肩膀。
「所以，我就是個白痴，」賈斯汀說著，「還好我長得很帥。」
「沒錯。我還怕你想不通呢！」
「王八蛋。」
「是會擔心你的王八蛋，你這個混帳。」

4

一九九四年

隨著春天到來，情況似乎也有所好轉。賈斯汀又回去上課了，他強迫自己每天必須要念書幾小時。還在圖書館裡找到一份每週兩天班的工作。他沒有約丹妮絲．蓋瑞特出來，不過已經隨時打算開口了。泰德自己也跟一個在課堂上認識的女孩約會。這對賈斯汀來說，更是一種鼓勵，儘管他覺得丹妮絲身邊已經有人了——丹妮絲沒有直說，但他就是有一個感覺，覺得她在故鄉可能還有個男朋友什麼的。她表現得很奇怪，在她跟賈斯汀一起上課時更怪，彷彿他的存在令她很不自在似的。泰德叫他不要擔心，說後面還有一長串女生對他有興趣。

可是賈斯汀還是覺得有些不對勁。他依然讀雪薇亞．普拉斯的作品，繼續在小冊子上寫滿灰暗的想法；晚上也繼續一個人遊蕩，不過至少現在他覺得自己稍微有所控制了，覺得無論如何至少還要努力的過下去。也許泰德說的真有道理。他那天在公園裡是怎麼跟他說的？叫他要餵養心中的野獸，說如果照著做的話，一切都會好轉。他說的對！當然對！泰德可他媽的是個天才啊！

不過在那個時候，那年四月九日當天，一則恐怖的消息震撼了麻州大學校園，撼動了全世界。

當時泰德人在學生餐廳。那天輪到他負責洗碗，他當然討厭這苦差事，不過洗碗就表示他可以戴上耳機，好好利用他嶄新的隨身聽。他已經在那裡好幾個小時了，遠離那群他鮮少搭理的同事閒聊。不知道什麼時候，一群慌亂的人聚集到大廚房一角，但泰德一點興趣也沒有。如果組長有事要交代的話，自然會過來找他。他口裡正喃喃唱著聲音花園的歌，激動的賈斯汀突然出現在他身旁、抓著他的肩膀。賈斯汀從沒到他打工的地方來找過他。泰德摘下耳機，停下手中擦洗玻璃杯的動作。賈斯汀告訴他已經傳得沸沸揚揚的新聞……已經證實的新聞。

科特．柯本在西雅圖自家開槍自殺。

當然，在前幾個小時傳出許多不同版本的說法，但自殺是最驚人的一種。後來，外界得知柯本逃離一家戒毒診所，下落不明，幾天後，他做出了最激烈的決定。他留下來的遺書在麻州大學留下深刻的影響，對賈斯汀．林區的影響更大。一九九四年春天，整棟方屋宿舍的房間裡，都不斷放著柯本的歌。

在這起令人心痛的消息傳出一週後，泰德與喬治雅·麥肯錫一起去看電影，泰德幾個星期前開始跟這女孩約會。兩個人處得很愉快。喬治雅是個漂亮不羈的女孩，她在學業上表現中等，從來沒弄懂她的男朋友，或許正因如此，她才會愛上他。她跟其他要求男友必須以自己為重心的女孩不同，喬治雅要求不高。他們兩人會在週末約會——其中當然包括讓床「吱吱叫」一下；有時候週間也會見面，交換幾個吻、一起讀書。這樣就夠了。

那個星期六，泰德陪她回到她宿舍大門口。他帶著一貫的熱切吻她，要她讓他上樓，她稍微做做樣子堅持一下後，便同意了。他們都喜歡挑戰和無視規定行事，悄悄把男友帶進房間，剛好能一次滿足兩個條件。在兩人激烈短暫的活動之後，泰德就離開了。

當他回到自己房間時，渾身上下打了個冷戰。有什麼事情不對頭。小浴室的燈是亮著的，門是打開的……不過真正決定性的細節，是賈斯汀的小冊子攤開放在床上。他想到倒臥在自家的柯本……他猛然撲向床上，看了兩頁上面的文字。第一眼看起來並不像遺書，主要是因為這段話不是特別寫給什麼人的。他快速瀏覽了一下，發現「巴達」這個名字，泰德渾身發抖。柯本自殺留下來的遺書就是寫給巴達的。泰德兩大步朝浴室走去，做好會在浴缸裡或天花板上看到朋友的心理準備。他頭腦飛速轉動著。賈斯汀有憂鬱的傾向，但會自殺嗎？

浴室是空的。賈斯汀為什麼要把燈開著。

他忘了。這也不是第一次。

那他的小冊子呢？

巴達又怎麼說?!

他在方屋裡找人前，必須先讀一讀那段文字。他回過頭站到室友床邊，雙手撐在小冊子兩旁，彷彿他不願意碰到本子。他在翻頁時略略碰了下，讀了最後一段。儘管上面寫了大段文字，他只花不到二十秒就讀完了。

看起來不像自殺的遺書，應該是還沒寫完的故事，不過主題無法讓他安心。故事中一名男子打算自殺，就在下手前一刻，在他即將扣下扳機時，他家門外出現了一名陌生人。陌生男子名叫巴達，表示他有一個提議。那人很有說服力，似乎也知道主角——文中並未提到他的名字——準備做什麼。巴達說他認識其他跟主角一樣的人，說如果他們彼此合作的話，不但可以幫助死者家屬走出傷痛，還可以讓這世界變得更美好。頁面上緣的方框裡，寫著文章標題：〈更美好的世界〉。文章的字跡混亂潦草，到處都有插入和刪去的字句。當巴達開始對主角解釋，說他只需要殺掉一個令人厭惡的男子時，文章就突然結束了。

泰德在原地想了一秒。這可能只是一篇故事，一篇寫得很棒的故事，靈感想必是來自最近發生的事，但也有可能是某種泰德無法理解的、還不完整的預告或通知。泰德飛快離開房間，在走廊上遇到隔壁房間的爾文．普萊塞，他是個胖胖的、話不多的男生。當他焦急地問對方有沒有看到賈斯汀時，爾文平靜地想了一下，搔了搔頭看著天花板，彷彿需要向天花板尋求動力，才能回答這麼簡單的問題。

「你問我最近有沒有看到他？」他問。

「廢話！」

要是泰德不認識他的話，一定會以為他故意在搗蛋，可事實上不是這樣的。普萊塞就是個徹頭徹尾的笨蛋。

「讓我想一下……大概一小時前，我看到他離開房間。我本來要……」

泰德丟下還在講話的鄰居不管。他跑到樓梯旁，一次又一次問同樣的問題，一步跨兩階地急忙衝下樓。長得跟詹姆斯．狄恩一樣俊美的另一個優點，就是大家都認識賈斯汀。這時一名剛走近方屋的學生告訴泰德，在圖書館附近見過賈斯汀。泰德之後就往那個方向去，他一路小跑步過去，一邊不可思議地想著，自己竟然會這麼擔心一個認識未滿一年的人。但他是真的擔心。他會知道，是因為這種感覺對他來說太新鮮了，令他不由得注意到。

他在圖書館後面公園裡的老地方發現賈斯汀，在日光下，公園裡日漸翠綠的樹木使得這地方看來比較不那麼有威脅性。

「泰德！」賈斯汀看到他時顯得很驚訝。他摘下耳機。「你在這裡幹什麼？」

泰德在他身旁坐下。

「發生什麼事了？」賈斯汀問。

「沒事。」這一刻，泰德決定不要告訴他自己剛剛的想法。賈斯汀看起來心情很好。「我打算晚一點到六樓去一下，我想問你一件事。」

「你說，我在聽。」

「昨晚我跟ΦΣΚ[3]那幾個白痴玩了幾把。他們玩得非常狠，不過我後來還是設法贏了。不說那個了，今天兄弟會要開派對，他們邀了我。」

賈斯汀打量著泰德的眼光，彷彿他突然間會散發出什麼惡臭一樣。

「你？去兄弟會的派對？」

泰德笑了

「我不知道那些ΦΣΚ是什麼人。」賈斯汀說，「你有跟他們說過你是一年級的嗎？去那個派對不用花大錢付入場費吧？」

「你聽好，這也算是他們自己付的。」泰德拍拍口袋，暗示他的錢都是從哪裡贏來的。「而且沒錯，我是很討厭那些人。可是會有酒、有女生、有音樂……我們去待一會兒，喝到飽後就走。少了這些爛派對

3　Phi Sigma Kappa，美國各大學的兄弟會之一。

的話，大學生活還像什麼樣？」

「你說的對。你跑來真的就是為了講這個嗎？」賈斯汀停頓了一下，又微笑道，「對不起，我就是個混蛋。只不過你變得心軟啦，泰德，竟然也會擔心室友了。謝謝，去派對聽起來不錯。總有一天得去晃晃的……」

兩人都沉默不語。超脫樂團的吉他聲從賈斯汀掛在脖子上的耳機裡傳出來，他把手伸進口袋按下隨身聽的停止鍵。

「欸，」泰德說，「你把小本子留在床上了……」

賈斯汀整著人跳了起來，慢慢瞭解這可能代表的含意。

「寫得很不錯，賈斯汀。」泰德安撫道。

「噢，天哪，好丟臉。那只是課堂作業。」

「寫得很完美。」

賈斯汀點頭。

「謝謝你，泰德。」

「我是認真的。」

「如果你那麼喜歡的話，我可能會用你的名字當主角。」

賈斯汀朝他擠了擠眼。

5

現在

星期六上午九點，一輛廂型車從拉芳達紀念醫院開往佛蒙特州多佛市。李·史提威爾負責駕駛，蘿拉坐在副駕駛座上，泰德是後座唯一的乘客。李是拉芳達醫院的警衛，平日害羞內向，彷彿總在數著日子等待退休。這天他心情不錯，開心到願意跟人交談。他的好心情當然是有原因的，這趟出門他可以拿到三倍的薪水呢！除此之外，他很喜歡開車，更別說眼前脫下醫師袍的希爾醫師有多漂亮了。

泰德一路上幾乎都不說話。透過隔著前後座的小窗口說話，本來就不是吸引人的主意，加上要想聊天還得伸長身子湊上窗口，這樣會扯緊銬住他的金屬鏈，令人更懶得開口。他不舒服地坐在一張焊在車廂牆邊的長椅上，看不到窗外的景色，令他感覺路程好像永遠都到不了。他決定最好還是想想抵達之後可能發生什麼事，因為在廂型車裡，除了等待以外，顯然他什麼做不了。警衛早已不說話了。蘿拉好幾次轉頭透過欄杆看看泰德，她的眼神既沮喪又無奈。她已經在維安工作方面用盡心思了，很努力地想用每次投過去的眼神令泰德明白這一點。

他們往西邊走二〇二號公路穿過麻州。交通很順暢，四周的森林不由得引人欣賞和思考。對於在拉芳達醫院裡，時時面對柵欄、安全門和監視錄影機的員工來說，這天上午一望無際的藍天和綠意盎然的樹林，令人耳目一新。李·史提威爾覺得特別興奮。他雙眼專注在路面上，口裡說著他這一輩子的夢想，就是在偏僻的地方買棟房子，在那裡終老一生。他心裡一直都盼望著這事，他跟他太太都是，但卻到現在快退休了，才發現自己從來都沒機會實現這夢想，令他感到深切地悲傷。他這輩子都沒什麼機會存錢，存到後，又因為各種理由最後都花掉了。他過去三十年來，都認為自己一定可以實踐夢想的，但事實上，他連一點邊都搆不上。

「或許最重要的就是，」他緊抓著方向盤說，「相信總有一天會達成。」

他說完這段心裡話後，便沉默了，或許鏡面太陽眼鏡下的雙眼已經熱淚盈眶；也許這是他第一次開口承認。

「到了我這麼老的時候，其實都不太重要了。」

「李，你才不老。」

警衛點點頭。

「我的年紀大到無法完成我的夢想了，但還沒有老到會忘記夢想。」

三人啟程一個多小時後，泰德第一次開口。

「我達成了擁有週末度假別墅的夢想，但現在卻被關在這裡，就因為有一天我決定自殺是最好的解決辦法。」

李沒回話。

「你愛你太太嗎？」泰德問。

李似乎沒料到泰德會跟他聊天，或許他只是在想著未竟的夢想，責怪自己是如何令妻子瑪莎失望。

「愛。」過了一會兒他回答道。他說的是實話。

「那你就什麼都有了。」

泰德雙眼緊盯著鞋尖，兩隻手肘靠在膝蓋上，用手撐著頭。一條金屬鏈垂在他臉前，隨著車身搖動輕微晃蕩。另一條鏈子像條冷血的蛇，纏繞在他兩腳上。他再也沒說話了。

剛過十一點後，他們轉往九十一號州際公路。

「至少我在房子後面有一個木工坊。」李不願意放棄。

「我看過你送給總醫師的椅子。」蘿拉說，「做得很漂亮。」

「謝謝。我喜歡木工。再過不久我就能退休了，之後我應該會花更多時間在這上面。」

李繼續聊他的木工，聊他如何在做木工時，找到醫院工作無法帶給他的滿足。說到這裡時，他跟蘿拉道歉，但立刻急忙解釋拉芳達醫院的同仁一點錯也沒有。是他找了一份自己不甚喜歡的工作，然後又不曉得及早離開。他一開始是誤打誤撞進來的，只想趕快存點錢，然後找個更好的工作……之後幾個月延長成幾年，幾年又變成幾十年。「之後就越來越難離開了。」這是他給的理由。「等你突然發現時，已經快要退休了……之前想做的事一樣也沒做到。」

蘿拉專心地聽著他說。她很瞭解他的感受，那種人生從指縫間溜過的悲哀。蘿拉熱愛她的工作，不覺得她待在拉芳達醫院是浪費時間，可以說是完全相反，但即便如此，她還是理解這種感覺，她當然懂。事實上，她在離婚後也經歷過類似的情況，當時她不知為何，認定這輩子註定再與情愛無緣。剛年過三十五歲的女人竟然會這樣想，實在太蠢了，但剛離婚時，她的確是這麼想的。後來她終於懂了。時間會讓一切恢復常軌，會讓她願意再打開心房接受新的可能性……她想到這天晚上就會碰面的馬可斯。

GPS導航系統帶著三人來到最後一段路。李不願意聽泰德幫他指路。他們離開州際公路，來到一條人車稀少的路上，距離湖濱別墅還有三公里。李關掉汽車引擎後，車內陷入令人不安的死寂。沒有人下車。李僵硬地坐在方向盤後，盯著面前宏偉的建築。顯然這棟房子遠遠超過他心裡對夢幻豪宅的想像。

警衛下了廂型車。他沒有穿制服，身上套著牛仔褲和獵裝外套。外套下是他的貝瑞塔手槍，腰帶上別著一把電擊槍。他打開車廂後方的兩道門，開了鎖好放泰德出來。

「我之前說的是真的，」李說，「我對我的工作沒有熱情，但我知道該怎麼好好完成我的工作。你要跟希爾醫師保持幾公尺的距離，不准靠近她。如果你需要什麼東西，就跟我說。我會走在後面隨時看著你。我的電擊槍只對付過兩個人，真槍我一次也沒有開過，但每個星期都會練習，而且我在十公尺外就能打斷你身上的鎖鏈。不准給我玩陰的，懂了嗎？」

泰德點頭。

「沒問題。」他保證。

這時蘿拉從廂型車下來了。

泰德繞著車子走了一圈。他腳上的鎖鏈還算長，讓他可以自由行走；還不到可以跑步的地步，但也夠他快步行走了。他看著房子，感到一股奇異的熟悉感。房子跟他記憶裡的樣子不同，看來更荒廢了。這段時間，荷莉和兩個女兒顯然都沒有過來這裡。當然也沒有敞篷的藍寶堅尼。

「荷莉把鑰匙給我了。」蘿拉拿出一串鑰匙說，「我覺得到屋裡看看應該不錯，你說呢？」

泰德沒有回話。他像個好奇的小孩般觀察著一切。他看看樹，看看鋪滿松針的地面。看著湖面隨微風的節奏震盪。空氣聞起來不一樣。他一次又一次地深呼吸，覺得吸進來的氧氣可以治好他，帶回他遺忘的記憶……帶他回到過去。

他看到遠方樹林邊的粉紅城堡，眼神再也離不開了。

答案就在那裡。

「走吧，泰德，我希望我們先看看裡面。」

他點頭朝大門走去。李跟在身後。

泰德小心翼翼地走進去，仔細在印度地毯上邁出每一步。根據他的記憶，這就是他開槍後，溫德爾陳屍的那塊印度地毯。這回憶是那麼真實，然而，當他努力想看清溫德爾的臉時，他的腦海突然出現一大片干擾畫面。泰德在一樓走了一圈，停在照片前。很多都是他親自拍的。他走到通往廚房的拱門，看到月曆，翻找有潛水伕在珊瑚礁間探險的照片。他翻遍每個月都沒有找到，上面全是風景照。

「我是在這裡等他的。」泰德說。蘿拉饒負興味地看著他翻找月曆。「第一眼我是從那扇……」

泰德不說話了。

「那裡本來有一扇窗戶的。」泰德指著一面廚房牆壁，那裡放著一臺雙門冰箱，旁邊是流理臺。「我從那扇窗戶觀察湖邊的溫德爾。」

蘿拉發現他臉上的不安。彷彿有一部分的泰德仍不放棄，仍堅信這一切有可能真實發生過。仍認為溫德爾其實不是他自己腦中創造出來的人物。

「泰德，我們上樓吧！我希望你看一樣東西。」

他點頭。

三人回到客廳，然後上樓。

一樓利用許多玻璃牆面把自然光導進室內，但二樓不一樣，樓上的空間很黑暗。李按了按電燈開關，但燈沒有亮。

「稍等一下，希爾醫師。」他從樓上說，「這裡沒電。我去把幾扇窗戶打開。」

泰德已經走過一半的階梯。蘿拉還站在樓下。

「妳要我看什麼，蘿拉？」

她沒有回答。

警衛一下就從樓梯上方探出頭來，比手勢要兩人上樓。泰德發現自己完全不認得眼前的走廊。他往前走了幾公尺，然後停在李剛剛打開的窗前。從那裡可以清楚看到粉紅城堡。泰德發現，如果把城堡移個幾公尺，就會被樹葉擋住完全看不到。他可以從這扇窗戶看到兩個女兒的行蹤。他站在原地，自問過去曾多少次從這裡看看女兒在外面是否安好。

「打開那扇門。」剛上樓的蘿拉說。

泰德轉過來。沒錯，那扇窗前有一扇關起來的門。他把門打開。

眼前的景象令他吃驚，但更令他感到深刻的哀傷，因為室內的景象，證明了他的回憶有多不可靠。他站在書房裡。書桌、書架、掛在保險箱前的那幅莫內畫。房裡的東西他全都認得，他不敢走進去。

蘿拉在他背後說：「荷莉跟我說你們市區的房子裡沒有書房。」

泰德瞪著書房看了超過一分鐘。

「我打算在那裡下手，蘿拉。坐在那張椅子上。」

「你想進去嗎？」

「妳覺得進去會有什麼用嗎？」

「不知道。照你的感覺看要不要進去吧！」

泰德不想進去。

「我想看看城堡後的小徑。」

「很好。那我們就往那裡走。」

三人回到一樓，李一直走在最後嚴密監視。他們繞過房子，靜靜往粉紅城堡走去，城堡旁已經積了一堆厚厚的枯葉。

城堡後方真的有一條通往樹林的小徑。

「正是這裡。」泰德鄭重地說。他目光變得堅定，帶著挑釁的神色看著步道。

「那我們走吧！」蘿拉說。她嗓音裡明顯帶著一絲緊張。

6

一九九四年

要參加派對，兩人得走上超過一公里的路，還不能走常有人走的路。幸好泰德腦袋裡記得這片廣大校園的地圖，而且他不只記得，還有從不失靈的方向感。他保證兩人在走的蜿蜒步道，是前往兄弟會的捷徑，他說的沒錯。遠方傳來的音樂聲，證明他們方向正確，不久後，就看到兄弟會屋子後方的木欄杆。

那時雖然已超過晚上十點，但派對的氣氛根本還沒有達到最高潮。燈光打在一樓牆壁的三個希臘字母上。門口等著他們的，是兩名表情毫不友善、且無論各方面都比他們大的男生。泰德朝其中一人走去——另一人根本看都沒看他一眼——然後報上他們的名字。這時一輛汽車停在門口的停車位，下來三個女孩。三人若無其事地走進屋裡，邊說笑聊天邊跟守衛打招呼。泰德看了看他的外套，又看一眼賈斯汀的外套——賈斯汀穿著一件華達呢長版大衣，以春天晚上的氣候來說，無論如何都太誇張了——然後又看向那些女孩極短的上衣和裙子，覺得自己格格不入。拿著賓客名單的守衛找到兩人的姓氏，要另一名守衛放行，但另一人無論如何也不相信，叫兩人拿出身分證。賈斯汀立刻從皮夾裡拿出來，心不甘情不願地給他看。

「不是你。」另一人看都不看他。「你朋友。」

泰德只差一點點就要轉身離開，賈斯汀當然也會跟上。以當天晚上的情況來看，那應該會是他這輩子最棒的決定。

但他們還是進去了。

大多數人都待在屋裡，不過外面也有好幾群人在喝酒聊天。屋裡傳來重複的重低音音樂聲令人退避三舍。賈斯汀和泰德快速穿過後院時，不得不看了一下屋裡的情況。一群為數不算少的人在跳來晃去，要說那是跳舞，標準未免也太低了。其他人擠成一團，每個人手裡都拿著一個紅色塑膠杯。屋裡的臺上有一名DJ，還有兩張擺滿飲料的桌子。泰德算了算，一共有五個裝滿冰塊和凱斯通啤酒的大桶子。天氣很熱，他們脫掉大衣，不知道接下來該做什麼。很顯然，來參加的幾乎都不是大一學生。

在圍繞桌前的人群裡，泰德認出了丹．諾里斯。那時他正在跟其他兄弟會成員一起喝龍舌蘭，諾里斯就是請泰德來派對的白痴。幸運的是他根本沒看到泰德，泰德立刻決定離他遠一點。兩人各拿了一瓶啤酒，從側門走到安靜多了的門廊上。角落一對情侶熱切的吻著，吊床上也有一對在親熱。庭院裡這個角落，只有一盞不怎麼亮的路燈。

門廊其中一角，放著一個擺了啤酒罐的冰桶，兩人往那邊過去。他們坐在欄杆上，那邊剛好有一扇窗戶能讓兩人看到屋子裡面。他們喝完啤酒又拿了一瓶。然後再一瓶。兩人都不常喝酒，三瓶啤酒下肚後，就感到有點頭暈。

「我們來之前應該先吃點東西。」泰德說。

賈斯汀也同意。

「你跟創作課的那個女生，那個丹妮絲，怎麼樣啦？」

泰德從欄杆上滑下來，正要舉步往冰桶拿啤酒時，歪了一下。他像沖浪板上的運動員一樣，伸開雙臂維持平衡，等門廊不再晃動後，才往冰桶走。泰德抓起兩罐啤酒，朝賈斯汀丟了一罐，他當然沒接到。啤酒罐打在他胸前，掉到地上。這幕讓兩人足足爆笑了超過一分鐘，不停伸手揉笑到發痛的肚子。

泰德撿起地上的啤酒罐遞給賈斯汀。他拉開拉環時，黃色的水柱直接噴在臉上，他徒勞無功地用嘴去接。又令兩人大笑起來。

「所以呢？」泰德又坐到欄杆上，這次小心不要往後倒。

「跟丹妮絲沒戲唱了，幸好。」賈斯汀說，「她很忙。」

「我應該跟你說過她沒有男朋友。」

「她現在有了。是個自以為能當麥可・喬丹接班人的驕傲混帳。她自己跟我這麼說的，所以你應該可以想像得到，為什麼我說幸好沒跟她沾上邊。」

賈斯汀的臉色微微暗淡了下來。他本打算問泰德和女友喬治雅怎麼樣……畢竟這樣才有禮貌不是？但賈斯汀擔心自己隱瞞不了幾星期前發現的事。現在他問自己沉默下來是否更糟。泰德本人就是聰明才智的化身，一定會發現事情不對勁的。他們不常聊彼此的女友，但他突然對好友的女友不聞不問一定很可疑。他心裡很清楚這點。

賈斯汀沒有戒掉晚上散步的習慣，他經常看著校園裡宿舍燈光一盞一盞熄滅的畫面。他是隱身在黑暗中的觀察者，見過男女朋友從宿舍後門溜走遁入夜色裡，自以為沒被人發現，也看過躲在灌木叢裡給自己找點隱私的情人，或手牽手經過的伴侶。賈斯汀對鄰居的生活沒什麼特別的興趣，這只是晚間一定會出現的景象而已，跟貓頭鷹的叫聲或浣熊經過一樣平常。

有天晚上，他在圖書館後的公園裡，發現喬治雅・麥肯錫跟另一個男生在一起。她在大樓幾乎全黑的角落裡等那男生，黑到賈斯汀一開始幾乎沒看到她。後來男生急急走來。他穿著大學外套和帽子，根本看不清那人的臉。一開始，賈斯汀根本認不出那女孩是喬治雅。同樣的情景兩三天後重演，不過這次來遲的人是她。兩人跟上次一樣，吻了好久又聊一下天後，便分開了。每次會面的時間不超過十分鐘，兩人看來也沒有大學生情侶間典型的熱切。

第三次看到的時候，賈斯汀決定要跟著那人看看究竟是怎麼回事，然後再告訴泰德。他不太擔心，畢竟泰德看起來對那女孩也沒有太濃厚的興趣。而根據賈斯汀在圖書館角落看到的情況，喬治雅對泰德也是一樣，不過她與那名神祕男子間似乎交情頗深。賈斯汀遠遠地跟著他，看他繞過大樓，從一條小徑走往本部大樓旁的停車位。這一路上，男子做了第一件奇怪的事：他邊走邊脫下外套折好，塞進肩上的包包裡。

然後把帽子也塞進去，露出比半個校園裡的學生還更平整的頭髮，這是賈斯汀的第一個線索。那人走進教授停車位更證實了這一點，儘管那人擁有運動員的身材，如果換了一個漫不經心的觀察者一定很容易搞混，但在微弱的光線下，看得出來那不是與喬治雅同齡的男生。那人上了車隨即離開。

這個人賈斯汀太熟了。他是湯瑪斯．泰勒，是他創作課的教授。

自從他發現這令人不快的事實後，四個星期過去了。賈斯汀又撞見他們好多次，認為那兩人間真的有感情。如果沒有的話，幹嘛冒這個險？前幾天，他一直在等泰德說自己已經與喬治雅分手，他會默默點頭，然後就這樣了。為什麼還不跟他說？賈斯汀知道再拖也拖不了多久。為什麼要隱瞞這種事？為什麼她什麼也不說？

這時，泰德帶著好笑的酒醉神情打量他，幸好被兩人面前窗戶傳來的一陣女生尖叫打斷了。他們轉頭發現兩個女孩高舉酒杯，一副認識他們的樣子朝他們大叫。兩人交換了一個不確定的眼神——他們當然不認識這兩個女生——然後看著她們一下子從後門跑出來，直接走向他們。其中一人硬拖著另一個女孩跑，那女生身材矮小，跑的速度快到她大得出奇的胸部左搖右晃。她很漂亮，留著一頭齊耳的短髮，一路上都在微笑。跟她嬌小的手掌比起來，她手中拿的杯子顯得好大。

「哈囉，你們好啊！」

她朋友也很漂亮，看來也沒有那麼醉，突然出現在兩人面前令她羞紅了臉。這女孩高了一個頭，身材纖細，穿著一件領口微低的上衣。

「我叫泰莎。她是瑪麗亞……是我表妹。」

泰德和賈斯汀也自我介紹，跟兩名女孩握手。

賈斯汀依然坐在欄杆上，泰莎挪到他旁邊，靠在他一邊腿上。

「你們是一年級的？」

「對。」

「太棒了！瑪麗亞也是。」

瑪麗亞點頭承認。泰德和賈斯汀都還沒聽到她的聲音。

「欸，賈斯汀，」泰莎自然地說，「我剛剛跟我表妹說你長得好帥。對不對啊，瑪麗亞？」泰莎滑進賈斯汀兩腿間，輕輕磨蹭他胯下。

瑪麗亞則跟泰德保持著適當距離。

「靠。」泰莎發現杯子空了後，咒罵道。她把杯子揉扁往庭院一丟，退開一點，然後跳了兩步到冰桶前。她回來時，拿著兩罐啤酒，遞給賈斯汀一罐。

第五罐……

「泰莎，妳確定要……」瑪麗亞開口說。

「當然！別擔心，表姊知道自己在做什麼。」

四個人一起喝了好一會，聊學校，聊各自的老家，但絕口不提男女朋友。泰莎不時便會朝冰桶跳過去，帶更多啤酒回來，問也不問就往別人手裡塞，大概塞了有兩百次。她不知道什麼時候拉了拉坐在欄杆上的賈斯汀，讓他差點來不及伸腿站直。他感到門廊像怒海上的小船晃了一下。賈斯汀幾乎反射性地喝了口酒。還來不及意識到啤酒沿喉嚨流下來，立刻再喝更大一口。

泰莎拉著他到通往庭院的樓梯上。究竟有幾級階梯？三階？四階？八十階？賈斯汀正要踩上第二階，沒想到那該死的階梯低了幾公分，差點害他摔倒。泰莎抓住他的手臂，一邊胸部壓上賈斯汀身側。儘管他已經醉了，還是能清楚感受到那美妙的觸感。

兩人走進庭院遠離燈光的一角。

「妳要把我帶到哪裡去？」他問。事實上，他覺得自己是被強行帶走的，儘管根本不可能。那女孩的身高還不到一百六十公分。

泰莎笑了，仍緊抓著他的手。

「別擔心，我不會強暴你的。」她邊笑邊說。

兩人又走了二十多公尺，遠到樹木多少能擋掉音樂的距離，傳進耳裡的聲音再度只剩下陣陣低沉的嘶吼。兩人來到一叢灌木後面，泰莎把手中的啤酒罐塞給賈斯汀。他不安地站在原地，手握兩罐啤酒。那片地遠處有一個略陡的斜坡。泰莎蹲下來，雙腿呈九十度大開，把裙子撩到腰上，再自然不過地把內褲往旁邊拉開，一道粗粗的尿柱畫出完美的弧形落地。

「排隊等上廁所的人都排到一樓了，很誇張。」泰莎邊尿邊說，因為膀胱壓力減少而逸出一聲放鬆的輕吟。

賈斯汀自己也快要尿出來了，但這時堅硬的勃起令他瞬間不得不重新排列優先順序。泰莎豪放的態度，把他的荷爾蒙推向高峰。尿柱的水量慢慢降低後，泰莎連續晃了臀部幾下，看得賈斯汀都快瘋了。

泰莎整了整衣裙，重重坐在滿是松針的地上。尿水泛成金屬色的小河，消失在陡坡下。她又發出剛剛那種放鬆的聲音，聽起來是一聲長長的呻吟，賈斯汀再也受不了了。他坐在她身邊，把啤酒遞回去給她，心裡完全知道接下來會發生什麼事。

「我可以跟妳講一件很變態的事嗎？」他說。

「嗯……變態的啊……」她的興致立刻來了。「說說看……」

「剛剛那樣好性感。」

這話把泰莎逗笑了。此時兩人並肩而坐，臉頰靠得比之前還近。

「那才不變態，你個傻瓜，如果我們在那上面做的話才變態。」她指著地上正在冒煙、快要乾掉的小河說。

賈斯汀一句話也說不上來。莉拉從不會這樣跟他講話。光是在他面前尿尿的想法，都能嚇壞莉拉。

「你真的好帥。」泰莎邊說邊撫著他的臉頰。她喝得比他們所有人加起來還多，可她看起來仍一副完全能控制自己的樣子。

感受到她手指上微酸的餘味，賈斯汀更興奮了。這裡滿是松針，地點很不舒服，有種原始且暴力的氣氛，把他逼進未知的領域。

「妳好美。」賈斯汀說。他再也控制不住，用力擒住她的胸部。他把手張到最大，也無法覆滿整個乳房，覺得腦袋快要爆炸了。

7

一九九四年

泰德與瑪麗亞聊得很愉快，發現他們修了同一堂課，甚至她還聽說過泰德。瑪麗亞知道他的成績有多好，表示很驚訝竟然會在這場派對上遇到他，顯然她自己也是被表姊逼著來參加的。泰德有點心不在焉地回答，小口小口啜著啤酒，心中暗暗發誓，喝完手裡那罐就再也不喝了。他聽著瑪麗亞說她花多大功夫念書才拿了個C等其他問題，都是些在幾個小時後連泰德令人欽羨的記憶力都想不起來的瑣事。泰莎三番兩次從灌木叢邊過來打斷他們，找到酒後，又笑嘻嘻地晃著胸部跳走。

午夜過後，派對的氣氛來到高峰。泰德開始想離開了，他想在寂靜的夜色裡，朝方屋走回去，遠離那地獄般的噪音，可是他不想丟下賈斯汀一個人。

「我表姊比較不拘小節一點。」瑪麗亞以道歉的口吻說。

「賈斯汀自己會照顧自己。」

「噢，當然，我不是這個意思。」瑪麗亞紅了臉。可憐哪，她的心思全寫在臉上。

這時門廊上比剛開始時還擠。人群突然一分為二，兩名高壯的學生踏著槍手般的腳步走來。其中一人便是丹・諾里斯。

「欸，麥凱！」他吼道。

他滿臉微笑地走近泰德，手掌拍上他後背的同時，快速拖了他一下，更像是同時朝他胸前和背後打了兩拳。

「你來了真好！」丹說道，然後轉向身邊的同伴，「提姆，你看，這傢伙是撲克天才。」

提姆面無表情。這人肌肉發達，理著平頭。

「我過來玩一下。」泰德不得不說道。他想感謝丹的邀請，但卻默默地沒說話。他已經發現這幾個健壯的人過來準沒好事，寧願給自己多留點尊嚴。

瑪麗亞嚇得臉色發白。丹和提姆都是三年級的學生，他們來這裡做什麼？好多人轉頭看著他們。有什麼事要發生了……

「是真的，提姆。」丹吼著說，「你一定見識過。厲害得就像他有出老千一樣！」

「啊，是嗎？」提姆有興趣了。

「我從沒看過有人連贏那麼多手。這傢伙贏了我三十塊錢！」

泰德做好心理準備，保持冷靜。瑪麗亞一副快哭出來的樣子。

「你有什麼訣竅啊，麥凱？」

「沒什麼訣竅。」泰德聳肩說，「練習吧，我想。」

丹爆出大笑。提姆不住地點頭。

「告訴你，我們打算怎麼做，麥凱。」丹說，「等等我們要上樓去玩一把撲克，你覺得怎麼樣？」

「噢，我不知道……現在有點晚了。」

「晚了！你少來！你欠我一個把錢贏回去的機會。」

丹又用孔武有力的手臂擁抱他。這大傢伙看來不怎麼醉，至少他說話的方式還算清醒，不過吹出來的酒氣依舊令人無法忍受。另一方面，泰德發現自己神奇地奪回身體的掌控權，頭痛和暈眩感消失了，腦袋也恢復了平常的敏銳度。是恐懼帶來的恢復力啊，他心裡幽默地想著。最好是跟著丹的玩法走，泰德思索道。如果有必要的話，他可以把丹耿耿於懷的三十塊給輸回去。然後下次他會學到教訓：別在牌桌上那麼明目張膽地痛宰三年級生。

「當然好啊，丹。」泰德說。

「好極了！」丹應該是想輕拍他的肩膀，不過打下來的可是重重一擊。「那我們到時候見了。」

兩人離開時，提姆眼帶威脅地瞪著他。他們從窗外看到兩人加入另一群人，到一張桌子旁乾了幾杯伏特加。這群人隨意圍成半圓形，每乾一杯就吼一聲，然後拿杯子往木桌上猛敲。丹不到一分鐘就連乾三杯，泰德告訴自己不用擔心：丹．諾里斯繼續喝這麼快的話，一下子就會醉倒。那天晚上不會有牌局的。

「那些個傢伙……」瑪麗亞說道，仍是滿臉嚇得要命的表情，「看起來有點瘋瘋的。」

「有一點。」泰德也同意。

半小時後，泰德已想好怎麼甩掉瑪麗亞了。賈斯汀與泰莎依舊不見蹤影，他開始考慮是否要丟下朋友自己走人。然而，那時丹和他的朋友還在客廳中央，不太可能在他們沒發現的情況下離開。他考慮繞過房子走，但快速評估過後，發現沒辦法：一道籬笆把庭院一分為二，木門上加了一把鎖。好幾個男生在那邊尿尿，他也毫不遲疑地加入了。他邊朝木籬笆撒尿邊做了決定，如果離開一定得經過丹和他朋友身邊，那就等路上阻礙少一點的時候再走。

這一等簡直等到地老天荒，最後，他終於屈服在喝更多啤酒的誘惑下。他坐在門廊的階梯上獨飲。頭又暈了，不過這次還伴隨著一種夢境般令人愉悅的失重感，勸著他繼續再喝。他不知道什麼時候把手伸進冰桶，在冷冰冰的水裡摸索了二十幾公分還沒摸到啤酒罐。酒喝完了，沒有人想到要再加滿。他站起來。行動笨拙生澀。他走進屋裡，完全忘了丹的存在。哪張桌子上總會有啤酒的，他昏沉地想道。他這輩子都沒喝過這麼多啤酒，而現在心裡唯一想到的就是再喝更多。

客廳裡擠滿了人，人人似乎都故意靠上來撞他。握著杯子的手舉高，免得被撞倒。他走近其中一張桌子，兩個女孩正在倒一種綠色的液體。泰德從桌上隨意抓了個杯子伸過去。女孩看他好玩便笑開了，其中一人給他倒上四分之一杯。

泰德喝了一口便噘起嘴，他這輩子沒喝過這麼難喝的東西，但管他的。

他漫無目的地在客廳裡遊蕩。音樂聽來像拿電鑽往他腦子開洞，他在清醒的一瞬間問自己在那裡做什麼，幹嘛不走，幹嘛要喝那令人作嘔的怪飲料……不過那個瞬間一閃即逝，他又喝了更多那種綠綠的玩意兒。他嘔了一聲彎下身來，身邊經過的人紛紛退開。泰德沒有吐。他慢慢直起身，自顧自地微笑。

「麥凱！」

他轉身。這一吼大得足以壓過音樂。丹站在一旁，提姆和其他傢伙在他背後站成一排。

「哈囉！」泰德邊說邊伸手想拍拍丹的肩膀，但沒拍到。他的手掌畫了個完美的弧形，停在自己膝蓋上。他又試一次，這次勉強擦到丹的上衣。

「在派對裡玩得很愉快？」

泰德點頭。

「他幹嘛那麼嚴肅？」泰德指著提姆說。

「欸，麥凱。」丹現在講起話來有些含糊，除此之外沒有別的。一旁跳舞女孩的低胸領口，讓泰德分了神，「麥凱……這邊，看著我。我們幾個要打牌……你一定要來。」

這主意聽在泰德耳裡好笑得不得了，他瘋狂爆笑出聲。

「撲克牌？」他好像把這詞當成笑話般，一次又一次反覆說道。

「對，撲克。你欠我的。我們上去。」丹抓著他一隻手臂，提姆抓著另一隻。兩人把他從地板抬起來上樓。泰德不覺得兩人有敵意，反倒以為人家是好心。

「謝謝你們，但我可以自己來。」

不過，他當然沒辦法自己來。現在加上泰德，一共有五人往樓梯上開路。那裡到底有多少人？

「看起來好像火車車廂噢。」泰德說，說完只有他自己一個人笑。

泰德看著他們的眼神，彷彿這群人是被消防員從意外現場救出來的倖存者。他覺得越來越迷失。

二樓和樓下一樣擠，但他們爬上三樓後，發現這裡異常地安靜。

「你欠我的，麥凱。」丹再度說道。這時他說話的速度更慢更清楚。背景裡，只剩喉音般低低的音樂聲。幾人來到走廊底部。提姆拿鑰匙打開一扇門，丹用力一推，把泰德推進去。另外三人也跟著進來。

房間裡根本沒有撲克牌桌。

泰德遭人從側面重重一擊，倒臥在地。接著拳腳如雨點般，落在他身上。

8

一九九四年

兄弟會裡的一個好心人開車把他載回方屋。泰德還記得一些離開那棟房子、被人塞進一輛小紅車的片段記憶。回去的路程他一點印象都沒有。他神奇地在自己床上醒來，衣服穿得好好的，但全身疼痛。

至於賈斯汀，當他心裡越來越確定自己可能會吐在泰莎身上時，就決定要離開派對。她要他答應會很快再見面，他當然立刻承諾了。他在一陣醉意中，酒後吐真言，對她說從來沒跟哪個女生玩得這麼開心，這話倒是不假。在他離開前，到處尋找泰德的同時，五名ΦΣK兄弟會的成員正在樓上痛打他的朋友。賈斯汀以為他已經離開，便自己走回方屋。他在路上吐了一次，快到宿舍時又吐了一次。他室友不在床上，但他也不太擔心。

等賈斯汀醒來，發現泰德癱在隔壁床上時，他真的擔心了。一開始他以為泰德死了。泰德的臉又紅又腫，身上到處都是血。確定他還有呼吸後，賈斯汀才慢慢冷靜下來。

泰德不願意去找校醫。他把自己關在房裡三天，基本上完全沒辦法下床。三天過去，他臉上的腫脹消了很多，戴上一副鏡面太陽眼鏡後，就可以出門上課、打工了，微跛的腳步也慢慢恢復。除了他室友（當然還有打他的那五個懦夫）以外，沒人知道當天晚上在ΦΣK兄弟會三樓發生的事。

9

一九九四年

在那場痛打之後，緊接著又出現了一連串不幸事件，有些有直接關連，有些沒有。泰德在諸多打擊下，表現得比平常更沉默，更不好親近，這就影響到他在賭場裡的表現——畢竟，領袖魅力和功於心計是牌桌上最重要的武器。他與喬治雅的關係也遭波及，他越來越冷淡，而彼此間絲毫沒有試圖挽回的行動。賈斯汀敏銳到不會拿一堆問題去折騰他。他學會察言觀色，知道什麼時候最好不要拿沒用的詰問去打擾泰德。

最糟糕的事發生在五天後，泰德在學校接到奧黛莉姑姑的電話。她是他父親的妹妹，是泰德唯一還偶爾有聯絡的親戚，但即便如此，她也從沒打電話到學校找過泰德。他聽到電話線另一端姑姑悶悶的聲音時，第一個想到的就是他父親出事了。泰德忍不住高興了一下。他已經五年沒見過父親，覺得就算老死不相往來也沒有關係。然而法蘭克．麥凱並沒有死，也沒出什麼重大意外。他不過是需要跟泰德聊聊，所以找上奧黛莉幫忙。過去十年來，法蘭克已經成為前途不可限量的收割機賣家，又想回過頭徒勞無功地聯絡兒子。

因為某種愚蠢的理由，泰德打了通電話給他。

結果是他父親要到城裡參加一場會議，堅持要到學校裡看他。泰德當然堅決反對，說他寧可到旅館見父親。泰德光想到在校園裡遇到父親，就感到胃部一陣翻騰。他會去找他，然後乾脆俐落地終結他想成為年度模範父親的嘗試。

他把車子停在樸素的孤松旅館大門前，根本沒費心走到接待處。他透過一〇八號房的窗簾認出父親徘徊的身影，他在房裡踱來踱去，還有幾個包包隨意放在一旁。泰德在窗前站了一會兒，周圍傳來的鳥叫聲，是他即將犯下的錯誤的前奏曲。門突然開了。

「泰德！兒子啊！真開心見到你。」

「哈囉！」

他頭髮白了。還沒有到滿頭白髮，但比上次泰德見到他的時候更多。即使如此，他看來仍比實際年齡年輕十歲。他的臉一點都沒變，身材也還保持精瘦，皮膚依然呈現當年做街頭推銷員時的古銅色。但除了外表之外，泰德專注地看著他的眼睛，他從青少年時期便學到，無論他父親說什麼或做什麼，唯一會說實話的只有他小小的深藍色瞳孔。而這時候父親眼裡的訊息很容易解讀：我比你聰明。

法蘭克走上前，顯然想擁抱他，泰德後退一步伸手擋下。

「爸爸，拜託。」

他攤開兩手表示放棄，默默點了點頭。

「請進。」

泰德原本期望這是一場簡短的會面。

房間很小，他從窗戶裡只看到父親把行李拿出來。床正中央有一個空空的行李箱。電視掛在牆上，下方有簡單的一桌二椅。法蘭克坐在其中一張椅子上，做了個手勢邀兒子也坐下。

「拜託，泰德，我們總得聊聊。」

至少這話不假。

泰德眼睛盯著一幅難看的畫。

「我不要你來學校看我。絕對不要。」

法蘭克沒有馬上回答。

「如果你不想要我去的話，我就不會去。」

「很好。」

兩人再度籠罩在令人不安的寂靜下。泰德不想問他打算說什麼，他要他自己開口說。從他口裡說出來的每個字都像是種比賽，這感覺簡直可以把人逼瘋，但情況就是這樣。

「你的臉怎麼啦？在學校裡打架？」

泰德下意識抬手摸臉。除了左邊顴骨上幾不可見的淤傷外，他臉上已完全沒有曾遭痛打的痕跡。他回想自己是否曾跟奧黛莉姑姑提過這件事，不過應該沒有。

「沒有打架。」泰德乾巴巴地說。

「奧黛莉說你的成績非常好，她還給我看了一張你女朋友喬治雅的照片……」

法蘭克看到泰德的反應後便住口。

「我是你父親……自然會想……」

「你要是繼續跟姑姑打聽我的消息的話，只會讓我再也不跟她講話而已。」

法蘭克無奈地嘆了口氣。

「我們是怎麼了，泰德？」他微微傾身說道，他想碰碰泰德的手，但手伸到一半便停下來。「我們以前是一夥的，你還記得嗎？」

泰德覺得好想大笑。他搖頭。

「你還記得我們一起去西洋棋賽……？」

「夠了……我不想跟你談過去。我很清楚過去發生的事，還有你做了什麼。我指的不是你跟那女人一起背叛媽媽，儘管最後她是毀在這件事情上，但我覺得你這還算是幫了我們一個忙呢！」

「我覺得我們應該要聊一下過去。因為只有聊到過去，我們才能重建現在。」

「真不賴。你是在糖包上讀到的？沒有什麼現在好重建。你跟我現在唯一要弄清楚的，就是以後我們再也不會跟對方講話。清楚了嗎？」

法蘭克垂下頭。

「你一定得放下過去。」他眼睛定定的看著地板說，「你是大人了，我不是要給你建議，但我知道為什麼要跟你講。」

「你還是不懂，對吧？這跟原不原諒你沒有關係。你要我原諒你什麼？你打我和媽媽的樣子？你要講的是哪一個？」

「你別這麼說。」

「不這麼說還能怎麼說，不好意思啊！這不是原不原諒你的問題，只是我不想見到因為媽媽打翻廚房裡的鹽，或把鞋子收進冰箱就暴打她的傢伙。她明明病得不知道自己在做什麼。」

「你明明知道不只是這樣⋯⋯」法蘭克抬起眼囁嚅著說。

他眼裡有著懇求和強自壓抑的怒氣。

「對，當然不只這樣。她病了！」

法蘭克抿嘴。他抬手舉到嘴邊開始咬指甲。

「我因為這事請求過你的原諒。再多我也沒辦法了。她那時病了而我⋯⋯我不知道該怎麼處理。我做的當然很糟。我自己家裡的情況就是這樣，我學到的也是這樣，我不知道還有其他方法可以處理這種情況。」

泰德搖搖頭。他父親總是有辦法給自己安上受害者的角色。

「爸爸，事情怎麼發生的我沒興趣知道。我也沒興趣去理解你。這幾年來，都是我跟媽媽一起過日子的，我看著她一天比一天更惡化，而你早就走了。如果你以為離開對她沒有影響的話，那我告訴你，是有影響的。如果你以為你打的每一拳、你每次罵她都沒有讓她病情惡化的話，我要很抱歉地告訴你，並非如此。所以你應該負責。」

法蘭克吞了吞口水。

「你說的一定有道理。」

「一定。」

法蘭克眼中閃過一絲希望。

「但是跟你……跟你我試過……」

「我第一次聽到你打她時才六歲！」泰德大吼。「你知道嗎？我從來沒跟你說過，但要是你知道了或許比較好。」他控訴地指著父親。「或許我應該跟你說說你對我做了什麼好事，告訴你在你離家後，我噩夢連連沒辦法睡覺。到現在我都還會做噩夢。你想知道夢裡發生什麼事嗎？」

「泰德，拜託，我不覺得這有什麼用……」

「當然有用。當然有用！」

此時，法蘭克用一種無情的眼神打量他，那是泰德從小就見過的眼神。因為在法蘭克．麥凱內心深處，一點都不喜歡別人跟他頂嘴。他可以暫時披上羊的外皮請求原諒，可是他最討厭事情無法隨心所欲，討厭不是由他來發號施令。

「那些夢裡都有你，你就像現在這樣坐著平靜地抽菸。然後叫我去看你的紅色野馬車。你還記得那輛車嗎？」

法蘭克臉上有一絲表情變了。

「我當然記得我那輛紅色野馬。」

「我不想靠近後車廂，因為我知道裡面有什麼。但是你一直堅持，硬要我看。最後我靠過去了，我還沒走近時，後車廂就自己打開了。媽媽像個玩偶一樣被捆在那裡，臉孔扭曲，身上爬滿蟲子。」

「泰德……」法蘭克若有所思地說。「直到醒來，我的眼神都無法從夢裡的屍體上移開。而我還可以聽到你在背景裡的笑聲，你很享受這一切。」

泰德眼睛眨也不眨地瞪著他說，語畢感到一陣虛脫。他從來沒跟任何人提過，更沒想像過會跟父親說，然而此時他覺得好多了，不只是因為拿掉心中一塊大石，也因為他那混帳父親應該知道自己對年幼的孩子做了什麼。

「有時候那女人不是媽媽，是我喜歡的女孩或我剛好認識的女人。她們蜷縮在後車廂裡，然後突然活過來抱緊我，用懇求的眼神望著我，好像想跟我說什麼。其他的全都一樣：紅色野馬車，你邊抽菸邊笑。每次都一樣。」

泰德猛然站起來，一腳踢開椅子低聲咒罵。

「我沒辦法看著女人，然後不去想你對媽媽做了什麼。」他眼眶含淚地說，「現在，你知道為什麼我不希望你出現在我生命中了嗎？」

法蘭克表現得不為所動。看來似乎無意繼續吵下去。他走到床頭櫃前，拿起一本夾著張照片的書，抽出照片放在桌上。泰德仍站著，得彎下腰才能看到照片中一名年約十二歲的小男孩。小男孩與自己相似的長相和兩顆小小的藍眼睛，說明了一切。

「他是你弟弟。」法蘭克說，聲音裡再也沒有一絲剛剛懇求的語氣。

泰德抬起頭一臉憔悴地看著他。然後又垂下頭，看那滿臉微笑的可愛小男孩。他說不出話來。

「他是你弟弟。」法蘭克重複道，「他的名字叫愛德華，跟的是他母親的姓：布蘭。我認為你怎麼看待我不重要……你應該認識認識他。所以我今天才來看你。」

泰德從沒去見布蘭，但多年後，當布蘭被控謀殺女友亞曼達．赫德曼時，泰德在新聞裡認出他的臉。

10

現在

泰德像準備決鬥的槍手般，靜靜站在小徑前。蘿拉和李在他身後。

「這條小徑我走過好多次。」他低聲說。

李站在幾公尺外。儘管醫師跟他說過泰德沒有危險性，但他知道這人曾把一名男子打到昏迷，不管是不是因為恐慌症發作或其他原因，對李來說都不重要。如果發生過一次，就有可能發生第二次，不是嗎？在醫院外面，泰德就是他的責任，他是不會信任他的。如果他打算攻擊希爾醫師，李只要跑個幾公尺就能用電擊槍制服他。如果他想逃跑的話，還更簡單，因為戴著手銬腳鐐是跑不遠的。

走了一百公尺之後，泰德還依然處在一種不甚清醒的狀態，他突然低頭好像跟著一條隱形的線索走。蘿拉試過跟他說話，但他只嗯了幾聲當回答，她便放棄了。有一件事很清楚，這條路似乎對泰德有某種重要性，沿著小徑走，似乎能幫助他瞭解原因。蘿拉趁這時候拿出手機，好確認有沒有訊號。

只有一格。

有時候，泰德看起來就像電視影集裡的靈媒。他不時停下來看看周圍，然後低頭，彷彿在期待有人會為他指引正確的道路。

「發生什麼事了嗎？」

泰德剛剛停了下來。他咬著拇指指尖，眼神看向樹葉。

「我記得一輛腳踏車。」他語帶神祕地說。

「你以前都騎腳踏車來這裡嗎？」

「沒有，不是我。我連腳踏車都沒有。」

蘿拉不再追問。然而她卻興奮了起來，因為無論腳踏車的回憶多微不足道或多不重要，都是新的回憶。是第一個發掘出來的線索。有可能是一切的開端。

「腳踏車是什麼顏色的，泰德？」

「紅的。」他脫口而出。

大聲說出來後，他便開始評估這項新資訊。

「紅色的腳踏車。」他不斷慢慢點頭。

他再次垂下視線。然後默默往前走，三人沿著一條幾乎已經看不見的小徑前進。他們撥開樹枝、跨越倒下的樹幹後，來到一條荒廢的泥土路。路上雜草叢生……然後他們看到了，就在路邊，一輛紅色腳踏車的殘骸，幾乎全部掩埋在黃色的雜草下。車子少了一個輪胎，車身滿是鐵鏽，不過有幾個地方還勉強可以看到原本的紅色塗料。

「被遺棄的腳踏車。」泰德邊上前邊說。他定定地看著腳踏車。

「泰德，這太棒了！」

「看來似乎如此。」他冷冷地回道。

「開心點。」蘿拉抓著他肩膀安慰他。李一臉不贊成地看著她，但沒有做什麼。警衛走近腳踏車，挑起一邊眉毛檢查。

「這輛腳踏車是發生意外後才變成這樣的，車子的骨架已經彎了。缺少的輪胎應該就在附近。」

三人玩味著「意外」這個詞。

「泰德，你知道了什麼嗎？」蘿拉問。

「我想我不知道。我……只有在這裡看過它。」

路的另一端還有森林。泰德猶豫了一秒。

「我們可以從森林抄捷徑。」他僵硬地說，「或者繼續走下去繞一段路。兩條路都可行，都會帶我們走到同一個地方。」

線索。

「泰德，我們會走到哪裡？」蘿拉的聲音顫抖著。

「走到真相那裡。」他說。

他開始沿著塵土飛揚的道路走，拖著鏈條，踩著沉重的腳步。泰德的雙手靠在大腿上。這時候，他的表情因為難以負荷的真相開始扭曲，幸運的是，蘿拉和李看不到他的臉色。

他們走了兩公里多的路程才抵達。

11

現在

馬可斯不記得這輩子曾像那個星期六那麼幸福過。那天他覺得自己有能力做到任何事。

他要去外面拿報紙時，抓著大門門把站在那裡，傻傻地笑了一會兒，心裡一邊跟自己說，再過幾個小時，等他打開這扇門時，蘿拉就會出現在門的另一邊。

別忘了你該做的事……

午餐時，他覺得必須打個電話給蘿拉，但是他忍了下來。他先前跟波士頓警局的朋友鮑伯聊過，他答應當天就會查一下一九九三年凶殺案的資料。

那天早上他去採購，到市場裡買了特製醬料所需的全部材料。馬可斯不太會煮菜，他平常主要的餐點是微波食品、披薩和中國菜，不過他仍舊學會幾道簡單且味道還不錯的料理。蘑菇洋蔥義大利麵是他的拿手菜。不過在去市場前，他先去了一趟購物中心，花了一點錢買新衣服。他幾個星期前就該買了，但一直拖到現在。如果說有哪天是替衣櫃添購新裝的好日子，那麼就是這一天了。

他在接近中午時，提了大包小包回到家。所有的東西都買足了。關上門時，他再度感到一陣暈眩。馬可斯自顧自地微笑了。在開始準備醬汁前，他還有幾個小時的時間，馬可斯決定到放映室裡挑一片他還沒看的電影。他把一包爆米花放進微波爐裡，第一顆爆米花都還沒爆開，就聽到門鈴聲大作。

他走到窗前，看到鮑伯站在門外，右手拿著一份文件夾，臉上戴著墨鏡。他來之前為什麼沒有打電話通知？

他打開大門。命運真是會作弄他呀！他本以為下次打開門遇上的會是真命天女，不是跟演員同名的警察朋友。

「鮑伯，真是驚喜……你發現什麼了嗎？」

「沒錯。」

有什麼事情令他不安，至少這點很明顯。

「請進。」

兩人走進客廳，廚房裡傳來爆米花爆開的聲音。

兩人正要坐下時，鮑伯轉過頭來看著他的朋友說：「你知道麥凱是愛德華．布蘭的哥哥嗎，就是那個被控謀殺女友的傢伙？」

馬可斯呆掉了。
「我不知道。」
「同父異母。」鮑伯邊坐下邊說，「但這不是我來這裡的原因。這個我在電話裡跟你說就行了……」
馬可斯坐了下來。

12

一九九四年

清晨傳出的凶殺案，震撼了麻州大學校園。聽說有人發現一名一年級學生陳屍在在圖書館附近。校方要求學生盡可能待在宿舍裡，同時取消一切教學活動。好幾個新聞頻道報導了這起事件。儘管從校園裡傳出來的消息快得多，但方屋裡所有人都打開電視看新聞。當電視報導還只說死者是一名學生，身分仍待釐清時，大夥早已知道事實並非如此。死者是湯瑪斯．泰勒，是個頗負盛名的英國文學教授，在麻州大學已授課近十年。確認身分花了一段時間，因為這位教授不知為何在他平常穿的衣服上，又套上大學的外套和帽子，讓星期五上午發現屍體的兩個女孩搞混了。

方屋裡也有消息傳出。名叫馬克．曼加涅羅的男生是主要的可靠消息來源。他也住在五樓，大家都叫他馬曼。他女朋友是茱爾絲．洛琳的鄰居，茱爾絲．洛琳就是發現屍體的女孩之一。據馬曼說，那位教授的屍體面朝下，所以沒人認出來。一開始兩個女孩還以為是哪個喝醉的男生睡在那裡之類的，但等她們走近一點後，發現屍體附近有一灘血。他的脖子被劃開。剛發現屍體的頭幾個小時，還有人說謀殺動機是有人想搶劫他隨時帶在身上、價值不斐的黃金打火機。

最後終於證實受害者身分後，各個新聞臺開始將焦點集中在所有人心裡的疑惑上。為什麼教授要穿大學外套？湯瑪斯．泰勒已經五十一歲了，已婚並有兩個十多歲的女兒。各家電視臺都派了採訪組駐紮在他家門外，等著家屬出面。

麻州大學受到全國性媒體大幅關注。外套是這案子裡不合理的地方。但除此之外，還有其他原因。所有宿舍走廊裡，都在盛傳一個謠言，警方可能已經聽說了。而如果警方已經知道的話，可以合理推斷或許有記者也知道了。湯瑪斯．泰勒似乎與一名女大學生有婚外情。這種細節為謀殺案增添了大眾難以抗拒的吸引力。

泰德剛從六樓回來，打撲克牌已經成為很多六樓學生打發時間的遊戲，這時賈斯汀靠上來，他的眼神不對勁。泰德心生警覺，立刻把他推進兩人同住的五〇三號房，一進去就把門關上。

「你怎麼了，賈斯汀？你不能頂著這個表情在學校裡走來走去，至少在今天這種情況下不行。」

「對不起，對不起，我實在是忍不住了，泰德。」賈斯汀在房裡踱來踱去。

「你坐一下吧！」

賈斯汀坐到床上。

「你什麼也沒做。」泰德盯著他的眼睛說，「不是嗎？」

「當然沒有！」

「那你就沒什麼好擔心的，也不需要帶著那副表情到處跑。」

「你還沒跟馬曼聊過，對吧？」

「沒。我剛從六樓下來。」

「跟泰勒鬧婚外情的那個女生……是喬治雅。」

泰德挑起一邊眉毛，神色依然平靜。

「你從哪裡聽來的？」

「我跟你說了，是馬曼。你看起來不太驚訝的樣子。」

泰德坐到床上。

「我在思考。」他承認道。「警察會來找我的。你不用擔心，一切都沒事。」

「你……已經知道了？我指的是婚外情。」

「不。我們之間處得不太好，我想技術上來說，我們已經算是分手了，我不知道。但這不怎麼重要，警察會想來找我問話的。你冷靜點，賈斯汀，不要擺那個臉了。我們得表現出正常的樣子來。」

「可是……泰德，我得跟你說一件事。」

「你說。」

賈斯汀看了看關上的門，好像擔心有人會在他說到一半時闖進來。他吞了口口水。

「我早就知道喬治雅和教授的事了，泰德。我在圖書館後面的公園裡撞見他們好幾次了。我之前沒有跟你說是因為……」

「賈斯汀，別說了，我瞭解你之前為什麼不告訴我。問題是警方會不會相信你之前沒有告訴我。」

「他們不會相信的。」

「而你沒必要告訴他們。」泰德定定地打量他。

「我本來也想這麼做，泰德。但是很多人都在晚上看到我在那個公園裡。如果我不講的話更糟。」

泰德起身在房裡踱步。他邊思考邊說：「你撞見過他們確實讓事情複雜了點。」

他好一會兒沒說話。

「你昨晚在哪裡？」泰德朝室友問道。

「在交誼廳裡念書到十點半。」

「那麼你就有不在場證明了。」

「我不知道耶。我們怎麼知道他是什麼時候被殺的？」

「那傢伙穿著外套、戴著帽子，唯一的理由就是因為他……跟喬治雅在一起。你都是在幾點看到他們的？」

「絕對不會超過八點。」

「那就是了。除此之外，她也可以證明這一點。」

「如果他們更晚的時間也會見面，只是我都沒有看到呢？」

「賈斯汀，喬治雅不可能在八點後還一個人在學校裡行動的。最有可能的，就是事發情況跟之前幾次一樣。她離開後，那傢伙還在那邊待了一下，晃個幾圈來誤導別人後，才開車離開。事情就是這樣。在這段時間裡，有人攻擊他，然後把他殺了。而你那時在交誼廳念書，還有好幾個人證。你中間都沒有離開交誼廳嗎？」

「沒有。」

「太好了。如果警察問你，你就要這麼回答。你經常去公園，但從沒見過他們。從來沒有。所以你從來沒跟我提過，因為你不知道。」

泰德刻意說得很慢，來強調最後幾個字。賈斯汀點頭。他的表情慢慢放鬆了，但只放鬆一點點。

「我不知道……警察不是有測謊機還是什麼的嗎？」

「欸，賈斯汀，看著我。」泰德抓著他肩膀說，「你只不過隱瞞你之前有撞見過他們幾次，這只是為了不要讓調查方向轉往你和我身上，好讓他們能抓到真正的凶手。」賈斯汀搖頭。「聽我說，我們現在考慮的是最糟的情況。也許警方已經掌握嫌犯或一些確切的資料了，你只是白擔心而已。」

「對，有可能。」

「當然有可能。別忘了你有不在場證明。你最近都沒花什麼時間讀書，昨天晚上你剛好辦了一場讀書會，你不覺得太幸運了嗎？」

賈斯汀第一次露出緊張的微笑。

「老實說還真的是。如果我那天晚上在校園裡亂晃的話，現在早就嚇得尿褲子了。」

「就是這樣。所以你沒什麼好擔心的。如果有人跟警察說你喜歡在公園裡消磨時間，你就說確實如此，但是你從沒遇上他們，也不知道他們的婚外情。警察問到昨天晚上的話，你只要跟他們交代你做了什麼事就好。不會有問題的。」

照泰德這樣跟他解釋，事情聽起來很簡單。可萬一不是這樣呢？賈斯汀沒有殺泰勒教授，也沒跟他朋友泰德提過這件事，所以泰德也不可能殺他。

「那你呢，泰德？你昨天晚上在哪？我想你應該是在六樓，對吧？」

「對，我在六樓。但六點多的時候我就走了。」

泰德的表情變了。

兩人陷入沉重的無言裡。

「那之後呢？」賈斯汀以驚恐的語氣問。

「我回房間念書了……恐怕我完全沒有確切的不在場證明。」

泰德開始大笑。

13

一九九四年

隔天檢警正式宣布，泰勒曾與名叫喬治雅．麥肯錫的女學生有婚外情，各界對本案的關注立刻大幅升高。隨時都有新聞報導，校園上空有兩架直昇機拍攝空拍畫面。學校宣布一切活動暫停三天（也就是一共停了五天）。一位已婚、家庭美滿的教授與女學生有婚外情，這新聞太精彩了。最大膽且無視新聞道德的記者假設，喬治雅可能在嫉妒之下，殺了她的情人。深愛教授的女孩在面臨分手時喪失理智。

眾人的眼光也立刻轉到泰德身上。

14

一九九四年

大學校園裡，流言傳得比事實還快。泰德一知道喬治雅與教授的婚外情曝光後，就立刻到她宿舍去，喬治雅已經嚇到不敢離開宿舍一步了。泰德沒花時間寒暄問候，直接一針見血地問了，他想知道那天晚上女友到底有沒有看到什麼，還有她究竟看到了什麼。喬治雅說她父母已經帶著一位律師趕來，所以沒多少時間了。令他出乎意料的，是她所透露的事。她聲淚俱下顫抖地說，當天晚上她不只跟泰勒在一起，還看到他遭人謀殺的那一刻。泰德驚訝地動彈不得。那女孩斷斷續續地說，她跟教授坐在公園裡一張長凳上，那次會面（她對泰德發誓那是最後一次見他）的目的是要跟他分手，說兩人的談話並不愉快。他們吵了一架，教授跟她說了些很傷人的話後（喬治雅不願意說究竟是什麼話）她哭了起來。教授本想抱她，但被喬治雅制止了。一會兒後她站起來，根據她自己的說法，對教授說了一些她不是故意要說的話。她說如果教授還要糾纏她的話，就要去跟他太太說。喬治雅說完就離開了，但走了幾公尺後，又在罪惡感驅使下回來，不是要跟他道歉，而是因為她不應該對泰勒說那麼重的話。她就這樣在幾公尺外看到了一切。一個影子從灌木叢裡出來，迅雷不及掩耳地割斷了他的脖子。泰勒側身頹倒在地，連叫也叫不出來。凶手在原地靜止不動，她只能看到夜色裡的一團黑影，但是那人在離開前，做了件奇怪的事：他向前在教授身上找什麼東西。喬治雅看不到他在找什麼，然後只見那人如幽靈般快速消失在現場。

泰德靜靜聽完她說的這整段話。她坐在床上，他坐在一張椅子上。泰德這段時間完全沒有湊上前安慰她。他不覺得這樣做會比較好。

「妳有看到是誰嗎？」泰德問道。

「他彎腰時，路燈的光線幾乎可以照得到他的臉，可是我沒有看到。」

「妳會告訴警方嗎？」

「我不知道，泰德。我好害怕。昨晚我回來後，吃了好多安眠藥。我不認為泰勒能活下來，所以我離開了，我認為這樣比較好。你想像不出來他喉嚨流了多少血，還有他倒在地上的樣子，就像……」

喬治雅哭得不能自已，憔悴地顫抖著，彷彿在懇求著一個安慰的擁抱，但她等到的只有失望。

「就像殺人犯很清楚他在做什麼一樣。」最後喬治雅說。

泰德點頭。

「我需要你的原諒。」

但在泰德回答前，房門就開了，站在門外的正是負責此案的警探，一名姓塞加拉的男子，還有另外兩名警察。

隔天喬治雅做了口供，之後輪到泰德。警方不准他們再見面。泰德堅稱他在房間裡跟賈斯汀提過的說法：案發當晚他在六樓打撲克牌，之後就回房讀書。警方對他提出各種問題，問的不只案發當天，還有之前那幾天，從一個時間忽然跳到另一個時間，目的顯然是要混淆他。泰德的回答從來沒有前後矛盾。

不知為何，負責偵查此案的警員採用了喬治雅的證詞，她的說法成為官方紀錄。數十名記者——包括好幾名駐紮在封鎖區外的記者——紛紛報導女學生和教授的幽會，說她離開不久後，又回來看著他死去。很多人（包括泰德在內）都認為這消息是在塞加拉警探小心運作下，故意洩漏出來的。即使她認不出凶手是誰，但她肯定地說凶手不是她的男友泰德，說如果是他的話，就算光線再暗她也認得出來。外界不斷編造出各種猜測和假設。有些人完全不相信喬治雅的說法，指控她是幕後凶嫌，也有人猜測可能是她與男友共同謀劃的凶殺案。還有人指責泰勒的妻子由愛生恨犯案。

當喬治雅的律師團建議她進一步修正證詞後，泰德的處境變得更為複雜。喬治雅原本就已涉案，她有殺害教授的動機，此外她還離開了案發現場。當然，她供出這些話是對她自己有利的，但這樣就夠了嗎？喬治雅至少有兩名女性友人知道她與教授的地下情，同時可能也有人曾看到他們在一起，這麼說來，她先承認可能只是個藉口。但可以確定的是，隨著時間經過，外界的焦點越來越集中在喬治雅身上。她的律師團建議她修正當晚所見的證詞。事實上當時很黑，她沒辦法排除任何人，就連泰德也無法排除。律師說泰德隔天到她房裡探視的行動（剛好有塞加拉可以作證）嚇到她了，雖然她不認為男友會犯下這樣的罪行，所以一開始將泰德排除在外，但實際上她對於殺了泰勒的人一無所知。甚至也不能肯定凶手是不是男人。

15

現在

蘿拉、泰德和李站在一道長長的圍牆前，原本的牆面頂端還往上再加蓋一公尺高的灰色圍牆，使整道牆足足有驚人的三公尺高，但底下牆面原本的顏色已經無法辨識了。圍牆下緣有一大部分已經碎裂了，露出底下古老的黏土磚，其他部分不是已經褪色，就是覆蓋了好幾層塗料。圍牆頂端還加了兩層有刺的鐵絲網，中間有一扇用粗鏈子和大鎖鎖起來的大門。

「這是廢棄的打字機工廠。」蘿拉說，語氣是肯定的。

「是的。」泰德靠上去兩手撐在牆上，彷彿想感受什麼波動一樣。從某方面來說正是如此。「我的公司在十多年前買下的。」

「你在某次療程中，曾跟我提過溫德爾是怎麼買下工廠的。」蘿拉說完後，等著看泰德的反應。

泰德好像花了很大的精力，才聽懂她說的是誰。

「我是透過公司買下來的。」泰德再度說道，這時他一手撫著牆面沿著圍牆走。「鑰匙放在那邊。」他指著牆角那邊，隱藏在雜草和一種有刺灌木後的幾個磚塊。

李立刻上前，並要泰德走遠一點。警衛有些困難地彎腰，伸手探進雜草間。他在推磚頭時，發現有一塊鬆動，雙手並用才把它拔出來。牆洞裡放了一串鑰匙。

「我們必須進去，」泰德說，「但只有蘿拉和我。」

「不可能。」李脫口而出。

「泰德，」蘿拉介入了，「你知道我們不能這樣做。你想跟我說什麼嗎？李可以給我們一點空間，但不能讓我們單獨在一起。你瞭解的，對嗎？」

泰德揉揉太陽穴。蘿拉的話還無法說服他。另外兩人等著他回答。

「事情很簡單，泰德，」李直截了當說，「要嘛我們三個一起進去，不然我們立刻沿著小徑回去。沒有別的選擇。」

「好吧！」

李朝大門走去。

「是最大的那把鑰匙。」

蘿拉靠近泰德。

「你做得很好。我會請李給我們一些談話空間。你知道我們會在這裡發現什麼嗎？你想起來了嗎？」

泰德保持沉默。他的眼神有些不對勁。

「不，我不知道。」

但其實他知道。

他們走進一個龐大的停車場，荒廢的程度跟外面不相上下。雜草和灌木失控地占領了這塊地。唯一能走的地方，是幾條嚴重毀損的水泥步道。右邊有一棟兩層樓的建築物，窗戶和好幾個出入口都用木板封起來了。唯一的例外，是角落的一扇單開門。三人朝門的方向走去。

他們穿越樹林時，沒注意到南風吹來一層雲，雲層雖然不厚，但也足以完全遮蔽掉日光。

李用另一把鑰匙開了第二個鎖，然後用一把小一點的鑰匙開了門，門在他們身後關上，發出一聲輕輕的喀噠聲。他們進入一個又小又破敗的房間，裡面什麼都沒有。當然了，這裡不是主要的出入口。泰德帶他們從側門進入通往辦公室的走廊。從封窗的木板縫隙透進來的光線不足，李打開了手電筒。辦公室裡還有一些東西，有幾張桌子和檔案櫃之類的家具。走到一半時，泰德停下來看著旁邊的一扇門，像是一點也想不起來，或正好相反，彷彿這扇門的存在代表著什麼特別的事物。最後，他繼續走到那一區最後面的一扇雙開門前。他們所在的空間是以前的工作坊和裝配區，有些裝配線還立在那裡。那邊的天花板跟大樓一樣有兩層樓高，上面裝了幾扇天窗，儘管積了灰塵所以灰灰的，但仍能透進幾絲光線。

李收起手電筒。他必須準備好電擊槍，甚至是貝瑞塔手槍。他一點也不喜歡這個地方。光線昏暗，還有很多地方可以躲藏起來。

這時蘿拉的手機響了起來，把三個人嚇了一跳。

「馬可斯？」

收訊很差。

「……拉……急……醫院。」

蘿拉下意識地離開幾步。她向李要來那串鑰匙，警衛沒有反對，立刻交給她。

「馬可斯，你說什麼我聽不懂。拉芳達醫院出了緊急狀況嗎？」

「……緊……遠……」

沒辦法了，蘿拉沿著他們三人進來的迷宮反向走出去。她試了三把小鑰匙才離開大樓，再試著通話。

「你現在能聽得到我說話嗎？」

「行。妳聽得清楚我說話嗎？」

「現在可以了。我從大樓裡出來了。」

「什麼大樓？」

馬可斯聽起來很緊張。

「沿著泰德家後面小徑會走到一個舊工廠。跟他說的一樣……」

「蘿拉，聽清楚了。泰德跟李在一起嗎？」

「對。」
「他上了手銬腳鐐，還有人嚴密監視他？」
「對。問這個幹什麼？」
「妳確定他聽不到妳說話？」
「對！馬可斯，你讓我好擔心，發生什麼事了？」
「我要妳注意聽我說。我現在跟鮑伯・杜瓦在一起。他依照我的請求調查了一下。一九九四年麻州大學確實有一樁凶殺案，當時泰德是大一學生。名叫湯瑪斯・泰勒的教授遭割喉致死。這案子當時鬧得很大。警方調查了好幾名學生，其中就有泰德・麥凱和賈斯汀・林區，但什麼也沒查到。這個案子後來沒有破案便歸檔了。我手中有當時的檔案。妳猜怎麼了。」
蘿拉一點也猜不出來，她根本還來不及消化這新訊息。一名教授遭謀殺？馬可斯語氣中的緊張該不會是因為……
「拜託你，快告訴我剩下的事。」
她突然雙腿一軟跌坐在地。

16

一九九四年

湯瑪斯・泰勒遭謀殺五天後，校園裡依然沸沸揚揚。教學活動已經恢復正常，然而教授遇害事件似乎仍是大家唯一的談話主題。電視臺的採訪團隊已經從麻州大學撤出，也沒有直昇機隨時來拍攝空拍畫面了，但這起案件的媒體熱度不減，只不過現在的注意力轉到三角戀上。新聞報導會附上泰勒與家人的照片、喬治雅・麥肯錫的相片，還有兩三張泰德的照片（其中一張還是他高中畢業紀念冊上的相片）。喬治雅已經在醫師要求下搬回家住。即使警方發出新聞稿，表示她並未因泰勒謀殺案遭到調查，但幾乎沒有人相信。

當天清晨六點，方屋的擴音器傳出一陣聲音。每個房間的門都打開了。臉上仍有睡意、眼睛睜不開、還穿著睡衣的學生彼此互看，想聽清楚究竟說了些什麼。這是校長本人的聲音，要求學生必須在十分鐘之內下樓來，他要在交誼廳裡宣布要事。

這情況實在少見。有什麼事情必須在無預警的情況下，選在清晨六點宣布？

五〇三號房裡最先醒過來的是泰德。他從沒看過室友睡得這麼沉，因為賈斯汀的大腦至少花了兩分鐘才開機。當賈斯汀想到事情可能跟案子有關時，他立刻清醒了。

「我們先別急，賈斯汀，拜託。先起床穿衣服，然後我們再下樓。」

來到一樓時，大家不再懷疑此事是否跟泰勒死亡案有沒有關係。幾名學生還在下樓時，已經有一組十名警員上樓了。交誼廳裡人擠人。校長和塞加拉警探站在門邊，由於調查這件案子，塞加拉警探簡樸的身影經常出現在電視上，所以人人都認得他。兩人身旁還有幾名警察，校長身邊另外還有兩個陌生人。

「搞什麼鬼？」賈斯汀說著，若有所思。

「一定是警方的必要程序。」泰德說，看來毫不擔心。

「早安。」校長道，「我就簡單說了。你們一定已經想到了，我們需要各位配合協助麻州警局現在進行的調查。塞加拉警探和他的人要搜查這棟宿舍，需要各位在搜查期間留在這裡。」

人群中傳出一陣夾雜著抗議聲的私語。

塞加拉接著說：「如果有人在接下來兩三個小時裡，需要什麼必要物品，現在舉手，會有警員陪同你回房間拿。」他停頓了一下。「我說的必要物品指的是藥品。」

「警方可以這麼做嗎？」有人問。

校長回話了。

「兩位學校律師現在也在場，確保一切依法行事。」

再也沒有人舉手或發言。塞加拉和他帶來的人開始往上走。只有兩名警員留下來守著大門。

發生什麼事了？

在學校所有宿舍裡，方屋是警方第一個搜索的，這也許是巧合，但仔細想想，警方不可能隨意選一棟宿舍的。因為搜了第一棟之後，其他宿舍的學生會有所警覺。如果有人在房間裡藏了與案情有關的東西，就有時間處理掉。不，搜索行動不會擴大到其他宿舍，不管警方想找的是什麼，一定就藏在方屋裡。

賈斯汀、泰德和其他人圍成一團。馬曼跟爾文．普萊塞也在這群人裡，還有一個名叫喬．史提威爾的男生，他突然臉色發白，眼睛眨都不眨地睜得老大。泰德心裡暗自感謝史提威爾就在他們這群人之間，這樣的話，賈斯汀臉上的驚恐就不那麼引人注意。

「你們覺得警察是在找那個打火機嗎？」馬曼問道。

泰德早已忘了那個打火機，那不過是有學生看到教授曾拿著名貴的黃金打火機後，所傳出來的都市傳說。

「沒有什麼打火機。」爾文說。

「那他們在找什麼？」

泰德對警方搜查的對象沒有太大興趣，他感興趣的是背後的原因。清查一棟六樓高的大學宿舍不是簡單的工作，這是一定的，甚至比調查一樁轟動的命案還複雜。儘管校長剛剛在談話中，表現出合作的態度，但他和校方律師團一定已提出過各種反對理由。這項程序勢必已獲得法官認可。如果沒有確切證據的話，搜查行動就太過分了。但這確切的證據是什麼？

一個多小時後，塞加拉和他的組員回到一樓。泰德算了算，一共有十五個人。他第一個結論是，所有人都是警員或警探，沒有警方的科學鑑識組員，因此法官授權的行動很可能僅限於搜查某種確切的物證，而不是採集指紋或生物跡證。這就多少說明了現在的調查進度，他想著。第二個、也是最重要的結論，就是在這麼短的時間和這樣的人力安排下，警方不可能仔細搜查所有人的房間。

當學生獲准各自回房時，泰德邊上樓邊花了點時間看一下其他房間，發現很多房間都有人強行進入的痕跡。不過這當然不可能。他立刻就明白發生什麼事了：兩三名組員負責弄亂所有房間，有的房間比其他房更亂點，而其他組員就去他們真正想查的房間仔細搜。不可能有別的了。因為如果十五人要在一個小時裡清查方屋所有房間，是沒辦法好好搜的……既然如此，為什麼還如此大費周章？

他一回到五〇三號房，就證實了心裡的懷疑。房間裡亂七八糟，床架上的床墊被翻了下來，抽屜全被翻開，衣服被亂丟得到處都是……警方根本完全沒費心掩飾他們的痕跡。當然這片混亂也可能是一個人弄出來的。泰德搜尋著更微小的細節，他只看了書架一眼，就看出來警方搜查過那裡。泰德有過目不忘的照相式記憶，馬上發現他的書本都還放在原位，但是跟先前在書架上的深度不一樣。有人小心翼翼的把書一本一本拿出來。

「你注意到什麼了？」他背後的賈斯汀說。

「沒什麼。」泰德眼睛盯著書回答。「我們很快就會接到塞加拉的消息了。」

「你這話是什麼意思？」

「就是字面上的意思。」他萬分嚴肅地說，「你要控制好自己，賈斯汀，記得我跟你說過的。那名警探會想跟你談話。或許也會想再跟我談一次，不過他知道從我這邊問不出什麼新東西。」

泰德知道塞加拉什麼也沒查到。警探這時候應該正嘆息著走錯一步棋了。

17

一九九四年

後來是馬曼把消息帶到方屋的。這幾天，他除了在校園裡打探消息外，什麼也沒做。他似乎很享受自己這個官方消息來源的新頭銜。不只負責散播謠言——包括那些一聽就是假的謠言——他還會持續追蹤，如果有人想知道最新進展，找馬曼就對了。

「我給各位帶來很有價值的訊息，」馬曼在五樓走廊上說，「不只是謠言啊，兄弟。」

爾文．普萊塞和賈斯汀聚精會神地聽著。

「我們進房間去吧！」泰德催著他們。他是這小團體裡的第四個人。

馬曼看起來不太服氣，在走廊上他可以吸引到更多聽眾。

「走吧，馬曼。」泰德堅持說，「跟其他人一個一個單獨說比較好，你不覺得嗎？」

「是啊，當然啦！」

他們走進五〇四號房，就在泰德跟賈斯汀房間隔壁，四人各自兩兩坐在床上。

「這件事太不可思議了，我跟三個不同的消息來源確認過。」馬曼完全投入在他新的專案記者角色裡。「我女朋友有個同學費歐娜．史密斯，她爸爸是調查這案子的警察，她說昨晚親耳聽到她爸說過。還有梅瑞迪絲．馬龍，她是校長祕書的妹妹，說是在她姊姊跟塞加拉講電話時聽到的。最後……

「可以麻煩你直接告訴我們到底怎樣了嗎？」泰德打斷他的話頭。

「對啊。」爾文也說，「我們直接進入正題吧！」

「好吧。警方掌握了一個關鍵證人。」馬曼說完後，停下來看其他三人的反應。

「有人看到案發情況？」賈斯汀問道。

「關鍵證人這幾個字你有哪一個聽不懂了？」爾文諷刺道。

如果有人晚上在公園附近遊蕩，賈斯汀想著，可能就曾看到過自己，然後跑去告訴警方。

「對，有人看到事發經過。」馬曼證實道。「我還知道他的名字。是一個姓溫德爾的人。」

「還有什麼？」爾文看起來不太相信的樣子。

「費歐娜說她爸爸一直在說溫德爾，好像把他當成一切的關鍵一樣，說他向警方提供關鍵資料，有助於突破案情的資料，說不只案發當時他在場，也知道案發經過。塞加拉承諾校長會在一週內結案。」

「哇喔……那這個溫德爾是誰？學生嗎？」

「我有朋友在學生事務處打工，他現在正在查。目前沒有人認識姓溫德爾的人。」

「如果不是學生的話，應該就是總務處的人，巡夜守衛或警衛之類的。」

泰德平靜地說：「我們必須知道這個溫德爾是誰。你可以去查一下嗎？」

「如果他是學生的話，我可能還查得到。但事實上，我不認為他是學生。如果是的話我們早就知道了。」

「我也這麼認為。」賈斯汀說。

泰德回到五〇三號房。他得好好想想。

18

一九九四年

湯瑪斯．泰勒謀殺案沒有偵破。相關檔案跟採集到的少數物證一起留存在州立警局裡，放了好幾年。方屋裡沒有人知道漚德爾是誰，也不知道他對警方提供了什麼有助於破案的關鍵資訊。

之後，泰勒案凶手再度大開殺戒，不只一次犯案。

19

現在

蘿拉仍坐在地上，她背後靠著骯髒的大門。探出圍牆上方的樹木，有節奏地輕輕搖晃，天上的雲層變黑了，微風轉為強風。她面前空蕩蕩的停車場裡，乾枯的樹葉在風中盤旋著，刮過柏油路面。馬可斯透過手機小聽筒傳來的生硬嗓音，是唯一能讓她稍稍集中注意力的聲音。

「蘿拉，妳還在聽嗎？」

「對。這裡收訊不好。我人在發抖，馬可斯。」

「放心。如果泰德上了手銬腳鐐，而且什麼都不記得的話……不需要擔心。但如果不是這樣的話，為什麼要帶你們到那裡去？」

「我不知道。無論如何，我還有一些東西沒有弄懂，你說檔案裡有提到一名姓溫德爾的關鍵證人？」

「沒錯，但並非真有其人。警方捏造這人出來，放消息說他們掌握到重要目擊者。如果凶手是一名嚇壞了的大學生，很可能犯下錯誤的話，那麼警方的作法是很有道理的。我一看到檔案裡的名字就全懂了……」

「我不太懂。」

「蘿拉，拜託妳聽我說。泰德因為那名教授跟他女友有染，所以殺了他。溫德爾是唯一能揭露他的人，所以他必須死，就像在那兩個循環裡的情節一樣。妳懂了嗎？」

「我正在思考。」

「蘿拉，我跟鮑伯正在趕往那裡。我需要妳把確切位置傳過來給我。鮑伯已經聯絡聯邦調查局，局裡已經派出一個小組上路了。我知道妳在那裡不太容易想清楚，但妳要相信我。想想看我一開始跟妳說了什麼。泰德和布蘭是兄弟。布蘭殺掉他女友時，有完美的不在場證明……但是泰德呢？那女人也很有可能是泰德殺的。我們不知道他們兄弟間的關係如何。」

蘿拉還沒消化掉泰德和布蘭是兄弟的消息。在整幅拼圖裡，這一片該放在哪裡好？

「馬可斯，我要掛電話了。如果我不趕快回去的話，他們會懷疑情況不對頭的。我再把這邊的位置用簡訊傳給你。」

「好吧。蘿拉，千萬小心。如果泰德殺了那名教授，可能也殺了弟弟的女友，那這就指出一個事實：兩個死亡案隔了很長一段時間。鮑伯認為可能還有更多案件。」

她沒有回答。

「我告訴妳這些，是要妳跟我保證妳會小心。」

「我會的。再見。」

蘿拉掛了電話後，仍將手機壓在耳邊。驚訝和震撼開始消退，恐懼占了上風，她突然覺得工廠看來好有威脅性。她幾乎不認識李．史提威爾，這人根本不是她負責的B區警衛，然而她強烈感到需要有人陪伴保護，心裡只想要回去工廠裡，跟李在一起。

她啟動手機的GPS功能，把確切位置傳給馬可斯。

可能還有更多案件。

蘿拉進入工廠時，腦袋裡重新想了一遍她所瞭解的案情。馬可斯剛剛在電話中透露的消息，依然令她驚訝，但她慢慢看出來了，並能理解在這段時間內，操控著泰德的無形之線。最重要的問題是，當下泰德對這些所知多少。蘿拉穿過辦公區，停在幾分鐘前泰德停下來的地方，望著同一扇側門。室內的門為什麼要上鎖？她沒有多想就走向門前，試了幾支大的鑰匙，直到找出可以開鎖的那支。她發現門後是一個擺了亂七八糟家具的辦公室。她試了試電燈開關，還是沒電，於是打開手機的手電筒照亮房間。裡面有一張木桌，一張破舊的椅子，還有好幾個檔案櫃。儘管屋裡有灰塵，景象破敗，這間辦公室看起來顯然有人經常來此。蘿拉走近書桌，拉開其中一個抽屜。抽屜出乎意料地一拉就開。裡面有好幾個用厚紙板做的文件夾，蘿拉不敢隨便亂翻。她打開左邊另一個抽屜，發現更多文件夾。她知道裡面有什麼……她很確定。

她拿出第一份文件夾打開。裡面有幾張紙，她一手翻頁另一手拿著手機。她想得沒錯。她面前有好幾張剪報，全都是關於一個名叫伊莉莎白．葛斯的女子遭謀殺的新聞。

割喉致死。

她忍不住讀了三、四篇這個案子的報導。

之後她又翻了幾個文件夾，一共有十份。受害者全是女人。

可能還有更多案件。

20

現在

蘿拉離開不到五分鐘後，李便開始覺得不安。泰德帶著平靜神祕的微笑打量著他。

「這裡是什麼地方？」警衛問道。

泰德朝上面看了看，又往兩旁看了看，好像在空氣間找答案一樣。

「我想大概是一個類似巢穴、一個可以靜養的地方。」

李不太驚訝。他在拉芳達醫院裡，聽過更多令人汗毛直豎的故事，喜歡在廢棄工廠消磨時間的有錢人算不上什麼。

「這麼說你想起來了。」李不太熱切地說，「等醫師回來我們就可以走人了。」

「我不覺得她會回來。」

李仔細打量他。

「我不覺得她會馬上回來。」泰德繼續說，「看來是很嚴重的緊急事件。」

「她離開前才講了兩三句話。」

「有可能。」

泰德靠在一張不鏽鋼桌旁。桌上有幾塊生鏽的金屬、油漆罐和其他東西。泰德雙手銬在身前，但即使如此，李仍舊嚴密的監視著他。這傢伙可能通知外面的人來幫他逃跑。希爾醫師相信他，不過李認為她的作法很不安全。

「他們把我關到拉芳達之前，我打算自殺的。」泰德突然換了個話題，臉上的表情明顯地變了。

「你有生什麼病嗎？」

「沒有。」

他臉上再度出現作夢般的表情。

「我現在還是想自殺，李。」泰德雙眼大張，眼裡有著狂亂和懇求。「沒有什麼我更想要做的了。」

李立刻提高警戒。他一手放到手槍上，但沒有拔槍。

泰德微笑，仍站在原地一動也不動。

「放心吧，李。我想跟你說一個提案。」

「什麼事？」

「等醫師回來後，我會試著逃跑。你給我打暗號，然後按著標準程序來，你警告我要是不停下來的話，會朝我開槍，我不會聽你的話。然後碰碰……事情就解決啦！」

「我才不會殺你，泰德。如果你想要小聰明的話，我會往你大腿開一槍。」

「拜託啦，李……你就先照我的話做吧，好不好？有希爾醫師當人證就夠了。沒有人能證明你瞄準的究竟是腿還是頭。我可以跑很快的……這些鏈子沒那麼短。而且這一槍沒那麼容易瞄準。」

「我不會殺你的。」李又說，「我只想在三點前回到拉芳達，然後回家跟我太太待在一起。」

「既然你提到……你太太。她叫瑪莎，對嗎？想想看，如果你能完成她湖邊小屋的夢想。這樣不是很棒嗎？」

李皺起眉頭不說話。

「想想看，李，除此之外，你還可以買一輛四輪傳動的卡車，跟瑪莎一起買些生活用品，到你們郊外的房子過個兩三天。想像一下，你退休後就馬上能跟瑪莎一起到歐洲旅遊兩三個月。你們去過歐洲嗎？想想看你們可以暢遊歐洲，不用擔心花費……」

「好好好，你個約翰・藍儂，你要說的究竟是什麼？」

「李，我要說的，就是我們現在就能實現這個夢想。」

「怎麼實現？」

「這座工廠有一個很大的地下室。裡面藏了一百萬美元的現金。歸你。」

李微笑了

「地下室有一百萬美元？」

「拜託啊，李，你剛剛才看到我的度假別墅。我是這座產業的地主，我還有其他地產。你不會懷疑我沒能力籌到這麼多緊急資金的，對吧？」

「噢，不，我當然不懷疑。我懷疑的是怎麼會剛好藏在地下室。」

「那你以為我們跑來這裡幹什麼？」

李打量了泰德好一會兒。然後又朝門口看了一眼，確定這裡只有他們兩人。他當然不想要希爾醫師聽到這一段談話。

「我以為你什麼都不記得了……」

「是這樣沒錯……不過有一些記憶回來了。聽好，李，這一百萬就在這裡，我們只要花一分鐘去地下室就能確認。就這麼簡單。錢為什麼在那裡，是從哪裡來的有什麼重要？」

警衛猶豫了，泰德看得一清二楚。

「這麼做對我們都好，李。我不是在拜託你殺別人，是拜託你殺我。相信我，把子彈往我頭裡射對所有人都好。」

「我不能光是因為你想逃跑就殺了你……」

泰德瞭解警衛的意思。

「或許……不要只是逃走。我可以攻擊希爾醫師……像這樣掐住她喉嚨。你可以叫我放了她，然後我可以往那邊過去一點，抓個什麼東西砸她。那張桌子上隨便一個東西都可以。」

「我沒有說我答應了喔！」

「我知道。我們只是先假設一下。你會在蘿拉面前朝我開槍，她不會懷疑你的反應是要保護她，所以完全說得通。接下來你一定得回答警方的一些問題，然後就結束了。之後你可以回來這裡把錢拿走。」

「在哪裡？我要先看看。」

泰德微笑。

「那一扇就是通往地下室的門。鑰匙沒有跟其他的放在一起，是藏在那個角落的小洞裡。」通往地下室的門，是一扇厚重的金屬門。李在泰德說的地方找鑰匙，他找到了。

「如果希爾醫生回來的話，我就跟她說我聽到地下室裡有聲音。你別給我做蠢事。」

把鑰匙插進門鎖前，李回過頭來。

「等一下。在我看到錢做決定之前，我要知道你犯下了什麼罪。」

「我做過的事最好跟我一起消失在人世間。」

「那錢……」

「那錢只是先預備好的。是我的錢，如果你問的是這個的話。」

「我們走吧！」

兩人沿著一道狹窄的樓梯下去，走到一個有配電盤的樓梯轉角平臺。

「開關在上面。」泰德指給他看。

李不可思議地看著他，猶豫一下後，還是行動。燈光亮了，兩人繼續沿樓梯走下去，泰德走在前面，小心翼翼地踩著階梯，免得被鏈子絆到。李保持適當距離地跟在他身後。

下面全是一團混亂。有陳舊的機器、巨大的木頭抽屜櫃、檔案櫃和家具等。最後一次搬遷時沒搬到的東西，似乎都被遺忘在這地下世界裡。如果一樓有地方可以躲人，地下室這個由破銅爛鐵和廢棄物構成的迷宮裡，就有更多供人躲藏的空間了。牆壁上緣的窗戶全用石塊封了起來，燈光提供的照明不夠。每個角落裡，似乎都有許多拉長變形的陰影。

泰德自在地在迷宮間的小徑裡移動。李默默跟著他。為什麼要對他嚴陣以待？這混帳巴不得有人一槍斃了他。

眞的嗎？

他確定自己聽到了兩三次齧齒類動物走路的聲音。李非常討厭老鼠，但他沒說什麼。兩人停在一個高高的架子前，上面有好幾臺滿是灰塵的古老打字機。架子旁邊有一張破破爛爛的沙發，那張綠色燈芯絨的沙發，早已不復當年陳放在奢華接待處時的風華。泰德從旁邊把沙發推走。李保持著適當距離盯著泰德，同時從眼角餘光看到一隻老鼠快速竄來竄去。至少在面對希爾醫師時，他有充分的理由了。那裡真的傳出奇怪的聲音。

沙發底下有一扇沒有把手的活板門。泰德對警衛說，需要一個尖銳的東西來開門，李不得不忍笑。

「我才不會拿尖銳的東西給你。」他嘲弄道，「走開，別輕舉妄動。」

李用一把鑰匙撬起活板門的一邊。他無法否認自己突然開始感到一陣興奮。如果他真的能把這錢據為己有的話呢？他腦子裡開始計畫。他不需要朝泰德開槍。當希爾醫師一回來，他可以堅稱一定要盡快離開那裡。他才是對病患安全負責的人，她沒辦法反駁這一點。而李現在知道的太多了。至於泰德那邊，不用擔心他會洩漏出去。然後過一陣子，李就可以回來取錢。他露出一抹微笑。

如果眞的有錢的話。

地板下面有一個巨大的金屬箱子。李用雙手拇指把箱上的兩個扣鎖滑開。箱蓋發出一記輕輕的喀噠聲後打開了，他把箱蓋掀起來後就看到了，一捆捆包在透明袋子裡的百元鈔票，整整齊齊地放在箱子裡。李這輩子從來沒見過這麼多現金。可以帶瑪莎去旅行了，他興奮地想。泰德一定會讀心術，才替他想出了完美的計畫。瑪莎一直都惋惜自己沒出過國。她這輩子最遠只有到北卡羅萊納州去看妹妹。現在他可以……

這時有什麼東西從地板下爬過，快速出現在金屬箱旁邊。這老鼠又灰又大，張著血盆大口，眼睛閃閃發光。一直蹲在地上的李猛然後退、失去平衡。李最後看到的景象，是老鼠從洞裡探出頭來，同時看到泰德一個快速的動作。接著一陣陰影籠罩住他，砸破了他的頭。

他發出一聲悶悶的叫聲。

架子倒在他身上時，打字機如雨點般往他敲下來。

21

現在

蘿拉回到裝配區時，心裡想像了很多情況，但從沒想過警衛竟然不在那裡。泰德站在這廣大空間的中央等她，兩條手臂鬆鬆地垂在身側。身上已經沒有鏈條了。

「李在哪裡？」

「在地下室。」

蘿拉心裡自問這是否代表他還活著。她不敢問出口。

保持冷靜。

「我把他鍊起來了。」泰德展示著手腕說，「我晚一點會放了他。但妳現在就必須離開，蘿拉。」

「離開？為什麼？我以為我們很有進展呢！讓我帶你回拉芳達。我們可以處理好現在困擾你的問題。想想你的家人，想想……」

「蘿拉，我很感謝妳為我做的一切。但治療無法解決一切，有些事實是不會改變的。」

蘿拉沒有上前。

「走吧，沿著小路走回我家。不要通知任何人。」

「你打算做什麼？」

他猶豫了一下，臉上掙扎的表情剛出現又立刻消失了。

「我不會做什麼壞事的。」

蘿拉開始瞭解泰德腦子裡在想什麼了。他混亂了，她應該善用手中有利的資訊。

「剛剛誰打電話給妳？」泰德突然問道。他朝她走近了幾步。

「馬可斯．葛蘭，他是C區的主任。一個病人出現緊急情況。」

「啊哈……」

「正是如此。」

「哪種緊急情況？你們聊了很久……」

兩人的距離縮短了，他只要兩三大步就能抓到她。

「蘿拉，他們已經知道了嗎？」

她眉頭一皺，必須想辦法奪回掌控權才行。

「我剛剛進去你收著文件夾的房間。我看到了，所以回來得晚。」

「這麼說，妳已經知道我做了什麼事了。」他喃喃地說。

泰德彷彿聽到聲音般，警戒地抬起頭。之後他垂下視線，盯著一個角落看了好一會兒，似乎忘了自己在哪裡。

「泰德，拜託，恐怕事情比你認為的還更複雜……」

「走吧！」他說，然後轉過身朝地下室走去。

「我跟你一起去。」她說道。

他沒有轉過身，背對著她說道：「妳很清楚妳這麼做的話，接下來會發生什麼事。」

儘管如此，她還是下去了，走到樓梯一半時，聞到一股明顯的汽油味。

22

現在

蘿拉看到入口附近至少有五桶汽油。兩人沿著一條滿是垃圾的走廊，走到一張陳舊的扶手椅前，椅子旁邊的地上，有一扇活板門，好幾架古老的打字機散落在地板上。蘿拉看著空蕩蕩的架子，心下明白這裡發生了什麼事。她發現活板門開口旁，有一灘新鮮的血跡，但卻沒看到警衛。蘿拉心生警覺地問道：「李在哪裡？」

「在那後面。」泰德不甚在意地回答道，比著距離他們幾公尺遠的辦公室櫃子。那櫃子高約一公尺，前緣有好幾個滑門，跟地下室裡的其他東西一樣，都少了現代設計的特色，而且看起來一定有千斤重。警衛穿著靴子的雙腳，從櫃子一端露了出來。

泰德彎腰在打開的活板門裡找東西。蘿拉看到裡面有一個金屬箱。

「你要做什麼，泰德？」

他沒有回答。蘿拉趁他停下來思考時，走到兩張滿是灰塵的椅子前，坐在其中一張上。

「我希望我們進行最後一次療程。」她宣布道。

泰德轉身望著空椅，之後又看著蘿拉。

「他們在路上了嗎？」

她點頭。

「我們有多少時間？」

「我不知道。也許有一個小時。」

泰德坐了下來。

「我覺得可以了。我要妳去跟荷莉講，他們會提到很多可怕的事，大部分都是真的，如果她恨我的話，我不會怪她的……」

「我會跟她談的，我保證。」

「如果妳有興趣的話。我可以允許妳寫下這一切經過，倒不是說妳需要我的許可，這我知道。」

蘿拉相信自己沒有跟泰德提過這件事。

「我發現妳很重視我的案子。」泰德露出一抹悲傷的微笑。「妳做得很好，因為如果不是如此的話，我們現在不會在這裡，就不會有人發現我廢物般的人生了。」

「泰德……我之前跟你說過了，我認為事情沒有那麼簡單。」

「就是有那麼簡單。我殺了那些女人……」泰德進入了一種夢囈般的狀態。

一隻老鼠快速衝過兩人面前，蘿拉嚇得跳了起來。這裡到處都有老鼠。顯然是被汽油味嚇出來的。

「泰德，我想聊聊布蘭。」

他點頭。

「你想起他來了嗎？」

「布蘭是我弟弟。但在妳提起來之前，我都沒有想到他。統統都回來了，蘿拉。就好像我拿著一支手電筒往腦袋裡照一樣……以前黑暗的地方，現在我都可以看得到了。」

「這樣很好。」

泰德一點也不同意。

「妳一直都知道嗎？我指的是布蘭是我弟弟這事。」

「不。警方查出了你們的關連。」

「警方啊……」泰德自言自語說。

蘿拉後悔告訴他了。她需要讓泰德維持在心理治療的氛圍裡。在這個與一般治療室大相逕庭的空間裡，本來就很難做到了，不需要再加上警方和案子的未來發展來給自己找麻煩。

「我是在大學一年級時知道的。」泰德說，「那時候我父親偶爾會想拉近跟我的關係。他會透過奧黛莉姑姑傳話，她會說她一直都很擔心我啊，說她知道這個哥哥人不好啊之類的。我心不甘情不願地去見他，然後他跟我提到布蘭，甚至還給我看了一張布蘭的照片。」

「他為什麼要這麼做？我指的是為什麼要選在那時候說。」

泰德聳肩。

「他跟我說了些應該要認識布蘭的蠢話，說布蘭跟我血濃於水，不應該因為我跟他關係不好就成為受害者。」

「聽起來很有道理啊！」

「當然。我父親那混帳聽起來總是一副全世界就他最有道理的樣子。不過你說得很合理：為什麼要挑在那個時候？我那時候在讀大學，布蘭讀中學。事實上，蘿拉，事實是我父親決定那天就是不要讓我好過，所以拿他第一個想到的事情來弄我。就是這麼簡單。那混蛋唯一會在意的，就是他自己的面子。他根本不在乎他的小孩處得好不好……這是肯定的。」

「那你們處得好嗎？」

「跟布蘭處得好不好？當然不好。那天我像平常一樣，跟我父親吵了一架，然後我就走了。我一點也不想見我弟弟。」

「但你有想過嗎？那孩子一點錯也沒有，你父親在這方面說得沒錯。你也沒有錯。你為什麼不願意見見他呢？」

「這我沒有想太多。那年學校裡發生太多事了。我認為如果我親近布蘭的話，就等於永遠無法打破我與我父親之間的連結，會讓他更加融入在我的人生中。回頭看看過去發生的事，這麼做是最好的。後來布蘭變成跟我們父親一樣混帳的人。」

泰德閉口不言，目光下垂。蘿拉知道他心裡在想什麼，她伸手捏住泰德的下巴。

「泰德，看著我。」

「我想我也逃離不了這個命運。」他說。

蘿拉沒有鬆開他的下巴。

「我不想聊你，暫時還不要。也不想聊你父親。我希望我們來談一下布蘭。」

蘿拉縮回手，微微向後靠在椅子上。

「妳想知道什麼？」

「我們知道你曾到過布蘭家。你還記得為什麼嗎？」

泰德一副不是記得很清楚的樣子。

「當我看到他殺害女友的新聞後，我就知道他是我弟弟。我只有在好幾年前看了他的照片一眼，就記住了。他臉上有些特徵跟我父親很像，尤其是這一塊……」泰德比了比眉心的地方。「然而，當我看到他在街上逃離記者追問的畫面時，我才確定是他。他走路的樣子跟我父親一模一樣，身體稍微往前傾，兩條手臂完全不動地垂在身側。我從來沒看過其他人這樣走路的……手臂完全不擺動。」

「你看到他時，心裡在想什麼？」

「我不知道。應該是覺得他有罪吧！我真的想不起來了。」

「告訴我，你現在在想什麼。關於布蘭這個人。」

「有必要嗎？」

蘿拉點頭。

「布蘭是我弟弟……我想應該是天註定吧！我們兩人個性都有些怪。」

「這令你感到平靜嗎？」

「說實話，對。」

「之前你跟我說，你是在大學一年級時，知道布蘭的存在，說你根本沒有時間去想到他，說那年出了很多事情。你指的是什麼？」

蘿拉已經知道了，但她希望由泰德來告訴她。

「那一年我殺了一個人。他叫湯瑪斯．泰勒，是麻州大學的教授。那傢伙跟我當時的女友喬治雅有地下情。他就是我在拉芳達庭院裡看到的那個人。」

他說到最後幾個字時，一隻老鼠發出尖銳的叫聲。另一隻在角落的老鼠回應了。

「你是怎麼做的？」蘿拉問。

「他們晚上會在圖書館邊的公園見面。我等到喬治雅離開後，從後面靠近，拿一把刀割開他的喉嚨便離開了。警方有調查但沒有破案。」

泰德提起那一年發生的事時，是帶著一種奇怪的機械化語氣說的。

「真奇怪……你收在樓上的文件夾裡，我只看到女人。」

「那是……私人問題。」

「你跟喬治雅很親密嗎？」

這問題出乎泰德意料之外。這些年來，他多次想到喬治雅，但都只把她當成一個配角，她本身從來都不是重要的人。說實話，他幾乎都忘了她的樣子。

「我們沒有什麼共通點。我想我們那時候已經淡掉了，事實上，後來我們就沒有再見面了。」

這時輪到蘿拉點頭。

「即便如此，你還是殺了教授。」

「蘿拉，這到底有什麼意義？」

「這段時間，我們都想解開一個複雜的結。當我們稍微把線拉鬆一點時，卻拉過頭了，得到全然相反的結果。現在應該把所有線頭湊起來，泰德。你弟弟布蘭就是一個線頭，泰勒謀殺案是另一個線頭，所有死亡的女孩也都是線頭。有什麼東西是我們還沒發現的……一條主要的控制線。唯一能發現真相的方法，就是繼續挖掘你的過去，挖出一切的根源。」

「我懂妳在說什麼……但這真的重要嗎？結果還是一樣啊！」

「對荷莉和雙胞胎來說，結果會非常不一樣。」

「妳還想知道什麼？」

「我要你告訴我，你是怎麼殺掉第一個女生的，泰德，」蘿拉看著他的眼睛說，「而且我要你仔仔細細地說，詳細跟我描述你記得起來的細節。她的名字叫伊莉莎白．葛斯，對嗎？」

「如果妳想知道的話。」

泰德想了一下，眼神顯然已經回到過往。他再度語氣單調地說。

「她是一名只有二十歲的年輕單親媽媽，在哈波菲爾的戲院工作，那是離我成長地方不遠的一座小鎮。她的兒子兩歲，跟外公、外婆一起住在新罕布夏州的某個城市裡，不過這是我後來才知道的。她不是個壞媽媽，有心想努力上進把兒子接回來。不是因為她父母不准她探望孩子什麼的，只是因為他們覺得她沒有能力撫養小孩，所以才把小孩帶走。反對最激烈的人是她父親。他們父女基本上已經不說話了。那傢伙一直因為懷孕的事情怪罪她，甚至案發後，警方還在找凶手時，她父親都還語帶譴責的批評，好像這都是伊莉莎白自找的。或者更糟糕，好像她活該被殺。」

泰德搖頭。

「但她不是自找的。她有一頭金髮，身材很纖瘦，很脆弱。跟其他人一樣。她在錯誤的時間出現在錯誤的地點。她和另外兩個女同事住在一起。她們不是朋友，彼此間的關係並不好。她根本不可能帶著一個孩子住在那麼小的公寓裡，那時候她心裡唯一想的就是要搬家。她在戲院和附近店家張貼手寫的廣告小傳單。上面寫著：『有禮貌、負責任的女傭，可提供清潔與其他家事服務及照顧老人。期望雇主提供適當待遇以及一間房間，供我與幼子同住。』下面寫了她的名字：伊莉。」

「所以你打電話給她，提供她住的地方。」

「沒錯。事情很簡單，因為那女孩急著要搬出公寓，把孩子接回來。在其他情況下，她很可能不會接受在那麼遠的地方見一名陌生人。我約她在郊外一條少有人跡的路上見面，很多富有的馬場主人都住在那一帶。我把車子停在路邊，她在傍晚開著破爛小車過來。接下來的路比較錯綜複雜，所以我們要開同一輛車。當然這是騙她的，那裡什麼也沒有。她把車子停好後，我們就開著我的車上路。那天她在電影院連上了兩個班，非常疲倦。我跟她說我是鰥夫，跟七歲的兒子住在一棟很大很空的房子裡。她跟我提到她兒子的父親，說那個年輕人後來完全人間蒸發了，我很快就獲得她的信任。

「但伊莉莎白後來發現根本沒有房子、也沒有工作機會可以給她和她兒子。她下車快速朝樹林的方向衝。我不怎麼費力就在一塊空地上追到她了。那女孩沒什麼力氣，基本上完全沒有反抗。」

「你是用刀子殺她的嗎？」蘿拉以一副「這問題再正常不過」的語氣問道，「你是像殺泰勒一樣割開她脖子的嗎？」

泰德露出真心後悔的表情。事實上他已經快要哭了。

他默默點頭。

「我來這裡前，在剪報上看到，說她胸前還遭到十多下重擊。你也在她胸前搥了十多下嗎？」

泰德再度點頭。

「我可以問你一個問題嗎？」蘿拉毫不遲疑地提問。「如果你是透過廣告和電話約她出來的，那你怎麼知道她外表長什麼樣子，是否符合一貫的模式？」

泰德一再搖頭，神情越來越不安。

「我不知道，蘿拉……也許我在她貼廣告時見過她。妳認為這很重要嗎？」

「是的，泰德，這很重要。因為你跟我描述的伊莉莎白．葛斯案情，很多都源自於我在樓上看到的報紙剪報。」

「事發情況就是如此。」

「那個房間裡放的東西，」蘿拉指著樓上說，「不是收藏來的回憶，泰德……那是調查的成果。」

泰德一臉莫名其妙地看著她。蘿拉繼續說：「伊莉莎白．葛斯死於一九八三年。那時你只有七歲，泰德。七歲。」

就連老鼠都安靜了幾秒。

「你沒有殺伊莉莎白．葛斯，也沒有殺害其他女孩。你更沒有殺湯瑪斯．泰勒。你誰都沒殺！你看出這其中的共通點了嗎？」

23

一九八三年

泰德第一次聽到媽媽大叫時，正抱著小西洋棋盤躺在房間裡的舊地毯上。他保持安靜，等著聽會不會有第二次叫聲，泰德幾乎想都沒想就滑進床底下，從那裡可以看到門縫底下透進來的光線。如果媽媽過來的話就能看到她。爸爸不在家。

跟棋盤放在一起的是一小本舊書，是鮑比．費雪的棋局書，那是一個鄰居送給他的禮物。這個鄰居是他唯一的資訊來源。他沒花多久時間就把所有的棋局背下來，目前他已經很滿足了。棋盤和三十一枚棋子也是人家送的，是來自教堂裡某個不知名人士的禮物。媽媽用鋁箔紙做了一枚兵，補上這組西洋棋裡缺少的那枚棋子。媽媽會做好多很厲害的東西……前提是她有好好吃藥的話。

那天她沒有吃藥，泰德很確定。最近爸爸必須強迫她吃藥片。如果他不在家她就會忘記吃，或者不想吃，然後她的腦袋就會耍小動作。就跟鮑比玩弄招數矇騙對手，好隱藏他真實的計畫一樣。

泰德嚇壞了。他整天都關在自己房間裡，拿鮑比的棋局來殺時間。這時他發現自己恐怕犯了一個大錯。媽媽沒有幫他準備午餐，沒有跟他說過話，他也都沒有下樓喝水。他整天都沒有去上廁所！如果媽媽不聞不問的話，一定是因為她的腦袋在耍小動作。如果他早一點跟她講講話，也許就能說服她吃藥，但他知道現在來不及了。而唯一能處理這個情況的人是爸爸，爸爸一次又一次地跟他解釋過。問題是最近幾次，他們吵得越來越凶，爸爸甚至要打媽媽才能讓她聽進去。

「泰德！」

媽媽的叫聲，絕對錯不了。

怎麼辦？萬一發生什麼事了呢？他朋友李奇的奶奶就有一次在浴缸裡跌倒，兩天以後才被人發現。泰德心想，媽媽不老，但也可能絆到腳跌倒。他很生氣自己沒有馬上過去。他下定最大的決心從床底下出來，心裡不知道要不要等媽媽再叫他第二次。他不希望媽媽跟他朋友李奇的奶奶一樣撞破頭，當然不希望。但他也知道媽媽的頭腦有時候會有多混亂。他抓起門把，輕輕轉開門。

媽媽沒有再叫他，而二樓走廊上的一片寂靜令他覺得更糟。

泰德往下走了幾級階梯，靠在樓梯轉角平臺上，從樓梯的木頭扶手間觀察客廳，很快就在沙發後方看到克莉絲汀．麥凱花白的頭髮。這不是泰德第一次看到她坐在地上，背靠著沙發背面，兩腿伸直頂著牆壁，不知道為什麼這空間可以安慰她。他慢慢朝她走過去。

「媽媽？」

克莉絲汀轉過頭來。泰德看著她的眼睛就明白了。她眼裡既絕望又不安。

「快躲起來！」克莉絲汀抓著他的手，硬把他拉倒在地。泰德在她身邊坐下。

「怎麼啦，媽媽？」

「家裡有好多陌生人。」她悄悄地說。

幾個月前的泰德，會想盡辦法說服自己相信她。她是媽媽啊！他心裡有股聲音叫他一定得相信。但他很清楚家裡只有他們兩個人。

「媽媽，你吃藥了嗎？」

她挑起一道眉毛打量他，伸手撫摸他的頭髮。

「你要安靜喔，泰德。」

「有誰在家裡？」他壓低聲音問，「妳看到了嗎？」

克莉絲汀點頭。

「是天線人。」

泰德這輩子從來沒聽說過天線人。當然，這名字嚇到他了。克莉絲汀轉過來，朝沙發上方指了指。

「其中一個在廚房。他剛剛穿過客廳了，我從這裡看到的。他們很高，泰德，他們要彎腰才不會撞到門框。他們也很瘦，長著螞蟻頭還有好長好長的天線。」

「他們可能已經走了。我去看看……」

「不行！」克莉絲汀尖銳的指甲掐著小泰德的前臂。「很危險。我跟你說我剛剛看到他們了。」

「但他們在找什麼呢，媽媽？」

她猶豫了一秒。

「你是個聰明的小孩，泰德。你說是藥的東西其實不是藥，對我沒有幫助。你爸爸逼我吞那些藥片好除掉我。他希望我吃了藥以後，就整天只能躺在床上。」

「爸爸愛我們。」泰德雖然這麼說，但年僅七歲的他已經開始懷疑了。

「我把所有藥片都丟進水槽裡了。所以那些天線人才會過來。」

「全丟了?!」

他爸爸總是不停抱怨說那種藥片非常貴。有時候克莉絲汀會把一兩片丟進馬桶裡，光是這樣就能讓他父母吵個不停。而現在……全丟了。

「天線人知道，他們透過天線感應到的。所以才會過來。」

泰德再也忍不住了，他朝廚房衝過去。媽媽想抓住他，但他的速度更快。

「不行！」克莉絲汀叫道。她轉過身跪在地上，從沙發上面看著唯一的兒子全速衝往廚房。

「這裡什麼也沒……」泰德走到水槽邊。堆得像山一樣高的紙盒和硬殼的鋁箔包裝，全部都是空的。媽媽沒騙他，所有藥片都已沖下排水管。他打了一個冷戰，不敢想像把這麼多藥丟掉會帶來什麼下場。光想就已經……

他快速衝回客廳，媽媽還躲在沙發後面。

「廚房裡沒有天線人，媽媽！天線人根本不存在。妳把所有藥片都丟掉了！」

她爬過來想抓他的手臂。泰德掙開她的手往後退了退。

「爸爸會生氣！」

「你爸恨我們，泰德。他有別的女人。所以他想把我除掉，接下來就是你了。他會把你關在孤兒院裡，然後……」

「閉嘴！」

克莉絲汀無視兒子的憤怒，又繼續爬到沙發外，再一次想抓他的手臂。這次也沒有成功。

「都是妳的錯！我恨妳！」

克莉絲汀臉上有一絲表情變了。她回到沙發後壓低了聲音說：「你不是我的泰德……你跟他們是一夥的。」克莉絲汀指著廚房。「你們把他關在那裡了，對不對？」

泰德忍不住啜泣了起來。

「你別想騙我。給我滾遠一點！」

「媽媽……」

她一次又一次搖頭，睜大雙眼從沙發後探出頭來。泰德知道自己在這裡完全幫不上忙，也知道無論如何，情況只會更糟。他一口氣跑回房間，關上房門鑽到床底下。棋盤和鮑比・費雪的書還在那裡。他一掌把東西揮開，臉埋在臂彎裡哭得好傷心。

過了漫長的半個小時後，他聽到了最害怕的聲音。法蘭克・麥凱的車子停在車道上。泰德像彈簧一樣鑽出來，哭紅的雙眼花了一段時間才適應房間裡的光線。他跑到窗前，看到爸爸剛下車的身影。他沒怎麼注意到車窗是開著的，爸爸打算再次出門時，總會讓車窗開著。

法蘭克宏亮如雷的嗓音迴盪在屋子裡。泰德可以選擇躲回床底下——這當然阻止不了樓下的聲音一清二楚地傳上來——但不知為何，他打開房門走到樓梯前。恐怕會發生什麼不好的事。泰德很害怕。

法蘭克很快就發現了水槽旁的藥片包裝，他頓時暴怒。

「我真不敢相信！」他不停大吼。「沒用的死婊子！」

法蘭克最擅長的就是羞辱人。

克莉絲汀一句話也沒說。泰德不敢探出頭去看，但他可以想像她坐在沙發後面的樣子。樓下傳來東西砸在地上的聲音，可能是陶壺或花瓶，也許是客廳裡的一盞燈。

「我要離開這個家了，妳聽到我的話了嗎？妳他媽唯一要做的就是吞兩顆藥。連這也做不好！妳這沒用的東西。」

「離我遠一點！」法蘭克回來後，克莉絲汀第一次開口說話。

「我才他媽的不會離妳遠一點。」

「不要碰我！」

「不准動，賤人。」

「你從哪……？」

「給我吞下去，蠢貨！」

一記巴掌聲讓克莉絲汀閉嘴，緊接著又是兩聲。法蘭克除了很會羞辱人之外，打起人來也是毫不客氣。

「你從哪裡……？」克莉絲汀困難地開口。

「我從哪裡拿出來的？我從哪裡拿出來的？我藏起來了，因為我知道妳總有一天會丟掉。我很瞭解妳，賤人。妳就是要想辦法整我。他媽的立刻給我吞下去！我看看……舌頭不要擋住！賤人，不准咬！」

又是一聲。幾乎可以肯定他是張大手掌打在臉頰上的，因為這一次的巴掌聲聽起來像狠很揮了一鞭。

「妳還要再給我吞一顆……我警告妳，別想把藥吐出來。」

媽媽從來沒有一次連續吃兩顆藥的。她都是每隔八小時吃一顆。泰德知道得很清楚。

「這次妳要給我吃三顆。」法蘭克帶著怒意說，語氣還有點幸災樂禍。

三顆！泰德嚇壞了。如果忘了吃藥，一次兩顆可能還算合理。但是三顆？為什麼要媽媽一次吃三顆那麼大顆的藥？

「我要走了……克莉絲汀。妳聽到了嗎？或許我永遠都不會回來了，妳就讓政府來接手吧……那樣不是很棒嗎？」

媽媽再也沒有回答了，或許她已經比平常更快睡著了。一次三顆藥會產生這種效果吧，不是嗎？

妳就讓政府來接手吧。

泰德聽到法蘭克走近樓梯時，驚跳了起來。他跑回房間關上門，躲進床底下假裝睡著了。幾秒後，他聽到房門打開又關上。儘管再怎麼令人難以信服，但他真的希望爸爸以為他什麼都沒聽到，接著他聽到淋浴的聲音，泰德從床底下鑽出來。

他爸爸習慣早上淋浴的。如果回家後又沖澡，是因為還要出門。然後他懂了。法蘭克要離開了！他不是剛剛就說了嗎？

我要走了，克莉絲汀。

這時，泰德決定好他等等該做什麼。他把枕頭放在床上假裝他人還在那裡，抓起袋子塞了點衣服進去。他把袋子放在床上，考慮著現在是不是適合下樓的時機。他知道自己必須這麼做。爸爸還在浴室裡，這令他冷靜了一點。他下樓發現媽媽坐在沙發後面，雙腿大開，頭朝一邊側著，看來半睡半醒的樣子。

「泰德……」她勉強張開眼睛喃喃叫著。

泰德吻了吻她額頭。

「我不恨妳，媽媽。」

妳就讓政府來接手吧。

克莉絲汀．麥凱的雙唇綻出一個小小的微笑。

泰德回到房間，抓起西洋棋盤和鮑比的書，翻出窗戶從屋頂滑到側面，攀到他爬過無數次的圍牆上。法蘭克的野馬車在等著他。泰德沒有鑰匙可以打開後車廂，不過他知道一招可以讓他進去的小技巧。他輕易從打開的車窗鑽進去爬到後座。他往前一撲，然後……成了！

他要跟爸爸一起走。現在他還很生氣，不過等他氣消了就會懂的。

沒有他們兩個，媽媽會過得比較好。泰德還不懂政府是誰，也不知道他要怎麼照顧媽媽，但一定能比法蘭克．麥凱照顧得還好。

他蜷在後車廂裡等著。

24

一九八三年

對他這種身材的小孩來說，後車廂很舒服，舒服到他竟能奇蹟般地睡著了。實在很幸運，這樣他就不會去想爸爸會不會決定帶行李。畢竟在發生這些事之後，帶行李不是很合理嗎？等到車子開始動的時候，他才想到這一點，不過那時候已經不需要擔心了。爸爸有錢，需要什麼都可以買得到。

泰德想不出來他們要去哪裡。車子走了一會兒後，他發現如果壓著後座背板上面的角落，就能弄出一條細縫來觀察車內的情況。這樣他就能看到爸爸僵硬沉默的側影，還能看到前面的路。他們已經出城了。

泰德覺得他們一定已經開超過一小時了，他發現自己昏昏欲睡，手裡還抓著棋盤抵在胸前，彷彿把棋盤當盾牌一樣。他才剛開始認為這會是一趟漫長旅途時，野馬車便減速停了下來。泰德在一片漆黑的車廂裡，睜大雙眼等了幾秒，他轉過身去，把棋盤放在一邊，小心翼翼地把背板抬起來。一道光射進他眼裡，他不得不閉起眼睛。他沒看到爸爸下車，不過聽到車門打開又關上。

外面有兩個人的聲音。其中一個當然是爸爸……另一個是女人的嗓音。此時車門打開，車子左右搖晃，這是兩個人幾乎同時上車才會出現的搖動。泰德又掰開那個小孔往外看，但這個角度看不到副駕駛座。要是他試試看推另一邊呢？他試了一下，發現沒用，那邊的背板固定的牢牢地。

「很抱歉，我沒辦法早點過來。」那女人說，「我今天在電影院上了兩個班。」

泰德動彈不得。他沒想到會有人上車。爸爸總是說他不喜歡搭便車的人，說他當推銷員這種人看得多了，還說沒人比他更懂搭便車的人。這個女孩（在泰德想像中，她比爸爸年輕多了）不是搭便車的。

很抱歉，我沒辦法早點過來。

「別在意。」爸爸說，「我今天在辦公室裡也不好過。」

辦公室？

「離這裡很遠嗎？」

「不會太遠。但是沒必要開兩輛車去……這樣我們更能認識彼此。」

泰德不看了，他一耳緊貼在後座上注意聽。

要是媽媽說得對呢？那個女人可能就是媽媽今天下午說的「別的女人」。泰德想到坐在客廳沙發後面的媽媽，心裡感到一股劇痛。媽媽吃了三顆藥……

不是她自己吃的。是爸爸逼她吃的。

無論如何，最有可能的是她會一直在原來的地方待上好久，甚至入夜後還會留在那裡。她會在那裡醒過來，在黑暗裡滿心不安……孤單困惑地在那裡。政府可能來不及找到她。

泰德打了一個冷戰，在腦海裡想像家裡漆黑的客廳，媽媽失去意識地歪著頭坐在地板上，身邊站著四個天線人，用他們的螞蟻臉互看，像醫療團隊一樣檢視媽媽。

在車裡，爸爸稱呼那女孩為伊莉莎白。兩人聊到她的小兒子，說是跟外公、外婆住在其他地方。但泰德太專注在自己的想法裡，沒仔細留意到。儘管他心裡不願意承認，不過他發現拋下媽媽自己跑出來也許是錯的。

大錯特錯。

「……他父親從來沒見過他。」伊莉莎白說，「他知道自己有個兒子，我跟他提的，當然了。但他一點也沒興趣。那你呢？」

「我喪偶後，房子就顯得太大了。」爸爸說，「泰迪今年七歲，有時候我覺得他太孤單了……」

喪偶？泰迪？他爸爸從沒叫過他泰迪。

發生什麼事了？

泰德覺得必須頂開背板來觀察。他相信自己沒聽錯，可是他不敢相信。泰德不孤單，他還有媽媽！他他們住的房子跟附近鄰居的比起來還算小呢！爸爸說的話都沒道理。他想側過身來看看伊莉莎白，可是他辦不到，頂多只能從那個小縫裡看到後照鏡……當他看向後照鏡時，看到爸爸的眼睛緊盯著他。爸爸在看！

他縮手一放，背板撞倒後座發出碰的一聲，泰德癱在車廂底。

爸爸沒看見你。他只是在看後面而已。後照鏡就是拿來看後面用的，不是嗎？

「發生什麼事了？」伊莉莎白問。

「什麼？」

「我好像聽到什麼聲音……可能是車頂。」

「什麼都沒有啊！」

「還很遠嗎？」

「不會很遠。」

好一會兒沒有人說話。泰德完全不知道過了多久。他無法確定他們究竟開了多久。

「我們能不能暫時停一下？」伊莉莎白突然說，「我內急。」

「我們就快到了。只差半公里就有乾淨的廁所可以用了。」

「我等不了。」

「妳當然等得了。」爸爸大吼。那個音調泰德很熟悉，是完全不容質疑的語氣。

野馬車越開越快。

「妳不准給我開車門，聽見沒有？」

伊莉莎白發出一陣令人膽寒的尖叫。

「放開我。」

泰德屏住呼吸。

幾秒後，車子停了下來。

「妳看到了嗎？」爸爸平靜地說，「妳要是開門，我就把它戳進妳大腿。」

泰德沒有看到。他不明白發生什麼事，但聽得出爸爸語氣裡專制強硬的態度。

「不要傷害我。」伊莉莎白懇求著。「我還有一個兒子。」

「不，妳沒有兒子。」

爸爸抓起車鑰匙，不知為何把鑰匙搖了搖發出聲音。他開門下車。幾秒後，他開了副駕駛座的門。

「我不想弄髒車子，妳懂的，不是嗎？」

「不要傷害我。」那女孩哀求道。她顫抖的聲音變成一串哭叫。

「出來。」

「不要，拜託。」

「妳害怕了嗎？」

伊莉莎白泣不成聲。爸爸在對她做什麼，但泰德不敢看。

「好，好……我跟你走。」伊莉莎白歇斯底里地說。

她下車幾秒後，發出一陣淒厲的尖叫。在泰德短短的人生裡，從沒聽過那麼令人不安的聲音。叫聲不停傳來，他只能摀住耳朵，但即使摀住了，他還是聽得到。

一會兒後，爸爸回到車上。他重新發動車子，用口哨吹出他最愛的旋律。

25

現在

舊打字機工廠地下室裡的老鼠，再度無畏地四處橫衝直撞。汽油味令牠們焦躁不安，顧不得躲躲藏藏了，直接從距離蘿拉和泰德很近的地方跑過去，有時候還會湊上來看看他們。

「你沒有殺那些女人。」蘿拉說，「是你父親殺的。」

他一臉困惑地打量她。

「或許你心裡一直都有這個疑惑，」她繼續說，「當法蘭克死後，你才證實了你的懷疑。」

「那個後車廂裡的女孩的夢……」泰德聽起來不像在跟蘿拉說話，更像自言自語。他思考到一半，彷彿被沉重的真相打了一拳。他抬起頭，雙眼大睜。

「怎麼了？」

「我父親想殺我。」泰德驚訝萬分地說。

蘿拉也得到同樣的結論。

「我最後跟他談話的時候，」泰德解釋道，「是在大學的時候，他跟我說布蘭是我弟弟。那天我太氣他對我媽和我的所作所為，第一次告訴他，我在夢裡一直看到野馬車後車廂裡的女人。」

泰德停了一下。

泰德又掰開那個小孔往外看，但這個角度看不到副駕駛座。

「當我告訴他那個夢的時候，他一定發現了，知道我早晚會想起來。那狗娘養的傢伙當晚就跑來大學找我了。」

「泰勒跟你女朋友在一起。」蘿拉補充道，「而且他還穿著大學外套。」

泰德突然站起來。在活板門開口看著他的老鼠立刻躲回去。

「他連死的時間都挑得剛好……如果我更早想起來的話。現在說這些都沒用了。」

「泰德，拜託你坐下。別說這種話。很多家庭可以得到一個答案。」

「對，當然了，一個神經病發狂，然後宰了他們的女兒，多棒的答案啊！那傢伙已經死了，蘿拉，他得了癌症死在睡夢中。妳說還有比這更不公平的事嗎？」

「事實上我想像不到。但這都不是你的錯。」

一陣靜默。

「如果我更早想起來的話……」

「泰德，我們費了好一番功夫，才有現在的成果。療程和用藥都很重要，但最後畢竟是要靠你自己才能辦到。你是為荷莉和兩個女兒想起來的。」

他點頭。他的家庭似乎已經是存在於另一個平行宇宙的東西。

「泰德，你還記得你是怎麼知道的嗎？是從夢境開始的嗎？」

「當然不是。」泰德看起來不是很相信的樣子。「夢境一直都存在。我覺得是因為布蘭……我在電視上看到他，認出他是我弟後，我在想可能是我父親殺了他女友的，可能覺得是在幫布蘭一個忙之類的。我想……我並沒有意識到這個想法……我不知道。我以為我父親已經被診斷出癌症末期，有可能是他做的。」

「我懂了。然後這個念頭……讓你起了疑心。」

「對，我想就是這樣。所以我跟蹤布蘭。我必須去調查，必須要知道兩者間有沒有關連。但那時候，我已經知道父親做了什麼……是因為西洋棋賽，蘿拉，我是這樣發現當時多起謀殺案的。他利用棋賽出門時，殺了這些無力抵抗的女人。」

「看著我，泰德。我們已經全部都知道了。你父親已經死了，你的家人還在等你。看著我。」

「妳知道事情沒那麼簡單。我傷害了他們……」泰德雙眼盈滿淚水。「賈斯汀現在怎麼了？」

「恐怕還昏迷不醒，儘管醫生覺得情況很樂觀。」

「我差點把朋友給打死。」

「那時候你神智不清。你承受不住這些謀殺案帶來的罪惡感，泰德。你以為自己是凶手，所以做出喪失理智的反應。因為後來賈斯汀發現了，對嗎？」

「對，我想是的。我知道他在跟蹤我。有天晚上，我潛入布蘭家中時看到他，他在外面，待在他的車上。我找私家偵探來跟蹤他，所以才知道他一直在跟荷莉見面。」泰德無奈地微笑。「那可憐的偵探一定以為自己揭露了不得了的大事，但對我來說，他們的婚外情不是重點。重點是賈斯汀也曾跟蹤我來到這裡，或許他已經看過我收在樓上房間裡的東西，就是妳剛剛進去過的那一間。」

「賈斯汀曾打電話到你書房想跟你談謀殺案的事嗎？」

「老實說我不知道。他可能想跟我談別的事，但已經太遲了……我一直都沒認清情況。現在我懂了。」

「賈斯汀會好起來，他會瞭解的，我很確定。你那時病得很嚴重，泰德。」

「對，我知道。而且我還決定要自殺。我為了遺囑的事找上亞瑟，以為腦袋裡的腫瘤會要了我的命。」

「你不覺得現在情況好很多了嗎？」

泰德知道，只有他朋友好起來，情況才會好轉。

「我想是吧！」

蘿拉站起來。泰德滿臉不可思議地看著她，不曉得醫師接下來打算做什麼。連她把手伸過來時，也還不知道究竟該拿她怎麼辦。

「你做得很好，泰德。」

他有些笨拙地站起來伸出手。

「謝謝妳所做的一切，蘿拉。」他喃喃說著，語調已瀕臨破碎。

此時後方傳來一陣嘈雜的噪音，那聲音太大，不可能是老鼠弄出來的。蘿拉驚跳起來。泰德想到他把警衛綁在那裡，打了個冷戰。天哪，一大堆打字機砸在他身上！泰德把警衛留在那邊時，確認過他還有呼吸，但他可能有內出血或其他的傷口。正當他心裡出現這些想法時，就看到在勉強照亮泰德和蘿拉的光束外，李．史提威爾像根灰色的圖騰柱一樣，直起身子。

陰影裡傳來一個低沉的聲音。蘿拉轉身看到李站起來差點嚇死，她幾乎忘了李也在這裡。

「立刻放我們走，你這該死的狗雜種。」李說。

警衛雙手被鏈子綁在胸前，手裡拿著一樣小東西。從這個距離看不出來他拿的是什麼，直到那東西發出輕微喀噠聲，然後爆出一團小火花。

26

現在

馬可斯坐在副駕駛座上，鮑伯負責開車。前半個小時兩人還有交談，但之後他們沉默地前進，只有與聯邦調查局的小隊聯繫時，才有人說話。那組駐紮在奧爾班尼的小隊跟他們同時出發，會比他們更早趕到現場。

他們在距離半小時車程的地方，最後一次與團隊通話。鮑伯聽著他們從另一邊傳回來的消息，情況看來一點都不好。

「那裡發生火災，似乎是有人縱火。」他結束通話後說，「應該有人用了某種助燃劑，因為火焰延燒的速度非常快。」

「火災？」馬可斯不能理解。他不願意問他最害怕的問題。

「奧爾班尼的小隊抵達時，發現消防隊已經早一步到了現場。有人看到濃煙通知消防隊的，但救難人員到的時候已經來不及了。」

「什麼叫他們到的時候已經來不及了？」馬可斯忍不住問。「這話是什麼意思？」

「他們從現場搜出兩具遺體。只有一人生還。」

馬可斯掩住臉。

「是誰？」他躲在自己雙掌後問道。

27

現在

不知道為什麼，李認為拿打火機威脅泰德會是個好主意。如果不是遭打字機重擊打得他無法思考，不然就是他從沒聽說過汽油是會揮發的，因為直到小小的藍色火焰突然變成一大團火球時，他才震驚得變了臉。身陷烈焰的警衛眼睛張到不能再大，開始瘋狂扭動身體、痛得大叫。

蘿拉和泰德沒有太多反應時間。一整面火牆朝他們撲過來，到處都是觸手般的藍色火焰。兩人快速朝反方向逃走。李的叫聲越來越淒厲，到處都是肉燒焦的氣味。

地下室被分成兩塊，蘿拉困在門的反方向那一邊。當警衛發出最後幾聲慘叫時，蘿拉設法想逃到另一邊去，但火勢已經朝她的方向延燒過來。煙越來越濃，燈泡一個接一個炸開，把地下室染成一片不斷震顫的橘色世界。老鼠嚇得尖聲大叫。

泰德吼著要她往後退，同時他試著移開還沒被火燒到的綠沙發，想把沙發撐在一張桌子和幾堆垃圾間，好搭出一座橋，沒用。火焰已經燒到他的上衣，他不得不脫下衣服遮住口鼻好呼吸。他含糊不清地吼了什麼。

「什麼?!」蘿拉就在約十公尺外的地方，但她無法前進，只能後退。她也脫掉上衣好摀住口鼻呼吸，但即使如此，還是覺得她逐漸喪失意識。

泰德又試了一次，這次他沒用衣服遮著嘴巴。

「活板門，蘿拉。躲進去關上門。」

這次蘿拉聽懂了。但她知道在這情況下，不可能辦得到。火焰擋在她跟活板門開口之間。

「泰德，我到不了！」

他又吼了些什麼，但大火燃燒的聲音蓋過了他的嗓音。煙太濃了，幾乎沒辦法透過上衣布料來呼吸。蘿拉受不了，一拿開布料，立刻猛咳得跌跪在地。直到她發現地面附近煙比較沒那麼濃，才感覺到雙眼刺痛。她重新把布料蓋在臉上，爬到側面的牆邊。她告訴自己，唯一能活下來的機會，就是爬到柱子的底座旁。那邊放了幾張排成一列的不鏽鋼桌，可以當成隧道，讓她能相對輕易地前進。大火幾次擋住她的去路，她必須盡可能靠近牆壁，甚至離開臨時隧道，才有辦法前進。爬到一半時，連靠近地面的煙都變得更濃了。

她一共要前進約八公尺左右。看起來很簡單，但爬到一半時，她開始覺得或許永遠都到不了。一片紅色火簾完全擋住她的去路，如果要繼續前進，就得從桌子底下出來，但另一邊的情況也沒有多好。她回頭一看，發現自己已經沒有退路了。

她大聲吼著泰德的名字，但沒聽到回應。他是已經離開地下室，還是已陷入昏迷？警方已經在路上，隨時都會抵達。如果她能爬到活板門，在裡面撐得夠久的話，就能一直叫到外面有人聽到為止。

但首先她得先爬到活板門邊，沒有多少時間了。要嘛從隧道裡出來繞路爬到活板門開口處，不然就是穿過那一片火簾繼續走捷徑。為了華特，她應該試試看。

她用上衣把頭包起來，把前臂舉在面前當盾牌全速衝過去。

結語

兩年後

藍道爾．佛斯特在觀眾熱烈掌聲歡迎中上臺。他在過去三年來都是「第四頻道」的罪案專家，獲得空前的知名度。然而，法蘭克．麥凱案，才是令他大出鋒頭的案件。當時他還很年輕，極富群眾魅力，而更重要的是，他知道如何在一件駭人聽聞的故事中，將觀眾的興趣、血腥情節的病態魅力，以及技術層面的細節巧妙地結合在一起。

舞臺一側的銀幕，投影出一個所有觀眾都熟悉的銳利眼神特寫，下面接著出現：

漢赫茲維爾屠夫

法蘭克．愛德蒙．麥凱

一九五一—二〇一一

觀眾席安靜了下來。擴音器中傳出記者低沉的聲音。

「在漢赫茲維爾小鎮，一棟屬於中產階級家庭的小屋裡，有個在冶金公司長時間工作的父親，和一名當過廚娘、裁縫、店員和清潔婦的母親。小法蘭克在這裡住到妹妹奧黛莉出生的時候，那年他十二歲。」

藍道爾帶著偉大演講者的自信在舞臺上移動，他一手插在褲子口袋，眼神在觀眾席和觀眾頭部上方游移，彷彿在遙遠的過往中搜尋有突破性意義的訊息。

「我們對他生命中的頭幾年所知甚少。事實上，過去麥凱一家所發生的事，可能直到現在仍是謎團。在一九六四年，勞夫與泰瑞莎．麥凱夫婦帶著孩子搬到首府波士頓，他們並未留下太多線索，令人難以在這麼多年後，重建當時的故事。」

銀幕上出現了一張黑白照片，拍的是一群學校裡的學童。有兩張臉孔被圈了起來，其中一人有令人難以遺忘的深邃大眼。

「法蘭克小小年紀就學會隱藏他真實的個性，學會操縱周遭的人。他是模範生，智力比一般學生還高很多。他不會惹麻煩，還知道怎麼表現得低調、不引人注目。安德魯．道賓斯或許是他當年在漢赫茲維爾唯一的朋友。外界幾乎可以確定，唯有安德魯．道賓斯口中所形容的那個人，才真正反映出連續殺人犯法蘭克．麥凱的天性。」

藍道爾故意停頓了一下。這段開場白他已經說過好多次了——儘管都是在不同的場合上，但他非常清楚如何引起現場觀眾的興趣。

「當真相浮上檯面時，所有認識法蘭克的人，都表現得既恐慌又驚訝，他妹妹、前妻、鄰居、合夥人等，所有人都一樣……唯一的例外是安德魯。他十歲之後就再也沒見過法蘭克，因為他自己也搬家了。只有他認為這數起轟動全國的案件，可能是真的。事實上，在內心深處他確信這都是真的。因為正如我剛剛所說，安德魯可能是第一個，也是唯一一個，曾經探入深淵、看透法蘭克真實面貌的人。」

銀幕上的畫面不知何時換了。這時秀出一張年輕的法蘭克與一輛紅色汽車合照的照片。上面的他大約二十歲，猛然望去，他滿面微笑的表情似乎毫不特別。然而把畫面拉近放大看後，他眼裡似乎有什麼東西能夠穿透時空障礙，向現場的每個觀眾傳達出他心裡真正的意圖。

「法蘭克不是模範丈夫，不是好鄰居，更稱不上是好父親……但在認識他的人眼裡，他不是殺人凶手。他不可能是殺人凶手。他脾氣暴躁，對；是個性衝動的男人，有可能，但他會是殺人犯嗎？不，絕不可能。我們聽過多少像他這樣的故事？當法蘭克這種人學會將自己隱藏在理智的面具下時，就沒有人能發現他們了，他們可以在眾人間自由來去。而正因如此，正因為他能一再躲過制裁，而變得越來越傲慢、覺得自己高人一等。正是這種感覺，促使他們一再犯案。驅使他們的不只是對殺人和傷人難以抑制的渴望，還有他們自認為全知全能的自我。

「安德魯跟法蘭克家只隔著幾戶鄰居，他們一起上學，一起回家，兩人順理成章結為朋友。有天法蘭克邀安德魯到他家玩，那時是夏天，兩人的父母都還在上班，只有兩個小孩在家。法蘭克那天對他說不想騎腳踏車，也不想做他們平常會做的事，他把安德魯帶到後院，對他展示了好幾個裝著蜘蛛、甲蟲和其他大型昆蟲的玻璃瓶。法蘭克身上帶著一把折疊刀，那是他向一個年紀比較大的男孩買的，除了安德魯以外，沒人知道他有這把刀。這是他們兩人分享的小祕密。那天法蘭克在自家後院，要求安德魯從玻璃瓶中選一隻昆蟲。他選了一隻中等大小、看起來呆呆的蜘蛛。他以為法蘭克要拿折刀殺了那隻蜘蛛——那時他就相信法蘭克下得了手了。事實上他不太擔心。誰沒有殺過蜘蛛？安德魯準備加入這場遊戲，卻沒想到自己才是實際接受考驗的那個人。」

雖然漢赫茲維爾屠夫案已成為諸多深入分析的目標，但大部分的研究都專注在後來他犯下的殺人案上。媒體喜歡描繪怪物般的屠夫，卻往往忘了怪物底下的人。藍道爾發現了一些細節，這些細節就跟他即將公布的事件一樣，帶來的衝擊遠比最可憎的殺人罪行還深刻強烈。現場觀眾屏氣凝神。

「法蘭克沒有拿刀殺了蜘蛛，一開始並沒有。他割掉蜘蛛四條腿後，跟安德魯一起觀察牠試圖逃跑的樣子，發現蜘蛛只能轉圈圈後，兩人笑得好開心。這時法蘭克又割斷牠一條腿，接著又一條，同時跟安德魯解釋說不能割得太靠近身體，不然蜘蛛很快就會死了。最後那隻可憐的蜘蛛只剩下一條腿勉強能刮到身邊的地板，繞著自己轉圈圈轉到死。這不只是變態的遊戲，也是一場試煉。

「到了那年夏天快結束時，法蘭克要安德魯到他家來。他說想做幾個特別的測試——法蘭克是這麼稱呼這種兩人已玩過三、四次的肢解昆蟲遊戲。安德魯樂翻了。他開始對法蘭克產生一股崇敬和著迷。法蘭克帶他來到後院，但這天他準備的不是裝著昆蟲的小玻璃罐，而是一隻放在籃子裡的小貓，大概只有三、四個月大。這是很久以後安德魯回想起來時估計的。他沉重地承認，即使當時他直覺知道法蘭克想幹什麼，他也不會有什麼特別的感覺。他不太喜歡貓……

「法蘭克拿幾條細繩拉開貓爪。他把貓固定好後，不顧貓咪無助地狂叫，拿起折疊刀把牠的雙眼挖出來，然後用打火機燒牠的肚子、耳朵、鼻子……直到貓再也無力反抗、直到死去。安德魯幾乎立刻不再跟法蘭克見面了，或許對年幼的法蘭克來說這是一個警訊，告訴他萬一其他人發現他真正的天性後，可能會出現的反應。」

此時銀幕上沒有任何照片。藍道爾等了幾秒，等銀幕投射出一名年約二十出頭的女孩照片。

「伊莉莎白・葛斯不可能是法蘭克第一個殺害的人，但絕對是他早期的受害者之一，因為法蘭克先前從未在離波士頓這麼近的地方殺過人……」

藍道爾刻意停頓了一下，慢慢搖了搖頭又補充道：「當然這都還未經證實……但我們很快就會提到那部分了。畢竟，我們今天在這裡最主要的動機就是挖掘這一點。

「伊莉莎白・葛斯是一名年輕的單親媽媽。法蘭克殺害她的方式，證明當時他還在學習，甚至可能是在匆忙間殺人的。不只是因為他選在相對來說離家很近的地方下手，也因為他在殺人前曾與她接觸過，這可能會導致他被逮捕。除此之外，儘管伊莉莎白四肢上有幾道刀子造成的傷口，但喉嚨上很深的致命切口，才是讓她在幾秒內死亡的原因，跟他後來幾件殺人案中對受害者的虐待和折磨大不相同。

「法蘭克殺了伊莉莎白・葛斯之後在想什麼？我敢打賭他有這幾個想法：第一，是殺害一名無力反抗的年輕女性後，他感到極大的歡愉，所以知道自己下次還會再動手；第二，是如果他繼續魯莽行事的話，可能會被抓到，因此必須規劃出一套系統，好讓他可以繼續下去。

「一九八三年到一九八九年間，至少發生了七起命案，所有案件都不是發生在麻州。受害者都是年輕女性，但這是各個案件間唯一的共通點。法蘭克的凶器有時是刀、有時是鐵鎚，甚至他還曾徒手殺人。他隨機選擇受害者，將受害者彼此間的連結盡可能降到最低。那幾年他利用兒子泰德的西洋棋賽當作出門的藉口。他會開車到距離棋賽地點超過一小時車程的地方，選定受害人後，會在兩三個小時內，對她刑求並將其肢解。如此殘酷的行為很少見，然而，警方幾乎無法找到這幾起案件中共同的行為模式。」

銀幕上連續播放出受害者的臉龐。

「法蘭克．麥凱的罪行至死都沒被人發現。他一共殺了十九名女性和兩名男性，但警方懷疑可能還有十五起命案出自他手。就連現行的暴力罪犯逮捕計畫Vicap，都無法建立出這些案件共同的行為模式。」

銀幕上投射出一個圓形的迷宮。

「剛剛我說，除了兒時玩伴安德魯之外，恐怕沒有人看過法蘭克的真面目，不過這句話或許不太對。或許曾經遭他毆打虐待的第一任妻子克莉絲汀．麥凱，可能想像得出丈夫內心深處的邪惡。但克莉絲汀是一名患有精神疾病的女人，而且她的病情在兩人同住時非常嚴重。然而，法蘭克的兒子泰德親眼見過父親狂亂的舉止。小泰德是西洋棋天才，長大後成為一名成功的企業家，他掌握了答案。」

藍道爾指著迷宮的中心。

「這個答案隱藏了多年，各位現在有機會親自參與這場驚人的解謎之旅。」

迷宮的圖案慢慢拉遠，直到畫面上呈現出一本書籍的封面。書名是《最後的出路》。書名下方用紅色大字寫著作者的名字。

「各位先生、女士，我們廢話不多說，讓我立刻向各位介紹揭露真相的這名女子。歡迎蘿拉．希爾醫師。」

蘿拉在掌聲中出場，她有些急躁地走到銀幕邊的一張高几。這是她第三場新書發表會，不過她還是覺得跟第一次一樣緊張。她在觀眾席第一排搜尋狄笛的身影，光是看到她在那裡激動地拍手，就給蘿拉帶來一股力量。妹妹一直是她心裡很重要的人，不過在最近這段時間裡，蘿拉歷經了離開拉芳達醫院，緊接著與馬可斯分手，之後狄笛就成為她唯一的支柱。此外，當然還有華特，但當她與拉芳達醫院關係變得緊張後，狄笛是唯一鼓勵她把書寫完的人。「手稿太棒了。如果醫院那些人對妳下最後通牒，要我說，我會叫他們統統去死。至於妳那個男朋友，就算他跟妳撇清關係我也不會驚訝，妳知道我從來都不喜歡他。」

狄笛沒有說錯。

「歡迎，歡迎！」

「謝謝你，藍道爾。」

蘿拉這天晚上穿著芥末黃的裙子和白色長袖襯衫。她總是穿長袖。她身上有燒傷留下來的疤痕，每次坐下把兩手交叉放在大腿上時，會注意不要露出右手手腕，袖口下只露出幾絲燒傷後的皮膚。

「首先，」藍道爾說，「我想先說今天晚上能邀請妳來，是我莫大的榮幸。」

蘿拉點點頭。

「剛剛的介紹詞很精彩。」

「謝謝。」

藍道爾看著銀幕上投影的書籍封面，彷彿剛剛才突然想到一樣開口詢問：「蘿拉，跟我們說說妳為什麼選了迷宮的意象。」

「噢……迷宮一直都很令我著迷。我是在北卡羅萊納州的鷹月鎮長大的，那裡有一個小小的主題樂園。園主姓亞當斯，是個老好人，他排除萬難經營了好幾年，樂園裡最主要的遊樂設施就是一個巨大的圓形迷宮。」

「是樹籬迷宮嗎？」

「不是，不過那迷宮的特色是可以改變路徑。裡面有好幾扇可以開關的門，而且路徑每次都不一樣。亞當斯先生說有上千種變化，不過我想他可能太誇大了。裡頭會有一個人打扮成牛頭怪穿梭在走道間，讓逃出迷宮變得更加困難。我們幾個年紀最小的孩子都好害怕。我只看過少數幾個人成功走出迷宮。我跟我妹妹——她今天也陪我來到現場，我們有年夏天幾乎天天都去。有個我們都很喜歡的男生在那裡打工。」

狄笛從觀眾席上指著她，用嘴型說著：「明明是妳喜歡的……」

蘿拉忍不住微笑了。

「迷宮一直都很吸引我。」蘿拉接著說，「我們的思考方式，有些部分跟逃出迷宮很相似。」

「或者是困在迷宮裡，我想。」

「沒錯！例如說，鷹月鎮的迷宮裡，有一個通道可以直接把你帶到迷宮中心，而我不知道為什麼，總認為只要挑一條會帶我遠離那個通道的路走，就能走出迷宮。當然，我一次都沒成功過。」

「因為想出去的話，有時候必須先倒退。是這樣嗎？」

「正是如此。當泰德．麥凱來到拉芳達紀念醫院時，就好像困在他腦海裡創造出的迷宮一樣。」

「我想，要治療這麼聰明的人，一定很不容易吧！」

「確實是這樣。他有好幾個星期都困在不同的循環裡，在原地打轉出不來。當我試著對他施加壓力，用不正確的方法想帶領他往外走時，就好像小時候走在鷹月鎮的迷宮一樣，他最終又迷失了。彷彿一切再度重來一樣。」

「泰德．麥凱死於廢棄工廠大火。」藍道爾語帶沉重地說，「而蘿拉，妳有幸逃過一劫。就某方面來說，這起案件也是屬於妳自己的迷宮。妳是這麼想的嗎？」

「有可能。不過泰德首當其衝，不只是因為他丟了性命，還因為他多年來必須背負這麼沉重的包袱。藍道爾，這本書講的是他充滿創傷的心路歷程，還有他如何逃脫自己心智所創造出來的陷阱。如果不是因為他堅強的意志力，我現在就不會在這裡，這些令人髮指的罪行，也就永遠無法水落石出。」

觀眾席裡傳來的掌聲越來越熱烈，蘿拉和藍道爾也一起鼓掌。

「泰德生前跟我說的最後幾件事，」蘿拉說，「其中之一是他認為既然他父親已經死了，就一點意義也沒有了。但你我都知道發掘真相的重要性……」

「噢，當然。我有機會跟幾名受害者家屬聊過，很多家屬表示，知道凶手已經不在人世，對他們來說是一種解脫。」

「對泰德的前妻和兩個女兒來說也是一種解脫，她們喪失了摯愛，我完全無法想像這代表了什麼樣的痛苦。不過她們至少能夠看到泰德真實的樣貌：他是個心胸寬大的人，卻必須承擔一份不屬於他的罪孽。」

發表會又持續了約半個小時左右。藍道爾非常擅於訪問，兩人自然的展開對話。

接下來是簽書會，蘿拉終於能放鬆下來，好好享受讀者對她表達的熱情和喜愛。有些人會偷瞄她袖口露出來的疤痕，有些人會提出一些評論和問題。最常見的就是跟賈斯汀·林區有關的問題，大眾從新聞中得知，他已經清醒了，但此外並沒有太多進展。她很禮貌地回答說，她沒有跟他保持聯絡，而且除了她寫在書裡的訊息之外，他的家屬並未允許她向外界透露更多。

簽書進行到一半的時候，蘿拉遠遠地看到在隊伍外有個身材矮小、戴著墨鏡的男子。那人看起來大概五十多歲，或許更年輕，一隻手臂夾著書，臉上帶著淡淡的微笑。

蘿拉每簽一本書，就會偷偷抬起頭來瞄一眼，那個陌生人還站在那裡，他一直都站在同一個地方。當會場裡的人群開始漸漸散去時，一名主辦單位的人回到蘿拉所在的桌子旁。這名馬修先生身高將近兩百公分，蘿拉問他能不能陪在她身旁，馬修當然同意了。這時眼鏡男離開他剛剛站的小角落，加入到簽名隊伍中，排在最後一個。

一名身材壯碩的女人站到桌前，擋住蘿拉看向眼鏡男的視線。她是那種隨時面帶微笑，精力充沛的人。我超——開心可以來到這裡，我好——喜歡妳的書。蘿拉努力把注意力轉到她身上，因為這女人看起來真的很討人喜歡，而且顯然經過一番刻意安排才來到發表會現場。我是從佛蒙特州來的……我有親戚住在這裡，但我是特別過來見妳的，希爾小姐。妳好有才華。蘿拉點點頭，在第一頁上面寫下幾個字。她抬頭搜尋眼鏡男，但只看到面前女人的肚子。謝謝，非——常感謝……請妳一定要繼續寫，拜託。我可以跟妳說一件事嗎？蘿拉擠出一個微笑，但心裡擔心這微笑已經變成一個不自在的扭曲表情了。眼鏡男在哪裡？她幻想眼鏡男手裡拿著刀，出現在這女人身後。她為什麼覺得會發生這種事？她又不是惹上了連環殺手俱樂部。然而，這不是她腦中第一次出現這類想法。我有點愛上泰德了。這女人說著說著臉頰變得火紅。噢，妳一定會覺得我太傻了。我說的愛上不是那種愛上啦……只是像喜歡好的角色那樣。蘿拉回答她完全可以理解，並感謝她特別過來。她把書遞過去，然後那女人終於走了。眼鏡男還排在隊伍最後。

十分鐘後，蘿拉替一對情侶簽完兩本書，輪到這名矮小的男子了。

「妳認不得我嗎？」

他的聲音很好聽，說起話來抑揚頓挫。如果這人是連環殺手的話，那一定是全世界最迷人的殺手。蘿拉放鬆了下來。

「老實說我真認不出來。」她說，但話還沒說完，她就已經想起來了。

「我是亞瑟・羅畢蕭。」眼鏡男向她確認了自己的身分。

蘿拉曾在網路上找到一張這位律師的照片，但從來沒有面對面見過他。他們曾經短暫通過一次電話，而且交談得並不算愉快。

羅畢蕭左右張望了一下。會場裡還有幾群人，不過都離他們很遠。唯一能聽到兩人講話的只有馬修，蘿拉請他讓兩人獨處一下。

「謝謝妳在書裡改掉我的名字。」律師說。

「是你這麼拜託我的。」

「對，沒錯，但儘管如此，妳也不一定得照著做。我那次跟妳講電話時有點粗魯，想請妳原諒，但妳要知道，這件事可能會影響到我的事務所。」

「你不用擔心。」

羅畢蕭看起來有點不安，他還沒把夾在手臂下的書遞給蘿拉。

「我之前並不想打擾妳。我讀過書了，覺得很棒，恭喜妳。」

他把書放在桌上。

「謝謝。然而，我覺得你過來這裡還有其他目的。我說錯了嗎？」

羅畢蕭沉默地搖頭否認。他抬頭看著天花板，好像在上面找著適當的字句。

「我想過好多次要怎麼跟妳說，然而我覺得實在太難以啟齒……」

蘿拉不懂。書中已經把羅畢蕭扮演的角色份量降到最低了，一方面是出於他本人曾明確提出這樣的要求。他還有什麼更重要的事要跟她說？

「我沒有跟我太太說過。」此時律師萬分嚴肅地說，「我沒有跟任何人說過，但妳會懂的，或者該說我希望妳會懂。」

「請說。」

「泰德有一天下午跑來我家，就像妳書裡寫的一樣。那天是我生日，當然他並不知道，有幾個老同學也在，但不是所有同學都在。我想說的是，妳書裡寫的跟那天的真實情況很像。他跟我……我們到我書房裡討論一些跟遺囑有關的事情。」

蘿拉仔細審視著他。

「所有循環都是有真實事件作基礎的。」蘿拉說，「我可以問其他人來證明。」

羅畢蕭點頭。

「我很遺憾之前沒有跟妳聊過。我……如果我事前知道的話。」羅畢蕭像宣誓般伸出一隻手放在書上。

「你別放在心上。」

「在書中，妳提到一隻負鼠……這究竟代表什麼意思？」

蘿拉嚇了一跳，在椅子上調整了一下坐姿。她沒有特別深入思考過負鼠的意義。泰德極少跟她提到負鼠，她大部分的資料都來自於他跟麥克·道森的談話，但麥克也不太願意告訴她細節。

「泰德不知道為什麼很害怕負鼠。」蘿拉露出一個理解的微笑。「他一定是是承受了某種創傷經歷，至少我是這麼想的。我從來沒有問過他。」

羅畢蕭點頭。

「不過在他的循環裡，負鼠究竟扮演了什麼樣的角色？」

「羅畢蕭先生，這對你來說有什麼重要性嗎？」

「有。」

「可以告訴我嗎？」

「那天在我家庭院裡，泰德認為他看到一隻負鼠，就像妳書裡寫的一樣。那個……也不是一模一樣，他不是在舊輪胎裡發現的，是在我太太種的幾盆盆栽間看到的。」

蘿拉難以掩飾她的不安。她以為故事中出現負鼠的段落不是真實事件，以為那只是出現在泰德循環裡的情節。

「我很驚訝。」

「我能想像。那麼，負鼠扮演什麼樣的角色？」

「我不是很確定，羅畢蕭先生，但我相信這是泰德讓自己留在循環裡的方式……每次情況失控時，負鼠就會出現。我知道泰德有時候會夢到牠，可能牠在循環中代表著類似守護者的角色。」

羅畢蕭停下來想了一下。

「就像妳家鄉迷宮裡的牛頭怪一樣……」

以律師來說，反應還眞快。

「我想應該是這樣的。」

這時會場裡已經完全空下來了。

「那天我看到負鼠了。」羅畢蕭突然說。

蘿拉保持靜默。

「泰德大叫著庭院裡有一隻負鼠，我好幾個朋友跑去想抓牠。他們什麼都沒抓到。但那時我在書房裡，站在窗邊觀察……然後我看到了。我清楚看到牠躲進盆栽裡。」

「我不知道該說什麼……負鼠真的存在的話，那隻一定是逃跑了。」

「那天下午大概有三十個人，沒人看到負鼠逃出來。那幾盆盆栽放在庭院正中間，有動物從盆栽裡跑出來的話，不可能沒人看見。泰德看到了，我也看到了，但沒有其他人發現。」

羅畢蕭站起來，蘿拉抬頭看著他。這人伸出手來，蘿拉握了一下。

「現在妳瞭解我之前為什麼沒辦法跟妳談話了，對嗎？」

亞瑟．羅畢蕭沒有等她回答，拿起擺在桌上的書微笑了一下，踏著如釋重負的腳步離開。

自殺互助會 ***La última salida***

作　　者　費德利可・阿薩特（Federico Axat）
譯　　者　馮丞云
美術設計　賴柏燁
行銷企畫　林芳如
行銷統籌　駱漢琪
營運總監　盧金城
業務發行　邱紹溢
業務統籌　郭其彬
特約編輯　許景理
責任編輯　吳佳珍
副總編輯　何維民
總 編 輯　李亞南
發 行 人　蘇拾平
出　　版　漫遊者文化事業股份有限公司
地　　址　台北市松山區復興北路331號4樓
電　　話　（02）2715 2022
傳　　真　（02）2715 2021
讀者服務信箱　service@azothbooks.com
漫遊者臉書　https://www.facebook.com/azothbooks.read
發行或營運統籌：大雁文化事業股份有限公司
地址：台北市105松山區復興北路333號11樓之4
劃撥帳號　50022001
戶　　名　漫遊者文化事業股份有限公司
初版一刷　2017 年 7 月
定　　價　台幣399元

國家圖書館出版品預行編目(CIP)資料

自殺互助會 / 費德利可・阿薩特著 ; 馮丞云譯.
-- 初版. -- 臺北市 : 漫遊者文化出版 : 大雁文化
發行, 2017.7
368 面 ; 14.8×21 公分
譯自 : La última salida
ISBN 978-986-489-130-6(平裝))

885.7257　　106010226

I S B N　978-986-489-130-6